KB093523

NOVA

노바

새뮤얼 딜레이니 지음 | 공보경 옮김

NOVA

Samuel Ray Delany

폴라북스

감사의 말

성배와 타로 카드 점에 대한 문제 해결에 도움을 준
헬렌 애덤과 러셀 피츠제럴드에게 감사드립니다.
그들이 도와주지 않았다면 『노바』의 빛은 지금보다 흐렸을 겁니다.

chapter 1

"어이, 마우스! 아무거나 연주해봐."

바에 앉은 기계공이 소리쳤다.

"아직도 승선 계약을 못 했다고? 너 그러다 척추 소켓에 녹슬겠다. 아무거나 보여줘."

마우스는 술잔 가장자리를 문지르던 손가락을 멈췄다. '싫다'라고 말하고 싶은 속내와 달리 '예'라고 대답할 수밖에 없기에 미간을 찌푸렸다.

그러자 다른 기계공들도 인상을 썼다.

연주를 요청한 기계공은 늙은 남자였다.

강한 남자이기도 했다.

마우스가 탁자 가장자리를 손으로 잡으려는데 부랑자 같은 늙은 기계공이 벌떡 일어나 휘청하면서 카운터에 엉덩이를 부딪혔다. 그자의 긴 발가락이 의자 다리를 치면서 의자가 흔들흔들 춤을 추었다.

늙고 강한 남자. 그리고 마우스가 파악한 세 번째 특징은, 그가 앞이 보이지 않는 남자라는 점이었다.

늙은 기계공은 마우스의 탁자 앞에서 비틀거리며 손을 들어 올렸다. 누런 손톱이 마우스의 뺨을 툭 쳤다. (손톱이 아니라 거미 다리인가?)

"너, 이 자식……"

그는 거친 피부의 눈꺼풀을 껌벅였다. 마우스는 그의 진주처럼 허연 눈동자를 똑바로 쳐다보았다.

"야, 너. 너 그거 알아?"

눈이 먼 게 **분명**하네, 라고 마우스는 생각했다. 맹인 같은 움직임. 목 위에 붙은 채 앞으로 쏠린 머리통. 그리고 눈동자……

늙은 기계공은 허공에 손을 휘젓다가 의자 하나를 잡아 앞으로 끌고 왔다. 그가 털썩 앉자 의자가 삐걱거렸다.

"이게 어떻게 보이고 느낌은 어떻고 냄새는 또 어떤지 **알아**? 아니고?"

마우스는 고개를 저었다. 늙은 기계공의 손가락이 그의 턱을 툭 쳤다.

"우리는 반짝이는 우유 웅덩이 같은, 300개의 항성을 가진 플레이아데스성단을 왼쪽에 끼고 시커먼 어둠을 오른쪽에 두고 출항했어. 우주선이 나였고, 내가 곧 우주선이었지. 이 소켓을……" 그는 손목 안의 소켓 장치를 탁자에 대고 **탁** 두드리며 말을 이었다. "……날개판 프로젝터에 꽂았어. 그런데……" 그의 주절거림에 맞춰 텁수룩한 턱수염이 위아래로 흔들거렸다. "……어둠 한가운데서 빛이 나타난 거야! 그 빛은 투사실에 누워 있는 우리 눈으로 뻗쳐와 안구를 움켜쥐고 놔주지 않았어. 마치 우주가 찢겨 강렬한 낮의 기운이 쏟아지는 것 같았지. 감각 입력기를 끌 수도, 눈을 다른 곳으로 돌릴 수도 없었어. 상상할 수 있는 모든 색깔이 빛을 뿜으며 밤을 없애버렸어. 충격파가 전해지고 벽이 온통 흔들렸어! 자기유도용량이 극단을 오르내리면서 우주선 전체가 마구 흔들리다 못해 박살이 날 뻔했지. 조치를 취하기에도 늦고 말았어. 나는 그때 이미 눈이 멀어버렸거든." 그는 의자 등받이에 등을 기댔다. "그래, 난 앞이 보이지 않아. 그런데 이게 좀 웃기는 방식으로 안 보인단 말이지. 난 네가 보이기는 하거든. 그리고 귀도 멀었는데 네가 무슨 말을 하면 대부분은 알아들어. 후신경도 뇌 끄트머리에서 대부분 합선됐어. 혀의 미뢰도 마찬가지고." 그는 마우스의 뺨을 손으로 쓰다듬었다. "네 얼굴의 피부 결도 느껴지지 않아. 촉각 신경 말단 대부분이 죽었거든. 네 피부는 매끄럽냐 아니면 나처럼 거칠고 우둘투둘하냐?" 그는 시뻘건 잇몸과 누런 치아를 드러내며 웃었다. "이 늙은 댄은 웃기는 방식으로 눈이 멀었어." 그는 마우스의 조끼로 손을 내려 끈을 잡았다. "웃기는 방식이고말고. 맹인들은 대부분 눈앞이 까맣게 돼서 안 보이는데, 나는 눈 안에 불덩어리가 있어. 붕괴 중인 태양 전체가 내 머릿속에 들어 있단 말이야. 무방비 상태로 합선된 내 시각 덮개는 이리저리 들썩이고 불꽃이 튀어 올라. 마치 빛이 망막의 간세포와 추세포를 후려쳐 끝없이 자극을 가하고, 무지개를 덩어리로 뭉쳐서 양쪽 눈구멍 안에 채워 넣은 기분이랄까. 내가 지금 보고 있는 게 바로 그런 거야. 너는 이쪽은 윤곽으로, 저쪽은 빛으로 보여. 빛에 과도하게 노출된 흐릿한 유령처럼. 그런데 네 본명은 뭐냐?"

"폰티코스." 마우스는 모래로 양모를 문지르는 듯 거친 목소리로 대답했다. "폰티코스 프로베치."

댄이 인상을 찌푸렸다.

"본명이…… 뭐라고? 골이 온통 흔들리는구나. 귓속에 들어앉은 합창단이 하루 26시간 내내 골에 대고 함성을 질러대고 있어. 뇌 끄트머리의 신경 접합부가 계속 잠음을 방출해서 그래. 죽어가는 태양이 내는 소리라고나 할까. 그 소리 너머로 네 목소리를 들을 수는 있어. 90미터쯤 떨어진 곳에서 울리는 메아리처럼 들리기는 하지만." 댄은 기침을 콜록거리며 등받이에 힘겹게 몸을 기댔다. "어디 출신이냐?" 그는 이렇게 물으며 손으로 입을 문질러 닦았다.

"드라코 소속이고, 지구에서 왔습니다."

"지구? 어디? 미국? 가로수가 양옆에 늘어선 거리의 작고 하얀 집, 차고에 자전거가 있는 집이냐?"

아, 예, 라고 마우스는 생각했다. 눈도 귀도 멀었다더니. 마우스는 말을 잘하는 편이었고 굳이 억양을 교정하려고 애쓴 적도 없었다.

"나는 오스트레일리아 출신이야. 나도 하얀 집에서 자랐어. 멜버른 외곽에 있는 집. 집 주변에는 나무들이 있었지. 나는 자전거도 갖고 있었어. 까마득히 오래전 일이야. 정말 오래됐어. 안 그래? 지구에 있는 오스트레일리아라는 나라를 알아?"

"가본 적 있어요."

마우스는 의자에 앉아 몸을 움직거리며, 그 자리에서 벗어날 궁리를 했다.

"그래, 그렇겠지. 하지만 넌 몰라! 멜버른과 자전거를 기억하면서도, 뇌에 노바(신성)가 박힌 채 평생을 살아야 하는 이 심정을 절대 모를 거야. 네 이름이 뭐라고 했지?"

마우스는 왼쪽의 창문과 오른쪽의 문을 번갈아 쳐다보았다.

"기억이 안 나. 태양의 소음이 모든 걸 덮어버렸어."

지금까지 그들의 얘기를 듣고 있던 나머지 기계공들은 이미 모두 바 쪽으로 돌아앉아 있었다.

"더는 기억이 나질 않아!"

다른 탁자에 앉은 흑발 여인은 동행인 금발 남자와 카드 게임을 시작했다.

"아, 의사들을 찾아가보기도 했어! 그들 얘기로는 시신경과 청신경을 잘라내야 한대. 뇌에서 그것들을 도려내면 지독한 소음과 빛이 멈추게 될 수도 있다는 거야! **가능할 수도** 있대." 그는 얼굴로 두 손을 올렸다. "뇌 안으로 밀려든 세상의 그림자도 멈출 거라고 했어. 네 이름이 뭐라고? 이름이 뭐라고 했지?"

마우스는 입에 담고 있던 '이만 실례하겠습니다. 가봐야 해서요' 라는 말을 하려고 했다.

그런데 댄이 기침을 하면서 마우스의 귀를 움켜잡았다.

"으아아! 그건 돼지나 개, 파리도 안 할 여정이었어! 그 우주선의 이름은 '록호'였고, 나는 로크 본 레이 선장 밑에서 일한 사이보그 승무원이었어. 그가 우리를……" 댄은 탁자 너머로 몸을 기울였다. "이만큼" 그는 엄지로 검지를 쓸면서 덧붙였다. "거의 이만큼 지옥 **가까이로** 끌고 갔다가 데리고 나온 거야. 너도 그 입장이었으면 그 선장 놈에게, 그리고 일리리온을 향해 욕을 퍼부었을걸. 네 본명이 무엇이든, 네가 어디 출신이든!"

그는 고함을 지르며 고개를 뒤로 젖히고 두 손으로 탁자를 내리쳤다.

바텐더가 이쪽을 흘끗 쳐다보았다. 그때 누군가 술을 달라고 손짓했다. 바텐더는 입술에 힘을 주었으나 이내 고개를 저으며 술을 주문한 이에게로 시선을 돌렸다.

댄은 턱을 당기며 계속 주절거렸다.

"고통을 안고 오래 살다 보면 고통은 더 이상 고통이 아닌 게 돼. 다른 무언가가 되는 거야. 로크 본 레이는 미친놈이야! 그는 우리를 죽음의 문턱까지 끌고 갔어. 그리고 10분의 9쯤 죽어버린 나를 이 태양계 가장자리에 버렸지. 그는 어디로 갔을까……" 댄은 거칠게 숨을 몰아쉬었다. 폐 안에서 무언가가 퍼덕이는 것처럼. "눈먼 댄은 이제 어디로 가야 돼?"

별안간 댄은 탁자 양옆을 손으로 붙잡으며 외쳤다.

"댄은 어디로 가야 되냐고!"

마우스의 술잔이 흔들거리다가 돌바닥에 떨어져 박살 났다.

"말해봐!"

댄은 또다시 탁자를 흔들었다.

바텐더가 이쪽으로 다가왔다.

댄이 벌떡 일어서면서 의자가 뒤로 쓰러졌다. 댄은 손가락 마디로 눈을 문지르더니, 햇살이 비춰 드는 바닥을 향해 비틀거리며 두 걸음 옮겼다. 그리고 두 걸음 더. 마지막 걸음으로 바닥에는 긴 고동색 발자국이 남았다.

흑발 여인이 숨을 죽이며 그 광경을 지켜보았다. 금발 남자는 카드를 내려놓았다.

다른 기계공이 나서려는데 옆의 동료가 팔을 잡으며 만류했다.

댄은 주먹으로 양여닫이문을 세차게 쳐서 열고 밖으로 나가버렸다.

마우스는 주변을 둘러보았다. 돌바닥에 유리 파편이 흩어져 있긴 했지만 많지는 않았다. 바텐더가 손목에 청소기 플러그를 꽂고 청소기를 갖다 대자 위잉 소리와 함께 흙과 붉은 술이 묻은 유리 파편들이 청소기 안으로 빨려 들어갔다. 바텐더가 마우스에게 물었다.

"한 잔 더 드릴까요?"

"아뇨." 마우스는 상태가 좋지 않은 후두로 인해 나지막하게 대답했다. "다 마셨습니다. 아까 그분은 **누구죠**?"

"록호의 사이보그 승무원이었어요. 벌써 일주일째 이 근처에서 말썽을 피우고 있네요. 그래서 요즘은 어디든 들어가자마자 쫓겨 나고 있어요. 그건 그렇고 어쩌다 아직 승선 계약을 못 했어요?"

"성간 이동을 해본 적이 없거든요." 마우스는 거친 목소리로 속 삭이듯 대답했다. "자격증도 2년 전에야 받았고요. 자격증을 받은 후로 태양계 내에서 세 군데를 순회하는 작은 화물회사 소속으로 일했어요."

"제가 조언을 해드릴 수도 있겠지만……" 바텐더는 손목 소켓에 서 청소기 플러그를 뽑았다. "삼가야겠군요. 애슈턴 클라크의 뜻이 손님과 함께하길."

그리고 빙그레 웃으며 바 뒤로 돌아갔다.

마우스는 편치 않은 기분이었다. 어깨에 두른 가죽 끈 밑으로 검은 엄지를 밀어 넣어 끈을 반듯하게 정리한 후 의자에서 일어나 문 쪽으로 걸어갔다.

"어, 마우스, 이봐. 아무거라도……"

마우스는 밖으로 나갔고 등 뒤로 문이 닫혔다.

쪼그라든 태양이 산맥에 들쭉날쭉한 황금색 빛을 드리웠다. 하 늘에 떠 있는 거대한 해왕성은 평원에 얼룩덜룩한 빛을 뿌렸다. 800미터쯤 떨어진 수리소에서 우주선들이 느릿하게 움직이고 있 었다.

마우스는 술집, 싸구려 호텔, 식당들이 즐비하게 늘어선 거리를 걸어갔다. 일자리를 구하지 못해 낙담한 그는 그런 곳에서 이미 꽤 시간을 보냈다. 연주를 해주고 방을 얻거나, 밤샘 파티에서 흥을 돋워주고 남의 방 한쪽 구석에서 잠을 자기도 했다. 하지만 겨우 그렇게 살려고 자격증을 딴 게 아니었다. 그가 원하던 바가 전혀 아니었다.

그는 헬³ 가장자리에 설치된 판자 산책로를 따라 걸었다.

위성 표면을 인간이 거주할 수 있는 환경으로 만들기 위해 드라코 위원회는 위성의 중심부를 녹이는 일리리온 용광로를 설치했다. 표면 기온을 온화한 가을로 맞추자 바위에서 자연스럽게 대기가 생성됐고 그 안에 인공 전리층이 만들어졌다. 융해된 중심부는 화산 활동으로 위성 표면에 균열을 만들었고 각 균열에는 헬¹부터 헬⁵²까지 이름이 붙었다. 그중 헬³는 폭이 90미터, 깊이는 180미터에 달했으며(바닥에서 용암이 격렬하게 끓어올랐다) 길이는 11킬로미터나 되었다. 으스름한 밤이면 헬³의 협곡에서 불꽃이 깜박이고 연기가 치솟는 모습을 볼 수 있었다.

심연과도 같은 헬³ 옆을 걸어가는데 뜨끈한 공기가 마우스의 뺨을 어루만졌다. 그는 눈먼 댄을 생각하고 있었다. 명왕성 너머, 드라코*라 불리는 별들의 가장자리에서 펼쳐진 밤에 대해 생각했다. 문득 두려워진 그는 옆구리에 낀 가죽 배낭을 괜히 만지작거렸다.

---

* 용자리.

마우스는 열 살 때 가죽 배낭을 훔쳤다. 그 가죽 배낭 안에는 그가 제일 사랑하는 물건이 들어 있었다.

겁에 질린 마우스는 하얀 아치형 지붕 밑의 음악 가판대를 벗어나 스웨이드 가죽을 댄 냄새나는 점포들 사이로 달아났다. 가죽 배낭을 품에 꼭 안고, 상자가 부서지면서 먼지투성이 돌바닥에 쏟아낸 해포석 담배 파이프들을 뛰어넘어, 또 다른 아치형 구조물 밑을 지나서, 황금 골목을 돌아다니는 인파 사이로 20여 미터를 뛰어갔다. 황금 골목에는 벨벳으로 장식된 진열장들이 빛과 황금으로 반짝거리고 있었다. 마우스는 어느 소년의 신발 뒤꿈치를 밟으면서 그 소년을 간신히 피했으나, 그가 들고 있던 유리 찻잔과 커피 잔이 담긴 손잡이 세 개짜리 쟁반을 스치며 쟁반을 빙글 돌리고 말았다. 마우스는 재빨리 옆으로 피했고, 쟁반이 위로 튀면서 차와 커피가 흔들리긴 했지만 내용물이 쏟아지지는 않았다. 마우스는 그대로 달아났다.

골목 모퉁이를 돌아, 자수 놓인 슬리퍼들이 산처럼 쌓인 곳을 지나갔다.

즈크화가 부서진 바닥을 밟자 진흙이 튀었다. 마우스는 걸음을 멈추고 가쁜 숨을 쉬며 고개를 들었다.

아치형 지붕은 보이지 않았다. 건물들 사이로 보슬비가 내렸다. 마우스는 배낭을 더욱 꼭 움켜쥐고 비에 젖은 얼굴을 손등으로 문지른 뒤, 구부러진 길을 따라 다시 걸음을 옮겼다.

이윽고 저 앞 주차장에 바닥에서 튀어 올라온 듯한 형상의 '불에 탄 콘스탄틴 탑'이 보였다. 썩고 세월의 풍파에 망가지고 시커멓게 그을음이 낀 탑이었다. 그는 대로로 다시 나가 걷기 시작했다. 사람들은 돌바닥에 고인 빗물을 튀기며 서둘러 걷고 있었다. 피부에 닿은 가죽 배낭이 축축했다.

날씨가 좋았으면 어땠을까? 그랬으면 뒷골목의 지름길로 신나게 가로질러 갔을 것이다. 하지만 비가 오니 비를 피해 모노레일 아래로 뻗은 대로를 걷고 있었다. 그는 직장인들, 학생들, 짐꾼들 사이를 헤치고 성큼성큼 걸음을 옮겼다.

뒤에서 자갈길을 덜거덕거리며 달려오는 썰매 소리가 들렸다. 마우스는 속도를 가늠하다가 썰매의 노란색 발판에 재빨리 올라탔다. 갈색 얼굴에 초승달 모양의 금색 점이 있는 썰매 운전자는 싱긋 웃으며 그가 얻어 타게 내버려두었다.

10분 뒤 심장은 여전히 방망이질 쳤지만 마우스는 썰매에서 내려 '새로운 사원'의 마당으로 조심스럽게 걸어 들어갔다. 보슬비 아래서 남자 몇 명이 벽에 붙여놓은 돌 물통에서 물을 퍼 발을 씻고 있었다. 사원 입구의 문을 열고 나온 두 여자는 신발을 찾아 신고 비에 젖어 반짝이는 계단을 서둘러 내려왔다.

예전에 마우스는 이 새로운 사원이 언제 지어졌는지 레오에게 물어본 적이 있었다. 플레이아데스 연방 출신의 어부 레오는 늘 한쪽 발에만 신발을 신는 사람이었다. 레오는 마우스와 함께 이 사원의 희부연 벽과 반구형 지붕, 뾰족탑을 바라보면서 숱 많은 금발을 손으로 긁적거리며 대답했다.

"천 년 전쯤일걸. 추측일 뿐이지만."

마우스는 바로 그 레오를 찾고 있었다.

마우스는 사원 마당을 지나 다리 앞에 북적이는 트럭과 자동차, 돌무쉬, 손수레 사이로 달려갔다. 횡단보도를 건너, 가로등 아래의 어느 철문을 넘어, 계단을 달려 내려갔다. 진창에 떠 있는 작은 보트들이 서로 딸깍딸깍 부딪치고 있었다. 진창 너머, 골든 혼*의 겨자색 물이 말뚝과 수중익선 부두 주변에서 일렁였다. 골든 혼 입구 너머에는 보스포루스 해협 위로 펼쳐진 구름이 찢어지고 있었다.

그 틈새로 비스듬히 쏟아진 햇살이 해협 너머 또 다른 대륙을 향해 나아가는 페리선의 궤적을 따라갔다. 마우스는 계단에 서서 반짝이는 해협을 바라보았다. 점점 더 많은 빛줄기가 하늘에서 쏟아지고 있었다.

안개 낀 아시아 대륙의 모래색 벽에 박힌 창문들이 햇빛을 받아 반짝거렸다. 2,000년 전 그리스인들이 이 도시의 아시아 쪽 지역을 '황금 도시'라는 뜻의 '크리소폴리스'라고 부른 이유도 바로 이런 빛의 효과 때문이었다. 요즘 그 지역은 크리소폴리스가 아니라 '위스퀴다르'라 불리고 있었다.

"어이, 마우스!"

흔들거리는 작은 보트의 빨간색 갑판에서 레오가 손을 흔들었다. 레오는 보트 위에 차양을 설치하고 나무 탁자를 놓았으며 그

---

* 이스탄불에 위치한 만.

주변에 의자 대신 나무통 몇 개를 놓아두었다. 기름때가 잔뜩 긴 오래된 발전기로 가열한 큼직한 통 안에서 검은 기름이 부글부글 끓었다. 그 옆의 크고 헐거운 노란색 비옷 위에는 생선이 쌓여 있었다. 아래턱에서부터 아가미를 갈고리로 꿰어놓은 생선들이 머리통에 진홍색 꽃을 피워냈다.

"마우스, 품에 든 건 뭐야?"

날씨가 더 좋은 날이면 어부와 부두 노동자, 짐꾼들은 주로 여기서 점심을 먹었다. 마우스는 난간을 넘어가 보트에 탔다. 레오가 생선 두 마리를 통에 더 넣자 기름 위로 노란 거품이 보그르르 끓었다.

"이게 뭐냐면…… 전에 말하신 건데. 그러니까…… 전에 저한테 얘기하신 그거예요."

마우스는 숨소리를 섞어가며 성급히, 머뭇머뭇 단어를 내뱉었다.

레오는 독일인 조부모에게서 이름이며 머리카락, 두툼한 몸을 물려받았다. (그리고 지구보다 별이 열 배는 더 많은 어업 지역에서 어린 시절을 보낸 덕분에 그곳 사람들의 말투가 입에 배었다.) 레오는 당혹스러운 표정이었다. 마우스가 가죽 배낭을 내밀자 당혹은 경이로움으로 바뀌었다.

레오는 주근깨가 잔뜩 박힌 두 손으로 배낭을 받아 들었다.

"확실해? 이걸 어디서……"

그때 노동자 두 명이 보트에 올라탔다. 불안해하는 마우스의 표정을 읽은 레오는 터키어에서 그리스어로 바꿔 물었다.

"이걸 어디서 찾았어?"

어차피 문장 형식은 모든 언어에서 동일했다.

"훔쳤어요."

상태가 좋지 않은 마우스의 성대에서 단어들이 흘러나왔다. 열 살에 고아가 된 집시 소년 마우스는 최면 선생 밑에서 언어를 배운 레오 같은 사람들보다 훨씬 쉽게 지중해 연안 국가들의 언어 여섯 가지를 익혔다.

동력삽으로 일하느라 지저분해진 건설 노동자들(부디 그들이 터키어만 할 줄 알기를)은 탁자 앞에 앉아 손목과 등허리의 척추 소켓을 문질렀다. 몸을 거대한 기계에 플러그로 연결하고 일한 터라 그 부위가 뻐근한 모양이었다. 그들은 생선 요리를 주문했다.

레오는 허리를 굽히고 생선을 기름통에 던져 넣었다. 잠시 허공에 뜬 생선이 은빛으로 반짝이더니 곧 기름이 포효했다.

레오는 보트 난간에 걸터앉아 배낭 입구의 끈을 풀었다.

"그래." 그는 천천히 말을 이었다. "지구에는 없지. 여기에는 더더욱 없고. 있었던 적이 있기는 했는지 모르겠네. 어디서 가져왔어?"

"시장에서요. 어떤 물건이 지구에 있다면 그랜드 바자르에서 찾을 수 있다, 라는 말도 있잖아요." 마우스는 무수히 많은 이들을 도시들의 여왕인 이스탄불로 모여들게 한 속담을 인용했다.

"나도 들어본 적 있어." 레오는 다시 터키어로 덧붙였다. "이 신사분들에게 점심 갖다드려."

마우스는 국자를 집어 들고 생선을 건져 플라스틱 접시에 담았다. 기름통에 들어간 은색 생선은 금색이 되어 나왔다. 노동자들은 탁자 아래 바구니에서 빵 덩어리를 꺼내 손으로 뜯어 먹었다.

마우스는 기름통에서 생선 두 마리를 더 건져 내 레오에게 가져다주었다. 레오는 난간에 걸터앉아 배낭 안을 들여다보며 미소 지었다.

"이걸로 과연 제대로 된 이미지를 구현할 수 있을까? 모르겠어. 외곽 식민지로 메탄 오징어를 잡으러 다녔던 시절 이후로는 이런 걸 손에 쥐어본 적도 없어. 옛날에는 꽤 잘 가지고 놀았는데."

배낭을 내려놓은 레오는 이 사이로 숨을 쓰읍 들이마셨다.

레오의 무릎에 놓인 가죽 배낭 안에는 하프일 수도 있고 컴퓨터일 수도 있는 장치가 들어 있었다. 테레민*처럼 유도용량을 표시하는 액정 화면이 있고, 기타처럼 프렛**도 있었으며, 한쪽 측면에는 시타르***처럼 짧은 저음현이 있었다. 다른 쪽 측면에는 기타리나처럼 확장된 저음부가 보였다. 자단을 깎아 만든 부품과 스테인리스강으로 성형한 부품들로 이루어진 장치 안쪽에는 검은색 플라스틱이 있었고 충격 완화를 위해 플러시 천이 대어져 있었다.

---

* 두 개의 진공관에 의해서 맥놀이를 일어나게 해 소리를 내는 전자 악기의 일종.
** 만돌린이나 기타 따위의 악기에서, 지판指板의 표면을 나누는 금속 돌기.
*** 기타와 비슷한 남아시아 악기.

레오는 그 장치를 뒤집어보았다.

그 순간, 구름 사이의 틈새가 더욱 크게 벌어졌다.

햇살이 장치의 윤기 나는 표면을 따라 흐르면서 스테인리스강에 반사됐다.

탁자 앞에 앉은 노동자들은 동전을 꺼내 세다가 반사된 빛에 눈을 찌푸렸다. 레오는 그들에게 고개를 끄덕였다. 노동자들은 기름에 전 나무 탁자에 돈을 내려놓고 어리둥절한 표정으로 보트를 떠났다.

레오는 장치의 제어판을 조작했다. 맑게 울리는 소리가 들리더니 공기가 진동했다. 축축한 밧줄과 타르 썩은 내 사이로 풍겨오는 이 향기는…… 난초의 향기일까? 오래전, 대여섯 살 때 마우스는 도로 옆 들판에서 야생 난초의 향기를 맡은 적이 있었다. (당시 무늬가 들어간 치마를 입은 몸집 큰 여자가 곁에 있었는데, 엄마였을 수도 있다. 그리고 텁수룩한 콧수염을 기른 맨발의 세 남자. 그중 한 명을 마우스는 아빠라고 불렀다. 하지만 그곳은 다른 나라였다……) 그렇다. 이것은 난초 향기였다.

레오가 손을 움직이자 공기의 진동이 희미해졌다. 허공에서 쏟아진 햇살이 어딘가에서 흘러나온 푸른색 빛과 하나가 되고, 난초 향기는 수분을 머금으며 장미 향기로 변했다.

"작동하네요!"

마우스가 쉰 목소리로 말하자 레오는 고개를 끄덕였다.

"전에 갖고 있던 것보다 나아. 일리리온 배터리가 거의 새거라서. 보트에서 이런 걸 작동시키곤 했지. 지금도 잘할 수 있으려나 모르겠지만." 레오는 미간에 주름을 잡았다. "그렇게 잘하지는 못할 거야. 최근에 연습을 안 해서."

레오는 쑥스러운 표정이었다. 마우스가 이제껏 그의 얼굴에서 본 적 없는 표정이었다. 레오는 조율 손잡이를 손으로 잡았다.

이윽고 빛이 공간을 채우며 그녀의 형상이 되었다. 그녀는 고개를 돌려 어깨 너머로 그들을 바라보았다.

마우스는 눈을 깜박였다.

그녀는 반투명했다. 레오가 그녀의 턱과 어깨, 발, 얼굴을 형상화하는 데 집중하자 그녀는 웃으며 빙글 돌고 그에게 갑작스레 꽃을 던지는 등 더욱 진짜처럼 행동했다. 꽃잎 아래서 마우스는 머리를 수그리고 눈을 감았다. 그는 지금까지 자연스럽게 숨을 쉬었지만, 이번에는 멈추지 않고 계속 숨을 들이마셨다. 향취에 입을 벌리고 갈비뼈 아래서부터 횡격막을 한껏 늘리며 숨을 계속 들이쉬었다. 흉골 아래서 통증이 느껴지자 어쩔 수 없이 숨을 내뱉었다. 빠르게. 그리고 그 과정을 천천히 되풀이했다……

눈을 떴다.

기름, 골든 혼의 누런 물, 진창. 공기 중에서 풍기던 꽃향기는 사라졌다. 레오는 한쪽에만 장화를 신은 발을 가로대에 걸친 채 장치의 손잡이를 만지작거렸다.

그녀는 사라졌다.

"대체……" 마우스는 한 발 다가가다가 멈췄다. 그는 발가락으로 균형을 잡고 서서 간신히 목소리를 냈다. "어떻게……?"

레오가 고개를 들었다.

"실력이 많이 녹슬었네, 내가! 예전에는 진짜 잘했는데. 오래전이라. 정말 오래전이라. 한때는, 그때는 내가 이걸 정말 잘했거든."

"레오…… 혹시……? 그러니까 아저씨 말은…… 저는 모르겠어요…… 혹시 아저씨가……"

"뭐?"

"가르쳐주세요! 저에게…… 가르쳐주실 수 있어요?"

레오는 놀라 말도 제대로 못 하는 집시 소년을 바라보았다. 이 부두에서 레오는 열두 개 세상의 대양과 항구를 돌아다닌 이야기를 풀어놓으며 소년과 친구로 지냈다. 소년의 이런 모습을 처음 보는 터라 레오는 어리둥절했다.

마우스는 손가락을 씰룩거렸다.

"알려주세요, 레오! 꼭 알려주셔야 돼요!" 마우스는 몹시 흥분한 나머지 알렉산드리아어, 그리고 아랍어 방언인 베르베르어에서 마땅한 단어를 찾으려다가 결국 이탈리아어로 말을 뱉었다.

"Bellissimo(아름다워요), 레오! Bellissimo!"

"음……"

두려움에 익숙한 레오였지만 소년의 갈망에 새삼 두려움을 느꼈다.

마우스는 자신이 훔쳐 온 그 물건을 경외감과 공포가 뒤섞인 눈으로 바라보았다.

"연주 방법을 알려주실 수 있죠?"

그리고 마우스는 용기를 내어 레오의 무릎에 놓인 그 장치를 가만히 들어 올렸다. 마우스가 고통으로 점철된 짧은 삶을 살아오면서 늘 품어온 감정이 바로 두려움이었다.

하지만 장치를 향해 손을 뻗으며 마우스는 두려움을 내려놓고 자아를 찾아가는 복잡한 과정을 시작했다. 마우스는 경이로워하며 '시링크스'라 불리는 그 감각 악기를 들고 그 자리에서 빙글빙글 돌았다.

어느 철문 너머 언덕 위로 이어지는 진창길의 길목에서 마우스는 야간 아르바이트를 했다. 찻집에서 커피와 살렙* 음료가 담긴 쟁반을 들고 가게 밖 손님들에게 나르는 일이었다. 좁은 유리문 앞에서 서성이며 찻집 안을 들여다보는 남자들에게. 마우스는 그 남자들 사이를 오가면서 잠시 몸을 웅크리고, 찻집 안에서 누군가를 기다리는 여자들을 가만히 바라보곤 했다.

마우스는 일하러 가는 시간이 점점 늦어졌다. 그는 최대한 오래 레오의 보트에 머물렀다. 길이 1.5킬로미터에 달하는 부두를 향해 항구가 빛을 비추고, 아시아 지역의 창문들이 안개 사이로 반짝이는 시간까지도, 레오는 윤기 나는 시링크스에 숨겨진 향기, 색깔, 형태, 질감, 움직임을 투사하는 방법을 마우스에게 보여주었다. 날이 갈수록 마우스의 눈과 손이 열리기 시작했다.

* 난초과 식물의 구근을 말린 것.

　2년 후, 레오는 보트를 팔았다고, 드라코의 다른 지역에 가볼 생각이라고, '새 화성'으로 건너가 먼지 홍어잡이라도 해보겠다고 선언했다. 그 무렵 마우스는 레오가 처음 그에게 보여준 번쩍이는 환영을 능가하는 투사 실력을 갖추게 됐다.

　한 달 후, 마우스도 이스탄불을 떠났다. 에디르네카프 지역, 빗물이 뚝뚝 떨어지는 석조 밑에서 기다리다 트럭을 얻어 타고 입사라시의 국경 마을에 도착했다. 거기서 국경을 넘어 그리스로 건너간 뒤, 붉은 수레를 탄 집시 무리에 합류했다. 집시들과 함께 다니면서 모태어인 롬어를 다시 쓸 수 있었다. 터키에서 3년을 살았건만 터키를 떠나면서 입고 있는 옷 이외에 챙긴 물건이라곤 너무 커서 어떤 손가락에도 맞지 않는 은으로 된 두툼한 퍼즐 반지와 시링크스뿐이었다.

　2년 반 후, 그리스를 떠날 때에도 마우스는 여전히 퍼즐 반지를 갖고 있었다. 그리스에서 사는 동안 그는 모나스트라키 벼룩시장 뒤편의 지저분한 거리에서 일하는 다른 소년들과 마찬가지로, 새끼손가락의 손톱이 2센티미터밖에 자라지 않을 정도로 고된 하루하루를 보냈다. 그는 넓이가 2.6제곱킬로미터인 아테네 시장을 뒤덮은 지오데식 돔 가장자리 너머에서 러그라든지 놋쇠로 된 싸구려 물품, 그 밖에 관광객들이 살 만한 온갖 물건들을 팔았다. 그리고 그리스를 떠날 때 시링크스를 챙겨 갔다.

　그는 그리스 피레아스시를 떠나 포트사이드로 가는 유람선에 갑판원 신분으로 탑승했다. 그 배는 포트사이드에서 수에즈 운하를 지나 오스트레일리아 멜버른의 모항母港으로 향했다.

유람선이 다시 멜버른을 출항해 봄베이로 가는 동안 마우스는 유람선 나이트클럽에서 레크리에이션 전문가로 일했다. 음악과 환상에 향기까지 더해 위대한 예술 작품을 재탄생시켜 보여주는 폰티코스 프로베치. 봄베이에 도착한 그는 일을 그만두고 (겨우 열여섯 살 나이에) 술에 절어 살았다. 아픈 몸을 덜덜 떨면서 달빛에 의지해 너저분한 부두를 배회한 것도 부지기수였다. 그러면서 다시는 돈만을 위한 연주는 하지 않으리라 맹세했다. ("이봐, 꼬마야! 파르테논 신전의 프리즈*를 보여주기 전에 성소피아 성당 천장의 모자이크를 한 번 더 보여줘. 그리고 그 모자이크가 빙글빙글 돌게 해봐!") 얼마 후 그는 갑판원이 되어 유람선을 타고 오스트레일리아로 돌아와 해변에 내려섰다. 퍼즐 반지를 들고, 길게 자란 손톱과 왼쪽 귀의 금귀고리를 내세우면서. 지난 1,500년 동안 인도양의 적도를 가로지른 승무원은 누구나 금귀고리를 찰 수 있는 자격을 얻었다. 유람선의 남자 승무원이 얼음과 돗바늘을 이용해 마우스의 귓불을 뚫어주었다. 그때도 마우스는 시링크스를 갖고 있었다.

멜버른에서 그는 거리 연주를 했고 연주를 하지 않을 때는 커피숍에서 죽치고 살았다. 그런데 그 커피숍은 쿠퍼 우주비행학교 학생들이 자주 찾는 곳이었다. 당시 마우스와 동거하던 스물한 살 나

---

* 방이나 건물의 윗부분에 그림이나 조각으로 띠 모양의 장식을 한 것.

이의 여자는 마우스에게 그 학교에 가서 수업을 몇 과목 들어보라고 제안했다.

"야, 너도 몸에 소켓을 설치해. 어차피 어딘가에서 소켓을 설치하게 될 텐데, 그 학교에서 설치하면 공장 말고 다른 데서 소켓을 쓸 수 있는 교육이라도 받을 수 있어. 넌 여행을 좋아하잖아. 그 학교에서 교육을 받으면 별 사이를 오가는 쓰레기 우주선이라도 운전할 수 있어."

마우스는 그 여자와 헤어진 후 오스트레일리아를 떠났다. 그 무렵 그는 행성 간 및 태양계 내 운항 우주선에서 사이보그 승무원으로 일할 수 있는 자격증을 보유하고 있었다. 그는 그 자격증과 금귀고리, 짧은 손톱, 퍼즐 반지 그리고 시링크스를 챙겨 오스트레일리아를 떠났다.

자격증이 있었지만 지구에서 곧장 출발하는 성간 우주선과 근로 계약을 체결하는 일은 쉽지 않았다. 그는 2년 동안 지구에서 화성으로, 화성에서 가니메데*로, 가니메데에서 지구로 순회하는 소형 상용 우주선에 플러그를 꽂았다. 그래도 이제 그의 검은 눈동자에는 반짝이는 별들이 담겼다. 열여덟 살 생일(마우스가 전에 멜버른에서 동거하던 여자와 함께 그의 생일로 정한 날)이 지나고 며칠 후 마우스는 해왕성의 최대 위성인 트리톤으로 갈 기회가 생겼다. 트리톤에서는 대형 상용 우주항공회사들이 드라코 곳곳의

---

* 목성의 제3위성.

세계로, 플레이아데스 연방으로, 심지어 외곽 식민지로 우주선들을 내보내고 있었다.

이제 그의 손에는 퍼즐 반지가 꼭 맞았다.

마우스는 헬^3 가장자리를 따라 걸었다. 장화를 신은 발로는 뚜벅뚜벅, 맨발로는 아무 소리도 내지 않으면서. (다른 세계의 다른 도시에서 레오의 발소리가 그랬듯이.) 이 장화는 *그*가 최근 우주선을 타고 이동하며 습득한 물건이었다.

별들 사이를 오가는 우주선이 관성 비행*을 할 때 작업한 이들은 적어도 한쪽 발의 발가락으로, 때로는 양쪽 발의 발가락으로 민첩하게 균형을 잡는 방법을 익혔다. 아무리 멍청한 승무원이라도 그 정도는 할 수 있었고, 그 후로 발을 자유롭게 쓸 수 있었다. 물론 상용 성간 화물 우주선에는 인공 중력이 적용되기에 그런 능력이 계발될 기회는 그만큼 적었다.

신풍나무 아래로 느긋하게 걸어가는데 따뜻한 바람과 함께 낙엽이 휘몰아쳤다. 무언가에 어깨를 부딪힌 마우스는 휘청하다 중심을 잡고 옆을 돌아보았다.

"이 쥐새끼 같은 놈이. 똑바로 못 걷냐."

누군가 그의 어깨를 잡고 팔 길이만큼 밀쳐냈다. 마우스는 자신

---

* 추력을 모두 사용한 로켓이 일정한 비행 속도에 도달하면 관성만으로 나는 비행. 관성력이 작용하며 무중력 상태가 된다.

을 내려다보는 남자를 올려다보았다.

　누가 벌써 그자의 얼굴을 짓뭉개놓은 듯했다. 턱에서부터 지그재그로 시작된 상처가 두툼한 입술 끝을 지나 뺨을 가로질러 노란 눈을 기적적으로 피해 왼쪽 이마에 이르렀다. 그곳부터는 흑인 특유의 곱슬머리였다. 붉은 머리카락에는 활활 타오르는 불꽃 같은 노란색이 섞여 있었다. 상처가 새겨진 피부는 마치 두들겨 편 구리판에 청동으로 나뭇잎 무늬를 박아 넣은 듯했다.

　"어디로 걸어야 되는지 몰라, 꼬맹아?"

　"죄송합니다……"

　남자의 조끼에는 선장 신분임을 나타내는 금 디스크가 붙어 있었다.

　"제가 길을 잘못 봐서……"

　남자의 이마 근육이 들썩였다. 턱 안쪽에 힘을 주는 모습이었다. 그리고 얼굴 뒤에서 시작된 소리가 쏟아져 나왔다. 경멸을 담아 쏟아낸 웃음소리였다.

　마우스는 기분이 나빴지만 미소를 지으며 말했다.

　"제가 길을 잘못 봤나 봅니다."

　"그렇겠지."

　남자는 마우스의 어깨를 손으로 두 번 두드렸다. 그러고는 고개를 흔들더니 성큼성큼 가버렸다.

　황당해하던 마우스는 정신을 차리고 가던 길을 마저 걸어가기 시작했다.

문득 걸음을 멈추고 뒤를 돌아보았다. 선장 조끼의 왼쪽 어깨에 붙은 금 디스크에 '로크 본 레이'라는 이름이 돋을새김으로 새겨져 있었다. 마우스는 팔 밑에 낀 배낭을 손으로 잡았다.

이마로 내려온 검은 머리카락을 뒤로 쓸어 넘기고 난간에 걸터앉았다. 장화 신은 발과 맨발을 난간 아래쪽 가로대에 걸치고 시링크스를 꺼냈다.

그의 조끼는 반쯤 끈으로 묶여 있었다. 그는 가슴께의 작고 다부진 근육에 시링크스를 갖다 붙였다. 고개를 숙이고 긴 속눈썹이 붙은 눈꺼풀을 감았다. 유도용량 표시 화면을 향해 반지 낀, 날 선 손을 내렸다.

허공에 놀라운 이미지가 채워지기 시작했다……

chapter 2

케이튼은 헬^{3}를 향해 뒤뚝거리며 걷고 있었다. 키가 크고 재기가 뛰어난 그의 눈은 바닥을 보고 있었지만, 마음은 하늘의 위성들을 생각했다.

"어이, 꼬마야!"

"네?"

수염이 너저분하게 자란 부랑자 같은 남자가 더러운 손으로 난간을 붙잡고 담장에 기대서 있었다.

"어디 출신이냐?"

부랑자의 두 눈은 흐릿했다.

"루나요."

"가로수가 양옆에 늘어선 거리의 작고 하얀 집, 차고에 자전거가 있는 집이냐? 나는 자전거가 있었는데."

"우리 집은 초록색이었어요. 에어돔 밑에 있었고요. 저도 자전거가 있었어요."

부랑자는 난간을 붙잡은 채 몸을 좌우로 흔들었다.

"넌 몰라, 꼬마야. 넌 몰라."

미치광이의 말을 경청해야 한다, 라고 케이튼은 생각했다. 미치광이는 대단히 보기 드문 존재가 되어가고 있으니, 그들이 하는 말을 잘 기억해야 하는 것이다.

"아주 오래전이야…… 오래전!"

부랑자 노인은 휘청대며 멀어져갔다.

케이튼은 고개를 절레절레 흔들며 다시 걷기 시작했다.

케이튼은 자세가 어색하고 키가 멀대처럼 컸다. 거의 206센티미터였다. 열여섯 살 때 벌써 그 키였다. 10년이 지난 지금도 그는 그 정도는 큰 키가 아니라고 생각했지만 늘 어깨를 구부정하게 굽히고 다녔다. 커다란 두 손을 반바지 허리띠 안쪽으로 찔러 넣은 채 팔꿈치를 휘적거리며 성큼성큼 걸었다.

그의 마음은 다시 위성들로 향했다.

지구의 위성인 '달' 루나에서 태어난 케이튼은 위성들을 사랑했다. 루나의 드라코 법원에서 속기사로 일하는 부모님을 설득해 지구로 내려가 대학에 다닌 기간을 제외하고, 그는 늘 위성에서 살았다. 그가 다닌 하버드 대학은 신비롭고 불가해한 서양 문화교육의 중심지로, 부유하고 괴상하며 똑똑한 사람들의 안식처이기도 했다. 케이튼은 부유하지는 않지만 괴상하고 똑똑한 축에는 속했다.

대학 시절, 그는 행성 표면을 달라지게 만든 요소들, 얼어붙게 추운 히말라야 고지대를 지독하게 더운 사하라 모래언덕처럼 바꿔놓은 기후 변화에 관한 보고서를 접했다. 얼음으로 덮인 화성 극관의 이끼 숲, 붉은 행성(화성)의 적도를 따라 흐르는 극열의 흙강, 수성의 밤과 낮 같은 현상에 대해서도 여행 관련 정신드라마를 통해서 경험한 게 고작이었다.

하지만 그는 위성에 관한 현상들은 아는 것에서 그치지 않고 사랑했다.

위성들이 어떠냐고?

위성들은 자그맣다. 위성들은 조금씩 다른 양상으로 아름답다.

하버드 대학을 졸업하고 루나로 돌아온 케이튼은 포보스 스테이션*으로 이동했다. 그곳에서 기록 장치의 배터리, 저용량 컴퓨터, 주소 인쇄기에 플러그로 연결되어 영광스러운 문서 정리원으로 근무했다. 한가할 때면 편광 렌즈 보안경이 장착된 작업복 차림으로 포보스를 탐색했는데, 지름이 12킬로미터의 밝은 암석 덩어리 데이모스**가 무서울 정도로 지평선에 가까이 접근하는 것을 목격하기도 했다. 깊은 인상을 받은 그는 사람들을 모아 함께 데이모스로 향했다. 그는 자그마한 위성 데이모스를 최대한 탐색한 뒤

---

* 포보스는 화성의 두 위성 가운데 큰 쪽이다.
** 화성의 두 위성 가운데 작은 쪽.

목성의 위성들로 옮겨 가, 빛나는 갈색 눈으로 이오, 유로파, 가니메데, 칼리스토를 두루 관찰했다. 이어서 토성의 위성 한 곳에 배치받은 그는 착륙장 밖으로 나가 홀로 위성을 둘러보기도 했다. 토성 고리의 확산된 빛 아래서 토성의 위성들은 자전을 계속했다. 그는 밤낮을 가리지 않고 완전히 몰입해서 회색 분화구, 회색 산맥, 계곡, 협곡을 돌아다니며 탐색했다. 위성들이 다 거기서 거기 아니냐고?

눈가리개를 착용하게 하고 그 위성들 중 한 곳에 데려다놓은 뒤 눈가리개를 갑자기 풀어도, 케이튼은 암석의 구조와 결정체의 형성 양상, 전반적인 지형을 보고 그곳이 어떤 위성인지 바로 알아낼 것이다. 키 큰 케이튼은 풍경과 특성의 미묘한 차이를 알아보는 데 익숙했다. 완전한 세상 혹은 온전한 인간의 다양한 면모를 추구하려는 열정에 대해서도 그는 잘 알았지만, 그런 열정에 대한 반감도 갖고 있었다.

케이튼이 반감을 표출하는 방식은 두 가지였다.

반감의 내면적 표출을 위해, 그는 소설을 썼다.

그는 보석 박힌 녹음기를 체인으로 연결해 허리에 차고 있었다. 그가 장학금을 받았을 때 부모님이 주신 선물이었다. 지금까지 그 녹음기에 수십만 단어를 녹음했지만 소설은 아직 1장도 시작하지 못했다.

반감의 외면적 표출을 위해, 그는 상당한 교육을 받은 인재임에도 불구하고 고독한 삶을 선택했다. 그런 생활이 본인의 기질에 잘 맞지 않을 때도 있었지만 애써 감수하면서 소위 인간 활동으로 부터 서서히 멀어지고 있었다. 그의 기준에서 인간 활동의 기준은 '지구'라 불리는 세상이었다. 그가 사이보그 승무원 교육을 마친 것은 불과 한 달 전이었고, 해왕성의 최대 위성 트리톤에 도착한 것은 바로 그날 아침이었다.

케이튼의 갈색 머리는 윤기가 흐르고 헝클어졌으며 싸움이 벌어졌을 때 (상대가 그만큼 키가 크다면) 상대방에게 머리끄덩이를 잡히기 딱 좋은 길이였다. 두 손을 허리띠 아래로 내려 납작한 배에 붙인 채 걸어가던 그는 산책로에 이르자 걸음을 멈췄다. 난간에 걸터앉은 누군가가 감각 악기 시링크스로 연주하고 있었다.

주변에는 몇몇 사람들이 멈춰 서서 그것을 구경하고 있었다.

색깔들이 둔주곡 형식으로 허공에 흐르고, 형태가 바람을 머금고 오르내렸다. 좀 더 밝은 에메랄드에서 색감이 흐린 자수정으로 바뀌었다. 식초와 눈, 대양, 생강, 강아지, 럼주의 향기가 바람을 타고 흘렀다. 가을, 대양, 생강, 대양, 가을. 대양, 대양, 끝없이 밀려드는 대양의 파도. 반짝이는 푸른색 거품의 빛이 마우스의 얼굴을 밝혔다. 전기적 아르페지오[*]를 통한 새로운 라가[**]였다.

난간에 걸터앉은 마우스는 여러 이미지들과 환하게 빛을 뿜는

---

[*] 하프나 피아노 등에서 화음을 연속적으로 빨리 연주하는 일.
[**] 인도 음악의 전통적인 선율 양식.

내파內破들 사이를 바라보았다. 시링크스의 빛이 손등으로 흐르는 동안 그의 갈색 손가락은 프렛을 눌렀다. 손가락들이 아래로 내려가자 손바닥 밑에서 이미지들이 솟구쳤다.

그의 주변에는 십여 명의 사람들이 모여 있었다. 그들은 눈을 껌벅이며 이미지들의 움직임에 맞춰 고개를 돌렸다. 환영의 빛이 그들의 눈두덩을 흔들고, 입가의 주름을 타고 흘렀으며, 이마의 깊은 고랑을 채웠다. 한 여자는 귀를 문지르며 기침을 했다. 한 남자는 주머니 아래쪽을 주먹으로 내리 찔렀다.

케이튼은 그 사람들 머리 위에서 내려다보았다.

누군가 그 사람들을 밀치고 앞으로 나서자 연주 중이던 마우스가 고개를 들었다.

눈먼 댄이었다. 댄은 비틀거리며 나아가다 걸음을 멈추더니 시링크스의 불빛 속에서 휘청거렸다.

"어이, 이봐. 비켜—"

"이봐요, 할아버지, 비키라고요—"

"당신 때문에 저 친구의 연주를 볼 수가 없잖아—"

마우스가 만들어낸 이미지들 한가운데서 댄은 고개를 흔들고 몸을 휘청거렸다.

마우스는 웃음을 터뜨렸다. 그의 갈색 손이 투사 장치의 손잡이를 쥐자, 댄 앞에 선 화려한 악마 이미지의 주변에서 빛과 소리와 향기가 사그라졌다. 악마는 울부짖고 얼굴을 찌푸리면서 비늘로 뒤덮인 날개를 퍼덕였다. 악마가 날갯짓을 할 때마다 날개의 색깔이 바뀌었다. 악마는 트럼펫처럼 울부짖으며 댄과 비슷하게 얼굴을 찌푸렸고, 이마에 붙은 제3의 눈이 빙글빙글 돌았다.

사람들은 그 모습을 보고 웃기 시작했다.

악마의 흐릿한 환영이 마우스의 손가락 위로 훌쩍 뛰어오르자 집시 청년 마우스는 짓궂게 웃었다.

댄이 한쪽 팔을 휘저으며 휘청휘청 앞으로 걸어갔다.

그러자 악마는 악을 쓰면서 몸을 돌리고 웅크렸다. 악마가 진동 밸브 같은 소리와 함께 악취를 뿜어내자, 그동안 더 모여든 수십 명의 구경꾼들이 아우성을 쳤다.

마우스 옆에서 난간에 기대어 있던 케이튼은 당황해 목덜미가 달아올랐다.

악마는 그저 신나게 뛰어다녔다.

허리를 굽힌 케이튼이 시각 유도용량장場을 향해 손바닥을 뻗자 이미지가 흐릿해졌다.

마우스가 날카롭게 시선을 들며 항의했다.

"뭡니까."

"굳이 그렇게까지 할 필요는 없잖아."

케이튼은 커다란 손으로 마우스의 어깨를 짚었다. 마우스가 설명했다.

"저 사람 맹인입니다. 듣지도 냄새를 맡지도 못해요. 지금 자기 앞에서 무슨 일이 일어나고 있는지 모른다고요……"

마우스는 못마땅해하며 검은 눈썹을 아래로 내려뜨렸다. 그러느라 연주를 멈췄다.

아무것도 의식하지 못하는 채로 구경꾼들 한가운데 홀로 서 있던 댄은 별안간 악을 썼다. 잠시 멈췄다가 폐 안까지 울릴 만큼 큰 소리로 다시 또 악을 썼다. 사람들은 뒤로 물러섰다. 마우스와 케이튼은 댄이 질겁하며 팔을 휘젓는 방향으로 시선을 돌렸다.

금 디스크가 붙은 검푸른 조끼를 입고, 환하게 빛나는 머리카락 아래 상처를 내보이며 로크 본 레이 선장이 구경꾼들 사이로 걸어 나왔다.

댄은 앞을 보지 못하면서도 로크의 존재를 인식했다. 그대로 휘청거리며 한 바퀴 돌더니 옆에 서 있던 남자를 밀치고, 어떤 여자의 어깨를 손날로 내리치면서 구경꾼들 사이로 모습을 감췄다.

댄이 사라지고 시링크스 작동이 멈추자 사람들의 관심은 자연히 선장에게 옮겨 갔다. 본 레이는 손바닥으로 허벅지를 쳤다. 검은 바지에 손바닥이 닿는 순간 널빤지가 쪼개지는 듯 짝! 소리가 났다.

"그만! 소리 그만 질러!"

선장은 우렁찬 목소리로 외치고는 말을 이었다.

"이 자리에서 장거리 여행을 함께할 사이보그 승무원을 뽑으려고 한다. 우리는 내측 나선팔을 따라 이동하게 될 것이다." 선장의 노란 눈동자가 생기로 반짝였다. 그가 싱긋 미소를 짓자, 녹슨 쇠처럼 거친 머리카락 아래로 얼굴의 이지러진 상처가 두드러졌다. 그의 찡그린 입과 이마에 담긴 감정을 간파하기란 결코 쉽지 않았다. "밤의 테두리를 향해 중간 지점까지 가게 되는 이 여정에 함께 하고 싶은 사람 있나? 평생 모래만 밟고 살 건가, 아니면 다른 별에도 가보면서 살 건가? 거기 자네!" 그는 난간에 걸터앉은 마우스를 손으로 가리켰다. "합류할 생각 있나?"

마우스는 난간에서 내려와 물었다.

"저요?"

"자네와 그 휴대용 풍금 같은 장치도 같이 가져가도록 하지! 어디서 연주하든 조심만 해준다면, 허공에 환영을 펼치고 즐거운 음악을 들려주는 사람과 함께 다니고 싶어. 같이 가지."

마우스는 입 안쪽으로 싱긋 웃었다.

"그러죠." 마우스는 곧 웃음기를 거뒀다. "가겠습니다." 잠시 청년 마우스는 늙은이처럼 거칠게 속삭이는 목소리로 덧붙였다. "당연히 가야죠, 선장님."

마우스가 고개를 끄덕이자 귀에 걸린 금귀고리가 화산 균열 지대의 빛을 받아 반짝였다. 뜨끈한 바람이 난간을 넘어와 마우스의 검은 머리카락을 훑어 내렸다.

"같이 가고 싶은 친구가 있으면 추천해봐. 승무원이 더 필요하니까."

이 항구에서 특별히 마음에 드는 사람이 없었던 마우스는 방금 전 그가 댄을 괴롭힐 때 막아선 별나게 키 큰 젊은 남자를 가리키며 말했다.

"저 땅딸보는 어떠세요?" 마우스가 엄지로 가리키자 케이튼은 놀란 얼굴이었다. "잘은 모르지만 친구로 삼아도 좋겠는데요."

"좋아. 그럼……" 본 레이 선장은 잠시 눈을 가늘게 뜨고 케이튼의 구부정한 어깨와 좁은 가슴팍, 높은 광대뼈, 구리색 얼룩이 있는 지나치게 촉촉한 갈색 홍채를 바라보았다. 콘택트렌즈 안쪽의 눈동자 가장자리가 흐릿했다. "……두 명은 확보했군."

선장의 말에 케이튼은 귀까지 열이 올랐다.

"또 없나? 왜들 이래? 이 작은 중력 덩어리를 떠나 별것도 아닌 태양을 향해 이동하는 여정이 설마 두려운 건가?" 선장은 햇살을 받아 환하게 빛나는 산맥을 턱 끝으로 가리켰다. "밤은 영원하고 아침은 추억 속에나 존재하는 곳으로 함께 떠날 사람?"

한 남자가 앞으로 나섰다. 엠퍼러 포도 같은 짙은 피부색을 가진 그 남자는 머리통이 길쭉했고 유능해 보이는 인상이었다.

"저도 함께 가겠습니다."

남자가 입을 열자 턱 아래 근육과 불그레한 두피의 정수리 부분이 바르르 떨렸다.

"같이 갈 친구가 있나?"

그러자 또 다른 남자가 한 발 앞으로 나섰다. 그 남자의 피부는 비누처럼 반투명했고 머리카락은 하얀 양털 같았다. 사람들은 잠시 후에야 두 남자의 생김새가 꼭 닮아 있음을 알아챘다. 두툼한 입술 가장자리의 날카로운 끝 선, 종 모양 콧구멍 아래쪽 인중의 기울어진 정도, 광대뼈의 각도까지 영락없이 똑같았다. 쌍둥이였다. 두 번째 남자가 고개를 돌리자 마우스는 그 남자의 껌벅이는 눈을 마주 보았다. 은색이 도는 눈동자였다.

두 번째 남자는 알비노*였다. 거친 손마디와 고된 노동으로 뭉개진 손톱, 팔뚝에 두드러지는 굵고 검푸른 혈관. 알비노는 넓적한 손바닥을 쌍둥이 형제의 검은 어깨에 얹으며 말했다.

"우리는 늘 함께 다닙니다."

식민지 특유의 길게 끄는 느릿한 말투까지 똑같았다.

본 레이는 사람들을 둘러보며 물었다.

"또 없어?"

"저도 데려가주시겠습니까, 선장님?"

한 남자가 앞으로 나섰다.

그 남자의 어깨 위에서 무언가가 움직거렸다.

그의 노란 머리카락이 화산 지대의 균열에서 올라온 바람에 휘날린 탓이 아니었다. 그것은 오닉스 같기도 하고 운모 같기도 한 새까맣고 촉촉한 날개를 접었다가 펼쳤다. 그것의 까만 발톱은 마치 견장처럼 남자의 다부진 어깨를 움켜잡고 있었다. 남자는 그것으로 손을 뻗어, 주걱처럼 두툼한 엄지로 그것의 발등을 쓰다듬었다.

"애완동물 말고 같이 갈 다른 친구는 없나?"

그러자 자그마한 손으로 남자의 손을 잡은 채 뒤에 물러서 있던 여자가 앞으로 나섰다.

---

* 선천성 색소 결핍증에 걸린 사람이나 동물을 가리키는 말.

버드나무 가지? 새의 날개? 봄에 부는 빠른 바람? 마우스는 여자의 부드러운 얼굴을 표현할 만한 느낌을 찾으려 시링크스의 저장 목록을 뒤적였지만 마땅한 항목이 없었다.

여자의 눈동자는 강철색이었다. 조끼 끈 안쪽에 봉긋 솟은 작은 가슴이 일정한 호흡으로 오르내렸다. 그 강철 같은 눈을 반짝이며 여자는 주변을 둘러보았다. (상대의 특징을 미묘하게 인식할 줄 아는 케이튼은 그녀를 강한 여성이라고 생각했다.)

본 레이 선장은 팔짱을 끼며 말했다.

"자네 둘, 그리고 자네 어깨에 올라앉은 짐승까지……?"

그러자 여자가 말했다.

"저희는 애완동물이 여섯 마리 있어요, 선장님."

"우주선에 태울 수만 있다면 상관없어. 하지만 함부로 퍼덕이다가 내 발길에 차이면 내다 버릴 테니 그리 알아."

"알겠습니다, 선장님."

불그레한 얼굴에 길게 째진 눈을 가진 남자는 얼굴에 주름을 잡으며 미소 지었다. 남자는 여자의 손을 잡고 있지 않은 다른 쪽 손으로 팔의 이두박근을 잡더니 팔뚝에 수북이 자란 금색 잔털을 손가락으로 쓸어내렸다. 그리고 여자의 손을 두 손으로 꼭 잡았다. 그들은 술집에서 카드놀이를 하고 있던 커플이었다. 남자가 선장에게 물었다.

"언제 승선합니까?"

"동트기 한 시간 전에. 내 우주선은 태양을 맞이하러 가는 거야.

17번 승강장에 '록호'라고 있어. 친구들은 자네를 뭐라고 부르지?"

"세바스티안입니다."

남자의 황금색 어깨에 홰를 타고 앉은 짐승이 날개를 퍼덕였다.

"저는 타이이라고 해요."

짐승이 여자의 얼굴에 그림자를 드리웠다.

본 레이 선장은 고개를 슬쩍 숙이더니 녹빛 눈썹 아래 호랑이 같은 눈빛으로 그들을 바라보며 물었다.

"적들은 자네들을 뭐라고 부르지?"

그러자 남자가 웃으며 대답했다.

"빌어먹을 세바스티안과 퍼덕거리는 검은색 곡마단원들이라고 부릅니다."

본 레이는 여자를 보며 물었다.

"당신은?"

"타이이요." 그리고 나지막하게 덧붙였다. "조용한 타이이."

본 레이는 쌍둥이를 돌아보며 물었다.

"자네들의 이름은?"

"제 형제는 이다스*이고……" 알비노가 쌍둥이 형제의 팔에 손을 얹으며 말했다. "……저는 린케우스입니다."

"내가 자네들의 적에게 자네들을 뭐라고 부르는지 묻는다면 어

---

* 그리스 신화 속 린케우스의 쌍둥이 형 '이다스'에서 따온 이름. 그리스 신화에서 이다스는 천리안을 지닌 동생 린케우스와 함께 황금의 양모피를 찾아 떠나는 아르고호의 모험에 동참했다.

떤 대답을 듣게 될까?"

검은 피부의 쌍둥이가 어깨를 으쓱하며 말했다. "그저 린케우스와……"

그러자 흰 피부의 쌍둥이가 말을 맺었다. "……이다스라고 하겠죠."

본 레이는 마우스를 턱 끝으로 가리키며 물었다.

"자네는?"

"친한 사이라면 마우스라고 부르고, 적이라면 제 이름을 절대 모를 겁니다."

본 레이는 고개를 들어 키 큰 남자를 올려다보았다. 그 바람에 노란 안구가 눈꺼풀에 반쯤 덮였다.

"케이튼 크로퍼드라고 합니다." 케이튼은 선선히 대답하는 자신에게 놀랐다. "적들이 저를 어떻게 부르는지 알게 되면 말씀드리겠습니다, 본 레이 선장님."

"우리는 장거리 여행을 떠나게 된다. 여러분은 지금껏 본 적 없는 적들과 대면하게 될 거다. 아마 프린스 레드, 루비 레드와 맞부딪칠 가능성이 높겠지. 우리는 빈 화물 우주선으로 출발했다가, 기계의 바퀴가 온전하다는 전제하에 화물칸을 가득 채워서 돌아올 예정이다. 참고로 이 여정을 이미 두 번 진행했다. 첫 번째 여정은 시작조차 하기 힘들었고, 두 번째에는 목표물의 바로 앞까지 갔었지. 하지만 일부 승무원들은 목표물을 보는 것조차 힘들어했다. 이번에는 제대로 출발하고 화물칸을 채운 뒤 돌아올 거다."

"정확히 어디로 가는 거죠?" 세바스티안이 물었다. 그의 어깨에 홰를 타고 앉은 짐승은 균형을 맞추느라 이쪽 발에서 저쪽 발로 중심을 옮겨 갔다. 날개를 다 펴자 그 길이가 거의 210센티미터에 달했다. "그곳에 뭐가 있습니까, 선장님?"

본 레이는 마치 목적지가 눈앞에 보이기라도 하는 듯 고개를 치켜들었다가 천천히 시선을 내리며 대답했다.

"그곳에는……"

마우스는 목뒤의 피부에 소름이 돋았다. 마치 그의 피부가 천으로 되어 있고, 누군가 헐거운 끄트머리를 낚아채 올을 쭉 풀어내는 느낌이었다.

"그곳에는…… 신성이 있지."

두려움 때문일까?

잠시 하늘의 별을 올려다보던 마우스는 댄의 망가진 눈을 떠올렸다.

케이튼은 수많은 위성들의 움푹움푹 팬 구덩이를 생각했다. 압력으로 인해 우주복 헬멧 안쪽에서 두 눈이 불거지고 저 아래쪽에서 태양이 붕괴되는 광경이 머릿속에 그려졌다.

"우리는 신성을 사냥하러 가는 거군요."

지독하게 두려운 일이라고 마우스는 생각했다. 가슴안에서 짐승 한 마리가 퍼덕거리다가 흉곽 속에서 휘청대는 기분이었다.

케이튼은 이것이 앞으로 하게 될 무수한 여행의 시작이구나 싶었다.

"우리는 붕괴 중인 태양의 활활 타오르는 가장자리로 가게 된다. 신성 지역의 전체 연속체는 뒤틀린 우주다. 우리는 혼란의 가장자리로 접근해 불을 가지고 나와야 해. 중간에 최대한 멈추는 횟수를 줄여야 하지. 우리가 가려는 그곳은 모든 법칙이 무너진 곳이거든."

케이튼이 물었다.

"어떤 법칙을 말씀하시는 겁니까? 인간의 법칙인가요 아니면 물리학, 심리학, 화학의 자연 법칙인가요?"

본 레이는 잠시 생각한 끝에 대답했다.

"모든 분야의 법칙."

마우스는 가죽 끈을 어깨에 걸고 시링크스를 가죽 배낭에 집어넣었다.

"이건 경주나 마찬가지야. 프린스 레드와 루비 레드가 우리의 경주 상대지. 나는 어떤 인간의 법칙도 고수할 수 없어. 신성에 접근할수록 나머지 법칙들도 모두 무너져버릴 테지."

마우스는 이마로 내려온 머리카락을 쓸어 넘겼다.

"참 색다른 여행이 될 것 같네요, 선장님." 마우스의 갈색 얼굴을 이루는 근육들이 별안간 움직거리다가 파르르 떨렸다. 그의 얼굴은 떨림 속에서도 웃음을 잃지 않으려 안간힘을 썼다. 배낭 안에 손을 넣어 시링크스에 새겨진 무늬를 어루만졌다. "예전에 했던 여행과는 확실히 다르겠어요." 발음이 불분명하게 나와서인지 더 위험하게 느껴졌다. "이번 여행에 관한 노래도 만들 생각입니다." 그러고는 입술을 혀로 핥았다.

그러자 린케우스가 말했다.

"우리가 가지고 돌아올…… 약간의 불덩어리에 대한 노래가 되겠군요."

본 레이가 린케우스의 말을 바로잡았다.

"화물칸을 가득 채울 거다. 7톤 정도. 1톤가량의 덩어리 일곱 개를 실어야지."

이다스가 "불덩어리 7톤을 가지고 돌아오는 건 불가능할 텐데요……"라고 말하자 린케우스가 "……정확히 우리가 무엇을 싣고 오는 겁니까, 선장님?" 하고 물었다.

승무원으로 뽑힌 이들은 선장의 대답을 기다렸다. 승무원들 주변에 서 있는 구경꾼들도 대답을 기다리기는 마찬가지였다.

본 레이는 팔을 들어 오른쪽 어깨를 주무르며 대답했다.

"일리리온. 우리는 원천지에서 일리리온을 가져올 거다." 그는 팔을 내리며 덧붙였다. "자네들의 식별 번호를 알려줘. 그럼 동트기 한 시간 전에 록호에서 만나기로 하지."

"한 잔 마셔……"

마우스는 술을 권하는 손을 밀어 치우고 계속 춤을 추었다. 붉은색 조명등이 바 주변을 휘황하게 밝힌 가운데 금속 차임벨 소리 위로 음악이 요란하게 흘렀다.

"한 잔……"

마우스는 음악에 맞지 않게 엉덩이를 홱 움직였다. 타이이의 환영이 마우스에게 부딪치자 그녀의 반들거리는 어깨에 붙어 있던 검은 머리카락이 뒤로 휘날렸다. 타이이의 환영은 눈을 감은 채로 입술을 달싹였다.

누군가가 그 옆의 누군가에게 말하고 있었다. "저기, 난 이거 못 마시겠어. 대신 다 마셔줘."

타이이는 손을 퍼덕이면서 마우스 쪽으로 다가왔다. 마우스는 눈을 껌벅였다.

타이이가 몸을 씰룩거리기 시작했다.

마우스는 다시 눈을 껌벅였다.

그때 마우스는 린케우스가 하얀 손으로 시링크스를 들어 올리는 것을 보았다. 린케우스의 형제인 이다스는 그의 뒤에 서 있었다. 그들은 소리 내어 웃고 있었다. 진짜 타이이는 구석에 있는 탁자 앞에 앉아 카드를 섞는 중이었다.

"어이." 마우스는 린케우스에게 빠른 걸음으로 다가가며 말했다. "이봐요. 내 악기를 함부로 건드리지 말아요. 연주를 할 줄 안다면 괜찮지만. 그래도 그 전에 나한테 물어보세요."

"알았어. 지금 환영을 볼 수 있는 게 너뿐이라서……"

린케우스에 이어 이다스가 말을 맺었다.

"……우리도 보려고 빛의 방향을 맞춰본 거야. 미안."

"괜찮아요."

마우스는 시링크스를 돌려받았다. 그는 취했고 몸도 피곤했다.

술집을 나와서 헬³의 빨갛게 달아오른 가장자리를 따라 걷다 17번 승강장으로 이어지는 다리를 건너갔다. 하늘이 검었다. 손으로 난간을 문지르는데, 저 아래서 타오르는 용암으로 인해 손가락과 팔뚝이 오렌지색으로 물들었다.

누군가가 저 앞 난간에 기대서 있었다.

마우스는 걸음을 늦췄다.

화산 지대 균열의 심연을 멍하니 바라보고 있는 사람은 케이튼이었다. 아래서 올라오는 빛을 받은 그의 얼굴은 마치 악마 가면을 쓴 것처럼 보였다.

처음에 마우스는 케이튼이 혼잣말을 하는 줄 알았다. 그런데 가만히 보니 케이튼의 손에 보석 박힌 녹음 장치가 들려 있었다.

케이튼은 녹음기에 대고 말했다.

"인간의 뇌를 절개하면, 대뇌와 수질 사이의 중간쯤에 인간 형상을 한 1센티미터 크기의 신경 다발이 보인다. 이 신경 다발은 뇌 바깥에서 비롯된 감각 인상을 뇌 안에서 형성된 추상적 개념과 연결시킨다. 바깥 세계에 대한 인식과 내면세계의 지식 간의 균형을 맞추기 위해서다.

세상과 세상을 이어주는 헐거운 연결 지점을 끊는다면……"

"어이, 케이튼."

케이튼이 마우스를 힐끗 돌아본 순간 아래서 용암의 뜨거운 공기가 훅 솟구쳤다.

"……이 항성계와 저 항성계를 연결하며, 태양계를 중심으로 하는 드라코 지역과 플레이아데스 연방, 외곽 식민지들을 단일 독립체로 유지해준다. 무수한 외교관들, 선출직이나 자천 공무원들은 각자 처한 상황에 따라 정직할 수도 있고 부패했을 수도 있다. 요컨대 각각의 세계에서 통치 체제의 기반은 형태를 달리하지만, 본질적인 기능은 제국에 영향을 미치는 사회적, 경제적, 문화적 압력에 대응하고 균형을 맞추는 것이다.

만일 누군가 불타오르는 가스 한가운데에 위치한 별 사이로 길을 낼 수 있다면, 태양이 압축된 상태라 불안정하며, 주변의 질량에 의해 압박을 받고 있는 순전한 핵물질임을 알 수 있을 것이다. 태양 자체의 형태는 구형일 수도 있고 편원형일 수도 있다. 태양 교란 시에 중심부는 별 자체에 영향을 미치는 교란으로 인해 진동이 발생하는데, 이 진동은 태양 표면에서 발생하는 조석의 진동을 상쇄한다.

때로는 인간 뇌의 지각 압박감의 균형을 맞추는 과정에서 작은 신체가 잘못되는 일도 발생한다.

정부 및 외교 수반들조차 그들이 지배하는 세상의 압박감을 다루지 못하는 때가 종종 있다.

태양 내부의 균형 달성을 위한 기제가 잘못될 경우 엄청난 별의 힘이 분산되는데, 그때 발생하는 거대한 힘으로 인해 태양은……"

"케이튼?"

케이튼은 녹음기를 끄고 마우스를 쳐다보았다.

"뭐 해요?"

"소설 집필을 위해 메모하는 중이야."

"뭘 집필한다고요?"

"정신드라마로 대체된 구식 예술의 한 형태지. 음, 지금은 사라진 미묘한 감성들, 영적이고 예술적인 감성을 표현할 수 있어. 이것보다 더 즉각적인 표현 형태는 아직 만들어지지 않았어. 그런 면에서 나는 시대착오적인 사람이라고 할 수 있어, 마우스." 케이튼은 빙그레 웃으며 덧붙였다. "내 직업 덕분이지."

마우스는 어깨를 으쓱했다.

"무슨 소릴 하는 거예요?"

케이튼은 주머니에 녹음기를 집어넣었다.

"심리학Psychology, 정치학Politics, 물리학Physics. 셋 다 'P'로 시작해."

"심리학? **정치학**요?"

"읽고 쓸 줄은 알아?"

"터키어, 그리스어, 아라비아어를 할 줄 알아요. 영어는 잘 못하고. 영어는 문자가 소리와 잘 맞아떨어지지 않아서요."

마우스의 대답에 케이튼은 고개를 끄덕였다. 그는 약간 취한 상태였다.

"영어는 심오한 언어야. 그래서 소설을 쓰기에 적합해. 내가 지나치게 단순화해서 말한 걸 수도 있어."

"심리학과 정치학은요? 물리학에 대해서는 나도 좀 아는데."

케이튼은 200미터 아래서 굽이굽이 흐르는, 촉촉하고 환한 마그마를 내려다보며 말했다.

"특히 우리 선장의 심리 상태와 정치관이 꽤나 흥미롭게 느껴져."

"어떤데요?"

"선장의 심리 상태를 알 수 없으니 궁금한 거지. 물론 시간이 지나면 그의 심리 상태를 관찰할 기회가 있을 거야. 그의 정치관에 대해서도 여러 가지 가능성을 생각해볼 수 있어."

"예? 무슨 뜻이에요?"

케이튼은 양손을 모아 깍지를 끼고 손가락 마디에 턱을 받쳤다.

"한때 위대한 나라였지만 지금은 폐허나 다름없는 곳의 고등 교육 기관에 다닌 적이 있어. 학교 안에 '본 레이 심리과학 연구소'라는 건물이 있었거든. 최근에, 그러니까 140년 전쯤에 증축한 건물이야."

"본 레이 선장과 관계가 있을까요?"

"어쩌면 선장님의 할아버지일 수도 있어. 플레이아데스 연방이 드라코 법원으로부터 주권을 인정받은 지 13년째 되는 해를 기념해 본 레이라는 분이 그 학교에 기증한 건물이니까."

"본 레이 선장님이 플레이아데스 연방 출신이라고요? 말투가 그쪽 같지 않던데. 세바스티안과 타이이는 그쪽 출신 같지만요. 확실해요?"

"선장님의 가문 재산이 그곳에 있는 건 확실해. 선장님은 온 우주를 돌아다니면서 사는 분이지만. 이제 그분의 우주여행 방식에 우리도 익숙해져야겠지. 선장님이 화물선의 소유주일 가능성이 얼마나 된다고 생각해?"

"연합 회사 소속으로 일하시는 게 아니라 소유주라고요?"

"본인이 아니더라도 가문이 소유한 화물선일 수도 있어. 본 레이 가문은 플레이아데스 연방에서 가장 강력한 가문이니까. 선장님이 그 가문의 먼 친척쯤 되는 사람일 수도 있겠지. 어쩌다 보니 본 레이라는 성을 가지게 됐을 수도 있고. 아니면 그 가문의 상속자이자 직계 자손일 수도 있어. 어쨌든 본 레이라는 성은 플레이아데스 연방 전반을 관리하고 구성하는 사람들과 관련이 있어. 외곽식민지에 여름용 별장을 갖고 있고 지구에도 타운하우스 한두 채쯤 갖고 있는 그런 사람들 말이야."

"그렇다면 선장님은 꽤 거물이겠군요."

마우스는 목쉰 소리로 말했다.

"아마도."

"아까 선장님이 말한 프린스 레드와 루비 레드는 어떤 사람들이에요?"

"넌 멍청한 거냐 아니면 32세기 과도한 전문화의 산물인 거냐? 가끔은 나도 20세기의 위대한 르네상스적 인물들에 대한 꿈을 꾸기도 해. 버트런드 러셀, 수잔 랭거, 페이트 대블린 같은 인물들." 그는 마우스를 바라보며 물었다. "행성 간 혹은 성간 구동 장치를 만드는 게 누구라고 생각해?"

"레드시프트 리미티드사죠……" 마우스는 멈칫했다. "우리가 아는 그 레드요?"

"선장님이 본 레이 가문 사람이 아니라면 레드 가문이 아니라 다른 가문 얘기를 입에 올렸겠지. 본 레이 가문 사람이니 바로 그 레드 가문에 대해 언급한 거라고 봐야 돼."

"젠장."

레드시프트사는 주변에서 흔하게 접할 수 있는 브랜드였다. 레드시프트사는 모든 우주선의 구동 장치에 들어가는 부품, 우주선 분해 장비, 우주선 점검 기계, 교체 부품을 만드는 회사였다.

"레드는 우주여행이 시작되던 시절부터 사업을 해온 가문이야. 지구에 확고하게 기반을 두고, 드라코의 시스템 전반에 걸쳐 영향력을 미치고 있어. 본 레이는 그 정도로 오래되지는 않았지만 플레이아데스 연방 내에서 영향력이 대단한 가문이지. 그 두 가문이 지금 일리리온 7톤을 먼저 차지하려고 경쟁이 붙은 거야. 그 경쟁의 결과가 어떨지를 생각하면 너도 정치적으로 민감하게 반응하게 되지 않아?"

"왜 굳이 그래야 하죠?"

"자기표현과 내면세계의 투영에 몰두하는 예술가는 대개 정치에 관심이 없다고들 하지. 하지만 **과연 그럴까**, 마우스."

"**무슨 소릴** 하는 거예요, 케이튼?"

"마우스, 너에게 일리리온은 어떤 의미지?"

마우스는 가만히 생각해보았다.

"일리리온 배터리가 있어야 나도 시링크스로 연주할 수 있어요. 일리리온이 있어야 이 위성의 중심부를 뜨겁게 유지할 수 있고요.

그리고 일리리온은 초광속 이동과도 관계있지 않아요?"

케이튼은 눈을 지그시 감았다. "너도 나처럼 정식으로 등록되고 검사를 거친 유능한 사이보그 승무원이지?" 케이튼은 "그렇지?"라고 물으며 눈을 떴다.

마우스는 고개를 끄덕였다.

"아, 이해를 지식의 핵심으로 여기는 교육 체계가 어서 부활해야 될 텐데." 케이튼은 탄식 끝에 명멸하는 어둠에 대고 나지막하게 물었다. "사이보그 훈련은 어디서 받았어? 오스트레일리아?"

"**으음.**"

"잘 생각해봐, 마우스. 네 시링크스 배터리에 들어가는 일리리온은 양이 비교적 적어. 20에서 25 정도지. 라듐 다이얼 시계 숫자판의 숫자들을 그리는 데 쓰이는 형광도료에도 라듐이 들어가는데 그것보다 적다고. 그런데도 시링크스 배터리는 수명이 얼마나 되지?"

"50년쯤 된다고 들었어요. 배터리 값이 엄청 비싸긴 해요."

"이 위성의 중심부를 계속 용융된 상태로 유지하는 데 필요한 일리리온의 양도 몇 그램에 불과해. 우주선을 작동시키는 데 필요한 일리리온의 양이 어느 정도일지는 짐작이 가겠지. 온 우주에서 지금까지 캐낸 일리리온의 양이 8,000 내지 9,000킬로그램 정도야. 그런데 본 레이 선장은 **무려 7톤을** 가져오겠다는 거라고!"

"레드시프트사가 엄청 흥미로워하겠네요."

케이튼은 고개를 크게 끄덕거렸다.

"그렇겠지."

"케이튼, 일리리온이 정확히 뭐예요? 쿠퍼 우주비행학교에서도 물어봤는데, 그 학교 선생은 설명을 해줘도 너무 복잡해서 못 알아들을 거라고 했어요."

"하버드 대학에서도 같은 말을 했어. 정신물리학 74, 75 과목을 듣던 중에 질문을 했지만 결국 답을 못 들었지. 난 직접 알아보려고 도서관으로 갔어. 플로브니에브스키 교수가 일리리온에 대해 내린 정의가 제일 잘 이해가 되더라고. 플로브니에브스키 교수가 2338년 옥스퍼드에서 발표하고, 3주 후 영국 학술원 회원들 앞에서 다시 한번 발표한 논문이야. 그 부분을 인용해볼게. '여러분, 기본적으로 일리리온은 뭔가 다른 물질입니다.' 그런데 교수가 영어로 표현하는 데 서툴렀거나 미묘한 의미를 깊게 이해하지 못한 것 같아. 그런 점을 감안해서 사전적 정의를 내리자면 이렇게 될 거야. '……일리리온은 정신형태적 특성들을 지니고, 공통된 여러 원소 및 주기표 107과 255 사이의 가상 원소들에 속하는 300개 원소들의 집단을 일컫는 일반적인 명칭입니다.' 아원자 물리학 수업은 들은 적 있어?"

"나는 가난한 사이보그 승무원일 뿐이에요."

케이튼은 한쪽 눈썹을 슬쩍 치켜떴다.

"주기표에서 원자 번호 98을 넘어가면 원소들은 점점 불안정해져. 1초의 100분의 1의 반감기를 가지는 아인시타이늄, 칼리포르늄, 페르뮴 같은 원소들을 비롯해서 1초의 10만 분의 1의 반감기를 가지는 원소들이 나오지. 숫자가 높아질수록 점점 더 불안정해져. 이런 이유 때문에 100부터 298까지의 원소들에는 '가상 원소'라는 명칭을 붙인 거야. 그 명칭이 딱히 옳다고 볼 수는 없지만, 실제로 존재하기는 하니까. 다만 오래 안정적으로 존재하지는 않아. 296번 언저리의 원소들 같은 경우, 다시 안정성이 높아지기 시작해. 300번에 이르면 1초의 10분의 1 정도로 반감기 측정이 가능한 상태로 돌아가. 그리고 305, 306번부터는 수백만 년 안쪽의 반감기를 가지는 것으로 알려진 완전히 새로운 원소들이 자리하지. 이 원소들은 핵이 크고 **아주** 희귀해. 하지만 1950년대에는 양성자와 중성자보다 큰 소립자인 중핵자가 발견됐을 뿐이었어. 중핵자는 이 큼직한 핵들을 뭉치게 만드는 힘을 갖고 있어. 좀 더 우리한테 익숙한 원소들에서 평범한 중간자들이 핵들을 뭉치게 하듯이. 이처럼 대단히 무겁고 안정적인 원소들을 가리키는 용어가 바로 일리리온이야. 저명한 플로브니에브스키 교수의 말을 다시 한번 인용할게. 그는 '여러분, 기본적으로 일리리온은 뭔가 다른 물질입니다'라고 했어. 웹스터 사전에는 일리리온이 형태심리적이고 이종적인 물질이라고 나와 있어. 그러니까 일리리온은 수많은 사람들에게 수많은 의미를 갖는 물질이다, 라는 의미야." 케이튼은 난간으로 시선을 돌리고 팔짱을 끼며 덧붙였다. "우리 선장님한테는 그게 어떤 의미의 물질인지 궁금하네."

"**이종적**이라는 게 무슨 뜻이에요?"

"마우스, 20세기 말에 인류는 당시 '현대 과학'이라 불리던 학문의 총체적 분열을 목도했어. 연속체는 '퀘이사*'와 식별 불능의 전 파원으로 채워졌지. 그것으로부터 창조되는 원소들보다 소립자의 수가 더 많았어. 수년 동안 형성이 불가능하다고 여겼던 완벽하게 항구적인 화합물들도 KrI_4, H_4XeO_6, RnF_4처럼 여기저기서 형성이 됐어. 비활성 기체도 더 이상 비활성이 아닌 게 됐고. 아인슈타인의 양자 이론에서 구체화된 에너지의 개념은 옳다고 여겨졌지만 수많은 반박에 부딪혔어. 그리고 양자 이론이 나타나기 300년 전까지만 해도 불이 방출된 액체라고 주장하는 플로지스톤 이론이 대세였어. 소프트사이언스**가 유행이었던 거지. 이름 참 귀엽지? 그 후 환각적 도취 상태에 따른 경험 덕분에 사람들은 만물을 의심하게 됐고 그 후 150년이 지나서야 우리가 잘 아는 종합 및 통합 과학 부문의 위대한 학자들이 혼란을 일목요연하게 정리했어. 그 학자들의 이름은 너무나도 유명해서 내가 굳이 언급을 한다면 너를 모욕하는 게 되겠지.

너는 수백 년 된 교육 시스템의 산물인 만큼 어떤 버튼이든 눌러보라고 교육을 받았을 거야. 그 교육 시스템은 정보 전달 자체가 아니라 사회적 적응에 관한 전체적인 이론에 기반을 두고, 지난 천년 동안 발전해온 인류의 지식을 5분 만에 요약해 흡수할 수 있도

---

* 블랙홀이 주변 물질을 집어삼키는 에너지에 의해 형성되는 거대 발광체. 우주에서 가장 많은 에너지를 내뿜는 천체이며, 그 밝기는 태양의 수천, 수조 배에 달한다고 알려진다.

** 인간과 사회 현상을 포함한 폭넓은 대상을 연구하여 현대사회의 복잡한 과제를 해결하려는 종합적인 과학기술.

록 하는 시스템이겠지. 이종적이라는 게 무슨 뜻인지 알고 싶다고
했지?"

마음이 급해진 마우스가 말했다.

"선장님이 동트기 한 시간 전까지 승선해야 된다고 했잖아요."

"괜찮아. 신경 쓰지 마. 나는 이렇게 즉석에서 여러 분야를 통합
해 설명하는 걸 잘하는 편이야. 계속 설명할 테니까 들어봐. 우선,
2000년에 프랑스의 드블라우라는 남자가 쓴 논문 얘기를 해줄게.
그 남자는 잘 맞지 않는 저울을 먼저 보여주고 나서, 전기적 물질
의 정신적 치환을 측정하는 정확한 방법을 제시했어―"

마우스는 듣다못해 그의 말을 끊었다.

"도움이 안 되네. 본 레이와 일리리온에 대해서만 알면 된다니
까요."

부드럽게 날개 치는 소리가 들리고 시커먼 형체들이 근처에 내
려앉았다. 서로 손을 잡은 세바스티안과 타이이가 산책로를 걸어
오고 있었다. 그들이 키우는 애완 새들이 그들 발치에서 종종걸음
으로 따라왔다. 타이이는 팔에 내려앉은 한 마리를 밀어서 날려 보
냈다. 새는 훌쩍 날아올랐다. 새 두 마리가 세바스티안의 어깨에
서로 앉겠다고 투닥거렸다. 다툼에서 이긴 새는 날개를 접고 어깨
에 편안하게 내려앉아 동양인 세바스티안의 금발 머리에 몸을 비
볐다.

마우스가 목쉰 소리로 그들을 불렀다.

"어이! 지금 우주선으로 가려고요?"

"가야죠."

"잠시만요. 본 레이 선장님은 두 분한테 어떤 의미인가요? 선장님의 이름은 알아요?"

세바스티안은 조용히 미소 지었다. 타이이는 회색 눈으로 마우스를 힐끗 쳐다보다가 대답했다.

"우린 플레이아데스 연방 출신이에요. 나와 이 짐승들은 어둑한 죽음의 자매 별 밑에서 무리 짓고 사는 데 필요한 기술을 익히고 태어났어요."

"어둑한 죽음의 자매 별이요?"

"고대에 플레이아데스는 일곱 자매들이라 불렸어. 고대 지구에서는 성단의 별들 중 일곱 개밖에 볼 수 없었거든." 케이튼은 인상을 찌푸리는 마우스에게 설명을 해주었다. "기원전 몇백 년쯤 그중 하나가 노바, 즉 신성이 되면서 빛이 확 어두워졌지. 그렇게 타버린 행성들 중 제일 안쪽에는 아직도 도시가 있어. 아직 생물이 살수 있을 만큼의 열기는 남아 있지만 그게 전부야."

마우스가 물었다.

"신성이요? 본 레이 선장은요?"

타이이는 두 팔을 쭉 펼쳐 보이며 대답했다.

"본 레이 선장은 최고죠. 위대하고 훌륭한 가문의 일원이에요."

"본 레이라는 인물에 대해 알아요?"

케이튼의 물음에 타이이는 대답 대신 어깨를 으쓱하고 말았다.

마우스가 물었다.

"일리리온은요? 거기에 대해서는 좀 압니까?"

세바스티안은 애완 새들 사이에 웅크리고 앉았다. 새들의 날개가 그를 뒤덮다시피 했다. 세바스티안은 두 새의 머리를 번갈아 쓰다듬고 달래며 말했다.

"플레이아데스 연방에서는 일리리온이 채굴되지 않아요. 드라코 지역에도 없어요."

타이이가 조심스럽게 말했다.

"본 레이 선장님이 해적이라고 말하는 이들도 있긴 해요."

세바스티안이 날카롭게 그녀를 쏘아보며 반박했다.

"본 레이는 위대하고 훌륭한 가문이야! 본 레이 선장님도 대단한 분이셔! 그래서 우리가 그분과 함께 가기로 한 거잖아."

온화한 얼굴의 타이이는 한층 더 부드러운 목소리로 맞장구를 쳤다.

"그래, 본 레이가 좋은 가문이기는 하지."

그때 마우스의 눈에 다리를 건너오는 린케우스의 모습이 들어왔다. 10초 후 이다스도 보였다.

"두 분은 외곽 식민지 출신입니까……?"

마우스가 쌍둥이에게 물었다. 서로 어깨가 닿을 정도로 가까이 붙어 걸어오던 쌍둥이가 우뚝 멈춰 섰다. 린케우스의 분홍색 눈이 이다스의 갈색 눈보다 더 자주 깜박거렸다.

하얀 피부의 린케우스가 말했다. "아르고스시 출신입니다."

검은 피부의 이다스가 추가로 설명했다. "아르고스시의 텁먼

B-12 구역이죠."

케이튼이 부연 설명을 했다. "머나먼 식민지에서 왔군요."

마우스가 물었다. "일리리온에 대해 아는 거 있어요?"

난간으로 다가가 돌아선 이다스는 인상을 쓰며 몸을 끌어 올려 난간에 걸터앉았다. "일리리온요?" 그는 무릎을 벌리고 마디진 두 손으로 난간을 붙잡았다. "외곽 식민지에 일리리온이 있기는 하죠."

린케우스도 난간에 올라앉으려고 그 옆으로 다가가며 말했다.

"토비아스. 우리에게는 토비아스라는 형제가 있어요." 린케우스는 이다스가 앉아 있는 난간 가까이 다가가며 좀 더 길게 설명했다. "우리에게는 외곽 식민지에 토비아스라는 이름의 형제가 있어요." 린케우스는 은색에 산호색이 섞인 눈동자로 이다스를 힐끗 쳐다보며 덧붙였다. "외곽 식민지에는 일리리온이 있죠." 린케우스는 양 손목을 하나로 모으고 손바닥을 펼쳤다. 그 모양이 마치 굳은살 박인 백합의 꽃잎 같았다.

이다스가 말했다. "외곽 식민지의 세상은 어떤지 알려줄까요? 얼음과 진흙 구덩이 그리고 일리리온이 있는 발투스. 지구의 바다만큼 넓은 유리 사막과, 거품을 일으키며 흐르는 갈레니움강을 끼고 무수한 푸른 식물들이 자라는 밀림 그리고 일리리온이 있는 카산드라. 어마어마한 크기의 동굴과 협곡, 치명적인 붉은 이끼가 깔린 대륙, 조수潮水에 의해 만들어진 석영으로 해저에 탑처럼 높게 지은 바다 도시 그리고 일리리온이 있는 살리누스……"

린케우스가 이어서 설명했다. "……외곽 식민지는 이곳 드라코
의 별들보다 훨씬 젊은 별들로 이루어져 있어요. 플레이아데스 연
방의 별들보다도 훨씬 젊죠."

이다스가 말했다. "토비아스는 텀면의 일리리온 광산에서……
일하고 있어요."

쌍둥이의 목소리에 날이 섰다. 그들은 눈을 내리뜨다가 서로를
바라보며 눈치를 살폈다. 이다스가 검은 손을 펼치자 린케우스는
하얀 손을 쥐었다. 둘은 번갈아 설명을 했다.

"이다스, 린케우스, 토비아스. 우리 삼 형제의 이름입니다. 우리
는 아르고스시의 텀면에 있는 건조한 적도 바위 지대에서 자랐어
요. 세 개의 태양과 붉은 달이 있는 곳이죠……"

"……아르고스시에도 일리리온이 있어요. 우린 거칠게 자랐습
니다. 다들 우리더러 거친 녀석들이라고 했어요. 흑진주 두 개와
백진주 하나가 아르고스 거리를 온통 휘어잡고 싸우며 떠들썩하
게 살았죠……"

"……토비아스는 이다스처럼 피부가 검어요. 그 마을에서 흰 피
부는 저뿐이었고요……"

"……린케우스가 피부는 희어도 토비아스 못지않게 사나운 녀
석이에요. 그들은 우리더러 저놈들 또 밤에 날뛰는구나라고 말하
곤 했어요……"

"……그곳에는 바위 틈새에 금가루가 쌓여요. 그래서 그곳 공기
를 흡입하며 살다 보면 눈동자에 무어라 표현할 수 없는 색이 담

기게 되죠. 귓속의 빈 공간에는 새로운 조화의 소리가 들어차고 정신도 확장돼요……"

"……어느 날 들떠 있던 우리는 아르고스 시장의 인형을 만들고 태엽으로 된 비행 장치를 부착해 도시 광장에서 날렸어요. 인형은 아르고스시의 지도자급 인사들에 대한 풍자시를 낭송하며 날아다녔죠……"

"……그 일로 우리는 아르고스시에서 텁먼의 미개척지로 추방당했습니다……"

"……도시 바깥에서 살아가려면 한 가지 방법밖에 없었어요. 바닷속으로 내려가 해양의 일리리온 광산에서 노역을 하면서, 잘나신 분들의 명예를 실추시킨 죄를 씻는 수밖에……"

"……우리 셋은 그냥 기분 좋게 웃고 떠들다 장난 좀 친 것뿐이었어요……"

"……우린 아무 죄가 없었습니다……"

"……그런데도 광산으로 가야 했어요. 에어 마스크를 쓰고 고무옷을 입고 아르고스의 수중 광산에서 1년 동안 일했죠……"

"……아르고스의 1년은 지구의 1년보다 3개월이 더 길어요. 4계절이 아니라 6계절이 있어서……"

"……그 생활이 2년째에 접어들고 해조류색으로 사방이 물드는 가을이 되자 우린 그곳을 떠나기로 마음먹었어요. 그런데 토비아스가 안 가겠다는 거예요. 토비아스는 조수의 리듬에 익숙해지면서 묵직한 광석의 무게에 위안을 받은 것 같아요……"

"······그래서 우린 토비아스를 일리리온 광산에 남겨두고 별들 사이로 날아올랐어요. 마음이······"

"······편치 않았죠. 형제인 토비아스가 무언가를 찾게 되면서 우리한테서 떨어져 나간 거잖아요. 그럼 우리 둘도 어떤 계기로 인해 헤어질 수 있다는 얘기니까요······"

"······우리 셋은 영원히 함께 살 수 있을 줄 알았어요." 이다스는 마우스를 바라보며 덧붙였다. "형제와 떨어지게 되니 더 이상 예전처럼 즐겁지가 않아요."

린케우스는 눈을 껌벅이며 말했다.

"우리에게 일리리온은 그런 의미인 거죠."

산책로 저쪽에 서서 듣고 있던 케이튼이 말했다.

"다른 말로 표현하자면, 42개의 세계와 약 70억의 인구로 구성된 외곽 식민지 사람들은 적어도 한 번 이상 일리리온을 직접 손에 넣을 기회가 있다는 거야. 세 명 중 한 명은 평생 일리리온 개발이나 생산 업무에 종사하고 있고."

이다스가 추가로 설명했다.

"그 통계는 머나먼 식민지에 해당됩니다."

세바스티안이 일어서서 타이이의 손을 잡자 새들이 검은 날개를 퍼덕였다.

마우스가 머리를 긁적이며 말했다.

"자, 다들 강에 침을 뱉고 승선하러 가시죠."

난간에 앉아 있던 쌍둥이가 내려섰다. 마우스는 뜨거운 공기가 솟구치는 협곡 쪽으로 몸을 내밀고 입을 오므렸다.

케이튼이 물었다.

"뭐 하는 거야?"

"헬^{3}에 침을 뱉으려고요. 집시는 강을 건널 때 그 강에 세 번 침을 뱉어야 되거든요. 안 그러면 재수가 옴 붙어요."

"우리는 32세기에 살고 있는데 그런 미신을 믿어?"

마우스가 어깨를 으쓱하자 케이튼이 말했다.

"난 강에 침을 뱉은 적이 없어."

"집시들한테만 해당되나 보죠."

"재미난 생각인 것 같은데." 타이이가 마우스 옆에 서서 난간 너머로 몸을 내밀었다. 세바스티안은 그녀의 어깨 뒤쪽에 서 있었다. 그들 머리 위를 맴돌던 애완 새 한 마리가 뜨끈한 상승기류를 타고 어둠 속으로 날아올랐다.

타이이가 별안간 인상을 쓰며 손짓을 했다.

"저게 뭐죠?"

"어디요?"

마우스는 눈을 가늘게 떴다. 타이이는 협곡의 벽을 가리켰다.

케이튼이 소리쳤다. "아니! 아까 그 맹인이잖아!"

"아까 당신 연주를 망쳤던 사람이에요……!"

린케우스가 그들 사이로 밀치고 나아갔다. "어디 아픈가 본데." 그는 핏빛 눈을 가늘게 뜨며 덧붙였다. "저 남자는 어디가 아픈 것 같은데……"

용암의 불꽃에 사로잡히기라도 한 듯 댄은 절벽 아래 용암을 향해 휘청휘청 비탈을 내려가고 있었다.

케이튼이 그들 쪽으로 다가와 소리쳤다. "저러다 불에 타겠는데요!"

마우스도 외쳤다. "저 사람은 열기를 못 느껴요! 보지도 못하니 앞에 용암이 있는 줄도 모를 겁니다!"

이다스와 린케우스가 난간에서 차례로 물러나 다리를 향해 달려갔다.

마우스도 "이봐요!"라고 소리치며 뒤따라갔다.

세바스티안과 타이이가 그 뒤를 따랐고 케이튼이 뒤를 이었다.

10미터 아래 용암을 두고 바위에 멈춰 선 댄은 불지옥 같은 용암을 향해 뛰어내릴 준비를 하며 두 팔을 앞으로 뻗었다.

그들이 다리 앞쪽에 도착했을 때쯤—쌍둥이는 이미 난간을 넘어가고 있었다—댄 노인이 서 있는 곳 위쪽의 절벽 끄트머리에 한 사람이 더 나타났다.

"댄!"

아래서 올라오는 용암의 빛에 본 레이의 얼굴이 벌겋게 물들었다. 본 레이가 난간을 뛰어넘어 그 아래를 샌들로 밟은 순간 이판암이 부서졌다. 본 레이는 비탈을 옆걸음으로 내려가며 외쳤다. "댄, 그러지 말고—"

댄은 그대로 뛰어내렸다.

10미터 아래 튀어나온 바위에 부딪힌 댄의 몸뚱이는 한 바퀴 돌아 바위 너머 용암으로 떨어지고 말았다.

　마우스는 난간을 붙잡고 가로대에 배를 댄 채 그 아래를 내려다보았다.

　뒤따라온 케이튼도 옆에 서서 난간 너머로 몸을 기울였다.

　"아아아아……!"

　마우스는 나지막하게 비명을 토해내며 뒤로 물러나 얼굴을 돌렸다.

　본 레이 선장은 댄이 뛰어내린 바위를 밟고 섰다. 그는 한쪽 무릎을 꿇고 양 주먹으로 바위를 짚으며 그 아래를 내려다보았다. (세바스티안의 애완 새들의) 형체들이 그의 주변에 내려앉았다가 그림자도 드리우지 않고 날아올랐다. 쌍둥이는 그 위쪽의 절벽 끝에 와서 멈춰 섰다.

　본 레이 선장이 일어나 그의 승무원이 된 자들을 올려다보았다. 가쁜 숨을 몰아쉬던 본 레이는 돌아서서 비탈을 다시 올라가기 시작했다.

　다들 산책로로 돌아오자 케이튼이 물었다.

　"어떻게 된 겁니까? 그 노인은 어째서……?"

　본 레이가 설명했다.

　"몇 분 전까지 댄과 얘기를 나누고 있었어. 그는 수년 동안 내 밑에서 승무원으로 일하다가 마지막 항해 때 눈이…… 멀고 말았지."

　얼굴에 상처 자국이 있는 대단한 선장. 마우스는 문득 이 선장은 몇 살인지 궁금해졌다. 전에는 마흔다섯에서 쉰 살 정도로 봤는데 혼란스러운 와중에 다시 보니 열 살 내지 열다섯 살은 덜어내야 될 듯했다. 성숙한 분위기는 있지만 늙은 편은 아니었다.

"댄에게 오스트레일리아의 고향으로 돌아갈 수 있게 준비를 해뒀다고 말했어. 돌아서서 다리를 건너가길래 내가 잡아놓은 숙소로 가는 줄 알았는데, 다시 보니까…… 다리에 없더라고." 선장은 나머지 승무원들을 둘러보며 지시했다. "다들 록호로 가지."

케이튼이 말했다.

"순찰대에 신고하셔야 될 것 같은데요."

본 레이는 그들을 이끌고 이륙장 대문을 향해 걸어갔다. 드라코의 별들이 몸길이가 100미터쯤 되는 용의 형상으로 밤하늘에 떠 있었다.

"다리 앞쪽에 전화기가 있습니다만……"

본 레이의 날카로운 시선에 케이튼은 말을 얼버무렸다.

본 레이가 말했다.

"이 바위를 당장 떠나야 돼. 여기서 전화를 했다가는 순찰대가 와서 한 명 한 명에게 증언을 들어야 된다고 길게 붙잡아놓고 있을 거다."

그러자 케이튼이 제안했다.

"그럼 우주선을 타고 떠나면서 전화를 하시면 되겠네요."

잠시 동안 마우스는 선장의 나이를 잘못 판단한 게 아닌가 싶어 다시 한번 생각에 잠겼다.

"그 애달픈 바보를 위해 우리가 해줄 수 있는 일은 없어."

마우스는 화산 균열 지대를 편치 않은 시선으로 내려다보다가 케이튼과 함께 선장을 따라 그곳을 떠났다.

뜨거운 공기가 뿜어져 나오는 지대를 벗어나자 밤의 한기가 느껴졌다. 이륙장 일대를 밝히는 형광 유도 램프의 광환 주변에 부연 안개가 걸려 있었다.

케이튼과 함께 무리의 맨 뒤에서 따라가던 마우스는 조용히 말했다.

"저 잘나신 분에게 일리리온은 무슨 의미일지 궁금하네요."

케이튼은 흐음 하고는 허리띠 밑으로 손을 내렸다. 잠시 후 그가 물었다.

"저기, 마우스, 아까 그 노인에 대한 얘기 말이야. 감각이 다 죽어버렸다는 게 무슨 뜻이야?"

"지난번 저들이 신성 현장에 도착했을 때 댄은 그 별을 너무 오래 쳐다본 나머지 감각 입력기를 비롯해 신경 말단이 전부 타버렸어요. 엄밀히 말하면 감각이 다 죽은 게 **아니라** 감각이 끝없이 자극받는 상태가 된 거죠." 마우스는 어깨를 으쓱하며 덧붙였다. "결과적으로는 거의…… 차이가 없게 됐지만요."

"아."

케이튼은 포장된 바닥을 내려다보았다.

그들 주변에 성간 화물 우주선들이 서 있었다. 그 큰 우주선들 사이에는 몸집이 훨씬 작은 높이 100미터짜리 소형 우주 왕복선들이 자리했다.

잠시 생각에 잠겼던 케이튼이 다시 입을 열었다.

"마우스, 이번 여정을 통해 얼마나 많은 걸 잃게 될지 생각해봤어?"

"예."

"두렵지 않아?"

마우스는 거친 손가락으로 케이튼의 팔뚝을 움켜잡았다.

"죽을 만큼 무서워요." 마우스는 머리카락을 뒤로 쓸어 넘기고 높다란 화물선을 올려다보며 말했다. "댄 같은 일을 겪고 싶지 않거든요. 두려워요."

chapter 3

어떤 승무원이 날개판 프로젝터 화면에 검은색 크레용으로 '올가'라고 휘갈겨 써놓았다.

마우스는 기계에 대고 말했다.

"그래, 네가 올가구나."

우우웅 소리와 함께 화면에 초록색 불 세 개, 붉은색 불 네 개가 깜박거렸다. 마우스는 압력 분포와 계기판의 수치를 확인하는 따분한 작업을 시작했다. 빛보다 빠르게 우주선을 성간 이동 시키려면 우주 공간의 뒤틀린 부분들을 이용해야 했다. 이는 연속체에 생성된 실제 왜곡을 의미했다. 빛의 속도를 사물의 한계 속도라는 개념으로 논하는 것은 바다에서 수영하는 사람의 한계 속도를 시속 19~20킬로미터 정도라고 말하는 것과 같다. 범선의 경우 바람과 해류의 흐름을 이용하면 기존에 정해놓은 속도의 한계는 의미가 없어진다. 이 우주선에는 돛과 같은 역할을 하는 일곱 개의 에너지 날개판이 있었다. 컴퓨터가 제어하는 여섯 개의 프로젝터들이 날개판을 움직여 밤의 공간을 가르고 나아가는 식이었다. 사이보그 승무원 여섯 명이 프로젝터 컴퓨터를 한 대씩 제어하고 일곱 번째 컴퓨터의 제어는 선장이 맡았다. 에너지 날개판들을 정지 압력의 이동 주파수에 맞춰 조정하면, 우주선은 내장된 일리리온의 에너지를 사용해 이쪽 우주 면에서 목표 지점을 향해 조용히 날아갈 수 있었다. 올가와 그 사촌 격인 컴퓨터들이 하는 일이 그런 것이었다. 하지만 형태 제어와 날개판 각도 조절은 인간의 뇌에 맡기는 게 최선이었다. 마우스는 선장의 명령하에 바로 그 작업을 수행했다. 선장은 그 외에도 무수한 보조 날개판을 전반적으로 제어했다.

칸막이 벽은 예전 승무원들이 그려놓은 낙서로 뒤덮여 있었다. 인체의 곡선에 맞춰 제작된 의자도 안쪽에 놓여 있었다. 마우스는 70마이크로패럿 코일 콘덴서들 중 유도용량이 저하된 부분을 조정하고 트레이를 벽에 밀어 넣은 뒤 의자에 앉았다.

조끼 속 등허리를 손으로 더듬어 소켓을 찾았다. 예전에 쿠퍼 우주비행학교에서 척수 아래쪽에 이식한 소켓이었다. 컴퓨터 화면으로 연결하기 위해 그는 바닥에 늘어져 있는 첫 번째 반사작용 케이블을 집어 들었다. 그 케이블을 조정해 12핀 플러그를 소켓에 딱 맞게 꽂아 넣었다. 그리고 좀 더 크기가 작은 6핀 플러그를 왼 손목 아래쪽 소켓에 밀어 넣었다. 오른 손목에도 마찬가지였다. 양쪽 요골신경이 올가와 연결되었다. 목 아래쪽에도 소켓이 있었다.

마지막 플러그—이 케이블은 상당히 묵직해서 목을 약간 당기는 느낌이었다—를 연결하자 불꽃이 보였다. 케이블은 청각과 시각을 건너뛰고 곧장 그의 뇌에 전기 임펄스를 보냈다. 벌써부터 희미하게 위잉 소리가 들려왔다. 손을 뻗어 올가의 계기판 손잡이를 조정하자 위잉 소리가 사라졌다. 칸막이로 된 방의 천장과 벽, 바닥은 온통 제어장치들로 뒤덮여 있었다. 방이 좁은 편이라 의자에 앉아서도 장치 대부분에 손이 닿았다. 몸에서 나오는 신경 임펄스로 날개판을 직접 제어하기에 우주선이 출발하고 나면 제어장치에 손댈 일은 없었다.

"비행을 할 때마다 대단한 보상을 바라고 이런 일을 하는 것 같은 기분이에요." 케이튼의 목소리가 마우스의 귀에 들려왔다. 우주선 안의 각 칸막이 방에 들어앉은 승무원들은 소켓에 플러그를 연결하고 나면 다른 승무원들과 대화를 나눌 수 있었다. "탯줄 같은 케이블을 연결하는 소켓의 위치가 척추 맨 아랫부분인 게 뭔가 부자연스럽게 느껴지기도 하고요. 꼭두각시 인형 놀이를 하는 것도 아니고. 이게 어떤 식으로 작동하는지 알아요?"

"그걸 아직도 모른다면 너무 안타깝네요."

"일리리온을 위한 쇼……" 이다스가 말을 꺼냈다.

그러자 린케우스가 말을 완성했다. "……일리리온과 신성을 위한 쇼라고 생각합니다."

"애완 새들은 어쩌고 있어요, 세바스티안?"

"접시에 우유를 담아 줬습니다."

타이이의 부드러운 목소리도 들렸다. "진정제를 섞어뒀더니 먹고 잠들었어요."

우주선 안의 조명등이 어두워졌다.

선장이 장치에 몸을 연결하자 칸막이 벽의 낙서와 흠집이 사라졌다. 서로를 쫓는 붉은 빛들만 천장에 펼쳐졌다.

케이튼이 말했다. "무지개석 때문에 많이 흔들리겠네요."

마우스는 의자 밑에 놓아둔 시링크스 상자를 발꿈치로 슬며시 내리누른 뒤, 등 아래쪽과 목 아래의 케이블을 곧게 폈다.

우주선 안에 본 레이의 목소리가 울려 퍼졌다.

"다들 준비됐나? 전면 날개판 열어."

마우스의 눈이 새로운 빛을 받아 깜박이기 시작했다······

······우주 공항 활주로를 밝히는 조명등의 빛이었다. 화산 균열 지대가 빛의 스펙트럼 끄트머리에서 희미한 보라색으로 흔들리며 멀어져갔다. 지평선 위로 부는 '바람'이 장관이었다.

"측면 날개판의 각도를 7도에 맞추고 당겨서 열어."

마우스가 왼팔의 감각을 조정하자 운모의 쪼개진 면처럼 납작한 측면 날개가 각도를 잡았다. 마우스가 나지막하게 말했다.

"어이, 케이튼. 엄청나지 않아요? 저기 좀 봐요······"

마우스는 빛 안에서 몸을 떨고 움츠렸다. 골수의 신경 접합부가 우주선의 작동 기제에 직접 연결되어 있어 올가가 그의 호흡과 심장 박동을 제어했다.

쌍둥이 중 하나가 외쳤다.

"일리리온과 프린스 레드, 루비 레드를 위하여!"

선장이 명령했다.

"날개 각도 유지해!"

"케이튼, 저기 좀 봐요……"

케이튼이 나지막하게 말했다.

"뒤로 누워서 긴장 풀어, 마우스. 이럴 때 나는 누워서 과거를 회상하곤 해."

텅 빈 우주 공간에 포효가 울려 퍼졌다.

"진심으로 하는 소리예요, 케이튼?"

"뭐든 실컷 하다 보면 지루해지니까."

"둘 다 집중해." 선장의 목소리였다.

그들은 고개를 들었다.

"정지 변환 장치 작동시켜."

다음 순간 올가의 빛이 마우스의 시야를 아리게 밝혔다. 곧 그 빛은 사라지고 바람이 몸을 휩쓸었다. 그들은 태양으로부터 빙글빙글 돌며 멀어지고 있었다.

"잘 있어라, 위성아."

케이튼이 조용히 작별 인사를 했다.

위성 트리톤은 해왕성으로 떨어지고, 해왕성은 태양으로 떨어졌다. 그리고 태양마저 까마득히 멀어져갔다.

이어서 밤의 어둠이 폭발했다.

제일 처음 떠오른 것은?

그는 아크시 언덕 위의 커다란 집, 엑스톨파크 12번지에 사는 로크 본 레이였다. 아크시의 뉴아크(N. W. 73)가 그의 집이었다. 거리에서 길을 잃었을 때 지나가는 이에게 그 주소를 대면 누구든 집을 찾아주었다. 아크의 거리에는 투명한 바람막이 창이 설치돼 있었다. 에이프릴월月부터 아이엄브라월까지는 저녁마다 '통Tong' 바위 지대에 지어 올린 도시 위로 다채로운 색깔의 연기가 피어올랐다. 위로 점점 떠오른 연기는 마침내 지상에서 떨어져 나가 도시의 하늘에서 몸부림쳤다. 그의 이름은 로크 본 레이. 그가 살았던 곳은…… 어린아이가 외워 다니는 이런 말은 처음 배운 것이라 영원히 기억에 남는다. 아크는 플레이아데스 연방에서 가장 번성한 도시였다. 어머니와 아버지는 시의 주요 인사라 집을 자주 비웠다. 모처럼 집에 있을 때는 구세계인 지구를 대표하는 드라코라든지 재편성, 외곽 식민지의 주권 유지 가능성에 대한 얘기를 주로 나눴다. 아크시의 상원의원, 어느 단체의 대표 같은 사람들이 주로 집을 찾는 손님이었다. 사이아나 고모와 결혼한 모건 장관은 부부가 함께 집에 와서 저녁을 먹기도 했다. 로크의 집에 초대받아 온 모건 장관은 로크에게 플레이아데스 연방의 홀로그램 지도를 선물로 주었다. 얼핏 봐선 평범한 종이처럼 생긴 홀로그램 지도는 텐서빔을 내리쏘면 마치 밤에 창문을 열고 밤하늘을 바라보는 것 같은 풍경을 보여주었다. 각기 다른 거리에서 반짝이는 빛 덩어리들이 보이고 가스 같은 성운이 요동쳤다.

"네 집은 아크에 있어. 저기 있는 태양의 두 번째 행성이지."

아버지는 로크가 유리벽 옆 바위 탁자에 펼쳐놓은 홀로그램 지도를 가리키며 말했다. 집 밖에서는 가느다란 틸다 나무들이 저녁의 강풍에 이리저리 흔들리고 있었다.

"지구는 어디 있어요?"

아버지는 식당 안에서 큰 소리로 웃었다.

"이 지도로는 안 보여. 이 지도는 플레이아데스 연방의 별들만 보여주거든."

모건은 소년 로크의 어깨에 손을 얹으며 말했다.

"드라코 지도를 갖다줄게, 다음에 올 때."

아몬드 같은 눈을 가진 모건이 미소 지었다.

로크는 아버지에게 말했다.

"드라코에 가보고 싶어요!"

그리고 모건 장관을 돌아보며 덧붙였다.

"가고 싶어요, 드라코에 언젠가!"

모건 장관은 로크가 다닌 코즈비 학교 사람들과 비슷한 말투를 구사했다. 로크는 네 살 때 길을 잃었다가 거리에서 만난 사람들의 도움으로 집에 돌아왔는데 그때 그 사람들의 말투도 모건과 비슷했다. (아버지나 사이아나 고모와는 다른 말투였다.) 당시 부모님은 크게 놀랐다. ("얼마나 걱정했는데! 네가 납치된 줄 알았어. 이번에는 길거리에서 카드놀이 하는 사람들이 널 집에 데려다줬지만, 앞으로는 길에서 그런 사람들을 보더라도 가까이 가지 마!")

당시 로크가 그 사람들의 말투를 흉내 내자 부모님은 재미있다는 듯 미소 지었다. 하지만 모건 장관이 손님으로 와 있는 지금, 부모님은 로크의 말을 듣고도 웃지 않았다.

아버지가 호기롭게 말했다.

"드라코 지도라! 우리 아들이 그걸 필요로 한단 말이지. 그래, 좋다, 드라코!"

사이아나 고모가 소리 내어 웃었다. 어머니와 모건 장관도 함께 웃었다.

그들은 아크시에 살았지만 종종 대형 우주선을 타고 다른 세계로 갈 때도 있었다. 전용 선실에서 다채로운 색깔의 패널 앞에 손을 통과시키면 언제든 온갖 음식을 먹을 수 있었고, 전망대로 내려가 둥글고 투명한 천장 위로 떠오르는 빛의 무늬를 구경할 수도 있었다. 텅 빈 우주 공간에 부는 바람을 빛의 무늬로 해석한 장관이었다. 별들 사이로 유유히 흘러가는 다양한 색깔의 빛을 바라보면서 우주선의 속도가 점점 빨라지고 있음을 느낄 수 있었다.

부모님은 드라코의 지구, 그중에서도 뉴욕시와 베이징시에 다녀올 때도 있었다. 로크는 부모님이 언제 그를 그곳에 데리고 가줄지 궁금했다.

매년, 살루어리월月의 마지막 주마다 그들 가족은 고급 우주선을 타고 지도에도 없는 세계로 떠나곤 했다. 그곳은 외곽 식민지에 있는 뉴브라질리아라는 곳이었다. 부모님이 뉴브라질리아 상오리니섬의 광산 근처에 집을 소유하고 있어서 로크도 부모님을 따라 거기 가서 종종 지내다 왔다.

　프린스 레드와 루비 레드라는 이름은 상오리니섬의 집에서 처음 들었다. 그날 로크는 어두운 방에서 잠을 자다가 빛을 찾으며 소리를 질렀다.

　어머니가 방으로 들어와 방충망을 치우고 그를 들여다봤다. (작고 빨간 벌레들을 쫓아내는 방충 음향 장치가 집에 설치된 데다, 어쩌다 집 밖에서 벌레에게 물린다고 해도 몇 시간 동안 이상한 기분이 들고 마는 정도라 굳이 방충망까지 칠 필요는 없었지만 어머니는 안전하게 해두고 싶어 했다.) 어머니가 그를 안아 올리며 말했다. "쉬! 쉬이! 괜찮으니까 다시 자. 내일 파티가 있잖아. 프린스랑 루비가 올 거야. 파티에서 프린스, 루비랑 함께 놀고 싶지 않니?" 어머니는 유아실에서 그를 안고 이리저리 돌아다니다가 문 옆의 벽 스위치를 눌렀다. 천장이 빙글빙글 돌아가고 편광 유리가 투명해졌다. 지붕에 늘어진 종려나무 잎 사이로 오렌지색 빛을 뿌리는 쌍둥이 달이 보였다. 어머니는 그를 다시 침대에 눕히고 거친 붉은 머리를 쓰다듬어주었다. 잠시 후 어머니가 방을 나가려 하자 로크가 말했다.

　"스위치 *끄지* 말아요, 엄마!"

　스위치를 끄려던 어머니가 손을 내리며 그에게 미소를 지었다. 로크는 마음이 따뜻해지는 기분이었다. 종려나무 잎 사이로 두 개의 달을 올려다보았다.

　프린스 레드와 루비 레드는 지구 출신이었다. 로크가 알기로 어

머니의 부모님은 지구에 있는 세네갈이라는 나라에서 살았다. 아
버지의 증조부모님도 지구 출신이며 노르웨이라는 나라에서 살았
다고 했다. 금발의 잘난 본 레이 집안 사람들은 여러 세대에 걸쳐
플레이아데스에 투자를 해왔다. 로크는 투자의 내용은 정확히 알
지 못했지만 투자가 꽤 성공적이었던 것만은 분명했다. 그의 가족
은 상오리니 대저택이 있는 반도의 북쪽 끄트머리 너머에 위치한
일리리온 광산을 소유했다. 아버지는 언젠가 로크를 광산의 꼬마
감독으로 써야겠다고 농담을 하곤 했다. 그러니 아마도 광산에 '투
자'를 한 모양이었다. 달들이 점점 흘러가고 로크는 잠이 들었다.

  푸른 눈동자에 검은 머리카락을 가진 소년, 그리고 그 소년의
여동생과 언제 처음 인사를 나눴는지는 잘 기억나지 않는다. 그 소
년은 오른팔이 의수였고 소년의 여동생은 막대기처럼 삐삐 말랐
다. 파티가 있던 날 오후에 서쪽 정원에서 셋—로크와 프린스, 루
비—이 함께 놀았던 기억이 남아 있을 뿐이었다.

  로크는 대나무 숲 뒤쪽으로 프린스와 루비를 데려갔다. 그곳에
는 바위를 깎아 만든 도마뱀 모양의 조각상이 있어서 주둥이로 올
라가 놀 수 있었다.

  프린스가 물었다. "이게 뭐야?"

  로크가 설명했다. "용이래."

  루비가 말했다. "용 같은 건 없어."

  "용 맞아. 아버지한테 들었어."

  "아." 프린스는 가짜 손으로 도마뱀의 아랫입술을 붙잡고 위로

올라갔다. "어디다 쓰는 건데?"

"위로 올라간 다음에 다시 내려올 수 있어. 아버지한테 들었는데 오래전에 우리보다 먼저 여기 살았던 사람들이 만들어놓은 조각이래."

루비가 물었다. "여기 살았던 사람들? 도마뱀으로 뭘 했을까? 나 좀 도와줘, 프린스 오빠."

"멍청이들이었을걸."

프린스와 루비는 로크보다 먼저 돌 송곳니 사이에 올라섰다. (나중에 로크는 '오래전에 우리보다 먼저 여기 살았던 사람들'이 2만 년 전 외곽 식민지에서 멸종한 종족임을 알게 됐다. 그들 종족은 사라졌지만 이런 조각은 살아남았다. 그리고 폐허가 된 돌무더기 위에 본 레이 가문이 대저택을 세운 것이다.)

로크는 도마뱀의 아래턱으로 손을 뻗어 손가락으로 아랫입술을 붙잡았다. 기어 올라가려 안간힘을 쓰면서 말했다.

"손 좀 뻗어줄래?"

"잠깐만."

프린스는 이렇게 대답하고는 구둣발로 로크의 손가락을 꾸욱 밟았다.

헉 소리를 내며 바닥에 떨어진 로크는 밟힌 손을 부여잡았다.

루비가 깔깔 웃었다.

"야!"

로크는 화가 치밀고 혼란스러웠다. 손마디가 몹시 아팠다.

루비가 말했다. "프린스의 손을 가지고 놀리면 안 돼. 싫어한단 말이야."

"뭐?" 로크는 그때 처음으로 프린스의 손이 금속과 플라스틱 갈고리로 되어 있음을 알았다. "놀린 적 없어!"

프린스가 침착하게 받아쳤다.

"놀렸어. 난 놀리는 것들 딱 질색이야."

"하지만 나는……" 일곱 살이던 로크는 이 말도 안 되는 상황을 이해해보려 안간힘을 쓰면서 일어나 물었다. "손이 왜 그래?"

프린스는 무릎을 굽히고 쪼그려 앉더니 로크의 머리통을 향해 의수를 휘둘렀다.

"뭐야—!" 로크는 놀라서 뒤로 펄쩍 뛰었다. 금속 의수는 공기를 가르는 듯 쌔앵 소리를 내며 로크의 눈앞을 획 지나갔다.

"내 손 얘기는 더 이상 하지 마. 손이 어떻든 상관하지 말라고!"

루비는 도마뱀의 입천장에 새겨진 주름을 바라보며 설명했다. "그만 놀리면 다시 친구가 될 수 있어."

로크는 여전히 경계심을 풀지 않고 대답했다. "그래, 알았어."

프린스가 미소 지었다. "그럼 우린 다시 친구야."

프린스의 피부는 무척 희었고 치아는 자잘했다.

"그래."

로크는 대답은 했지만 프린스가 마음에 들지 않았다.

루비가 말했다. "'우리 손잡고 악수하자' 같은 말을 하면 프린스한테 맞아. 프린스는 상대가 자기보다 훨씬 커도 때릴 수 있어."

이제 보니 루비도 마음에 안 들었다.

프린스가 말했다. "얼른 올라와."

로크는 주둥이로 올라가 두 아이 옆에 섰다.

루비가 물었다. "이제 뭐 하지? 다시 내려가?"

로크가 대답했다. "여기서는 정원이 훤히 보여. 파티 구경도 할 수 있고."

루비가 투덜거렸다. "누가 어른들 파티를 구경하고 싶겠니."

프린스가 말했다. "난 구경하고 싶은데."

"아, 그래. 알겠어."

대나무 숲 너머 손님들은 바위와 덩굴, 나무 사이로 느긋하게 걸어 다니고 있었다. 그들은 나지막하게 웃으면서 긴 잔에 담긴 술을 마시고 최신 정신드라마나 정치 얘기를 나눴다. 로크의 아버지는 분수대 옆에서 외곽 식민지의 주권에 대해 몇몇 사람들과 논쟁을 벌이고 있었다. 아버지는 여기에도 집이 있으니 이곳의 최신 동향을 잘 알았다. 그해에 모건 장관이 암살당했다. 언더우드라는 자가 체포됐으나 어느 파벌이 한 짓인지에 대해서는 아직 추측만 무성할 뿐이었다.

은발 머리 여자가 셸빈 대사와 함께 온 젊은 커플과 시시덕대며 잡담을 나누고 있었다. 셸빈 대사도 레드 집안과 친척 관계였다. 나름 신사로 알려진 뚱뚱한 체격의 에런 레드는 젊은 숙녀 세 명에게 다가가 요즘 젊은이들의 도덕적 타락에 대해 거들먹거리며 일장 연설을 늘어놓고 있었다. 다 같이 즐거이 뷔페를 즐긴 후 어머니는 붉은 드레스 자락을 끌고 손님들 사이를 누볐다. 어머니는 손님들에게 카나페와 음료를 권하거나 새로운 재편성 제안에 대한 의견을 피력하기도 했다. '토후보후'가 경이로울 정도로 대단한 대중적 성공을 거두고 1년 만에 지식인들은 토후보후를 합법적인 음악으로 받아들였다. 토후보후의 삐거덕거리는 듯한 리듬이 잔디밭에 울려 퍼졌다. 한쪽 구석에 마련된 빛의 조각이 형태를 비틀고 깜박거리며 음조에 맞춰 커져나갔다.

로크의 아버지가 큰 소리로 웃음을 터뜨리자 모두의 시선이 집중됐다.

"다들 들어봐요! 루수나가 나에게 재미있는 말을 하는군요!"

아버지는 젊은 커플과 함께 얘기 중이던 대학생 청년의 어깨를 손으로 잡으며 말했다. 본 레이의 허세에 그 대학생이 반박을 한 모양이었다. 아버지는 대학생더러 방금 전에 했던 말을 다시 해보라고 손짓했다. 대학생이 말했다.

"우리는 경제적, 정치적, 기술적 변화가 모든 문화 전통을 박살내는 시대에 살고 있다고 말했습니다."

은발 머리 여자가 웃으며 말했다.

"어머, 그게 **전부**예요?"

아버지가 손을 휘저었다.

"아뇨, 아닙니다! 우린 젊은 세대의 생각에 귀를 기울여야 해요. 계속 말해보게."

"드라코의 중심인 지구에서도 국가적, 세계적 연대는 사라지고 있어요. 지난 6세대를 거치면서 각 세계의 사람들이 뒤섞여 살게 됐으니 그럴 만도 하죠. 이 사이비 행성 간 사회가 진정한 전통을 대체해버린 겁니다. 이는 대단히 매력적이지만 공허하고, 무수한 타락과 책략, 부패를 덮어 가리는 현상으로……"

젊은 커플 중 아내가 말했다.

"어머, 루수나. 당신이 장학금을 받은 게 무슨…… 음모가 아닐까 싶네요."

그녀는 은발 여자의 부추김에 술을 한 잔 더 마시고 있던 참이었다.

(도마뱀 조각상의 주둥이 안쪽에 웅크리고 앉아 있던 세 아이는 다른 손님들의 얼굴 표정을 보고 루수나라는 사람의 말이 지나쳤음을 짐작했다.)

마침 어머니가 잔디밭을 가로질러 다가왔다. 붉은 치맛자락 끄트머리가 어머니의 도금한 손톱에 닿을 듯 말 듯 펄럭였다. 어머니는 미소 띤 얼굴로 루수나에게 두 손을 내밀었다. "자, 사회에 대한 분석은 저녁 식사를 하면서 계속하도록 해요. 저녁 식사 메뉴는 비전통적인 로소 예 음비지 아 메자와 몹시도 타락한 음파티 아 은셍고를 곁들인 부패한 망고 봉고랍니다." 어머니는 파티 때면 늘 세네갈 전통 요리를 만들어 내놓곤 했다. "오븐이 협조해주면 사이비 행성 간 티바 요카 플랑베로 마무리할 수 있게 될 거예요."

미소로 마무리해야 할 분위기임을 눈치챈 대학생은 소리 내어 웃으며 자연스럽게 분위기를 맞췄다. 어머니는 대학생에게 팔짱을 끼고 모두를 저녁 식사 자리로 이끌며 말했다.

"켄타우리의 드라코 대학에서 장학금을 받았다고 들었는데, 맞죠? 굉장히 똑똑한가 봐요. 억양을 들으니 지구 출신인가 보네. 혹시 세네갈 출신인가요? 음! 내가 그렇거든요. 어떤 도시 출신인지……"

경직됐던 분위기가 풀리자 아버지는 안심하면서 오크나무색 머리카락을 쓸어 넘기고는 손님들과 함께 베니션 블라인드가 쳐진 별채 식당으로 향했다.

돌 조각상의 혀를 밟고 선 루비가 제 오빠에게 말했다.

"오빠, 그러면 안 될 것 같아."

프린스가 물었다.

"뭐가 안 돼?"

로크는 그들 남매를 돌아보았다. 프린스는 도마뱀의 입 안쪽 바닥에서 기계손으로 돌멩이 하나를 집어 들었다. 잔디밭 저쪽에는 새장이 놓였고, 새장 안에는 어머니가 지난번 여행 때 지구에서 가져오신 흰 앵무새가 들어앉아 있었다.

프린스는 돌멩이로 새장을 겨냥하더니 팔을 획 뻗었다. 그 동작이 어찌나 빠른지 금속과 플라스틱 의수가 순간적으로 희미하게 보일 정도였다.

12미터쯤 떨어진 곳에서 새장 안의 새들이 비명을 지르며 퍼덕였다. 로크는 그중 한 마리가 날개가 피투성이가 된 채 바닥에 떨어진 것을 보았다.

프린스는 미소를 지으며 말했다. "정확히 겨냥해서 맞혔어."

로크가 말했다. "야, 어머니가 가만히 안 두실 텐데……" 로크는 프린스의 뭉텅하게 잘린 어깨에 끈으로 연결된 기계 의수를 힐끗 쳐다보았다. "그런 걸 던지면……"

프린스는 깨진 파란 유리 같은 눈동자 위로 검은 눈썹을 내리뜨며 말했다. "내 손을 우습게 보지 말라고 내가 분명히 말했지?" 프린스가 의수를 뒤로 빼자 의수의 손목과 팔꿈치에서 위잉 딸각 위잉 하는 모터 소리가 들렸다.

루비가 말했다. "오빠가 이렇게 태어난 건 오빠 잘못이 아니야. 손님한테 함부로 말하는 건 예의가 없는 짓이지. 에런은 여기서 너희는 이방인일 뿐이랬어. 맞지, 프린스 오빠?"

"맞아." 프린스는 손을 아래로 내렸다.

그때 확성기를 통해 정원에 목소리가 전달되었다.

"얘들아, 어디 있니? 와서 저녁 먹어. 어서."

조각상 아래로 내려간 아이들은 대나무 숲 사이로 걸어갔다.

로크는 파티의 흥분이 가라앉지 않은 채 잠자리에 들었다. 어젯밤부터 투명 처리를 해둔 유아실 천장 너머로 종려나무의 그림자가 어른거렸다.

속삭이는 목소리가 그를 불렀다. "로크!"

"쉬잇! 목소리 줄여, 프린스 오빠."

이번에는 좀 더 부드럽게 그를 불렀다. "로크?"

로크는 방충망을 치우고 침대에 일어나 앉았다. 플라스틱 바닥에는 호랑이, 코끼리, 원숭이 인형들이 발갛게 빛나고 있었다.

"왜 왔어?"

로크의 물음에 반바지 차림의 프린스가 유아실 문 앞에서 말했다. "어른들이 대문을 나가는 소리를 들었어. 다들 어디 간 거야?"

오빠의 어깨 너머에서 루비도 말했다. "우리도 가고 싶어."

프린스가 다시 물었다. "어디로 간 거냐니까?"

"마을에." 로크는 일어서서 빛을 뿜어내는 야생동물 인형들 사이로 타박타박 걸어왔다. "친구들이 휴가 때 놀러 오면 부모님은 친구들을 데리고 늘 마을에 가셔."

"가서 뭐 하는데?" 프린스는 문설주에 기대었다.

"그냥…… 마을에 가던데."

그동안 모르고 지냈던 부분에 문득 호기심이 들어찼다.

루비가 말했다. "우리가 쇠막대로 막아서 아이 돌보미 로봇을 방에 가둬놨어."

"너희 집 아이 돌보미는 영 어설프더라. 그래서 쉽게 가두긴 했지. 이 집은 모든 게 구식이야. 에런 얘기로는 여기서 굳이 고풍스럽게 사는 건 플레이아데스의 야만인들뿐이래. 어른들이 놀러 간 곳에 우리를 데리고 가줄 거지?"

"글쎄, 나는……"

"구경 가고 싶어."

"너도 가보고 싶지 않아?"

"알았어. 샌들 좀 신고."

로크는 거절하려고 했다. 하지만 아이들은 자기네가 없을 때 어른들이 무엇을 하는지 궁금해하기 마련이다. 이런 호기심은 사춘기 감성의 토대가 되고 그 토대 위에서 어른으로서의 의식이 자리잡게 된다.

대문 옆 정원에서 잎사귀들이 바람에 살랑거렸다. 낮에는 로크의 지문으로 도어락이 열리는데, 밤에도 그게 가능하다는 사실에 로크는 꽤 놀랐다.

집을 나서자, 촉촉한 밤의 어둠 속으로 길이 쭉 뻗어나가 있었다. 바위 지대와 바다 건너까지, 낮게 뜬 큰 달이 본토를 할짝할짝 바닷물을 핥는 상아색 혀로 만들어놓았다. 나무 사이로 보이는 마을의 불빛들이 컴퓨터 화면의 체크보드 무늬처럼 꺼졌다 켜졌다 했다. 높게 뜬 작은 달 아래 분필처럼 하얀 돌멩이들이 도로 가장자리에 깔렸고, 선인장 한 그루가 뾰족뾰족한 잎을 하늘로 뻗어 올렸다.

어느새 그들은 마을 초입의 첫 번째 카페에 도착했다. 로크는 문밖의 탁자 앞에 앉은 광부에게 "안녕하세요"라며 인사를 건넸다.

"꼬마 신사가 오셨네." 광부가 고개를 끄덕였다.

"저희 부모님 어디 계시는지 아세요?" 로크가 물었다.

광부는 어깨를 으쓱했다. "고급 옷을 입은 숙녀들, 조끼와 짙은 색 셔츠를 입은 신사들과 함께 여기 왔었지. 30분인가 한 시간쯤

전에."

프린스가 로크에게 물었다. "저 광부는 무슨 언어를 쓰는 거야?"

루비가 킥킥 웃으며 로크에게 물었다. "저 말 알아들어?"

로크는 그제야 깨달았다. 로크와 부모님이 상오리니섬 사람들과 대화할 때 쓰는 단어들은 그들끼리나 손님들과 대화할 때와는 완전히 다르다는 것을. 어린 시절 어렴풋한 기억을 되살려보니 로크는 깜박이는 불빛 아래서 최면 선생에게 발음을 뭉개는 식의 포르투갈 방언을 배운 적이 있었다.

로크가 다시 광부에게 물었다.

"부모님은 어디로 가셨어요?"

광부의 이름은 타보였다. 광산이 문을 닫은 작년 한 달 동안 타보는 집 뒤 대정원의 조경을 맡은 요란한 원예용 기계에 플러그를 꽂고 일했다. 따분한 일상에 지친 어른과 쾌활한 아이는 서로를 잘 참아주며 우정을 쌓아갔다. 로크는 지저분하고 바보 같은 어른 타보를 받아들였다. 하지만 어머니 때문에 타보와의 관계를 더 이어가지 못했다. 지난해, 마을에서 돌아온 로크가 어머니에게 한 얘기 때문이었다. 로크는 타보가 광부의 음주 능력에 대해 모욕적인 말을 한 남자를 죽이는 것을 봤다고 말했다.

"어른들이 어디로 갔는지 말해줘요, 타보."

타보는 어깨를 으쓱할 뿐이었다.

카페 문 위에 걸린 빛나는 간판 글자들 주변에 벌레들이 몰려들어 타닥타닥 날개를 치며 날아다녔다.

　　주권 축제 때 사용한 장식용 주름 종이 쪼가리들이 차양 기둥에 붙어 있다가 바람에 날렸다. 오늘은 플레이아데스 주권 기념일이었다. 광부들은 자기네도 언젠가 주권을 인정받기를 바라며, 어머니와 아버지의 건강을 소망하며 그날을 축하했다.

　　프린스가 물었다. "어른들이 어디로 갔는지 안대?"

　　타보는 금 간 컵에 담긴 신 우유를 럼주와 함께 마시고 있었다. 타보가 자기 무릎을 손으로 툭툭 쳤다. 로크는 프린스와 루비를 힐끔 쳐다보면서 타보의 무릎에 가 앉았다.

　　프린스와 루비 남매는 어떻게 해야 할지 모르겠다는 눈빛으로 서로를 쳐다보았다.

　　로크가 말했다. "너희도 의자에 앉아."

　　남매는 의자에 가 앉았다.

　　타보가 로크에게 마시던 신 우유를 내밀었다. 로크는 절반을 마시고 프린스에게 컵을 건넸다. "너도 마실래?"

　　프린스는 컵을 들어 올려 쿵쿵 냄새를 맡았다. "이런 걸 마신단 말이야?" 프린스는 얼굴을 찌푸리며 컵을 탁 내려놓았다.

　　로크는 럼주가 담긴 술잔을 집어 들었다. "그럼 이것도……?"

　　타보는 로크의 손에서 술잔을 빼앗았다. "그건 네가 마실 게 아니야, 꼬마 신사."

　　"타보, 우리 부모님은 어디 계세요?"

　　"저 숲속 알론자네 집에."

　　"우릴 거기로 데려다줄 수 있어요, 타보?"

"거기는 왜?"

"구경하고 싶어서요."

타보는 생각 끝에 말했다. "돈을 내지 않으면 못 데려다줘." 타보는 로크의 머리카락을 헝클어뜨렸다. "어이, 꼬마 신사, 너 돈 있어?"

로크는 주머니에서 동전 몇 개를 꺼내 보여주었다.

"그거로는 모자라."

"프린스, 너랑 루비 돈 좀 있어?"

프린스는 반바지에서 2파운드@sg를 꺼냈다.

"타보한테 줘."

"왜?"

"그래야 우리 부모님이 있는 곳으로 데려다주겠대."

손을 뻗어 프린스에게서 돈을 가져간 타보는 눈썹을 치켜세우며 그 돈을 내려다보았다. 타보가 로크에게 물었다.

"이 돈을 나한테 주겠대?"

"우리를 거기로 데려다주시면요."

타보는 로크의 배를 간질였다. 그들은 웃음을 터뜨렸다. 타보는 지폐 한 장을 접어 주머니에 넣고 럼주와 신 우유를 추가로 주문했다.

"우유는 너 마셔라. 친구들이랑 같이 마시든가."

"어서요, 타보. 우릴 데려다준다고 했잖아요."

"조용히 해. 우리가 저 위에 가도 될지 생각 중이야. 내일 아침에 내가 플러그를 꽂고 일해야 되는 거 알잖아."

타보는 손목의 소켓을 툭툭 쳤다.

로크는 소금과 후추를 우유에 톡톡 털어 넣고 한 모금 마셨다.

루비가 말했다. "나도 마셔볼래."

프린스가 말렸다. "맛이 괴상해. 안 마시는 게 좋을걸. 이 남자가 우릴 데려다주겠대?"

타보는 카페 주인에게 손을 흔들며 물었다. "오늘 밤에 알론자 네 집에 사람들이 많이 모입니까?"

"금요일 밤이잖아요."

"이 녀석이 저녁 시간 동안 거기 가보겠다고 데려다달라는데 요."

"본 레이 댁 아드님을 알론자네로 데려가겠다고요?" 카페 주인 얼굴에 붙은 보라색 반점에 잔주름이 잡혔다.

"이 녀석 부모님이 거기 있어요." 타보는 어깨를 으쓱했다. "부모 님한테 데려다달라고 부탁을 하네요. 여기 앉아서 레드버그 진드 기나 때려죽이는 것보다는 재미있을 것 같긴 해요." 타보는 허리를 굽히더니 옆에 벗어두었던 샌들 두 개의 끈을 한데 묶어 목에 걸 었다.

"가자, 꼬마 신사. 외팔이 소년이랑 소녀한테도 얌전히 따라오라 고 전해."

타보가 프린스의 팔을 언급하자 로크는 움찔하며 남매에게 말 했다.

"가자는데."

프린스와 루비가 이해를 못 하자 로크가 설명했다. "알론자네로 올라가자."

"알론자네가 어디인데?"

"에런이 베이징에서 예쁜 여자들을 늘 데리고 가던 그런 곳 아니야?"

루비의 말에 프린스가 반박했다. "여기는 베이징 같은 그런 곳 없어. 바보 같기는. 파리에도 없는데 뭐."

타보는 팔을 뻗어 로크의 손을 잡았다. "바짝 붙어서 잘 따라와. 친구들한테도 잘 따라오라고 전해."

굳은살투성이인 타보의 손은 땀에 젖어 있었다. 밀림에서 킥킥 쉬이익 쉬익 소리가 들려왔다.

프린스가 로크에게 물었다. "어디로 가는 거야?"

로크는 자신 없는 목소리였다. "어머니 아버지를 보러, 알론자네로."

타보는 그 말에 쓱 고개를 돌려 아이들에게 끄덕였다. 그는 두 개의 달이 내리비추는 달빛으로 얼룩진 숲을 손으로 가리켰다.

"여기서 멀어요, 타보?"

타보는 말없이 로크의 목을 손으로 찰싹 치며 다시 그의 손을 잡고 걸어갔다.

언덕배기에 공터가 있었다. 천막 아래쪽 틈새로 빛이 새어 나왔다. 한 무리의 남자들이 바람을 쐬러 나온 뚱뚱한 여자와 농담 따먹기를 하며 술을 마시고 있었다. 여자의 얼굴과 어깨가 젖어 있었다. 오렌지색 무늬가 들어간 옷 안에서 여자의 가슴이 번들거렸다. 여자는 땋은 머리를 손가락으로 잡고 배배 돌렸다.

"여기 있어." 타보는 나지막이 말하고는 아이들을 뒤로 밀었다.

"저기요, 왜─"

프린스가 광부를 따라가자 로크가 말리며 광부의 말을 전해주었다. "여기 있으래."

주변을 돌아본 프린스는 로크와 루비 곁으로 돌아왔다.

타보는 남자들 옆으로 다가가 그들 사이에서 이리저리 건네지고 있는 술병을 낚아챘다. 라피아야자 섬유를 씌운 술병이었다. "어이, 알론자. 본 레이 댁 분들이 저기 와 계셔……?" 타보는 이렇게 물으며 천막을 엄지로 가리켰다.

알론자라고 불린 여자가 대답했다. "가끔 오셔. 손님들을 데리고 오실 때도 있고. 가끔은 그냥……"

"지금 계시냐고."

알론자는 타보에게 술병을 받으며 고개를 끄덕였다.

타보는 고개를 돌려 손짓으로 아이들을 불렀다.

로크는 경계심 가득한 남매를 데리고 타보 옆에 가 섰다. 남자들이 불분명한 발음으로 주고받는 대화 사이사이에 방수포 천막에서 흘러나오는 날카로운 목소리와 웃음이 뒤섞였다. 후덥지근한 밤이었다. 술병은 세 번 더 돌았다. 로크와 루비도 그 병에 담긴 술을 마셨다. 마지막으로 술병을 받은 프린스는 인상을 쓰면서도 입에 대고 마셨다.

타보는 로크의 어깨를 앞으로 떠밀며 말했다. "들어가자."

타보가 먼저 야트막한 천막 문으로 구부정하게 들어갔다. 아이들 중 제일 키가 큰 로크의 머리 윗부분이 천막 천에 스쳤다.

천막 안 중앙 기둥에 랜턴이 걸려 있었다. 쨍하게 밝은 빛이 천막 지붕은 물론이고 그 아래 서 있는 이들의 귓바퀴, 콧구멍, 나이든 얼굴들의 주름살까지 환하게 비췄다. 한 사람이 고개를 뒤로 젖혀가며 큰 소리로 웃다가 욕설을 내뱉었다. 술병을 입에 댄 축축한 입술이 번들거렸다. 느슨하게 흘러내린 머리카락은 땀에 젖어 있었다. 시끌벅적한 가운데 누군가 종을 울렸다. 로크는 흥분되어 손바닥이 간질거렸다.

사람들이 쪼그려 앉기 시작했다. 타보도 쪼그리고 앉았다. 프린스와 루비도, 로크도 따라 앉았다. 로크는 타보의 젖은 목깃을 손으로 잡았다.

구덩이 안에서 장화를 신은 남자가 사람들에게 앉으라는 손짓을 하며 앞뒤로 걸어 다니고 있었다.

구덩이 맞은편 난간 뒤에 로크가 아는 얼굴이 보였다. 은발 머리 여자였다. 그 여자는 세네갈 대학생 루수나의 어깨에 몸을 비스듬히 기댔다. 그녀의 은발은 괴상하게 뒤틀린 칼날처럼 이마에 들러붙어 있었다. 루수나는 조끼 없이 셔츠만 입었는데 셔츠 단추를 풀어 헤친 채였다.

구덩이 안에 있는 남자가 종과 연결된 밧줄을 다시 흔들었다.

땀에 젖어 번들거리는 그의 팔뚝에 솜털 같은 게 들러붙었다. 그는
사람들에게 손을 흔들며 목청을 높였다. 조용히 하라며 주석 벽을
갈색 주먹으로 탕탕 치기도 했다.

난간의 널빤지 사이사이에 지폐가 끼워져 있었다. 돈을 걸고 도
박을 하는 듯했다. 구덩이를 건너다보니 아까 본 젊은 커플이 있었
다. 루수나는 난간 아래를 내려다보고 손가락질을 하며 은발 여자
에게 무어라 말하고 있었다.

구덩이 안에 선 남자는 바닥에 널브러진 비늘과 깃털을 밟고 돌
아다녔다. 그가 신은 장화는 무릎까지 검은색이었다. 사람들이 어
느 정도 조용해지자 남자는 로크의 눈에 보이지 않는 구덩이 측면
쪽으로 걸어가 허리를 굽혔다……

쾅 소리와 함께 우리 문이 열렸다. 남자는 후다닥 뛰어가 울타
리 너머 중앙 기둥을 붙잡고 올라갔다. 구경꾼들이 소리치며 앞으
로 우르르 다가갔다. 쪼그려 앉아 있던 이들도 일어섰다. 로크도
앞으로 밀고 나갔다.

구덩이 맞은편에 아버지가 보였다. 아버지는 금발 아래 땀에 젖
은 얼굴을 찡그리는 모습이었다. 아버지는 구덩이 경기장을 향해
주먹을 흔들어댔다. 어머니는 목에 한 손을 얹고 아버지에게 기대
었다. 셸빈 대사는 난간에 붙어 고함을 지르는 두 광부 사이로 비
집고 나오려고 애쓰고 있었다.

"저기 에런이 있어!"

루비가 소리치자 프린스가 말렸다. "조용히 해……!"

사람들이 죄다 일어선 바람에 로크는 구덩이 쪽에서 무슨 일이 벌어지고 있는지 볼 수가 없었다. 타보도 일어서서 사람들에게 앉으라고 악을 써대다가 누군가 그에게 술병을 건네자 조용히 술을 마셨다.

로크는 왼쪽으로 자리를 옮겼다가 왼쪽이 막히자 오른쪽으로 옮겨 갔다. 무어라 꼬집어 말할 수 없는 흥분감이 속에 들어차 가슴이 쿵쾅거렸다.

구덩이 속 남자는 난간에 올라서서 군중을 내려다보았다. 그 남자가 난간에 올라서며 어깨로 랜턴을 친 바람에 천막 천에 비친 그림자들이 마구 흔들거렸다. 기둥에 기대선 남자는 눈살을 찌푸리며 흔들리는 랜턴 빛을 바라보다가 불룩 솟은 근육질 팔을 문질렀다. 남자는 그제야 팔에 깃털이 붙어 있는 걸 알아채고는 조심스럽게 떼어낸 후 털투성이 가슴과 어깨도 살펴보았다.

구덩이 가장자리에서 무언가의 고함이 터져 나왔다가 멈추더니 다시 이어졌다. 누군가 허공에 대고 조끼를 흔들어댔다.

몸에 다른 깃털이 붙어 있지 않은 걸 확인한 남자는 다시 기둥에 기대섰다.

흥분하고 분위기에 매료된 로크는 아까 마신 럼주와 천막 안의 악취 때문에 속이 울렁거렸다. 로크는 프린스에게 소리쳤다.

"야, 좀 더 잘 볼 수 있게 위로 올라가자!"

루비가 반대했다. "뭐 하러 그래."

"안 될 거 없지!" 프린스는 호기롭게 말하며 앞으로 나섰으나 겁먹은 표정이 역력했다.

로크가 앞장서서 나아갔다.

그때 누군가 어깨를 잡는 바람에 로크는 뒤를 돌아보았다.

"너 여기서 **뭐 하냐**?" 화나고 당황한 아버지는 숨을 몰아쉬며 말했다. "누가 너한테 다른 애들까지 데리고 여기 와도 된다고 했어!"

로크는 타보를 찾아봤지만 보이지 않았다.

아버지 뒤에서 에런 레드가 다가와 말했다. "다른 사람한테 아이들을 맡겨야 된다고 내가 **말했잖습니까**. 댁네 아이 돌보미는 너무 구식이라서, 똑똑한 아이라면 손을 대고도 남아요!"

아버지가 날카롭게 말했다. "아, 애들이 괜찮으니 다행입니다. 로크는 이렇게 늦은 저녁 시간에 혼자 나와 돌아다니면 안 된다는 걸 잘 알고 있어요!"

어머니가 나섰다. "내가 애들을 집에 데리고 갈게. 화내지 마요, 에런. 애들이 무사하니 됐죠. 정말 미안하게 됐어요." 어머니는 아이들을 돌아보며 물었다. "대체 무슨 생각으로 여기 온 거니?"

광부들이 무슨 일인가 하고 구경하러 모여들었다.

루비가 울음을 터뜨렸다.

어머니는 걱정스러운 표정으로 물었다.

"아가, 어디 아프니?"

에런 레드가 말했다. "아픈 데 없습니다. 이따 집에 가면 나한테 얼마나 혼이 날지 아니까 저래요. 지들이 잘못한 걸 아는 거죠."

그 부분까지는 미처 생각하지 못했는지 루비는 자기 아버지의 말을 듣고 본격적으로 더 크게 울어댔다.

"그런 얘기는 내일 아침에 하는 게 좋겠어요."

어머니는 자포자기한 눈빛으로 아버지를 바라보았다. 아버지는 루비가 울자 당황한 데다 로크가 가만히 듣고만 있으니 화가 치민 모습이었다.

"그래, 애들 집으로 데리고 가, 데이나." 아버지는 구경하고 있는 광부들을 힐끗 쳐다보았다. "지금 바로 데려가. 갑시다, 에런. 걱정할 거 없어요."

어머니가 말했다. "자, 루비, 프린스. 손 이리 주렴. 로크, 너도 어서 가자……"

어머니는 아이들에게 손을 내밀었다.

프린스는 의수를 쭉 뻗어 어머니의 손을 잡더니 홱 잡아당겼다.

어머니는 비명을 지르며 앞으로 휘청했다. 잡히지 않은 다른 쪽 손으로 프린스의 손목을 쳤다. 하지만 금속과 플라스틱 손가락은 어머니의 손을 놓아주지 않았다.

"프린스!"

에런이 다가오자 프린스는 제 아버지의 손길을 피해 얼른 몸을 피했다.

어머니는 흙바닥에 주저앉아 숨을 몰아쉬며 조그맣게 흐느꼈다. 아버지가 어머니의 어깨를 잡으며 말했다.

"데이나! 저 녀석이 무슨 짓을 한 거야? 왜 그래?"

어머니는 고개를 가로저었다.

도망치던 프린스는 타보에게 부딪혔다.

아버지가 포르투갈어로 소리쳤다. "그 녀석 잡아!"

에런도 고함을 쳤다. "프린스!"

그 순간 프린스는 반항을 그만두고 얼굴이 하얗게 질린 채 타보의 품 안에서 멈춰 섰다.

바닥에서 일어선 어머니는 얼굴을 찌푸리며 아버지의 어깨에 기댔다. 로크는 어머니가 속삭이는 말을 들었다.

"……내 하얀 새 한 마리를……"

에런이 아들에게 말했다. "프린스, 이리 와!"

프린스는 전자 기계처럼 덜컥거리며 돌아왔다.

"데이나 아줌마랑 같이 집으로 돌아가. 아줌마는 네 손에 대해 언급한 걸 미안해서. 네 기분을 상하게 하려고 그런 말을 하신 게 아니야."

어머니와 아버지는 에런을 쳐다보았다. 아버지는 앞으로 나섰고 어머니는 뒤로 물러섰다. 에런 레드가 두 분을 돌아보았다. 그는 몸집이 작은 남자였다. 성이 '레드Red'지만 그의 몸에서 붉은색은 눈가뿐이었다. 에런은 지친 표정으로 말했다.

"아들놈이 기형이라는 얘기를 내가 한 적이 없어서…… 이렇게 됐네요." 에런은 화가 난 표정이었다. "아들이 열등감을 느끼게 하고 싶지 않아서 그랬습니다. 남들이 다르게 보는 것도 싫고 해서요. 저 녀석 앞에서 손 얘기는 하지 말아주세요. 절대."

아버지는 무어라 말을 하려다가 말았다. 그날 저녁 아버지는 그저 당황해서 어쩔 줄 몰랐다.

어머니는 두 남자를 번갈아 쳐다보다가 본인의 손가락을 내려다보았다. 어머니는 프린스에게 잡혔던 손을 다른 쪽 손바닥으로 감싸 쥐고 문지르며 말했다.

"애들아, 나랑 같이 가자."

"데이나, 당신 정말 괜찮……"

어머니는 눈빛으로 아버지의 말을 끊고 "어서 가자, 애들아"라고 말하며 아이들과 함께 천막을 나섰다.

타보가 천막 밖에서 기다리고 있었다.

"저도 같이 가겠습니다, 사모님. 괜찮으시면 저도 같이 집으로 갈게요."

어머니는 원피스의 배 쪽에 손을 갖다 대며 말했다.

"그래요, 타보. 고마워요."

타보는 고개를 절레절레 흔들며 말했다.

"쇠 손을 가진 남자아이와 여자아이 그리고 아드님을 제가 여기로 데려왔습니다, 사모님. 애들이 데려다달라고 부탁을 하기는 했지만요. 그래서 데려온 거죠."

"이해해요."

그들은 이번에는 밀림을 통과하지 않고 널찍한 길로 갔다. 길옆에는 광부들을 해저 광산으로 실어 나르는 수중 이송기 발사대가 있었다. 바다 밑에서는 높이 솟은 형상들이 일렁이며 파도에 두 겹으로 된 그림자를 드리웠다.

대정원 문에 이르자 로크는 별안간 속이 울렁거렸다. 어머니가 말했다.

"얘 머리 좀 잡아줘요, 타보. 거봐, 흥분하니까 몸에 안 좋잖니, 로크. 너 또 그 우유 마셨구나. 이제 좀 괜찮아?"

로크는 럼주까지 마셨다는 말은 하지 않았다. 천막 안에서 풍기던 냄새, 타보에게서 나던 냄새도 굳이 말하지 않았다. 프린스와 루비는 자기네끼리 눈짓을 하며 조용히 로크를 쳐다보았다.

집 위층으로 올라간 어머니는 아이 돌보미 로봇을 원래 자리에 가져다두고 프린스와 루비를 방으로 데려갔다. 그리고 로크가 있는 유아실로 돌아왔다.

로크는 베개를 베고 누워 물었다.

"손이 아직 아파요, 엄마?"

"아파. 부러진 줄 알았는데, 그렇지는 않은가 봐. 너 재워놓고 나가서 치료를 받아야겠어."

"걔들이 가고 싶다고 했어요! 어른들이 어디 가서 노는지 궁금하다고."

침대에 걸터앉은 어머니는 다치지 않은 손으로 로크의 등을 쓰다듬었다.

"넌 전혀 안 궁금했어?"

로크는 잠시 후에 대답했다.

"조금 궁금했어요."

"그럴 줄 알았지. 속은 괜찮아? 다른 사람들이 뭐라고 하든 엄마는 신경 안 써. 신 우유가 너한테 좋다는데 그 이유도 모르겠고."

로크는 여전히 럼주에 대해서는 입에 올리지 않았다.

어머니는 문 쪽으로 걸어가며 말했다.

"잘 자렴."

어머니는 전등 스위치에 손을 가져다 댔다.

회전식 지붕으로 비춰 드는 달빛이 흐려지고 있었다.

빛이 보였다가 사라질 때마다 로크는 프린스 레드를 떠올렸다.

로크는 옷을 벗고 옥상 수영장 옆에 앉아 암석학 시험에 대비해 리더기로 자료를 읽고 있었다. 바위로 된 입구에 매달린 보랏빛 잎사귀들이 바람에 흔들거렸다. 바깥에 부는 강풍 때문에 하늘의 빛마저 일렁였다. 바람 부는 방향에 맞춰 날개판을 조절한 아크의 탑들은 빛나는 서리 때문에 형체가 일그러진 듯 보였다.

로크는 리더기를 덮고 일어서며 말했다.

"아버지! 저 상급 수학에서 3등 했어요. 3등요!"

가장자리에 털을 덧댄 파카를 입은 아버지가 잎사귀 사이로 들어왔다.

"여기서 공부하고 있구나. 서재에서 하는 게 낫지 않아? 정신 사나울 텐데 어떻게 여기서 공부에 집중한다는 건지."

로크는 자료를 입력해둔 리더기를 들어 올렸다.

"암석학 공부 중이에요. 굳이 따로 공부할 필요가 없는 과목이긴 해요. 이미 고급반 강의를 다 들었거든요."

지난 몇 년 동안 로크는 완벽을 요구하는 부모님 밑에서 원하는 대로 할 수 있는 방법을 찾아냈다. 부모님은 이제 공부에 대해 의례적으로 지나가듯 물어볼 뿐이라서 로크가 그 부분만 잘 넘기면 다른 쪽으로 대화를 끌어갈 수 있었다.

"아, 그래." 아버지의 얼굴에 미소가 번졌다. 아버지가 파카의 끈을 푸는 동안 머리카락에 붙어 있던 서리가 녹아내렸다. "캘리밴호 내부로 기어 들어가는 대신 공부를 하고 있으니 됐다."

"그 얘기를 하시니까 생각이 났는데, 뉴아크 경주 대회에 캘리밴호로 출전 등록을 했어요. 어머니랑 같이 결승점에 구경하러 오실 거죠?"

"시간 되면. 네 엄마가 요즘 건강이 좋질 못하잖니. 지난번 여행이 좀 힘들었던 모양이야. 네가 경주에 나간다고 하면 또 걱정할 텐데."

"왜요? 학업에 방해되지 않게 할 건데요."

아버지는 어깨를 으쓱했다. "네 엄마는 그런 경주를 위험하다고 생각하니까." 아버지는 파카를 벗어 바위에 걸쳐놓았다. "지난달에 트랜터 대회에서 상을 받았다며. 축하한다. 엄마가 걱정을 하면서도 고리타분한 클럽 여자들을 만난 자리에서는 네 자랑을 하더라. 이번에 상 받은 게 자기 아들이라고 자고새처럼 뿌듯해하더라."

"두 분이 대회 구경하러 오시면 좋겠어요."

"그러고 싶긴 하다만. 그러려면 여행 기간에서 한 달이나 빼야 하니 어려울 것 같구나. 보여줄 게 있다."

로크는 웅덩이에서 이어지는 개울을 따라 아버지와 함께 걸어
갔다. 아버지는 아들의 어깨를 한 팔로 감싸며 계단에 올라섰다.
폭포 측면을 타고 집으로 내려갈 수 있도록 만들어놓은 계단이었
다. 그들의 무게를 감지한 계단이 자동으로 작동을 시작했다.

"이번 여행 중에 지구에 들렀어. 에런 레드를 만나 하루 동안 같
이 시간을 보냈지. 오래전에 너도 그 사람을 만났는데 기억할 거
다. 레드시프트 리미티드사의 대표 말이다."

"뉴브라질리아에 있는 광산에서 뵈었죠."

"오래전인데 기억하는구나."

평평해진 계단이 온실을 가로질러 그들을 이송했다. 덤불에 앉
아 있던 앵무새들이 투명한 유리벽으로 날아올랐다가 블러드플라
워 꽃에 내려앉으며 그 아래 모랫바닥에 꽃잎을 떨어뜨렸다. 유리
벽 바깥의 아래쪽에는 눈이 쌓여 있었다.

"프린스도 에런 곁에 있더라. 네 또래인데. 너보다 나이가 좀 많
았던 것 같기도 하고."

로크는 프린스에 대해 부모님 친구의 자식에 대해 갖는 정도의
관심만 있을 뿐이었다. 프린스가 지난 몇 년 동안 어떻게 살고 있
는지 얼핏 소문을 들어 알고는 있었다. 프린스는 단기간에 학교를
네 번이나 옮겼다. 플레이아데스에 흘러든 소문으로는 프린스가
퇴학을 면하고 전학을 간 것은 순전히 레드시프트사의 어마어마
한 재산 덕분이라고 했다.

"기억나요. 외팔이였잖아요."

"이번에 보니 보석으로 된 암밴드를 차고 어깨까지 올라오는 검은 장갑을 착용했더라. 인상적인 청년으로 자라났어. 프린스도 너를 기억하더라. 옛날에 너희는 같이 장난질도 하고 그랬지. 적어도 그때보다는 얌전해진 것 같더라."

아버지의 팔 아래서 로크는 어깨를 으쓱했다. 로크는 겨울 정원 여기저기에 흩어진 흰 깔개들을 밟고 서서 물었다.

"저한테 보여주시려는 게 뭐예요?"

아버지는 통화 기둥으로 다가갔다. 지름이 1.2미터인 투명한 원통형 기둥인데, 꽃무늬 유리로 된 기둥이 투명 유리 천장을 떠받친 형상이었다.

"데이나, 당신이 사 온 선물을 로크한테 보여줘."

"잠깐만."

어머니의 모습이 통화 기둥에 나타났다. 기둥 속에서 어머니는 백조 의자에 앉아 있는 모습이었다. 누비 양단 옷을 입은 어머니는 옆 탁자에서 녹색 천으로 싼 물건을 가져다가 무릎에 올려놓고 매듭을 풀었다.

로크가 소리쳤다. "멋진데요! 헵토다인 석영을 어디서 찾으셨어요?"

헵토다인 석영의 기본 성분은 실리콘이고 지질학적 압력으로 형성되었다. 보통 크기가 어린애 주먹만 한데, 삐죽빼죽한 형태 안쪽으로 이리저리 흩어진 푸른 선을 따라 빛이 흘렀다.

"시그너스에 들렀을 때 구했어. 우리가 크랄의 폭발 사막 근처에 머물렀거든. 호텔 창밖을 내다보고 있는데 도시 성벽 너머에서 빛이 번뜩였어. 얘기로만 들었는데 실제로 보니까 장관이더라. 네 아버지가 회의에 참석한다고 자리를 비운 어느 오후에 그 빛이 보이는 곳으로 갔어. 가서 보니까 네가 이런 석영을 모으는 게 생각나서 너 주려고 사 왔지."

"고마워요."

로크는 기둥 속 형상에게 미소 지었다.

로크와 아버지는 어머니를 4년째 직접 만나지 못하고 있었다. 퇴행성 심신병으로 대화가 불가능할 때가 많아진 어머니는 약과 진단용 컴퓨터, 화장품, 중력 열역학 장비, 독서 기계 등이 갖춰진 집 안의 큰 방에 틀어박혔다. 그렇게 해서 어머니—대개 어머니의 일반적인 반응 패턴이 프로그램된 안드로이드들 중 하나—는 평소 모습과 성격 그대로 통화 기둥에 나타나곤 했다. 마찬가지 방식으로, 어머니는 안드로이드와 텔레라마 리포트를 통해 아버지의 출장에 '동반'했다. 실제 어머니의 몸은 마스크를 쓴 채 홀로 방 안에 머물렀고, 한 달에 한 번 조용히 방문하는 정신 기술 의사 외에는 아무도 그 방에 출입할 수 없었다.

로크는 한 걸음 다가가며 말했다.

"아름다워요."

"오늘 저녁에 네 방에 가져다둘게." 어머니는 검은 손가락으로 헵토다인 석영을 집어 들고 이리저리 돌려 보며 덧붙였다. "참 멋져. 보고 있으면 최면에 걸릴 것 같아."

아버지는 다른 통화 기둥으로 고개를 돌리며 말했다.

"너한테 보여줄 게 하나 더 있어. 에런이 네가 우주선 경주에 관심이 많다는 얘길 들은 모양이야. 네가 꽤 잘한다는 것도 알고 있더구나." 두 번째 기둥에 어떤 형태가 형성되고 있었다. "에런의 엔지니어 두 명이 새로운 이온 연결 장치를 개발했어. 그런데 상업용으로 쓰기에는 너무 민감하고, 대량 생산을 해도 수익이 날 것 같지 않다고 했나 봐. 에런 얘기로는 반응 수준이 소형 경주용 우주선에 쓰기에는 괜찮을 거라고 하더라. 그래서 내가 너 주려고 사겠다고 했더니, 에런은 팔지 않고 그냥 너한테 선물로 주겠다고 했어."

"그래요?" 로크는 놀랍기도 하고 흥분이 되기도 했다. "어디 있어요?"

기둥 속에 하역용 플랫폼 한쪽 구석에 놓인 상자가 나타났다. 저 멀리 안내탑들 사이에 니아 리마니 요트 우주선 정박소의 울타리가 희미하게 보였다.

"저기 있는 거예요?" 로크는 천장에 매달아놓은 초록색 해먹에 걸터앉았다. "멋진데요! 오늘 저녁에 내려가서 볼게요. 어차피 경주에 데리고 나갈 승무원을 구하러 가봐야 돼요."

"우주비행장 근처를 어슬렁대는 사람들 중에서 승무원을 뽑는 거니?" 어머니는 고개를 절레절레 흔들었다. "이러니 내가 마음을 놓을 수가 없지."

"어머니, 경주에 관심 있는 사람들, 경주용 우주선에 환장한 애들, 항해를 할 줄 아는 사람들이 우주비행장에 어슬렁대는 거예요. 니아 리마니에 있는 사람 절반은 그런 사람들이라고요."

"학교 친구들이나 그 비슷한 부류들 중에서 승무원을 구하면 오죽 좋아."

"이런 얘기를 좋아하는 사람들을 뽑으면 안 되는 이유라도 있어요?"

로크는 슬쩍 미소 지었다.

"그런 기질에 대한 얘기가 아니라, 네가 아는 사람들이랑 같이 했으면 싶어서 하는 얘기야."

아버지가 끼어들었다. "경주가 끝나고 나머지 방학 기간 동안 뭘 할 생각이냐?"

로크는 어깨를 으쓱했다. "작년처럼 상오리니의 광산에서 감독 일이나 할까요?"

아버지는 눈썹을 치켜떴다가 코 위쪽에 세로로 깊은 주름을 잡으며 말했다.

"광부의 딸에게 일어난 일도 있는데……" 아버지는 이마에 주름을 잡으며 덧붙였다. "그래도 거기 다시 **가고 싶냐**?"

로크는 어깨를 으쓱했다.

이번에는 어머니가 물었다. "달리 하고 싶은 일은 없어?"

"애슈턴 클라크의 가호가 저와 함께할 거예요. 일단 승무원을 구하러 나가보려고요." 로크는 해먹에서 일어섰다. "어머니, 석영 고마워요. 학교 끝나고 나면 방학 때 뭘 할지 같이 얘기해요."

로크는 수면 위를 가로지르는 아치형 다리를 향해 걸어갔다.

"너무 늦지는 말고……"

"자정 전에는 돌아올게요."

"로크. 한 가지만 더."

로크는 다리 위쪽에서 걸음을 멈추고 알루미늄 난간 너머로 몸을 기울였다.

아버지가 말했다. "프린스가 파티를 연대. 너한테 초대장을 보냈어. 지구의 파리에 있는 생루이섬이라는데. 파티 날짜가 경주가 끝나고 바로 사흘 뒤라서 넌 아마 가기 힘들 거다……"

"캘리밴호를 타고 가면 사흘 안에 지구에 갈 수 있어요."

어머니가 말했다. "안 돼, 로크! 그 작은 우주선으로 어떻게 지구까지 간다는 거니?"

"전 파리에 한 번도 안 가봤어요. 열다섯 살 때 두 분을 따라서 지구에 갔던 게 마지막이에요. 그때 우린 베이징에 갔었고요. 드라코로 진입하는 건 쉬울 거예요." 로크는 다시 걸어가다가 부모님을 돌아보며 말했다. "승무원을 못 구하면 다음 주에 학교로 안 돌아갈 거예요."

로크는 다리 건너편으로 서둘러 걸어가 모습을 감췄다.

로크는 이온 연결 장치의 설치를 도와주겠다고 나선 두 명을 승무원으로 삼았다. 둘 다 플레이아데스 연방 출신은 아니었다.

한 명은 로크 또래의 청년으로 이름은 브라이언이었다. 드라코 대학에 다니다가 1년 휴학을 하고 외곽 식민지로 날아갔는데 지금은 다시 일을 하면서 드라코로 돌아갈 생각이라고 했다. 경주용 요트 우주선 선장으로도 일했고 승무원 경험도 있기는 하지만, 다니던 학교에서 후원하는 협동 요트 클럽에서 쌓은 경력이 전부였다. 경주용 우주선에 대한 공통된 관심사를 가진 두 사람은 어느새 서로를 우러러보게 됐다. 브라이언이 은하계 반대편 끄트머리까지 훌쩍 날아간 것, 후원금이나 사전 숙고 없이 역경을 헤치고 나아간 것을 알게 된 로크는 속으로 탄복했다. 브라이언 입장에서는 우주선까지 소유한, 말도 안 되는 부잣집 아들 로크를 드디어 만났고, 우주선 경주의 전설로 남을 인물임을 확인할 수 있었다. 로크 본 레이는 브라이언이 본 가운데 가장 젊고 뛰어난 경주용 우주선 선장이었다.

두 번째 승무원의 이름은 댄이었다. 댄은 바로 직전에 날개판 세 개짜리 소형 경주용 우주선의 승무원으로 일했다. 40대 남성이고 지구의 오스트레일리아 출신이었다. 로크와 브라이언은 술집에서 댄을 처음 만났다. 술집에서 댄은 대형 화물 우주선에서 승무원으로 일하던 시절, 한 번씩 경주용 우주선 선장으로 일했던 시절에 대한 얘기를 풀어놓았다. 정식 우주선의 선장 노릇은 해본 적이 없다고 했다. 맨발에, 무릎까지 오는 반바지를 입고 밧줄로 허리춤을 동여맨 댄은 니아 리마니의 열띤 통로를 어슬렁대는 전형적인 승무원의 모습이었다. 높이 솟은 바람 돔은 반짝이는 아크 저 멀리 '통'에서부터 불어온 허리케인 강풍의 힘을 빼놓았다. 이달은 하루

29시간 중 낮이 세 시간뿐인 아이엄브라월이었다. 기계공, 장교, 승무원 모두가 술집과 사우나, 등록 사무소, 서비스 수리소에서 늦게까지 술을 마시며 흐름과 경주에 대한 얘기를 나누는 시기였다.

　로크가 경주를 마치고 곧장 지구로 가는 여정을 얘기하자 브라이언이 말했다.

　"그래, 안 될 거 없지. 나도 어차피 방학 수업 때문에 드라코로 돌아가야 되거든."

　댄의 반응은 이랬다. "파리? 오스트레일리아에서 아주 가까운 곳이지? 뉴시드니에 두 아내와 한 아이가 살고 있어. 그들은 나만 보면 붙잡아두려고 성화야. 거기 너무 오래 머물지만 않는다면 괜찮을 것 같기도 하고……"

　우주선 경주 대회는 아크를 선회하는 관찰 위성을 지나 어둑한 죽음의 자매 별의 안쪽을 빙 돌아서 다시 아크로 돌아오는 코스였다. 경주 결과 캘리밴호는 2위를 기록했다.

　"좋아. 이제 프린스의 파티장으로 떠나자!"

　그때 스피커를 통해 어머니의 목소리가 들렸다. "조심해……"

　아버지가 말했다. "에린에게 안부 전해. 다시 한번 축하한다, 아들. 어리석은 여행을 하느라 놋쇠 나비 캘리밴호를 망가뜨리면 그걸로 끝이야. 새 우주선 안 사준다."

　"다녀올게요, 아버지."

　캘리밴호는 조망대 앞에 모여 있는 우주선들 사이에서 날아올랐다. 조망대에는 경주의 최종 결과를 보러 모여든 구경꾼들이 자리하고 있었다. 저 아래 조망대의 15미터짜리 창문들이 별빛처럼 반짝였다. (그중 한 창문 안쪽에는 로크의 아버지와 어머니 안드로이드가 난간 앞에 서서 이곳을 떠나는 캘리밴호를 바라보고 있었다.) 잠시 후 캘리밴호는 플레이아데스 연방을 가로질러 태양계를 향해 나아갔다.

그들은 그날 하루 동안 소용돌이 성운 안에서 여섯 시간을 허비하고 말았다. (선내 통신으로 댄이 투덜거렸다. "이런 장난감이 아니라 진짜 우주선을 타고 왔으면 이까짓 성운은 순식간에 빠져나갔을 텐데." 로크는 이온 연결 장치 스캐너의 주파수를 높이며 지시했다. "날개를 25도 내려, 브라이언. 속도를 높여…… 지금이야!") 그래도 외부 조석 이동 때 속도를 많이 내서 어느 정도는 만회를 했다.

하루 뒤, 검은 우주를 배경으로 환하게 빛나는 태양계가 저만치 앞으로 다가왔다.

길게 뻗은 날개판 아래로 숫자 8처럼 생긴 미케네 방패를 닮은 드블라우 비행장이 보였다. 이 비행장에서 출발한 소형 화물 우주선들은 해왕성의 최대 위성 트리톤의 대형 우주 공항에 도착하게 된다. 길이 500미터에 달하는 정기 여객 우주선들이 플랫폼 여기저기 자리하고 있었다. 캘리밴호는 3중 날개를 가진 연처럼 요트 우주선 정박소 쪽으로 내려갔다. 유도등 불빛이 캘리밴호를 포착하자 로크는 의자에서 일어서며 말했다.

"좋아, 꼭두각시들아, 이제 끈을 떼자."

착륙이 완료되고 1분쯤 후에 로크는 캘리밴호의 윙윙대는 엔진을 껐다. 측면 조명등이 모조리 꺼졌다.

브라이언은 왼쪽 발에 샌들을 신으며 깨금발로 조종실에 들어왔다. 면도도 하지 않고 조끼도 입지 않은 채 투사실에서부터 맨발로 어슬렁어슬렁 들어온 댄은 구부정하게 서서 발가락 사이의 때를 손가락으로 문지르며 말했다.

"드디어 도착했어, 선장. 어떤 파티에 참석할 예정이셔?"

로크가 내림 버튼을 누르자 바닥이 기울어지면서 골이 진 덮개의 끄트머리가 바닥에 닿았다. 로크가 말했다.

"모르겠어요. 가봐야 알 것 같아요."

덮개를 밟고 착륙장으로 내려가며 댄이 느릿하게 말했다.

"으아아아. 사교계 모임은 내 취향이 아니야." 드디어 그들은 선체 그림자 아래에 섰다. "술집이나 하나 찾아줘. 파티 끝나고 돌아갈 때 나를 데리고 가주기만 하면 돼."

로크는 비행장을 둘러보며 말했다.

"둘 다 파티에 안 가더라도 일단 식사부터 하죠. 그 후에 여기 기다리든지 알아서 하고요."

브라이언은 실망한 표정이었다. "난…… 파티에 가고 싶어. 프린스 레드가 주최한 파티에는 한 번도 안 가봤어."

로크는 브라이언을 바라보았다. 다부진 체격에 갈색 머리, 커피색 눈동자를 가진 청년 브라이언은 어느새 지저분한 작업용 가죽 조끼를 벗고 무지갯빛 꽃무늬가 들어간 깨끗한 조끼로 갈아입었 다. 함께 우주를 가로질러 여기까지 온 브라이언의 눈에 열아홉 살 청년 로크의 모습은 굉장해 보일 것이다. 그 나이에 경주용 우주선 도 소유한 데다 기분 내키는 대로 파리의 파티에도 참석할 수 있 는 대단한 부잣집 아들이니까.

조끼를 갈아입을 생각조차 못 하고 있던 로크가 말했다.

"그럼 같이 가. 파티 끝나고 돌아가는 길에 댄을 우주선에 태우 고 가면 돼."

"**둘이** 인사불성으로 취해서 **나를** 데리고 돌아가는 걸 잊어버리 지나 않길 바라야지."

댄은 이 말을 하고 로크와 함께 웃어댔다.

브라이언은 정박소에 서 있는 다른 요트 우주선들을 바라보며 로크에게 물었다.

"3엽 제퍼를 몰아본 적 있어?" 브라이언은 로크의 팔을 툭 치며 우아한 금색 우주선을 가리켰다. "저런 우주선을 타면 제대로 회전 할 수 있겠는데."

로크는 댄을 돌아보며 말했다.

"최대한 천천히 와도 돼요. 그래도 내일 이륙 시간 전까지는 승 선해 있도록 하세요. 당신을 찾으러 이리저리 뛰어다니진 않을 겁 니다."

"여긴 오스트레일리아에 가까운 곳이니 걱정하지 마, 선장. 미리

말하는데, 내가 여자를 한두 명 데리고 우주선에 타더라도 화내지
마, 알았지……?"

댄은 로크에게 씩 웃고는 윙크를 했다.

브라이언이 말했다. "저 보리스-27 우주선은 어떤 식으로 운전
하는 거지? 우리 학교 클럽에서 10년 된 보리스 우주선을 가진 다
른 클럽이랑 우주선을 바꿔 타보려고 한 적이 있어. 그런데 그쪽에
서 돈까지 달라고 하더라고."

"그 여자 한두 명이 우리 우주선에서 물건을 훔치지만 않으면
괜찮아요." 로크는 댄에게 말하고 브라이언을 돌아보며 대답했다.
"세 살 이후로는 보리스 우주선에 타본 적이 없어. 내 친구가 2년
전에 한 대 갖고 있었어. 꽤 좋은 우주선이기는 한데 캘리밴이랑은
비교도 안 돼."

착륙장 문을 통과한 그들은 계단을 내려가 거리로 들어섰다. 똬
리를 튼 뱀 모양의 기둥이 드리운 그림자가 쭉 뻗어 있었다.

파리는 대체로 수평적인 도시였다. 지평선에 크게 튀어 올라온
유일한 구조물은 왼쪽에 보이는 에펠탑과 포럼 데 알 쇼핑몰의 나
선형 건물뿐이었다. 소용돌이무늬가 새겨진 투명한 유리로 둘러싼
70층짜리 시장 건물은 2300만 파리 주민에게 음식과 농작물을 공
급하는 중심지였다.

그들은 우주비행사 거리의 레스토랑과 호텔 차양 앞을 지나갔
다. 댄은 허리에 묶은 밧줄 아래로 손을 넣어 배를 벅벅 긁다가 이
마로 흘러내린 긴 머리카락을 쓸어 넘기며 말했다.

"사이보그 승무원이 술 마시기에 좋은 곳이 어디 있으려나." 그는 좁은 옆 골목을 가리키며 외쳤다. "저기가 좋겠구먼!"

L자 모양의 거리 끄트머리에 작은 카페 겸 술집이 보였다. 창문에 금이 가 있는 그 술집에는 '르 시데랄*'이라는 간판이 붙고 닫힌 문 앞에 두 여자가 서 있었다.

"좋아."

댄은 느릿하게 말하고는 로크와 브라이언을 앞질러 달려갔다.

브라이언은 로크에게 나지막하게 말했다. "가끔은 저런 사람이 부러워."

로크는 그 말에 놀랐다.

브라이언이 계속해서 말했다. "넌 진짜 신경 안 쓰는구나. 댄이 진짜로 우주선에 여자들을 데려올 수도 있잖아?"

로크는 어깨를 으쓱했다. "나도 한 명 데려오지 뭐."

"아. 넌 경주용 우주선도 갖고 있으니 여자들 만나기도 쉽겠다."

"도움이 되긴 하지."

브라이언은 엄지손톱을 이로 물어뜯으며 고개를 끄덕였다. "좋겠다. 가끔 보면 여자들은 내 존재도 잊어버리는 것 같아. 경주용 우주선이 있든 없든 마찬가지겠지." 브라이언은 웃으며 덧붙였다. "너도…… 우주선에 여자를 데려온 적 있어?"

로크는 잠시 침묵하다가 대답했다. "난 애가 셋이야."

* Le Sidéral. '항성'이라는 뜻.

이제는 브라이언이 놀란 표정이었다.

"아들 하나 딸 둘. 애들 엄마는 외곽 식민지에 있는 뉴브라질리아에 사는 광부들이야."

"아, 너 설마 진짜로……"

로크는 왼손을 오른쪽 어깨에, 오른손을 왼쪽 어깨에 가로질러 얹는 것으로 대답을 대신했다.

브라이언이 조용히 말했다. "너랑 나는 정말 다른 삶을 살고 있구나."

"나도 그런 생각 했어." 로크는 싱긋 웃었다.

브라이언은 거북하게 미소 지었다.

"야, 거기! 잠깐만!"

누군가 부르는 소리에 그들은 뒤를 돌아보았다.

"로크……? 로크 본 레이 맞지!"

로크의 아버지가 말한 검은 장갑은 은색 장갑으로 바뀌어 있었다. 이두박근 위쪽의 암밴드에는 다이아몬드가 박혀 있었다.

"프린스……?"

조끼며 바지, 장화까지 온통 은색이었다.

"보고 싶었어!" 검은 머리카락 아래로 보이는 프린스의 앙상한 얼굴이 활기를 띠었다. "네가 해왕성을 벗어나면 바로 연락해달라고 우주비행장 측에 부탁을 해놨었거든. 경주용 우주선을 타고 왔지? 시간 좀 걸렸겠다. 아, 잊어버리기 전에 말해야지. 에런이 너 보면 사이아나 고모한테 안부 전해달라고 하셨어. 사이아나 고모가 지난달에 일주일 동안 초브 월드의 해변에서 우리랑 함께 지내셨거든."

"그래, 고마워. 고모를 보면 전할게. 지난달에 고모가 너희 가족과 함께 지냈으면 너희가 나보다 더 최근에 고모를 본 거야. 고모는 요즘 아크에 잘 안 와."

브라이언이 깜짝 놀라 더듬거리며 물었다. "사이아나면…… 사이아나 모건?"

프린스는 그 말을 못 들었는지 하던 얘기를 계속했다. 그는 가죽조끼를 입은 로크의 어깨에 손을 얹으며 말했다. (로크는 장갑을 낀 손가락과 아닌 손가락이 압력 차이가 있는지 느껴보려고 했다.) "있잖아, 파티 시작 전에 내가 케뉴나산에 다녀와야 되거든. 내가 원래 사방에서 사람들을 데려올 수 있도록 온갖 교통수단을 다 확보해놓고 있긴 한데 에런이 요즘 협조를 안 해줘서. 내가 여는 떠들썩한 파티에 더는 관여하기 싫다는 거야. 더는 감당 못 하시겠대. 그동안 에런이 허락 안 하시는 곳에서도 에런의 이름을 팔아서 이것저것 필요한 것들을 확보해왔거든. 에런이 지금 베가에 가 계셔서 내가 좀 곤란한 상황이야. 나를 히말라야에 좀 데려가줄 수 있어?"

"그러지 뭐." 로크는 프린스에게 브라이언을 승무원으로 써보라고 제안하려다가 말았다. 프린스는 한쪽 팔이 의수라 제대로 플러그인을 못 할 수도 있었다. 로크는 지나온 거리를 향해 소리쳤다. "어이, 댄! 일 좀 더 해줘요."

술집 문을 막 열고 들어가려던 오스트레일리아인 댄은 호출을 받고 고개를 절레절레 흔들며 돌아왔다.

로크는 일행을 데리고 다시 비행장으로 향하며 프린스에게 물었다.

"거기는 왜 가는데?"

"가면서 말해줄게."

게이트를 지나가면서 (뱀자리 문양이 들어간 드라코 기둥이 저녁노을 빛에 반짝이고 있었다) 브라이언은 대화에 끼어들며 프린스에게 말을 걸었다.

"옷이 멋지네."

"섬에 사람들이 많이 모일 거라서. 내 위치를 다들 알 수 있게 해줘야 하니까."

"요즘 지구에서는 그런 장갑을 끼는 게 유행인가 봐?"

브라이언이 프린스의 손을 언급하자 움찔한 로크는 두 청년을 재빨리 돌아보았다.

브라이언이 계속해서 말했다. "지구에서 다들 그런 장갑을 끼기 시작하면 한 달쯤 후에 켄타우루스자리에서도 유행하거든. 내가 드라코를 열 달 정도 떠나 있어서 요즘 지구에 뭐가 유행인지 잘 몰라서 말이야."

프린스는 자기 팔을 쓱 내려다보더니 손을 움직였다.

하늘은 온통 황혼에 물들었다.

담장 위쪽의 조명등이 환하게 켜지자 프린스의 은색 장갑 주름도 덩달아 빛났다.

프린스는 브라이언을 쳐다보며 말했다.

"내 개인적인 스타일이야. 내가 오른팔이 없거든. 이건……" 프
린스는 은색 손가락을 모아 주먹을 쥐었다. "금속이랑 플라스틱으
로 만들어진 윙윙대는 기계 장치야." 프린스는 웃으며 덧붙였다.
"그래도…… 진짜 손 못지않아."

"아." 당황한 브라이언은 떨리는 목소리로 말했다. "몰랐어."

프린스가 웃었다. "가끔은 나도 까먹어. 가끔은. 네 우주선은 어
디 있어?"

"저기."

로크는 손으로 방향을 가리켰다. 프린스와 처음 만난 날로부터
12년이나 세월이 흘렀음을 로크는 새삼 실감했다.

"다들 플러그 꽂았지?"

댄의 걸쭉한 목소리가 들려왔다. "급료는 톡톡히 쳐줘야 될 거
야, 선장. 기껏 내렸더니 다시 태우네."

브라이언이 대답했다. "준비됐어, 선장."

"아래쪽 날개를 펼쳐—"

로크 바로 뒤에 앉은 프린스는 로크의 어깨에 손을 (진짜 손을)
얹으며 말했다.

"파티에는 온갖 사람들이 다 참석할 거야. 넌 오늘 여기 왔지만
지난 일주일 동안 사람들이 사방에서 도착했어. 내가 100명쯤 초

대했는데 300명도 넘게 온 거 같아. 참석자 수가 점점 불어나고 있어!"

우주선이 관성장에 이끌려 올라가면서 드블라우 비행장이 저만치 멀어졌다. 이미 저문 해가 서쪽에서 다시 떠올라 초승달 모양으로 세상을 불태웠다. 지구의 푸른 가장자리가 불에 타는 듯했다. 프린스가 계속해서 말했다.

"어쨌든 체 옹이 드라코 변두리 어딘가에서 흥이 엄청난 사람들을 데려온 거야……"

브라이언의 목소리가 스피커로 들렸다. "체 옹이라면, 정신드라마 배우 체 옹?"

프린스는 하던 얘기를 계속했다. "소속사에서 일주일 휴가를 줘서 내 파티에 참석하기로 결정했대. 그런데 그저께 갑자기 등산을 하고 싶다면서 네팔로 휙 날아갔어."

태양이 머리 위를 지나갔다. 한 행성 내에서 이동하려면 위로 쭉 올라갔다가 정확한 지점에서 쭉 내려가면 된다. 날개판 프로젝터 우주선인 경우 이륙했다가 지구를 서너 바퀴 도는 정도의 거리를 이동한 후 착륙하면 되는 것이다. 도시의 한 지점에서 다른 지점으로 이동할 때 7~8분이 걸리는데, 지구의 한 지점에서 다른 지점으로 이동할 때도 크게 다르지 않았다.

"오늘 오후에 체가 무선 통신으로 연락을 해 왔어. 케뉴나산 4분의 3 지점에서 옴짝달싹 못 하고 있대. 바로 아래쪽에서 눈 폭풍이 몰아쳐서 헬기가 올 수가 없나 봐. 카트만두에 있는 구조소로 갈

수가 없다고 하더라고. 눈 폭풍이 치는데도 지구의 3분의 1 바퀴 떨어진 곳에 있는 **나한테** 연락해 고충을 토로한 거지. 방법을 생각해보겠다고 체한테 약속했어."

"우리가 그 사람들을 산에서 어떻게 구조해?"

"바위 면에서 6미터 높이에 우주선을 띄워놓고 있으면 내가 내려가서 그 사람들을 데리고 올라올게."

"6미터라니! 살아서 파티에 가고 싶기는 한 거야?"

저 아래 흐릿하게 흘러가던 세상이 속도를 늦췄다.

"에런이 보낸 이온 연결 장치 받았지?"

"지금 쓰고 있어."

"민감한 장치라서 그 정도 비행은 할 수 있을 거야. 게다가 넌 실력 좋은 경주용 우주선 선장이잖아. 할 거야, 말 거야?"

"해볼게." 로크는 조심스럽게 대답했다. "너보다 내가 더 멍청이인 것 같다." 그리고 로크는 웃으며 소리쳤다. "해보자, 프린스!"

지상에 눈과 바위로 된 세상이 그물처럼 펼쳐졌다. 로크는 프린스가 알려준 대로 산의 로란* 좌표를 입력했다. 프린스는 로크 쪽으로 장갑 낀 손을 뻗어 무선 통신 장치를 조정했다……

여자의 목소리가 조종실로 흘러들었다.

"……아, 맞네! 저기 봐, 저 우주선 맞지? 프린스! 프린스, 우릴

---

* 배나 항공기가 두 개의 무선 전신국으로부터 받는 전파의 시간 차를 측정해 자신의 위치를 산출하는 장치.

구하러 와준 거야? 우린 여기서 꼼짝도 못 하고 비참하게 얼어붙는 중이었어. 프린스……?"

여자의 목소리 뒤로 음악 소리, 왁자하게 떠드는 목소리들이 들려왔다.

"기다려, 체." 프린스가 마이크에 대고 말했다. "우리가 방법을 찾아낼 거라고 말했잖아." 그는 로크에게 말했다. "저기야! 그들이 저 아래에 있어."

로크는 주파수 필터를 끊고 조종에 집중했다. 캘리밴호는 산의 중력 왜곡을 이용해 미끄러지듯 내려갔다. 깎아놓은 듯한 산봉우리들이 번쩍이며 솟구쳤다.

"아, 다들 저기 좀 봐! 프린스는 우리가 파티에 참석도 못 하고 여기서 죽게 내버려두지 않을 거라고 내가 **말했잖아**!"

체의 목소리 뒤로 여럿의 말소리가 들렸다.

"아, 세실, 난 그 스텝 못 따라 하겠어……"

"음악 소리 더 높여……"

"난 멸치가 **싫더라**……"

체가 소리쳤다. "프린스, 서둘러! 눈이 또 내리고 있어. 세실, 네가 호벤스톡으로 쓸데없는 장난만 안 쳤어도 이런 일은 일어나지도 않았을 거야."

"이리 와, 춤이나 추자!"

"됐다니까! 절벽 가장자리에 너무 가깝단 말이야!"

로크의 발밑에 설치된 바닥 스크린에 자연광이 비춰 들었다. 캘

리밴호가 고도를 낮추자 달빛에 물든 얼음과 자갈, 바위가 바닥 스
크린에 떴다.

로크가 프린스에게 물었다.

"사람이 몇 명이나 돼? 이 우주선은 별로 안 커."

"대충 껑겨서 타면 돼."

얼어붙은 절벽 위쪽에 사람들이 보였다. 그들은 초록색 판초 위
에 와인병, 치즈, 음식 바구니를 놓아두고 옆에 앉아 있었다. 몇몇
은 캔버스 의자에 앉았다. 한 명이 바위 위쪽으로 기어 올라오더니
손을 눈두덩에 갖다 대고 우주선을 올려다보았다.

프린스가 말했다.

"체, 우리가 왔어. 짐 싸. 여기서 종일 못 기다려."

"그래! 정말 왔구나. 얘들아, 우리 이제 여기 떠나야 돼! 그래, 프
린스가 왔어!"

절벽 위쪽에 있던 사람들이 별안간 활발하게 움직였다. 젊은이
들은 이리 뛰고 저리 뛰면서 물건들을 집어 배낭에 쑤셔 넣었다.
두 명은 판초를 접고 있었다.

"에드거! 그거 **버리지 마!** 48년산이란 말이야. 그렇게 오래된 와
인은 구하기 힘들어. 그래, 힐러리, 음악 **바꿔도 돼. 안 돼! 아직** 히터
끄지 마! 아, 세실, 넌 **진짜** 바보구나. 어휴! 1~2분 안에 여길 떠나
야 돼. 당연히 너랑 춤출 거야. 절벽 끝으로 너무 가까이 가지 마.
잠깐만 기다려. 프린스? 프린스……!"

"체!" 로크가 고도를 낮추는 동안 프린스가 말했다. "그 아래 밧줄

있어?" 프린스는 마이크를 손으로 가리며 로크에게 말했다. "〈메이햄의 아이들〉에 나온 체 봤어? 식물학자의 열여섯 살짜리 괴짜 딸로 나왔잖아."

로크는 고개를 끄덕였다.

"거기에서 체의 모습은 연기가 **아니었어.**" 프린스는 마이크에서 손을 떼고 말했다. "체! 밧줄! 밧줄 있냐고?"

"밧줄은 많아! 에드거, 밧줄 다 어디다 뒀어······? 우리가 **그걸 가지고** 여기 올라왔잖아! 저기 있네! 이제 어떻게 해야 돼?"

"60센티미터 간격으로 매듭을 만들어. 우주선 고도가 어느 정도 돼 보여?"

"12미터? 9미터? 에드거! 세실! 호세! 너희도 들었지. 밧줄에 매듭을 묶어!"

바닥 스크린을 통해 로크는 얼음 위로 날아가는 우주선의 그림자를 볼 수 있었다. 로크는 우주선의 고도를 조금 더 낮췄다.

"로크, 동력실 해치를 열어줘······"

프린스의 요구에 로크는 어깨 너머로 말했다.

"지금 우리는 5미터 상공에 떠 있어. 지금이야, 프린스!" 로크는 앞으로 손을 뻗었다. "지금 열었어."

"그래!"

프린스는 고개를 숙이고 동력실로 들어갔다. 차가운 공기가 로크의 등을 후려쳤다. 댄과 브라이언은 바람에 우주선이 흔들리지 않도록 균형을 유지했다.

바닥 스크린을 보니 지상의 청년이 우주선을 향해 밧줄을 던져 올리고 있었다. 프린스는 열어놓은 해치 앞에 서서 은색 장갑을 낀 손으로 밧줄을 잡으려 애쓰다가 세 번 만에 성공했다. 바람 소리 너머로 프린스의 목소리가 들렸다.

"됐어! 밧줄을 우주선에 묶었어. 다들 올라와!"

저 아래서 한 명씩 매듭지은 밧줄을 붙잡고 올라오기 시작했다.

"올라가자. 조심하고⋯⋯"

"엄청 추워! 히터의 열기를 벗어나자마자⋯⋯"

"잡았어. 얼른 들어와⋯⋯"

"우리가 해낼 줄 몰랐어. 샤토네프뒤파프 48년산 마실래? 체가 그러는데 너는⋯⋯"

동력실이 여러 사람의 목소리로 시끌벅적했다.

"프린스! 나를 구하러 오다니 너무 섹시해! 네 파티에서 19세기 터키 음악을 틀 거니? 여기서는 지역 라디오 방송이 나오질 않아. 뉴질랜드 교육 방송이나 듣고 있었지 뭐. 잘난 척을 어찌나 하는지! 에드거가 새로운 댄스 스텝을 만들었어. 손이랑 무릎을 이렇게 내리고 있다가 몸을 위아래로 흔드는 거야. 호세, 망할 산으로 다시 떨어지지 않으려면 조심 좀 해! 당장 이리 와서 프린스 레드와 인사해. 파티 주최자야. 프린스의 아버지는 너희 아버지보다 돈이 엄청 많으셔. 문 닫고 동력실에서 나가자. 여긴 기계 장치가 왜 이렇게 많니. 내 취향 아니야."

"안으로 들어와, 체. 우리 선장님 좀 짜증 나게 해드려. 로크 본 레이 알지?"

"어머, 우주선 경주 대회에서 수차례 우승한 사람 아냐? 너네보다 돈이 훨씬 많은 집안이고……"

"**쉬잇!**" 사람들이 조종실로 우르르 들어오자 프린스는 연극 무대에 오른 사람처럼 목소리를 낮췄다. "**이 친구한테는** 알리고 싶지 않아."

로크는 우주선의 고도를 높여 산에서 벗어난 뒤 뒤를 돌아보았다. 체가 말했다.

"경주 대회에서 상을 여러 개 탔다며. 너 엄청 잘생겼다!"

체 옹은 완전히 투명해서 속이 훤히 들여다보이는 비닐 소재의 방한복 차림이었다.

"이 우주선으로 우승한 거야?"

체는 조종실을 둘러보았다. 밧줄을 잡고 올라오느라 아직 숨이 찬 모양이었다. 숨을 들이쉴 때마다 붉은 유두가 비닐 방한복에 납작하게 붙었다.

"여기 멋지다. 경주용 우주선은 오랜만에 타봐."

뒤에서 그녀의 친구들이 다가와 떠들어댔다.

"48년산 와인 마실 사람?"

"여기서도 음악 채널은 안 잡혀. 대체 왜 음악을 안 트는 거야?"

"세실, 금가루 더 있어?"

"우린 이온층 위에 있어. 여긴 전자파가 반사되지 않거든. 이런 데서 움직이면……"

체가 모두를 돌아보며 말했다. "아, 세실, 그 굉장한 금가루 어디 됐어? 프린스, 로크, 너희도 이 가루 마셔봐. 세실이 시장 아들인 데……"

"주지사 아들이라니까……"

"……우리가 늘 소식을 듣고 있는 저 머나먼 작은 세상의 어느 주지사지. 아무튼 세실이 바위 틈새에서 수집한 금가루를 가져왔 어. 아, 양도 엄청 많아!"

그들 발밑에서 세상이 빙글빙글 돌기 시작했다.

"자, 프린스, 이런 식으로 들이마셔봐. 아아아아! 이걸 코로 흡 입하면 뭘 봐도 최고로 찬란한 색으로 보이고 무슨 소리를 들어도 최고로 멋진 소리로 들려. 머릿속이 폭발하면서 단락의 단어 사이 사이가 모조리 채워지는 기분이야. 자, 로크 너도……"

프린스가 웃으며 경고했다. "조심해! 로크는 우리를 파리로 데 리고 가줄 거란 말이야!"

체가 말했다. "아! 조금은 흡입해도 돼. 그럼 좀 더 빨리 가게 되 겠지 뭐."

뒤에서 사람들이 떠들어댔다.

"체가 망할 파티 장소가 어디라고 말했지?"

"생루이섬. 파리에 있는 섬이야."

"어디라고……?"

"파리라고, 파리. 우리가 파티를 하게 될 곳……"

4세기 중반, 시테섬(당시 1,000명도 안 되는 인구가 돌과 나무로 지어진 대모신 사원 주변에 오두막을 짓고 옹기종기 모여 살았다)의 혼란스러운 분위기에 넌더리가 난 비잔틴 제국 황제 율리아누스는 강 건너에 있는 이 작은 섬으로 거주지를 옮겼다.

20세기 초반, 전 세계 화장품 산업의 여왕은 라이트뱅크*의 허세와 레프트뱅크**의 과도한 보헤미안풍을 피해 이 섬으로 건너와 자기만의 파리 피에아테르***를 만들고, 보물에 가까운 예술 작품으로 담장을 세웠다. (강 건너에 있던 목조 사원은 쌍둥이 탑을 가진 노트르담 성당으로 대체됐다.)

32세기 중반, 이 섬의 중앙대로에는 조명등이 걸리고 옆 골목에는 음악과 온갖 야생동물 가면, 술, 게임 부스로 채워졌다. 밤이면 폭죽이 펑펑 터졌다. 여기가 바로 프린스 레드의 파티가 열릴 생루이섬이었다.

"이쪽이야! 여기!"

그들은 구각교로 우르르 올라갔다. 검은 센강이 빛을 받아 반짝이고 있었다. 강 건너 돌난간에 떨어진 나뭇잎들이 보였다. 시테섬 공원의 나무 뒤로 조명등 불빛을 받은 노트르담 성당의 조각 부벽이 솟아 있었다.

---

* 파리 센강의 오른쪽 지역.
** 파리 센강의 남쪽 지역.
*** pied à terre. 대부호들이 머무는 별장.

"누구든 내 섬에 들어오려면 가면을 써야 돼!"

프린스가 소리쳤다. 다리 중간에 이르자 프린스는 난간으로 달려가 가로대를 붙잡고 그 아래 모여 있는 사람들에게 은색 손을 흔들어댔다.

"너희는 파티에 왔어! 프린스의 파티에 온 거야! 여기서는 모두 가면을 써야 돼!"

프린스의 앙상한 얼굴 뒤로 검은 하늘에 둥그런 폭죽이 떠오르더니 푸르고 붉은 불꽃을 터뜨렸다.

"멋져!" 체 옹이 까악 소리치며 난간으로 달려갔다. "그런데 가면을 쓰면 아무도 나라는 걸 모르잖아, 프린스! 소속사에서는 나더러 홍보가 가능한 곳만 가라고 했단 말이야!"

프린스는 비닐장갑을 낀 체의 손을 붙잡고는 계단 아래로 데려갔다. 계단 아래 받침대에 수백 개의 가면들이 그들을 바라보고 있었다. 머리를 완전히 뒤덮는 가면이었다.

"널 위해 특별한 가면을 준비해뒀어, 체!"

프린스는 길이가 60센티미터 되는 투명한 쥐 머리 가면을 집어 들었다. 귀에 하얀 털이 붙어 있고 눈썹에는 스팽글이 달렸으며 철사로 만든 수염 끄트머리에는 달랑거리는 보석이 붙어 있었다.

프린스가 어깨까지 가면을 씌워 내리자 체가 소리쳤다.

"멋져!"

투명한 가면 안쪽으로 체의 고운 초록색 눈동자가 들여다보였다. 그녀는 얼굴을 일그러뜨리며 웃음을 터뜨렸다.

"넌 이거 써!"

검 모양 송곳니가 달린 검은 표범 가면은 세실에게, 무지갯빛 깃털이 달린 독수리 가면은 에드거에게 돌아갔다. 호세의 검은 머리카락은 도마뱀 가면 속으로 사라졌다.

댄은 사자 가면을 썼고(댄은 청년들이 우겨서 끌려오다시피 했는데, 그가 고함을 치며 알았다고 하자 다들 그에게 가면을 씌운 뒤 그의 존재를 잊어버렸다) 브라이언은 그리핀* 가면을 썼다(브라이언은 열심히 그들 뒤를 따라다녔지만 다들 그에게는 신경도 쓰지 않았다).

프린스는 로크를 돌아보며 말했다.

"그리고 너! 너한테도 특별한 가면을 줄게!" 프린스는 웃으며 해적 가면을 집어 들었다. 안대와 반다나를 착용하고 상처 난 뺨과 단검 같은 이를 드러낸 가면이었다. 프린스는 그걸 로크의 머리에 가볍게 씌웠다. 그물망 눈구멍을 통해 밖이 내다보였다. 프린스는 로크의 등을 툭 치며 말했다. "본 레이에게는 해적 가면이 어울리지!"

로크는 가면을 쓰고 자갈길을 걸어갔다.

다른 사람들이 다리로 올라오면서 한층 더 시끌벅적하게 웃음소리가 퍼져나갔다.

탑처럼 머리를 높게 올리고 하얀 가루를 뿌린 여자들이 발코니

---

* 사자 몸통에 독수리의 머리와 날개를 지닌 신화적 존재.

에 서서 그 아래 있는 사람들에게 색종이 조각을 뿌려댔다. 애슈턴 클라크 이전에 유행한 23세기풍 머리 모양이었다. 한 남자가 곰과 함께 거리를 지나갔다. 로크는 그게 가면을 쓴 사람인 줄 알았는데, 남자의 털옷이 어깨를 스친 순간 코에 사향 냄새가 훅 와 닿았다. 그것은 발톱으로 바닥을 다그닥다그닥 짚으며 멀어져갔다. 사람들이 곧 로크의 뒤를 따라왔다.

로크의 귀에 온갖 소리가 들어차고,

눈에 온갖 장면이 들어왔다.

센서가 장착된 매끈한 유리 표면을 밟자 자동으로 입장이 확인됐다. 색종이 조각이 뿌려진 벽돌 거리로 걸어 들어가는데 (우주선의 날개판이 회전할 때처럼) 문득 로크는 자신의 존재를 인지했다. 자아의 중심을 포착한 기분이었다. 그의 세상은 그의 손과 혀에 집중됐다. 주변의 목소리들이 그의 의식을 어루만졌다.

"샴페인이네! 정말 멋져!" 투명한 플라스틱 쥐 가면이 꽃무늬 조끼를 입고 와인 테이블에 앉아 있는 그리펀 가면에게 다가가며 외쳤다. "재미있지? 난 이런 게 정말 좋더라!"

브라이언이 대답했다. "그래, 난 이런 파티엔 처음 와봐. 로크나 프린스, 너 같은 사람들에 대해서도 얘기만 들어봤지 실제로 보는 건 처음이야. 네가 진짜 사람이라는 것도 아직 안 믿겨."

"우리끼리 얘기지만 나도 가끔 그런 생각을 해. 네 덕분에 그런 생각을 또 해보게 되네. 앞으로도 우리한테 그런 얘길 계속해줘……"

로크는 그 옆에 모여 있는 사람들 앞을 지나갔다. 사람들이 떠들어대는 소리가 들렸다.

"……굉장한 파티야. 정말 훌륭해……"

"……당연하지. 우린 퍼스로 들어왔거든. 거기는 아직 구식 규제를 적용하고 있어서 세관까지 통과해야 했다니까……"

"……포트사이드시에서 이스탄불로 가는 유람선을 탔어. 그 유람선에서 플레이아데스 출신 어부가 시링크스라는 감각 악기로 기가 막힌 연주를 했어……"

"……모노레일이 작동을 안 하는 바람에 차를 얻어 타고 이란을 가로질렀어. 내가 보기에 지구는 구석구석 망해가고 있는 것 같아……"

"……아름다운 파티야. 완벽하게 멋져……"

젊음이 가득하고, 부유함이 흘러넘쳤다. 로크는 젊음과 부라는 조건이 그들의 삶을 남들과 얼마나 다르게 규정할지 궁금해졌다.

맨발에 밧줄 허리띠를 차고 사자 가면을 쓴 댄이 문간에 기대서 있다가 로크를 바라보며 물었다.

"어때, 재미 좋아, 선장?"

로크는 댄에게 손을 들어 보이고는 계속 걸어갔다.

주변에는 크리스털처럼 반짝이고 화려한 광경이 펼쳐져 있다. 그의 텅 빈 가면 속으로 음악이 흘러 들어왔다. 가면 속에 들어앉은 그의 머리는 본인의 호흡 소리에 둘러싸였다. 골목의 어느 무대에서 한 남자가 하프시코드로 작곡가 버드의 '파반' 춤곡을 연주했다. 더 걸어가자 다른 음조에 맞춘 노랫소리가 퍼져나갔다. 골목 맞은편 무대에는 20세기 유행 복장을 한 두 쌍의 젊은 남녀가 마마스 앤 파파스의 노래를 교창식 합창으로 아름답게 부르고 있었다. 그는 옆 골목으로 들어섰다. 맞은편에서 몰려나온 사람들 사이로 지나간 그는 '토후보후'의 고요하게 삐걱거리는 특별한 음색을 재생하는 전자 기기와 마주했다. 탑처럼 높이 솟은 그 기기들을 통해 지난 10년 동안 꾸준히 인기를 끄는 토후보후를 듣고 있자니 과거의 향수마저 느껴졌다. 부풀린 종이와 플라스틱 가면을 쓴 이들이 그 음악에 맞춰 둘씩, 셋씩, 다섯씩, 일곱씩 짝을 지어 춤을 추었다. 백조 머리를 한 이가 오른쪽으로 움직였다. 스팽글이 붙은 어깨 위로 개구리 가면을 덮어쓴 이는 왼쪽으로 이동했다. 로크는 그곳을 지나 계속 걸어갔다. 히말라야에서 정지 비행을 하는 동안 캘리밴호의 스피커를 통해 들은 3도 음정이 빠진 음악의 전조가 그의 귓속으로 파고들었다.

사람들이 춤추는 이들 사이로 달려와 신나게 소리치며 뛰어다녔다.

"프린스가 해냈어! 정말 대단해! 오래된 터키 음악을 확보했어!"

그들이 입은 비닐 옷 안에서 엉덩이와 가슴과 어깨가 번들거렸다(투명한 비닐 소재에는 미세한 구멍이 있어서 더운 날씨에도 비단처럼 서늘한 감촉을 느낄 수 있었다). 체 옹이 털이 붙은 귀를 붙잡고 그들에게 돌아서며 말했다.

"엎드려, 다들! 이렇게 엎드려봐! 새로운 스텝을 보여줄게! 이렇게 하면 돼. 그리고 몸을 위아래로 흔들면서⋯⋯"

　흥이 폭발하는 밤하늘 아래 로크는 조금은 피곤하고 약간은 흥분한 상태였다. 섬 가장자리를 에두르는 길을 건너간 그는 길가의 투광조명등 근처에 있는 돌에 기대섰다. 투광조명등이 섬에 자리한 건물들을 향해 빛을 뿌렸다. 강 건너 맞은편 부두에서 사람들은 짝을 지어 혹은 혼자서 느긋하게 거닐며 불꽃놀이를 구경하거나 흥겹게 노는 이들을 바라보았다.

　날카로운 여자의 웃음소리가 들려 로크는 뒤를 돌아보았다.

　⋯⋯붉은 색박지로 된 눈, 푸른 깃털, 빨간 부리, 잔물결 같은 이음새로 된 극락조 가면⋯⋯

　⋯⋯무리에서 떨어져 나온 여자는 야트막한 난간에 기대어 몸을 흔들었다. 산들바람이 여자의 진홍색 드레스를 스치자 어깨와 손목, 허벅지의 소용돌이 장식 놋쇠 잠금장치가 바짝 당겨지는 모양이었다. 여자는 바위에 엉덩이를 기대고는 샌들 신은 발가락을 땅에 가까이 가져갔다. 땅과 발가락의 거리는 2.5센티미터 정도였다. 여자는 긴 팔로 (손톱은 진홍색으로 칠했다) 가면을 벗었다. 여자가 가면을 난간에 내려놓은 순간 산들바람이 불어와 여자의 검은 머리카락을 어깨로 흘러내리게 했다가 다시 위로 쳐올렸다. 그들 아래서 흐르는 강물의 수면에 흩날린 모래 같기도 하고 그물 같기도 한 무늬가 그려졌다.

　로크는 먼 곳을 바라보다가 다시 뒤를 돌아보며 눈살을 찌푸렸다.

그가 생각하기에 아름다움에는 두 가지 종류가 있었다. (윤곽이 뚜렷하고 완벽한 여자의 얼굴이 그의 뇌리에 콱 박혔다.) 첫째, 이목구비와 몸 선이 평균적이고 표준에 가까워 크게 거슬리지 않는 아름다움. 모델과 인기 있는 배우들이 지닌 아름다움이 여기에 해당됐다. 이를테면 체 옹이 지닌 아름다움이었다. 둘째, 바로 저 여자가 지닌 아름다움이었다. 푸른 옥을 박살내놓은 것 같은 눈, 널찍하고 희며 움푹 팬 뺨 위로 높이 솟은 광대뼈, 넓은 턱, 얇고 길게 찢어진 붉은 입술, 이마에서부터 곧게 내려와 벌름거리는 콧구멍으로 이어지는 코. (여자는 그 콧구멍으로 바람을 들이마셨다. 여자를 바라보면서 그는 강, 파리의 밤, 도시 공기의 냄새를 인식할 수 있었다.) 젊은 여자의 얼굴치고는 이목구비가 지나치게 소박하면서도 사나웠다. 하지만 얼굴에 담긴 권위는 그의 눈길을 확실히 사로잡았다. 이대로 고개를 돌리고 이 자리를 떠나도 계속 기억날 것 같았다. 여자의 얼굴은 어지간한 미인은 상대도 되지 않을 만큼 강력한 분위기를 내뿜었다.

여자가 그를 쳐다보며 물었다.

"로크 본 레이?"

가면 속에서 로크는 한층 더 깊게 인상을 썼다.

강가의 포장된 길 위에 선 여자는 앞으로 몸을 기울였다. 그러더니 강 건너 부두에 있는 사람들을 향해 고갯짓을 하며 말했다.

"저 사람들은 여기서 너무 멀리 떨어져 있어. 우리 생각보다, 저들이 생각하는 것보다 훨씬 거리가 멀어. 저들은 우리 파티에 와서 뭘 하는 거지?"

　로크는 그녀가 쓰고 있던 볏 달린 새 가면 옆에 해적 가면을 벗어서 내려놓았다.

　여자가 그를 힐끗 쳐다보았다.

　"이렇게 생겼구나. 잘생겼네."

　"내가 누군지 어떻게 알았어요?"

　처음 다리를 건너온 사람들 가운데서 그가 못 보고 놓친 여자였을까? 경주 대회 우승자인 그의 사진이 은하계 전체에 뿌려진 바람에 자기도 그 사진을 봤다는 말이 여자의 입에서 나올 듯했다.

　"가면 보고 알았어."

　"그래요?" 그는 미소를 지었다. "이해가 안 되는데."

　여자는 아치형 눈썹을 치켜세웠다. 여자는 너무나 부드럽고 짤막하게 웃었다. 그가 물었다.

　"당신은 누구죠?"

　"루비 레드."

　여전히 마른 체격이었다. 오래전 도마뱀의 입 안에 서서 그를 내려다보던 어린 소녀가 떠올랐다.

　로크도 웃으며 물었다.

　"가면을 보고 나라는 걸 어떻게 알았어?"

　"프린스가 네 아버지를 통해 초대장을 보내고는 네가 파티에 오면 꼭 그 가면을 씌우겠다고 호언장담을 했거든. 네가 정말 올 리는 없다고 생각했는데. 오빠의 못된 장난에 장단까지 맞춰주면서 그 가면을 쓴 건 예의 때문이야?"

"여기서는 다들 가면을 쓰니까. 좋은 아이디어라고 생각했어."

"그랬구나." 루비는 아무렇지 않게 말했다. "우리가 오래전에 만난 적 있다고 오빠한테 들었어. 난 널…… 못 알아볼 줄 알았어. 그런데 보니까 기억이 나네."

"나도 너 기억나."

"오빠도 기억하더라. 오빠는 그때 일곱 살이었거든. 난 다섯 살이었고."

"지난 10년 동안 어떻게 지냈어?"

"네가 플레이아데스 우주선 경주 대회에 여러 번 출전해 부모님이 부정하게 벌어들인 돈을 과시해가며 악동으로 이름을 날리는 동안 난 우아하게 나이를 먹었지."

"저기 좀 봐!" 로크는 맞은편 제방에 서서 이쪽을 쳐다보는 사람들을 가리켰다. 그들은 로크가 손을 흔든다고 생각했는지 마주 손을 흔들어댔다.

루비도 웃으며 손을 흔들었다.

"우리가 얼마나 특별한지 저 사람들이 알까? 오늘 밤 난 한층 더 특별한 사람이 된 기분이야."

루비는 이렇게 말하며 눈을 감고 고개를 들었다. 하늘에서 터진 푸른 불꽃이 그녀의 눈꺼풀을 푸르게 물들였다.

"저 사람들은 너무 멀리 떨어져 있어서 네가 얼마나 아름다운지 못 볼걸."

로크의 말에 루비는 그를 돌아보았다.

"진심이야, 넌……"

"우리는……"

"……참 아름답지."

"파티 주최자인 아가씨에게 건네기에는 위험한 발언이라고 생각 안 해, 본 레이 선장?"

"너야말로 손님한테 그런 말을 하는 게 위험한 발언이라고 생각 안 해?"

"우린 독특한 존재들이야, 젊은 선장. 우리가 원한다면 얼마든지 시시덕댈 수 있겠지만……"

그때 그들 주변의 가로등이 갑자기 꺼졌다.

옆 골목에서 비명 소리가 들려왔다. 다채로운 색깔의 전구들이 모조리 꺼져버렸다. 로크는 둑에 선 채로 주변을 돌아보았다. 루비가 그의 어깨를 잡았다.

섬 전체를 밝히던 조명등과 창문의 빛들이 두 번 깜박였다. 누군가 소리를 질렀다. 잠시 후 다시 조명등이 켜지고 웃음소리가 터져 나왔다.

루비가 고개를 절레절레 흔들며 말했다.

"오빠 때문이야! 다들 오빠한테 이 섬에서는 전력 수급에 문제가 있을 거라고 말했는데 오빠는 섬 전체에 전기를 공급하겠다고 고집을 부려댔어. 어제까지 여기서 멀쩡하게 잘 쓰고 있던 유도 형광 튜브 대신에 전등을 켜야 낭만적인 분위기를 낼 수 있다는 거야. 파티가 끝나고 내일이면 이 섬은 시 조례에 따라서 다시 유도 형광 튜브를 쓰게 될 텐데 말이야. 오빠가 발전기를 구하러 다닌 모습을 너도 봤어야 되는데. 600년 된 골동품을 가져왔는데 방하나에 꽉 찰 정도로 크더라. 프린스 오빠는 낭만이라면 껌벅 죽어……"

로크는 루비의 손을 가만히 잡았다.

루비는 그를 바라보더니 뒤로 손을 뺐다.

"이제 가야겠다. 오빠 일을 돕기로 약속했어." 루비는 미소를 지었지만 그다지 행복해 보이지 않았다. 감각이 예민해진 로크는 그녀의 얼굴에 스친 날카로운 표정을 포착해냈다. "오빠가 준 마스크 더 이상 쓰지 마." 루비는 난간에 올려둔 극락조 가면을 집어 들었다. "오빠는 너한테 모욕을 주려고 준 가면인데, 굳이 계속 쓰고 다니면서 모두에게 모욕당한 모습을 보여줄 필요 없어."

로크는 혼란스러운 눈빛으로 해적 가면을 내려다보았다.

푸른 깃털 아래 붉은 색박지 눈이 그를 바라보았다. 그녀가 나지막하게 말했다.

"비열하고 못생긴 가면으로 잘생긴 얼굴을 덮어 가리지 마."

루비는 길을 가로질러 사람들로 붐비는 골목으로 사라졌다.

로크는 보도를 이리저리 둘러보았다. 더 이상 여기 있고 싶지 않았다.

루비의 뒤를 따라 길을 건너 인파 속으로 뛰어들었다. 그 블록을 절반쯤 걸어가다 보니 저 앞에 루비가 보였다.

루비는 **아름다웠다.**

기분 탓이 아니었다.

파티의 흥분된 분위기 탓도 아니었다.

루비의 얼굴, 그녀의 입에서 나오는 단어들에 맞춰 이리저리 움직이던 얼굴 때문이었다.

조금 전까지 텅 비어 있던 그의 내면은 루비와 몇 마디 평범한 대화를 나누고부터 그녀의 얼굴과 목소리로 가득 차버렸다.

옆을 힐끗 돌아보니 그리핀이 아르마딜로, 원숭이, 수달에게 말하고 있었다. "……이 모든 건 기저에 문화적 견고함이 없어서 문제인 거야. 이제 진정한 예술은 남아 있지 않다는 운동이 이 세계에서 저 세계로 퍼져나가고 있어. 그저 사이비 행성 간……"

걷다 보니 어느 문간의 바닥에 사자와 개구리 가면이 놓여 있었다. 어둠 속에서 댄이 어깨에 스팽글 장식이 있는 여자에게 코를 비비고 있었다. 춤을 추고 난 후라서 그런지 댄의 등이 땀에 젖어 있었다.

그 블록을 절반쯤 걸어가자, 소용돌이 장식이 있는 난간 너머로 계단을 올라가는 루비의 모습이 보였다.

"루비!"

로크는 그녀를 따라 뛰어 올라갔다……

"어머, 조심해……"

"너도 조심해. 어디 가는 거야……"

"천천히 와……"

……그는 난간을 빙 돌아서 그녀의 뒤를 따라 계단을 올라갔다.

"루비 레드!" 그녀는 어느 건물 문 안으로 들어가고 있었다. "루비……?"

얇은 거울 사이에 널찍한 벽걸이 융단이 걸려 있어 그의 목소리는 메아리치지 않았다. 대리석 탁자 옆의 문이 약간 열려 있었다. 그는 현관을 가로질러 가 그 문을 열었다.

루비는 소용돌이치는 빛을 밟고 서 있었다.

다채로운 색깔의 파도가 방으로 흘러들었다. 베가 리퍼블릭풍의 크리스털이 박힌 묵직하고 검은 가구 다리들이 그 빛을 받아 반짝거렸다. 빛 때문에 그림자마저 사라진 루비가 움찔하며 뒤로 물러섰다.

"로크! 여기까지 왜 왔어?"

루비는 방 안 곳곳에 다양한 높이로 떠 있는 둥그런 선반 하나에 극락조 가면을 내려놓았다.

"너랑 얘기를 더 하고 싶어서."

루비는 검은 눈썹을 아치 모양으로 치켜세웠다.

"미안. 프린스 오빠가 무대 차에서 무언극을 보여줄 계획이거든. 무대 차가 자정에 섬 한가운데를 지나가게 될 거야. 난 옷 갈아입어야 돼."

선반 하나가 로크 앞으로 둥둥 떠왔다. 선반이 그의 체온에 반응해 다시 둥둥 떠가기 전에 로크는 가느다란 줄무늬가 있는 둥그런 유리 선반에서 술병을 집어 들었다. 그는 술병을 들어 올리며 물었다.

"같이 한잔할래? 네가 어떤 사람인지, 무슨 일을 하고 무슨 생각을 하는지 알고 싶어. 나에 대한 얘기도 들려주고 싶고."

"미안."

루비는 나선형 승강기 쪽으로 돌아섰다. 그 승강기는 루비를 발코니 쪽으로 데려갈 것이다.

로크가 웃자 루비는 걸음을 멈추고 그를 향해 천천히 돌아섰다.

"루비?"

마침내 루비는 그를 다시 마주 보았다.

로크는 일렁이는 바닥을 가로질러 그녀의 어깨에 손을 얹었다. 루비의 어깨에는 부드러운 천이 올려져 있었다. 로크는 그녀의 팔을 잡으며 말했다.

"……루비 레드." 그의 억양에 루비는 당황한 표정이었다. "나랑 같이 여길 떠나자. 우린 다른 태양 아래, 다른 세상의 다른 도시로 갈 수 있어. 똑같은 별자리가 지겹지 않아? 나는 미친 암퇘지의 쓰레기, 더 위대하고 더 작은 스라소니, 바다민의 눈 같은 이름을 가진 별자리에 위치한 세상도 알고 있어……"

루비는 지나가는 선반에서 술잔 두 개를 집어 들었다.

"대체 뭘 마시고 취했는데 그런 말을 해?" 루비는 웃으며 말했다. "뭔지는 모르겠지만 완전히 취했나 봐."

"같이 갈래?"

"아니."

"왜?" 로크는 거품이 이는 호박색 술을 작은 술잔에 따랐다.

"첫째." 그는 술병을 지나가는 선반에 내려놓았고 루비는 그에게 술잔을 건넸다. "네가 사는 아크에서는 어떨지 모르겠지만, 여기서는 파티를 주최한 여주인이 자정도 되기 전에 파티장을 떠나는 건 무례한 짓이야."

"그럼 자정 이후에 떠나면 되잖아?"

"둘째." 루비는 술을 한 모금 마시고는 코를 찡그렸다. (로크는 그녀의 맑은 피부가 여느 사람의 피부처럼 주름이 잡히는 걸 보고 놀랐다.) "프린스 오빠는 이 파티를 몇 달 동안 계획했어. 같이하기로 약속해놓고 내가 안 나타나면 오빠는 화를 낼 거야." 로크는 그녀의 뺨에 손가락을 가져다 댔다. "셋째." 루비는 술잔 너머 그의 눈을 마주 보았다. "난 에런 레드의 딸이고 넌 검은 피부에 붉은 머리카락을 가진 잘생기고 잘난 남자야……" 루비는 고개를 홱 돌리며 덧붙였다. "그리고 도둑이지!" 그녀의 따뜻한 팔이 있던 자리에 차가운 공기가 맴돌았다.

로크는 그녀의 얼굴에 손바닥을 가져다 댔다. 손가락으로 그녀의 머리카락을 쓸어내렸다. 루비는 그의 손길을 피해 고개를 돌리며 나선형 승강기에 올라탔다. 그녀는 위로 떠올라가며 말했다.

"프린스 오빠가 조롱하게 내버려둔 걸 보면 넌 자존심도 없는 것 같아."

로크는 위로 올라가는 승강기 끄트머리에 홀쩍 올라탔다. 루비는 놀라 뒤로 물러섰다.

"도둑이니 해적질이니 조롱이니 하는 말 대체 무슨 뜻이야?" 로크는 화가 났다기보다는 그녀의 알 수 없는 말 때문에 혼란스러웠다. "왜 그런 말을 하는지 이해가 안 돼. 전혀 마음에 들지도 않아. 지구에서는 다들 이러는지 모르겠지만 아크에서는 손님을 조롱하는 짓을 하지 않아."

루비는 자신의 술잔에서 그의 눈으로 시선을 옮겼다가 다시 술잔을 내려다보았다. "미안." 그녀는 그의 눈을 다시 바라보며 말했다. "그만 나가, 로크. 조금 있으면 오빠가 여기로 올 거야. 원래 난 너랑 얘기하면 안 되는데……"

"왜?" 방 안이 빙글 도는 기분이었다. "누구랑은 얘기를 해도 되고 누구랑은 안 되고, 대체 왜 그래야 하는 건데? 우리가 어린애도 아니고 왜 그런 말을 하는지 모르겠어." 로크는 조용히 웃었다. 그의 가슴속에서 나지막하게 흘러나온 웃음이 천천히 위로 올라가 어깨까지 흔들었다. "넌 루비 레드잖아." 로크는 그녀의 어깨를 잡고 앞으로 끌어당겼다. 그녀의 푸른 눈동자가 잠시 흔들렸다. "시답잖은 사람들이 하는 말도 안 되는 얘기를 진지하게 받아들이는 거야?"

"로크, 이러지 마……"

"난 로크 본 레이야! 넌 루비, 루비, 루비 레드고!"

그들을 태운 승강기는 첫 번째 발코니를 지나가고 있었다.

"로크, 제발. 나는……"

"나랑 같이 가! 너도 드라코를 벗어나서 나랑 같이 가고 싶잖아.

같이 아크로 가자. 너랑 네 오빠는 한 번도 가본 적 없는 곳이지? 아니면 나랑 같이 상오리니섬으로 가든가. 너도 그 섬에 있는 집을 보면 기억이 날 거야. 은하계 가장자리에 있는 집이잖아." 승강기는 두 번째 발코니를 지나 빙글 돌며 세 번째 발코니로 향했다. "도마뱀 모양 돌 조각상이 있는 대나무 뒤에서 같이 놀자……"

루비가 소리를 질렀다. 줄무늬가 들어간 둥그런 유리 선반이 승강기 천장에 부딪히면서 파편이 그들에게 비처럼 떨어져 내렸다.

"프린스!" 루비는 로크에게서 물러나 승강기 가장자리 너머를 내려다보았다.

"루비한테서 떨어져!" 프린스는 자기유도장 안에서 떠다니는 선반 하나를 낚아채 들고 그들에게 다가왔다. "제기랄, 네놈이 감히……" 분노한 프린스의 목소리가 갈라졌다. **"꺼져!"**

프린스가 집어 던진 두 번째 선반이 그들의 어깨 옆을 지나 발코니 바닥에 떨어져 박살 났다. 로크는 팔을 들어 올려 파편을 막았다.

프린스는 바닥을 가로질러 계단 쪽으로 달려갔다. 층층이 발코니가 있는 왼쪽 측면에 계단이 설치돼 있었다. 로크는 승강기에서 카펫이 깔린 발코니로 내려섰다. 그리고 계단을 밟고 내려가기 시작했다. 루비도 로크의 뒤를 따라왔다.

그들은 첫 번째 발코니에서 만났다. 프린스는 난간을 두 손으로 붙잡고 분노로 숨을 몰아쉬었다.

"프린스, 대체 무슨 일인데 이러는 거야……"

프린스가 로크에게 달려들었다. 은색 장갑을 낀 그의 의수가 로크가 서 있던 자리의 난간을 내리쳤다. 놋쇠 가로대가 움푹 들어가고 금속 표면이 찢겼다.

"이 도둑! 약탈자! 살인자! 쓰레기……"

"도대체 무슨 소리……"

"이 쓰레기 자식아. 내 동생한테 손댔다가는……"

프린스가 다시 팔을 휘둘렀다.

루비가 소리쳤다. "안 돼, 프린스!"

로크는 발코니에서 4미터 아래 바닥으로 뛰어내려 두 손과 무릎으로 바닥을 짚었다. 바닥의 붉은빛은 노란색으로, 이어서 초록색으로 변했다.

루비가 다시 소리쳤다. "로크……!"

로크는 여러 가지 색깔을 내는 멀티크롬 바닥에서 몸을 굴리며 일어섰다. 루비가 두 손으로 입을 막고 발코니 난간 앞에 서 있었다. 프린스가 난간을 훌쩍 뛰어넘어 바닥으로 내려왔다. 그는 로크의 머리가 있던 자리를 은주먹으로 내리찍었다.

빠각!

로크는 휘청하며 물러서다가 호흡을 가다듬었다. 프린스는 아직 엎드린 채였다.

은주먹이 떨어진 멀티크롬 바닥에 금이 갔다. 충격을 받은 자리를 중심으로 지름 90센티미터가량의 거미줄 같은 실금이 쫙 갔다. 강렬한 빛 주변으로 금 간 자리가 햇살처럼 퍼져나갔다.

"너……" 로크는 숨을 헐떡이며 겨우 말을 내뱉었다. "너랑 루비, 둘 다 미쳤어……?"

프린스는 휘청대며 바닥에 무릎을 대고 몸을 일으켰다. 분노와 고통으로 일그러진 얼굴이었다. 부들부들 떨리는 입술 사이로 작은 치아를 드러내고 눈꺼풀 아래로 청록색 눈을 번뜩였다.

"이 광대, 돼지 새끼. 지구까지 와서 감히 누구한테 **손을** 대……"

루비가 소리쳤다. "프린스, **제발**……!" 루비의 목소리에 둘 다 바짝 긴장했다. 괴로워하는 목소리였다. 그녀의 격한 아름다움이 비명으로 산산이 부서졌다.

비틀대며 일어선 프린스는 떠다니는 선반 하나를 손에 쥐더니 고함을 지르며 다시 로크에게 던졌다.

선반이 팔을 치고 지나가자 로크는 비명을 질렀다. 선반은 그대로 로크 뒤로 날아가 유리문에 부딪혔다.

유리문의 문짝이 틀어지면서 바깥의 차가운 바람이 방으로 흘러들었다. 거리의 웃음소리도 함께 쏟아져 들어왔다.

"내가 널 붙잡을 거야! 붙잡고 말 거야!" 프린스가 로크에게 달려왔다. "가만히 안 둬!"

몸을 돌려 연철로 된 난간을 훌쩍 뛰어넘어 간 로크는 그 너머에 있던 사람들과 부딪혔다.

사람들이 비명을 지르며 물러섰다. 그들은 로크의 얼굴을 손으로 치고 가슴을 밀고 어깨를 붙잡았다. 비명과 웃음소리가 점점 커져갔다. 사람들의 말소리로 뒤에 프린스가 다가와 있음을 알 수 있었다.

"얘네 뭐 하냐……? 야, 조심 좀 해……"

"싸운다! 저기 봐, 프린스야……"

"얘네 붙잡아! 붙잡으라고! 대체 뭐 하는 거야……"

로크는 군중을 뒤로하고 휘청대며 난간에 부딪혔다. 세차게 흐르는 센강과 젖은 바위가 난간 바로 아래에 보였다. 로크는 난간에서 몸을 떼고 뒤를 돌아보았다.

군중 속에서 프린스가 악을 써대고 있었다.

"이거 **놔**! 내 손 놓으라고! 내 **손** 당장 놔!"

과거의 기억이 북받쳐 올라왔다. 예전에 이와 비슷한 상황이 있었다. 그때는 혼란스러울 뿐이었지만 지금은 두렵기까지 했다.

바로 옆에 강 산책로와 이어지는 돌계단이 있었다. 로크는 계단을 밟고 내려갔다. 계단 맨 아래 칸에 다다르자 뒤에서 여럿의 목소리가 들렸다.

그 순간 그의 눈에 조명등 불빛이 비쳤다. 로크는 어지러워 고개를 흔들었다. 젖은 보도를 지나, 그의 옆 이끼 낀 돌벽을 스치고 온 투광조명등 불빛이 그를 정면으로 비춘 것이다. 누군가 투광조명등을 붙잡고 이쪽으로 방향을 돌린 게 분명했다.

"내 손 놓으라니까……" 프린스가 악쓰는 소리가 들렸다. "저 새끼 **잡아야** 돼!"

프린스가 계단을 달려 내려왔다. 바위에 여럿의 그림자가 일렁거렸다. 계단 맨 아래에 선 로크는 투광조명등 불빛으로 인해 환하게 빛나는 강물 때문에 눈을 가늘게 뜨며 몸에 균형을 잡았다.

프린스가 그의 조끼 어깨 쪽을 잡아당겼다. 드잡이를 하느라 프린스는 긴 장갑을 어딘가에 떨어뜨린 모양이었다.

로크는 뒤로 물러섰다.

프린스가 손을 위로 치켜들었다.

구리망과 보석이 박힌 축전기가 검은 금속 뼈대를 둘러싼 의수였다. 투명한 케이스 안에서 도르래가 위잉 소리를 냈다.

로크는 한 걸음 더 뒤로 물러났다.

프린스가 덤벼들었다.

로크는 벽 쪽으로 일단 몸을 피했다. 두 청년은 서로를 노려보며 맴을 돌았다.

구경꾼들이 난간에 빽빽하게 들러붙어 그들을 내려다보았다. 여우, 도마뱀, 독수리, 곤충들이 시야 확보를 위해 서로를 밀쳐댔다. 누군가 투광조명등에 부딪혔는지 불빛이 마구 흔들렸다. 수면에 거꾸로 비치는 야생동물 가면들도 덩달아 흔들렸다.

"도둑놈!" 프린스의 얄팍한 가슴이 발작적으로 오르내렸다. "해적!" 그들 머리 위에서 로켓이 솟아올랐다가 펑 소리와 함께 불꽃이 터졌다. "더러운 로크 본 레이! 넌 짐승만도 못해……"

이번에는 로크가 덤벼들었다.

로크의 가슴과 눈, 손에 분노가 들어찼다. 첫 번째 주먹을 프린스의 옆통수에, 두 번째 주먹을 배에 꽂았다. 박살 난 자존심과 혼란으로 증폭된 분노, 깊은 모욕감으로 로크는 갈비뼈가 아릴 때까지 숨을 크게 몰아쉬며 싸웠다. 환상 같은 구경꾼들이 지켜보는 아래서 그는 다시 무작정 주먹을 내질렀다.

프린스의 의수가 날아왔다.

의수는 로크의 턱을 강타하면서 손가락으로 그의 피부를 찢어 올렸다. 피부를 짓이기고 뼈를 훑으며 위로 올라가 입술과 뺨, 이마까지 찢어놓았다. 지방층과 근육층마저 파열됐다.

로크는 비명을 지르면서 입에서 피를 줄줄 흘리고 쓰러졌다.

루비가 소리쳤다. "프린스!" (비틀거리는 것으로 보아 조금 전 투광조명등에 부딪힌 사람이 루비인 모양이었다.) 루비는 벽 앞에 서 있었다. 붉은 드레스와 검은 머리카락이 강바람에 휘날렸다. "프린스, **그러지 마!**"

프린스는 숨을 몰아쉬며 뒤로 물러섰다. 로크는 한 손을 강물에 담근 채 엎어져 있었다. 그의 머리 아래로 흘러내린 피가 강가의 돌에 툭툭 떨어졌다.

프린스는 홱 돌아서서 계단을 올라갔다. 누군가 흔들리는 투광조명등을 또 쳤는지 불빛이 위로 향했다. 센강 건너 부두에서 구경하던 사람들에게 일순간 빛이 쏟아졌다. 불빛은 위로 올라가 섬의 건물들과 창문까지 비췄다.

구경꾼들이 난간에서 물러섰다.

누군가 계단을 달려 내려오다가 프린스와 마주했다. 잠시 후 프린스는 뒤돌아섰고 플라스틱 쥐 가면은 난간을 떠났다. 누군가 쥐 가면 쓴 여자의 투명한 비닐 어깨를 붙잡더니 그녀를 데리고 그

자리를 떠났다. 십수 세기 전에 유행했던 음악이 섬 전체에 울려 퍼지고 있었다.

로크의 머리가 검은 강물 위에서 흔들렸다. 강이 그의 팔을 빨아들이는 듯했다.

그때 사자가 난간을 넘어와 맨발로 돌바닥을 밟고 섰다. 그리핀도 계단을 달려 내려와 로크 옆에 한쪽 무릎을 굽히고 앉았다.

댄은 사자 가면을 벗어 계단에 던졌다. 가면은 옆으로 약간 굴렀고 그리핀 가면도 그 옆으로 떨어졌다.

브라이언이 쓰러진 로크의 몸을 뒤집었다.

댄은 놀라서 숨을 멈추더니 악을 썼다.

"저놈이 우리 선장을 이 꼴로 만든 거야?"

"댄, 순찰대를 부르든가 해야 돼요. 어떻게 이런 짓을 하냐고요!"

댄이 숱 많은 눈썹을 치켜올렸다. "이 사람들이 못 할 짓이 있는 줄 알아? 레드시프트사보다 돈도 훨씬 조금 주면서 더럽게 부려먹는 놈들 천지야. 난 그런 놈들 밑에서 일해왔어."

로크가 신음을 흘렸다.

브라이언이 외쳤다.

"의료 기기가 필요해요! 의료 기기를 어디서 구하죠?"

"얘 안 죽었어. 일단 우주선으로 데리고 가자. 난 수고비 챙겨서 이 빌어먹을 행성을 그만 떠나야겠다!" 댄은 노트르담 성당의 쌍둥이 탑을 힐끗 쳐다보다가 맞은편 강둑을 돌아보며 덧붙였다. "지구는 나나 오스트레일리아를 담기에는 너무 작은 행성이야. 더는 여기 못 있겠어.”

댄은 한 팔을 로크의 무릎 아래로, 다른 쪽 팔을 어깨 밑으로 넣어 그를 안아 올리며 일어섰다.

“안고 가려고요?”

“다른 방법 있어?” 댄은 계단 쪽으로 돌아섰다.

브라이언은 그 뒤를 따라가며 말했다. “다른 방법이 있을 텐데요…… 우리가 할 수 있는 방법이……”

강 쪽에서 위이잉 소리가 들려 브라이언은 뒤를 돌아보았다.

작은 보트 한 척이 강가에 가까이 다가왔다. 검은 망토를 입고 앞좌석에 앉은 루비가 댄에게 물었다.

“본 레이 선장을 어디로 데려가려고요?”

“그의 우주선으로 데려가야죠. 여기서 환영을 못 받는 것 같으니까.”

“이 보트에 태워요.”

“이 행성에 사는 사람 손에는 못 맡기겠는데요.”

“당신들은 로크의 승무원이에요?”

브라이언이 대답했다. “예. 의사한테 데려다주려고요?”

“드블라우 비행장으로 데려다줄게요. 당신들은 지구를 가급적 빨리 떠나는 게 좋을 거예요.”

댄이 말했다. “그럽시다.”

“로크를 보트 뒷자리에 태워요. 좌석 아래 의료용품 상자가 있어요. 일단 지혈부터 해요.”

브라이언은 흔들거리는 보트로 올라가 좌석 밑을 뒤졌다. 걸레와 사슬 밑에 플라스틱 상자가 있었다. 댄이 보트로 올라서면서 보트가 또 한 차례 흔들거렸다. 앞좌석에 앉은 루비는 조종선을 잡아당겨 손목 소켓에 끼웠다. 그들을 태운 보트는 위잉 소리를 내며 앞으로 나아갔다. 곧 보트는 포말 위로 날 듯이 달렸다. 생미셸 다리, 퐁뇌프 다리, 퐁데자르 다리의 그림자가 보트를 스쳐 지나갔다. 파리의 강변은 불빛으로 가득했다.

몇 분 뒤, 그들은 에펠탑의 버팀대 조명이 비추는 건물들을 지나 어두운 밤 속으로 향했다. 비스듬한 돌 구조물 위, 그리고 플라타너스 나무들 뒤쪽에 늦은 밤 산책을 나온 이들이 보였다. 그들은 백조의 오솔길을 따라 조명등 아래서 천천히 걷고 있었다.

"그래, 어떻게 된 상황인지 알려줄게."

아버지가 말했다.

그러자 통화 기둥에서 어머니의 이미지가 말했다.

"상처 치료부터 받게 해야 돼. 벌써 사흘째인데 이대로 더 뒀다가는……"

"머릿속에서 지진이라도 터진 것 같은 몰골로 돌아다니겠다는데 저 하고 싶은 대로 하게 둬야지. 지금은 질문에 대답부터 해줘야겠어." 아버지는 로크를 돌아보았다. "일단은……" 아버지는 벽쪽으로 걸어가 창문 너머 도시를 내다보며 말을 이었다. "관련된 역사부터 얘기해주마. 네가 코즈비에서 배운 내용과는 다를 거다."

아크는 한여름이었다.

바람이 연어색 구름을 유리 장벽 너머로 밀어내고 있었다. 바람이 너무 세지면 바람이 가려지는 쪽의 바람 차단 장치는 푸른 잎맥이 있는 붓꽃 같은 날개를 만다라*처럼 닫았다가, 시속 130킬로미터에 달하는 강풍이 지나가고 나면 다시 날개를 열 것이다.

어머니는 보석 반지를 낀 검은 손가락으로 컵 가장자리를 문질렀다.

아버지는 뒷짐을 지고 서서 걸레처럼 찢어져 통 지대에서 멀어져가는 구름을 바라보았다.

로크는 마호가니 의자에 등을 기대고 앉아 아버지의 설명을 기다렸다.

"오늘날의 사회에서 제일 중요한 요소가 뭐라고 생각하지?"

로크는 잠시 후 대답했다.

"탄탄한 문화적 기반이 없어서……"

"코즈비에서 배운 건 잊어. 뭔가 심오한 말이 하고 싶을 때 사람들이 주절대는 허접스러운 이론도 잊고. 넌 언젠가 은하계에서 제일 큰 규모의 재산을 굴릴 사람이야. 네가 누구인지 명심하고 내 질문에 대답해. 이 사회에서는…… 생산되는 상품을 예로 들어보자. 일반적으로 이쪽 세계에서 만들어진 재료 절반과, 1,000광년쯤 떨어진 곳에서 캐낸 나머지 재료 절반을 합해서 상품을 만들어

---

* 불교 등에서 우주 법계의 온갖 덕을 나타내는 둥근 그림.

내지. 우주에 존재하는 수백 개의 요소 가운데 겨우 열일곱 개가 지구의 90퍼센트를 이루고 있어. 수십 개의 요소들이 90에서 99퍼센트를 구성하는 행성도 존재해. 드라코에는 117개의 태양계가 있고, 그 안에는 265개의 거주 가능한 행성과 위성들이 있어. 플레이아데스 연방에는 드라코 인구의 4분의 3 정도 되는 인구가 312개의 세상에 널리 퍼져 살고 있지. 외곽 식민지의 거주 가능한 마흔두 개 세상에는……"

"운송이 핵심이라는 거네요. 이쪽 세상에서 저쪽 세상으로 물건을 운송하는 일. 그 말씀을 하시려는 거잖아요."

아버지는 돌 탁자에 기대섰다.

"**운송비**가 중요하다는 거야. 오랜 기간 동안 운송비에서 제일 큰 비중을 차지한 요소는 일리리온이었어. 일리리온이 있어야 우주선이 이 별 저 별을 돌아다니면서 물건을 실어 나를 수 있으니까. 내 할아버지가 네 나이였을 때 일리리온은 인공적으로 만들어지는 물질이었어. 한 번에 수십 개의 원자를 써서 엄청난 비용을 들여 만들었지. 그런데 은하계 중심에서 멀리 떨어진 젊은 별들에 자연 일리리온이 소량 매장되어 있다는 사실이 밝혀진 거야. 그 행성들에서 대규모 채광 작업도 가능했어. 그 행성들이 바로 외곽 식민지야."

어머니가 말했다. "로크도 아는 사실이에요. 내 생각에는 로크가……"

아버지는 하던 얘기를 계속했다. "플레이아데스 연방이 드라코와 분리된 별도의 정치 연합체인 이유를 알고 있니? 외곽 식민지가 왜 드라코나 플레이아데스와 떨어져 자주적인 정치 연합체가 되려고 할까?"

로크는 자신의 무릎과 엄지, 또 다른 무릎을 번갈아 쳐다보았다. "아버지는 제 질문에 답을 주시는 게 아니라 질문만 하시네요."

아버지는 숨을 들이마셨다. "네 질문에 대답을 해주려고 그러는 거야. 플레이아데스의 상황이 안정되기도 전에 드라코에서는 지구의 각 국가들과 기업들이 주도해서 확장이 이루어지고 있었어. 지금의 레드시프트사와 필적할 정도로 규모가 큰 회사와 정부들은 초기 운송비용을 감당할 수 있었거든. 지구는 새 식민지의 노동자들에게 급료를 지급하고 광산을 운영하면서 자기네 소유로 만들어갔어. 식민지는 지구의 일부가 됐고 지구는 드라코의 중심이 됐지. 당시 레드시프트 리미티드의 초기 엔지니어들은 좀 더 민감한 주파수 범위를 가진 우주선을 만들어 기술적인 문제를 해결했어. 우주에서 비교적 '먼지가 많은' 구역, 이를테면 자유로이 떠다니는 성운들이나 플레이아데스성단처럼 먼지가 짙은 지역을 지나가기 위해 필요한 장비였지. 그런 곳은 성간물질의 밀도가 높은 편이니까. 네 소형 경주용 우주선을 타고 소용돌이 성운 같은 곳을 지나가려 하면 문제가 생길 수밖에 없어. 250년 전까지만 해도 그런 장비 없이 지나갔다가는 우주선이 완전히 망가지기 십상이었지. 네 고조할아버지는 내가 지금 너에게 들려준 상황에 대해 아주 잘 알고 계셨어. 당시 플레이아데스에서는 탐사가 막 시작되고 있었어.

지금도 그렇듯이 운송비가 제일 중요한 요소였지. 그나마 드라코에 비하면 플레이아데스 내에서는 운송비가 상당히 적게 드는 편이었어."

로크는 인상을 쓰며 물었다. "거리 때문에 그런 거죠……?"

"플레이아데스 중심 지역은 폭이 30광년, 길이가 85광년밖에 안 되니까. 300여 개의 항성이 밀집해 있는데 대부분 서로 1광년도 채 안 떨어진 거리에 위치해 있어. 드라코의 항성들은 은하의 커다란 팔 한쪽에 넓게 분포돼 있어서, 이쪽 끝에서 저쪽 끝까지가 1만 6,000광년이나 돼. 플레이아데스성단 내에서 좁은 거리를 이동할 때와 드라코의 광대한 지역을 이동할 때 비용 면에서 큰 차이가 날 수밖에 없지. 플레이아데스에는 다양한 사람들이 몰려들었어. 직접 물건과 비축품, 나무통을 운송하겠다고 나선 소규모 사업자들, 식민지 주민들로 구성된 협동조합, 심지어 일반 개인도 있었어. 물론 돈이 많은 사람들이지만 개인은 개인이지. 네 고조할아버지는 다양한 기후에 대비해 온갖 물건과 조립식 집을 짓기 위한 부품, 버려진 채굴 및 농업 장비를 민간 여객 우주선 세 대에 나눠 싣고 여기로 건너왔어. 대부분 비용을 지불하고 드라코에서 끌고 온 것들이었지. 오는 길에 여객기 두 대를 탈취당했지만 그 와중에 원자포 두 대를 확보하셨어. 새 정착지마다 돌아다니며 물건을 파셨고 다들 네 고조할아버지한테서 물건을 샀어."

"원자포를 쏘겠다고 위협해서 억지로 물건을 사게 만드셨어요?"

"아니, 손님이 물건을 사면 추가 서비스까지 얹어주셨어. 플레이아데스는 드라코에 비해 운송비가 워낙 낮다 보니까 각국 정부와 대기업들도 몰려들 수밖에 없었어. 수백만 달러 값어치를 지닌 회사에 소속된 드라코의 우주선도 그렇고, 드라코에서 독점 사업을 하는 회사의 대표가 건너왔을 때도 네 고조할아버지가 작살냈지."

"그들을 약탈하고 물건을 쓸어 오신 거예요?"

"그런 얘기는 한 적 없으셔. 내가 아는 건 네 고조할아버지가 나름의 비전을 갖고 계셨다는 거야. 이기적이고 오로지 돈을 목적으로 하는, 자기중심적인 비전이긴 했지. 남을 희생시켜서라도 반드시 이익을 취하고야 말겠다는 비전이었으니까. 확장 초기에 그분은 플레이아데스가 드라코의 연장선상이 되지 않게 하겠다는 결심을 세우셨어. 그러다 플레이아데스가 독립을 하면서, 정치 연합체 내에서 최고 권력자가 되어야만 나중에 드라코에 밀리지 않고 경쟁을 할 수 있을 거라는 계산이 선 거지. 내 아버지가 네 나이였을 때 고조할아버지는 그 목표를 이미 달성하셨어."

"그게 레드시프트와 무슨 관계가 있는지 아직 모르겠어요."

"레드시프트는 플레이아데스로 넘어오기 위해 제일 큰 노력을 기울인 초대형 기업 가운데 하나였어. 그들은 토륨 광산의 소유권을 내놓으라고 주장했는데, 지금은 네 학교 친구의 아버지인 세추미 박사가 운영하는 광산이야. 그리고 그들은 서클 IV에서 플라스틱 이끼를 수확하는 일을 시작했어. 네 고조할아버지는 그 작업장도 다 날려버리셨어. 레드시프트는 운송이 주력 사업인데, 우주선이며 장비가 파괴되기 시작하니까 운송비에서 남겨먹을 수 없게 됐지. 숨통이 조이는 기분이었을 거야."

"그래서 프린스 레드가 우리를 해적이라고 부른 거예요?"

"에런 레드 1세—프린스의 아버지는 에런 레드 3세—가 두 번인가 건방진 조카에게 플레이아데스 원정을 이끌게 한 적이 있어. 아니, 세 번인가 그랬을 거야. 그들은 살아서 돌아가지 못했어. 내 아버지 때는 갈등이 더 심해져서 개인적인 보복까지 하곤 했어. 26세기에 플레이아데스 연방이 자주권을 선언한 후에도 갈등 상황이 이어진 거지. 나는 젊었을 때, 그러니까 지금 네 나이 때 그런 갈등을 끝내는 걸 개인적인 목표로 삼았어. 아버지는 지구에 있는 하버드 대학에 큰돈을 기부해서 실험실을 짓게 했고 나를 그 학교에 보내셨어. 나는 지구에서 만난 네 어머니와 결혼을 했고 에런—프린스의 아버지—을 만나 많은 얘기를 나눴어. 당시 세대는 플레이아데스의 독립성을 인정하는 분위기라서 우리끼리 반목을 끝내는 것은 크게 어려운 일이 아니었어. 레드시프트도 그 후로 오랫동안 우리한테서 직접적인 위협을 받지 않았어. 아버지는 뉴브라질리아에 있는 일리리온 광산에서 재료를 사들이셨는데, 레드시프트와 공식적으로 거래할 구실을 만들기 위해서였어. 당시는 외곽 식민지에서 채굴이 막 시작된 때였지. 두 집안이 반목해온 역사에 대해 지금껏 너한테 말하지 않은 이유는 이제 와서 굳이 말할 필요가 없다는 생각에서였어."

"아버지와 에런이 우리가 태어나기도 전에 원한 관계를 청산했는데 프린스가 미쳐서 날뛴 거네요."

"프린스가 제정신으로 한 짓인지에 대해서는 나도 모르겠다. 다만 이건 명심해둬. 오늘날 운송비에 제일 큰 영향을 미치는 요소가 뭐지?"

"외곽 식민지에 있는 일리리온 광산요."

"레드시프트사는 요즘 또다시 위협을 받고 있어. 왜인지 알지?"

"자연에서 일리리온을 채굴하는 게 인공적으로 만드는 것보다 비용이 싸졌으니까요."

"수백만 명을 플러그로 연결해 일을 시켜야 하기는 하지만, 드라코와 플레이아데스의 수십 개 회사들이 외곽 식민지 곳곳에 경쟁적으로 광산을 열었어. 은하계 곳곳에서 몰려드는 노동력에게 급료를 지급하면서 일을 시키고 있지. 외곽 식민지가 드라코, 플레이아데스와 어떤 면에서 다를까?"

"외곽 식민지는 그들이 필요로 하는 일리리온을 거의 모두 보유하고 있어요."

"그래. 그리고 이런 점도 있어. 드라코는 지구의 부유층이 주도권을 쥐고 있어. 플레이아데스는 그보다는 낮은 중간계급이 주로 거주하고 있지. 반면에 외곽 식민지에는 플레이아데스와 드라코 쪽에서 돈을 받는 사람들, 은하계 전체를 통틀어 경제적으로 제일 하층에 속하는 계급이 살고 있어. 코즈비에서 사회학 선생들이 무슨 얘기를 했는지 모르겠지만, 나는 외곽 식민지가 주권을 주장하고 나선 배경에는 이런 문화적 차이, 운송비 차이가 있다고 봐. 그런데 이런 상황에서 레드시프트가 일리리온 광산을 가진 이에게 다시 공격을 가한 거야." 그는 아들을 가리키며 덧붙였다. "네가 공격을 받은 당사자인 것이고."

"하지만 우리 집안은 일리리온 광산을 겨우 하나 보유하고 있을 뿐이잖아요. 우리는 플레이아데스 전역, 그리고 드라코 일부 지역에서 수십 가지 사업을 진행하면서 주로 수익을 올리고 있고요. 상 오리니섬의 광산은 규모도 작고……"

"그래, 맞아. 우리 가문이 **다루지 않는** 사업에 대해 생각해본 적 있어?"

"무슨 뜻이에요?"

"우린 주거지 건축이라든지 식량 생산 쪽 사업은 안 하고 있잖아. 컴퓨터, 소규모 기술 부품 사업을 주로 하지. 일리리온 배터리 하우징, 플러그와 소켓 생산 쪽에서 대부분 수익을 올려. 지난번 출장 때 에런을 만나서 얘기를 하다가 농담 삼아 이런 말을 했어. '일리리온 값이 지금의 절반만 돼도, 당신네 회사가 우주선을 만드는 데 들이는 비용 절반만 가지고 1년 안에 우리 우주선을 만들 수 있겠다'고. 그가 농담 삼아 뭐라고 대답했을까?"

로크는 모르겠다는 뜻으로 고개를 저었다.

"자기는 10년 전부터 그걸 알고 있었대."

기둥 속 어머니의 이미지가 컵을 내려놓으며 말했다. "로크는 얼굴 치료부터 받아야 해. 네가 얼마나 잘생긴 녀석인데. 오스트레일리아인이 널 집으로 데려온 지 사흘이나 지났어. 상처를 그대로 뒀다가는……"

"데이나." 아버지는 어머니의 말을 끊고 로크에게 말했다. "로크, 일리리온 가격을 지금의 절반으로 내리려면 어떻게 해야 할까?"

로크는 인상을 찌푸렸다. "왜 그래야 되는데요?"

"지금 같은 식이라면 15년 안에 외곽 식민지가 일리리온 채굴 비용을 4분의 1까지 낮출 수 있을 거야. 그동안 레드시프트는 우리를 죽이려고 들겠지." 아버지는 잠시 침묵하다가 말을 이었다. "본 레이 가문이 가진 모든 것을 빼앗고 궁극적으로 플레이아데스 연방 전체를 먹으려고 들 거다. 자칫 잘못하면 우린 모든 것을 잃고 추락하게 생겼어. 살아남으려면 우리가 먼저 그들을 죽여야 해. 그러려면 일리리온 값을 4분의 3이 아니라 반값으로 떨어뜨릴 방법을 빠르게 찾고, 우주선을 만들 방법도 찾아야겠지." 아버지는 팔짱을 끼며 말을 이었다. "너를 이 일에 끌어들이고 싶지 않았어, 로크. 이런 일은 내 대에 결판을 보려고 했거든. 그런데 프린스가 먼저 너를 공격한 거야. 과거의 어떤 일 때문에 네가 공격받았는지 알려주는 게 공평하다고 판단했어."

두 손을 내려다보던 로크가 잠시 후 대답했다.

"반격해야겠어요."

어머니가 말리고 나섰다. "안 돼. 그런 식으로 해결을 보려고 하는 건 좋지 않아, 로크. 프린스한테 쫓아가서 반격을 하려고 했다가는……"

"당장 그러겠다는 게 아니에요." 로크는 일어서서 창가의 커튼 옆으로 다가갔다. "어머니, 아버지, 저 이만 나가볼게요."

아버지는 팔짱을 풀며 말했다. "로크, 널 혼란스럽게 만들려는 건 아니었어. 그냥 너도 알아야 될 것 같아서……"

로크는 양단 커튼을 젖히며 말했다. "이만 캘리밴호로 가볼게요. 쉬세요." 다시 커튼이 닫혔다.

"로크……"

그는 아크시 언덕 위의 커다란 집, 엑스톨파크 12번지에 살고 있는 로크 본 레이였다. 아크는 플레이아데스 연방의 수도였다. 로크는 자동 길 옆으로 걸어갔다. 바람막이 유리벽 너머로 도시의 겨울 정원들이 피워낸 꽃들이 보였다. 사람들이 그를 쳐다보았다. 얼굴에 난 험악한 상처 때문일 것이다. 그는 일리리온에 대해 생각 중이었다. 사람들은 그를 쳐다보다가 그와 눈이 마주치면 시선을 돌렸다. 이곳은 플레이아데스의 중심이고, 로크는 그중에서도 핵심이 되는 사람이었다. 예전에 그는 가문으로부터 물려받게 될 재산의 액수를 계산해본 적이 있었다. 그는 수십억의 재산을 물려받게 돼 있었다. 천장이 설치된 아크시 거리의 투명한 벽을 따라 걸으며, 겨울 정원 안에서 반짝이며 자라난 이끼의 울부짖음에 귀를 기울였다. 아버지의 회계사가 알려준 바에 따르면, 이 거리를 지나는 사람 다섯 명 중 한 명이 본 레이 가문으로부터 직간접적으로 급료를 받아 살아가고 있었다. 레드시프트는 본 레이 가문이 구축한 사업체에 전쟁을 선언할 준비를 하고 있었다. 본 레이 가문의 상속자인 그를 겨냥한 전쟁이라고 봐도 무방할 것이다. 상오리니섬의 밀림에는 하얀 깃털 갈기를 가진 도마뱀 비슷한 동물이 쉬익쉭익 소리를 내며 돌아다녔다. 광부들은 그 동물들을 붙잡아 굶긴 뒤 구덩이에 집어넣고 싸움을 붙였다. 내기 도박이었다. 수백만 년 전, 세 발 달린 도마뱀의 조상들은 몸길이가 100미터에 달하는 거대한 짐승들이었다. 뉴브라질리아에 살던 지능을 가진 종족은 그 짐승들을 받들어 모셨다. 실제 크기와 동일한 도마뱀 돌 조각상을 만들어 사원에 모셔두기까지 했다. 하지만 그 종족은 멸종됐고, 그 종족이 신처럼 모시던 짐승의 자손들은 진화를 거치며 몸집이 줄어들고 말았다. 그리고 지금 술 취한 광부들에게 붙잡혀 구덩이 안에서 괴성을 지르며 발톱을 세우고 내기 싸움이나 하고 있는 것이다. 그는 로크 본 레이였다. 그는 일리리온 가격을 지금보다 절반으로 낮춰야만 했다. 시장에 일리리온을 대량 공급 해야 가격을 떨어뜨릴 수 있을 것이다. 우주에서 가장 희귀한 물질인 일리리온을 어디서 대량으로 구할 수 있을까? 태양의 중심으로 날아가 용광로에서 퍼내는 짓은 꿈도 꿀 수 없었다. 아무리 태양의 핵물질에서 은하계를 이루는 온갖 물질들이 제련돼 나올지라도 그 일은 불가능했다. 그는 거울 기둥에 비친 자신의 모습을 바라보았다. 여기서 옆길로 가면 니아 리마니로 갈 수 있었다. 거울의 갈라진 틈새가 그의 이목구비를 일그러뜨렸다. 퉁퉁 부은 입술, 노란 눈동자. 그는 특이한 붉은 머리에 생겨난 상처 자리를 가만히 바라보았다. 그 자리에 새로 돋아난 머리카락은 기존의 붉은색이 아니라 아버지의 머리카락처럼, 불꽃처럼 부드러운 노란색이었다.

(그는 거울 기둥에서 고개를 돌리며 생각했다.) 어디서 그 많은

일리리온을 구할 수 있을까? 대체 어디서?

"지금 나한테 물어본 거야, 선장?" 회전식 무대 앞에 앉은 댄은 술잔을 무릎까지 들어 올리며 말을 이었다. "그걸 내가 알았으면 지금 이렇게 비행장 주변을 어슬렁대고 있진 않겠지." 댄은 발가락에 끼우고 있던 술잔 손잡이를 손으로 잡고 그 안의 내용물을 절반쯤 마셨다. "술 사줘서 고마워." 댄은 손목으로 입가를 쓱 문질렀다. 짧게 자른 수염자리에 거품이 털 대신 묻어 있었다. "얼굴 치료는 언제 받을 생각이야……?"

로크는 앉은 자리에서 몸을 앞으로 기울인 채 천장을 올려다보았다. 비행장의 환한 조명들 때문에 육안으로 볼 수 있는 별은 그나마 제일 환하게 빛나는 수백 개 정도였다. 옥상에 설치된 붓꽃을 닮은 바람 차단 장치는 이미 날개를 닫았다. 파란색, 보라색, 주홍색 날개 한가운데에 빛나는 별이 하나 보였다.

"선장, 발코니로 올라가고 싶으면……"

떨어지는 물 사이로 2층 바가 보였다. 그곳에는 화물선 장교들과 여객선 승무원들이 운동선수들과 어울려 앉아 우주의 흐름과 상황에 관해 떠들어대고 있었다. 아래층은 기계공과 민간 승무원들로 붐볐다. 한쪽 구석에서는 카드놀이가 한창이었다.

"난 일자리를 구해야 돼, 선장. 캘리밴호 뒷방에서 잠을 자게 해주고 밤마다 술을 마시게 해주는 것 정도로는 어림도 없어. 아무래도 같이 일하기는 힘들겠어."

다시 바람이 불었다. 다이아몬드 조각 같은 별 주변에서 바람 차단 장치의 날개가 파르르 떨렸다.

"댄, 혹시……" 로크는 잠시 생각 끝에 말을 이었다. "우리가 옆으로 지나다니던 태양들이 세상들을 구성하는 요소들을 제련하는 용광로라는 생각 안 해봤어요? 수백 가지 요소들이 태양의 중앙 핵물질 속에 녹아 들어가 있잖아요. 저 빛나는 별도 그렇고……" 로크는 투명한 지붕을 손으로 가리켰다. "……어떤 태양이든 마찬가지일 거예요. 지금도 태양에서는 금이 녹아들고 있겠죠. 아크보다도, 지구보다도 더 큰 물량의 라듐, 질소, 안티몬이 녹고 있을 거라고요. 일리리온도 있을 거고요." 로크는 웃으며 말을 이었다. "저 별들 사이로 들어가 내가 원하는 물질을 퍼 올 수 있다면 어떨지 생각해봐요." 로크는 다시 소리 내어 웃었다. 고통과 절망, 분노가 뒤섞인 가슴속에서 웃음이 잦아들었다. "신성이 된 별의 가장자리에서 우리가 잘 버티고 있다가 그 신성이 내던지는 물질을 잡아챌 수 있다면 어떨까요. 게다가 신성은 외부 폭발이 아니라 내부 폭발이잖아요. 안 그래요, 댄?"

로크는 댄의 어깨를 장난스레 툭 쳤다. 그 바람에 술잔에 담겨 있던 술이 약간 넘쳤다.

"선장, 난 신성 안에 들어가본 적 있어."

댄은 손등에 떨어진 술을 혀로 핥았다.

"그래요?"

로크는 쿠션에 머리를 기대고 천장을 올려다보았다. 광륜光輪에

둘러싸인 별이 반짝거렸다.

"10년 전인가…… 내가 탄 우주선이 신성에 빨려 들어간 적이 있어."

"신성에 착륙을 못 한 게 한이겠네요."

"진짜라니까. 빨려 들어갔다가 나왔어."

로크는 천장에서 시선을 떼고 댄을 바라보았다.

댄은 우둘투둘한 팔꿈치를 무릎에 대고 몸을 앞으로 기울인 채 초록색 벤치에 앉아 있었다. 그의 두 손은 술잔을 감싸 쥐었다.

"정말이에요?"

"어." 댄은 조끼의 끈을 어설프게 묶어놓은 어깨 쪽을 힐끗 쳐다 보며 말했다. "우린 신성으로 떨어졌다가 빠져나왔어."

로크는 도저히 믿기 어렵다는 표정이었다.

"어이, 선장! 그런 표정을 지으니까 더럽게 사나워 보이네!"

로크는 거울 앞을 지나가면서 자신의 얼굴을 다섯 번쯤 들여다 보았다. 얼굴에 난 상처 때문에 어떤 표정을 지어도 완전히 다른 식으로 표현됐다.

"어쩌다 그렇게 됐어요, 댄?"

댄은 잔을 내려다보았다. 잔 바닥에 거품만 조금 남아 있었다.

로크는 벤치 팔걸이에 붙어 있는 주문 판을 눌렀다. 술 두 잔이 맴을 돌며 그들 쪽으로 다가왔다. 거품이 살짝 죽어 있었다.

댄은 팔을 앞으로 뻗었다.

"내가 딱 원하던 술이야, 선장. 한 잔은 선장이 마셔. 자, 여기. 이

잔은 내가 마실게."

로크는 술을 한 모금 마신 후 샌들 굽에 발을 얹은 채 앞으로 뻗었다. 그의 얼굴은 무표정했다. 어떤 감정도 느껴지지 않았다.

"알케인 연구소라고 알아?" 구석 자리에서 웃고 떠드는 소리 때문에 댄이 목청을 높였다. 두 기계공이 구석 자리의 트램펄린에서 씨름을 하고 있었다. 구경꾼들이 술잔을 마구 흔들어댔다. "드라코의 보피스에 실험실이 딸린 대형 박물관이 있는데, 사람들이 거기서 신성 현상을 연구해."

"고모가 거기서 큐레이터로 일하고 있어요."

로크는 나지막하게 말했지만 주변 소음에도 불구하고 그의 목소리는 뚜렷하게 들렸다.

"그래? 어쨌든 그 연구소에서는 사람들을 내보내 별의 활동을 관찰하게 하고 꾸준히 보고서를 받고 있어……"

"어이! 여자가 이기고 있어!"

"아니야! 남자가 여자의 팔을 잡아당기잖아!"

"이봐, 본 레이. 당신이 보기엔 저 남자와 여자 중에 누가 이길 것 같아?"

트램펄린에서 벌어진 대결을 보려고 계단을 내려온 장교 한 사람이 로크에게 물었다. 그는 로크의 어깨를 툭 치고는 손을 들어 올렸다. 그의 손바닥에 10파운드@sg 동전이 쥐어져 있었다.

로크는 그 손을 밀어냈다. "오늘 밤에는 내기하고 싶지 않아."

"로크, 난 저 여자한테 두 배를 걸었어……"

"내일은 당신 돈을 내가 기꺼이 따줄게. 지금은 안 할 거니까 가."

젊은 장교는 짜증 난다는 듯 혀를 차며 손가락으로 자기 얼굴을 쓸어내렸다. 그리고 같이 온 동료들에게 고개를 저었다.

로크는 어서 댄의 다음 얘기를 듣고 싶을 뿐이었다.

트램펄린 씨름을 힐끗 쳐다보던 댄은 고개를 돌리고 하던 얘기를 계속했다.

"조석 이동 때 화물선 한 척이 길을 잃었다가 2솔라쯤 떨어진 어떤 별의 스펙트럼선이 이상하다는 걸 포착했어. 별들은 대부분 수소로 이루어져 있잖아. 그런데 표면 가스가 무거운 물질들로 되어 있는 거야. 확실히 이상했지. 연구소 쪽과 연락이 닿자 그들은 알케인 연구소 지도 제작팀에 별의 상태에 대해 보고했어. 지도 제작팀에서는 신성이 발생한 것 같다고 추측했어. 신성 현상이 발생했다고 해도 별의 구성 성분 자체가 달라지는 건 아니거든. 아무리 스펙트럼 분석을 해도 거리가 너무 멀면 물질의 밀도가 높아진 걸 알아내기는 힘들어. 알케인은 그 별을 관측하기 위해 팀을 보냈어. 지난 50년 동안 그런 별을 스물 내지 서른 개쯤 연구해온 팀이었지. 관측팀은 수성에서 태양까지의 거리만큼 간격을 두고 그 별 가까이에 원격조정실을 여러 개 설치한 다음, 별의 표면 상태를 사진으로 찍어 원격으로 보내게 했어. 태양이 폭발하는 순간 원격조정실도 차례로 같이 타 없어졌어. 폭발 현상이 계속되면서 그들은 점점 더 거리를 두고 원격조정실을 추가로 설치했고 초 단위로 보고를 받았어. 그리고 1광주光週*쯤 떨어진 곳에 최초의 유인 원격 조정실을 설치한 거야. 신성 현상이 다시 시작되면 원격조정실에 있던 사람은 그곳을 떠나면 되는 거였어. 그때 나는 태양의 폭발을 기다리고 있는 유인 원격조정실에 물품을 배달하는 우주선에 탑승 중이었어. 평소 밝기인 태양이 폭발하면서 최고 밝기, 그러니까 평소의 2~3만 배 밝기에 다다를 때까지 걸리는 시간은 두세 시간밖에 안 돼."

로크는 고개를 끄덕였다.

"그들은 자기네가 관찰 중인 태양이 언제 또 폭발할지 정확히 판단을 못 하는 상황이었어. 지금 생각하면 이해가 안 되기도 하는데, 어쨌든 우리가 원래 목적지인 유인 원격조정실에 도착하기도 전에 태양이 폭발하고 말았어. 공간 뒤틀림이 발생했거나 장비가 망가져서 시간을 잘못 예측했거나 둘 중 하나가 원인이었겠지. 우리는 처음 폭발이 일어난 한 시간 동안 유인 원격조정실을 지나 태양으로 빨려 들어갔어."

댄은 잔에 입을 대고 거품을 마셨다.

"그랬군요. 태양에 가까이 가기도 전에 열 때문에 몸이 원자화 됐을 텐데요. 명왕성이 태양의 영향으로 지금 상태가 된 것처럼요. 물리적으로 온몸이 찌그러졌어야 맞아요. 중력 조석이 당신 몸을 갈가리 찢어놨을 거라고요. 우주선이 엄청난 양의 방사능에 노

---

* 빛이 일주일간 진행하는 거리.

출돼서 우주선 안에 타고 있던 모든 유기 화합물은 망가지고, 모든 원자는 이온화된 수소로 핵분열됐을 겁니다……"

"선장, 나도 멀쩡하게 살아 나온 이유를 일곱 가지는 더 생각해 봤어. 이온화 주파수가 원인이었을 수도 있겠지……" 댄은 잠시 생각한 끝에 덧붙였다. "어쨌든 모두 무사했어. 우리가 탄 우주선은 태양의 중심으로 쭉 빨려 들어갔다가 반대편으로 **나갔어**. 2광주 떨어진 곳에 안전하게 떠 있었다니까. 무슨 일이 일어났는지 알아채자마자 선장이 자기 머릿속에 연결된 선을 뽑고 모든 승무원들의 감각 입력기 스캐너를 끈 바람에 우리 눈으로는 보지 못했어. 한 시간쯤 후에 주변을 확인한 선장은 우리 모두가 살아 있는 걸 알고 크게 놀란 눈치였어. 우리는 육안으로는 못 봤는데, 우주선의 장비가 우리 궤적을 기록했어. 그 기록에 따르면 우리 우주선은 신성을 곧장 통과한 거로 나와." 댄은 술을 마저 들이켜고 로크를 힐끗 쳐다보았다. "선장, 또 사나운 표정을 짓고 있네."

"어떻게 된 일이었죠?"

댄은 어깨를 으쓱했다.

"알케인 측에서는 우리와 면담하면서 다양한 의견을 내놨어. 태양 표면에서 폭발 현상이 일어났을 때 중간 크기 행성의 두세 배쯤 되는 거품이 만들어진다는 거야. 그 거품 안의 온도는 800에서 1,000도 정도 된다더라고. 그 거품 안에 들어가 있으면 우주선이 녹지 않고 보호를 받겠지. 우리가 어쩌다 보니 그런 거품 안에 들어가게 돼서 태양을 무사히 통과했나 봐. 신성의 에너지 주파수가 한 방향으로 극성화되고, 우주선의 에너지가 또 다른 방향으로 극성화되면서 서로 간섭 없이 무사히 통과한 것일 수도 있다는 의견도 있었어. 그 외에도 온갖 이론들이 다 나왔지. 제일 그럴듯한 의견은, 신성 안에 들어가면 시간과 공간이 격한 압력을 받게 돼서 우리가 아는 자연 물리학적 기제와 물리적 현상의 법칙이 적용되지 않을 수도 있다는 거였어." 댄은 어깨를 으쓱하며 덧붙였다. "결국 그들도 답은 알아내지 못했어."

"저기 좀 봐요! 봐봐. 남자가 여자를 쓰러뜨렸어!"

"하나, 둘…… 이런, 여자가 몸을 피했잖아……"

"아니야! 남자가 이긴 거 맞아! 맞다니까!"

트램펄린 위에서 기계공이 웃으며 상대에게 비틀비틀 다가갔다. 벌써 술을 여섯 잔쯤 마신 것 같았다. 관습에 따르면 승자는 본인이 할 수 있는 만큼 술을 마시고, 패자는 나머지 술을 다 마시게 되어 있었다. 위에 있던 장교들이 더 내려와 승자를 축하하고 다음 내기에 판돈을 걸었다.

"내가 궁금한 게……" 로크가 인상을 쓰며 말했다.

"선장, 일단 어쩔 수 없다는 건 아는데, 계속 그런 얼굴로 지낼 필요는 없어."

"알케인이 그 여정에 대한 기록을 갖고 있을까요, 댄?"

"갖고 있을걸. 10년 전 일이기는 하지만……"

로크는 천장을 올려다보았다. 강풍이 아크의 밤을 고문하기 시작하면서 바람 차단 장치의 날개가 완전히 닫혀 있었다. 천장에 만들어진 만다라 문양이 별을 가렸다.

로크는 두 손을 얼굴로 가져갔다. 머릿속을 맴도는 아이디어의 근원으로 파고들어 가려는데 상처 난 입술이 저절로 벌어졌다. 길게 찢어진 살 때문에 그는 가만히 있어도 괴로워하는 표정을 짓는 것처럼 보였다.

댄이 다시 무슨 말을 시작하려는데 로크는 상처로 우둘투둘해진 얼굴로 생각에 잠겼다.

그의 이름은 로크 본 레이였다. 그 문장을 조용히 확고하게 속으로 되풀이했다. 그의 존재 자체를 분열시키는 아이디어가 떠올랐다. 앉은 채로 시선을 든 로크는 몸까지 떨렸다. 프린스가 그의 얼굴을 찢어놓았듯, 내면 중심의 무언가가 속을 격하게 찢어놓은 느낌이었다. 로크는 별을 가린 구름을 치우듯 눈을 깜박이며 생각을 정리했다. 그의 이름은……

"예, 본 레이 선장님?"

"측면 날개를 접어."

마우스가 날개를 당겼다.

"지금 우리는 꾸준한 흐름을 타고 있어. 측면 날개를 완전히 접어. 린케우스와 이다스는 날개의 각도를 유지하고 오늘 저녁 첫 당직을 맡도록. 나머지는 잠시 쉬어도 좋다."

로크의 목소리가 우주선 안에 울려 퍼졌다.

시커멓게 탄 별들 뒤로 주홍색 하늘을 바라보던 마우스는 눈을 깜박이며 자신의 현재 위치를 다시 한번 파악했다.

올가의 화면도 덩달아 깜박였다.

마우스는 의자에 앉은 채 허리를 펴고 플러그를 뽑았다.

선장이 말했다.

"다들 휴게실에서 보자. 마우스는……"

chapter 4

마우스는 의자 밑에 넣어두었던 가죽 배낭을 꺼내 어깨에 걸쳐 멨다.

"……마우스는 시링크스 가지고 와."

문이 스르륵 열리고 마우스는 세 칸짜리 계단의 위쪽에 섰다. 그 아래는 파란 카펫이 깔린 록호의 휴게실이었다.

나선형 계단 아래로 복잡한 그림자가 져 있었다. 천장 조명등 아래로 금속 혀처럼 생긴 가로대가 벽으로 연결되었고, 거울 모자이크 장식 앞에 필로덴드론 잎사귀가 드리워졌다.

케이튼은 3차원 입체 체스 판 앞에 앉아 체스 말을 늘어놓고 있었다. 마지막 룩을 구석 자리로 보낸 순간, 젤리형의 글리세린으로 만들어진 의자가 그의 몸 윤곽에 맞게 변형되었다.

"좋아, 나랑 제일 먼저 체스 둘 사람?"

나선형 계단 위쪽에 서 있던 본 레이 선장이 계단을 내려왔다. 그의 상처 난 얼굴이 거울 모자이크에 비쳤다.

케이튼이 턱을 들며 물었다.

"선장님, 마우스? 누가 나랑 첫 판을 둘래요?"

타이이와 세바스티안이 아치문을 지나 경사로를 밟고 내려왔다. 경사로는 휴게실의 3분의 1을 채운 석회 웅덩이를 가로지르고 있었다.

바람이 불었다.

물에 잔물결이 일었다.

그들 머리 위에서 어둠이 흘렀다.

"내려와!" 세바스티안은 소켓이 설치된 팔을 흔들며 애완 새들에게 명령했다. 쇠줄에 묶인 새들이 천 조각처럼 세바스티안 옆에 내려앉았다.

"세바스티안? 타이이? 체스 둘래요?" 케이튼이 경사로 쪽을 바라보며 물었다. "한때 체스에 푹 빠져 지냈거든요. 실력이 예전 같지 않지만 같이 둬요." 케이튼은 계단 쪽을 바라보다가 룩을 집어 들고는 속에 검은 점이 들어간 크리스털 룩을 자세히 들여다보았다. "저기요, 선장님. 이 체스 말들 진품입니까?"

계단 아래쪽에 서 있던 로크가 붉은 눈썹을 치켜세웠다. "아니."

케이튼은 싱긋 웃었다. "아. 예."

"그게 뭔데 그래요?" 카펫을 가로질러 온 마우스가 케이튼의 어깨 너머로 체스 판을 내려다보았다. "이렇게 생긴 체스 말은 처음 보네요."

"특이하게 생겼지. 베가 리퍼블릭풍이야. 원래 가구나 건축에 들어가는 스타일인데."

"베가 리퍼블릭이 어디 있는 회사예요?" 마우스는 폰을 집어 들었다. 크리스털 안에 태양계가 담겨 있었다. 중앙의 보석을 중심으로 비스듬하게 여러 개의 점이 보였다.

"회사가 아니고, 2800년대에 일어난 폭동을 가리키는 용어야. 베가가 드라코에서 분리 독립을 시도했다가 실패했잖아. 그 시기에 만들어진 예술이며 건축 양식을 우리 쪽 예술인들이 흡수했어. 영웅적인 느낌이 녹아 있고, 오리지널이 되기 위해 심혈을 기울이는 감성도 있지. 문화적 자율성을 위한 최후의 저항이랄까. 지금은 점잖은 실내용 게임에만 흔적이 남아 있는 정도지만." 케이튼은 또 다른 말을 집어 들며 덧붙였다. "그래도 여전히 이런 게 좋더라고. 이쪽 방면으로 뛰어난 음악가 세 명과 걸출한 시인도 한 명 나왔어. 그중 음악가 한 명만 2800년대의 폭동과 연관성이 있긴 하지만. 대부분의 사람들은 거기까지는 몰라."

"그래요? 알겠어요. 내가 한 판 둬줄게요." 마우스는 체스 판을 빙 돌아서 초록색 글리세린 의자에 앉았다. "검은 말로 할래요, 노란 말로 할래요?"

로크 본 레이가 마우스의 어깨 너머로 손을 뻗어 의자 팔걸이에 붙은 제어판의 마이크로스위치를 눌렀다.

체스 판의 조명등이 꺼졌다.

마우스는 거친 목소리로 항의했다. "아니, 왜……?"

"시링크스 집어 들어, 마우스." 로크는 노란색 타일 위에 놓인 돌 조각상으로 걸어가며 말을 이었다. "시링크스로 신성을 만들 수 있겠어?" 로크는 돌 조각상에 걸터앉았다.

"모르겠어요. 정확히 어떤 걸 만들라는 건지?"

마우스는 가죽 배낭에서 시링크스를 꺼내고 엄지로 지판을 쓸어내렸다. 유도용량 판을 훑는데 새끼손가락이 살짝 튀어 올라온 못에 걸렸다.

"지금부터 설명할 테니까 신성을 만들어봐."

마우스는 잠시 생각을 하다가 대답했다. "알겠습니다." 그는 손을 위로 띄웠다.

빛이 번쩍인 후 소리가 흘러나오기 시작했다. 잔상이 환영을 밀어내고 점점 작아지는 구 안에서 다양한 색깔들이 소용돌이치다 사라졌다.

세바스티안이 새들에게 명령했다. "내려와! 당장 내려오라니까."

로크가 웃음을 터뜨렸다. "나쁘지 않군. 이쪽으로 와봐. 아니, 그 하프 같은 악기 가지고 와보라고." 로크는 바위에서 약간 옆으로 물러나 자리를 만들었다. "어떤 식으로 연주하는 건지 보여줘."

"시링크스 연주 방법을 가르쳐달라고요?"

"어."

마우스는 묘한 표정을 지었다. 내면의 감정까지는 알 수 없었다. 외면으로 보이는 것은 입술과 눈꺼풀의 떨림 정도였다.

"저는 다른 사람들이 제 물건을 건드리게 두지 않습니다."

마우스의 입술과 눈꺼풀이 또다시 떨렸다.

"그러지 말고 좀 알려줘."

마우스는 입을 꾹 다물었다가 말했다. "손 이리 주세요." 마우스가 선장의 손가락을 이미지 공명판 위에 올리자 그들 앞에 푸른색 빛이 나타났다. "이제 여기를 내려다보세요." 마우스는 시렁크스 앞쪽을 가리켰다. "이 세 개의 핀 렌즈 안쪽에 홀로그램 그리드가 있어요. 그 그리드가 푸른색 빛에 집중해서 3차원 이미지를 만들어주는 거예요. 밝기와 강도는 여기서 조절하면 돼요. 손을 앞으로 가져가세요."

빛이 강해졌다……

"손을 뒤로 빼세요."

……그러자 빛이 약해졌다.

"이미지를 어떻게 만들어?"

"저도 배우는 데 1년 걸렸어요, 선장님. 이 현으로 소리를 제어해요. 각 현은 다른 소리를 만드는 게 아니고 다른 소리 질감을 만들어내. 손가락을 가까이 가져가거나 멀리 떼면 피치가 변해요. 이렇게요." 마우스가 놋쇠 코드를 당기자 사람들의 목소리가 글리산도 주법으로 듣기 거북한 아음속의 속도에 맞춰 빠르게 흘러나왔다. "장소에 대한 냄새를 만들어내고 싶으면, 여기를 조절하면 돼요. 이 손잡이로 냄새의 강도를 조절할 수 있어요. 좀 더 명확하게 모든 것을 표현하려면……"

"표현하고 싶은 여자의 얼굴이 있거든. 내 이름을 말하는 그 여자의 목소리, 여자의 향기 같은 것도 표현하고 싶어. 자네의 시링크스를 내가 좀 들어볼게." 로크는 마우스의 무릎에서 시링크스를 들어 올렸다. "이제 어떻게 해야 돼?"

"연습을 하셔야죠. 선장님, 아까도 말했지만 다른 사람들이 제 물건을 건드리는 건 싫은데요……"

마우스가 시링크스로 손을 뻗었다.

로크는 마우스의 손이 닿지 않게 시링크스를 들어 올리더니 웃으며 말했다.

"알았어, 가져가."

마우스는 시링크스를 받아 들고 조용히 체스 판 앞으로 돌아갔다. 그리고 가죽 배낭 안에 시링크스를 집어넣었다.

로크가 말했다. "연습이라. 시간이 없는데. 프린스 레드를 두들겨 패서 일리리온에 처박지 않는 이상 그럴 시간이 없어."

"본 레이 선장님?"

케이튼의 목소리에 로크가 고개를 들었다.

"어떤 항해를 하시려는 건지 얘기해주시겠습니까?"

"뭘 알고 싶은데?"

케이튼은 체스 판을 다시 활성화시킬 스위치 위에 손을 가져가며 물었다.

"저희는 어디로 가는 겁니까? 어떤 식으로 그곳에 가게 되는 거죠? 항해 이유는 뭡니까?"

잠시 후 로크는 자리에서 일어섰다.

"정확히 뭘 알고 싶어, 케이튼?"

체스 판에 불이 들어오자 케이튼의 턱까지 환해졌다.

"선장님은 레드시프트 리미티드사를 상대로 게임을 하시는 거 잖습니까. 게임의 규칙이 뭐죠? 이기면 어떤 상을 받게 됩니까?"

로크는 고개를 저었다.

"다른 질문을 해봐."

"알겠습니다. 일리리온을 어떻게 확보할 생각이세요?"

"맞아요. 어떻게 확보해요?" 타이이의 나지막한 목소리가 들리자 다들 그녀를 돌아보았다. 경사로 아래쪽 세바스티안 옆에서 타이이는 카드를 섞고 있었다. 모두의 시선이 쏠리자 타이이는 손을 멈추고 다시 물었다. "폭발하고 있는 태양으로 무작정 뛰어드는 건가요?" 타이이는 고개를 저으며 다시 물었다. "어떤 방법으로 하실 거예요, 선장님?"

로크는 무릎뼈를 손으로 감싸며 다른 승무원들을 불렀다. "린케우스? 이다스?"

맞은편 벽에 180센티미터 길이의 도금된 틀 두 개가 설치돼 있었다. 그중 하나는 마우스의 머리 위쪽에 있었는데 지금 이다스가 그 틀에 들어가 컴퓨터 조명 아래 모로 누워 있었다. 방 저쪽에 있는 또 다른 틀 안에는 머리카락과 눈썹이 반짝반짝 빛나는 창백한 피부의 린케우스가 케이블을 깔고 앉아 있었다.

"우리와 항해하는 동안에는 귀 좀 열어두고 있어."

"알겠습니다, 선장님." 이다스가 잠에 취한 목소리로 웅얼웅얼 대답했다.

로크가 일어서서 손뼉을 쳤다. "이런 질문에 몇 년 만에 대답을 해보는군. 처음 나한테 그 질문을 한 사람은 댄이었어."

"눈먼 댄요?" 마우스가 물었다.

"용암으로 뛰어내린 댄요?" 케이튼이 물었다.

로크가 고개를 끄덕였다. 그는 높고 어두운 천장에 매달린 별들을 올려다보았다. 그 별들은 웅덩이와 양치식물, 바위로 표현된 세상 위로 날아가는 모습이었다. "내가 댄을 태운 우주선은 이 커다란 화물선이 아니라 소형 경주용 우주선이었어. 어느 날 밤, 파리에서 열린 파티에 참석해 밤을 새우다시피 해서 댄이 우주선을 조종해 나를 아크에 있는 집까지 데려다줬어. 그가 쭉 혼자서 조종을 했지. 다른 승무원이 한 명 더 있었는데 대학생이었거든. 그 승무원은 무섭다면서 학교로 돌아갔어." 로크는 고개를 흔들며 말을 이었다. "뭐, 그렇게 된 얘기지. 레드시프트가 우릴 거꾸러뜨리기 전에 어떻게 해야 내가 먼저 충분한 물량의 일리리온을 확보해 레드시프트를 무너뜨릴 수 있을까? 얼마나 많은 사람들이 그런 점에 대해 알고 싶어 할까? 이런 게 궁금했어. 어느 날 저녁 경주용 우주선 정박지 근처에서 댄이랑 술을 마시다가 그런 얘기를 꺼냈어. 태양에서 일리리온을 퍼내는 방법에 대한 얘기였지. 댄은 엄지를 허리띠 안쪽에 찔러 넣고 술집 천장에 설치된 바람 차단 장치를 올려다보면서 말했어. '내가 탄 우주선이 신성에 빨려 들어간 적이 있어'라고" 로크는 방 안을 둘러보며 덧붙였다. "나는 허리를 세우고 귀를 기울였어."

마우스가 물었다. "그 사람한테 무슨 일이 일어났나요?"

"그 사람은 어떻게 살아남아서 또다시 신성을 경험한 거죠? 정말 궁금하네요." 케이튼은 이렇게 말하며 룩을 체스 판에 도로 내려놓고 젤리 의자에 가 앉았다. "어서 얘기해주세요. 댄은 어디서 그런 일을 겪은 겁니까?"

"그는 알케인 연구소가 운영하는 원격조정실에 물품을 갖다주는 우주선의 승무원이었어. 그런데 마침 그 별이 폭발한 거지."

마우스는 타이이와 세바스티안을 힐끗 쳐다보았다. 그들은 경사로 끝의 계단에 앉아 귀를 기울이고 있었다. 타이이는 다시 카드를 이리저리 섞는 중이었다.

"천 년 동안 가까이서 그리고 멀리서 관찰하고 연구를 했는데도 별의 가장 찬란한 대재앙이라 할 수 있는 신성 현상에 대해 우리는 아는 게 많지 않아. 별을 구성하는 성분은 같아. 별 내부 물질의 구조가 변화할 뿐이지. 그 변화를 유발하는 과정은 아직까지 제대로 알려져 있지 않아. 조석의 고조파에 의한 영향일 수도 있고, 맥스웰의 악마* 같은 현상 때문일 수도 있을 거야. 제일 오래된 관찰기간은 1년 반인데 늘 별 폭발이 일어난 후부터 관찰이 진행되는

---

* 스코틀랜드의 물리학자 제임스 클러크 맥스웰이 1871년에 실행한, 열역학 제2법칙을 위반하는 것이 가능한가에 대한 사고 실험.

게 문제였어. 신성 폭발 후 빛을 방출하는 최고점까지 소요되는 시간이 몇 시간밖에 안 되거든. 초신성(슈퍼노바)이 우리 은하계에서 관찰된 기록은 딱 두 번이야. 13세기에 카시오페이아자리, 그리고 2400년에 어느 이름 없는 별에서 관측됐어. 둘 다 가까이에서 연구하지는 못했어. 폭발 기간이 이틀밖에 안 됐거든. 초신성이 되면 별의 밝기가 평소의 수십만 배로 증가하게 돼. 초신성으로 인한 빛과 무선 통신 장애 현상은 은하계 모든 별들의 빛을 합쳤을 때보다 더 강력하게 나타나. 알케인 연구소가 다른 은하계를 발견할 수 있었던 것도 그 은하계에서 초신성 폭발 현상이 발생했기 때문이었어. 별 하나가 폭발했다가 사멸한 덕분에 수십억 개의 별들로 이루어진 은하계를 우리 쪽에서 볼 수 있었지."

타이이는 카드를 이쪽 손에서 저쪽 손으로 옮겼다.

세바스티안이 물었다. "댄에게 무슨 일이 일어났습니까?" 그는 애완 새들의 줄을 잡아 무릎으로 내렸다.

"그가 탄 우주선이 폭발을 시작한 태양 한가운데로 빨려 들어갔어. 폭발 후 한 시간 이내에 그런 일을 당한 거야. 그리고 반대편으로 나갔어."

로크는 노란 눈으로 케이튼을 바라보았다. 케이튼은 로크의 찢어진 얼굴을 면밀히 살펴봤지만 미묘한 감정 변화를 읽어낼 수 없었다.

감정을 읽기 어려운 사람들에게 익숙한 터라 케이튼은 어깨에 힘을 빼고 의자에 깊숙이 앉았다.

"폭발 겨우 몇 초 전에 경고를 받아서 그 우주선의 선장은 승무원들의 감각 입력기를 끄는 것 말고는 다른 조치를 취할 겨를도 없었어."

세바스티안이 물었다. "다들 아무것도 못 보는 상태에서 날아갔다고요?"

로크는 고개를 끄덕였다.

케이튼이 말했다. "댄이 선장님을 만나기 전, 처음으로 겪은 신성 얘기겠네요."

"맞아."

"두 번째 신성 때는 무슨 일이 있었죠?"

"첫 번째 신성과 관련된 얘기가 하나 더 있어. 나는 알케인 연구소에 가서 그 사건에 대한 기록을 찾아봤어. 그 우주선이 신성 한가운데를 지나면서 표류 물질에 맞은 흔적이 선체에 남았단 말이야. 태양의 중심에 있는 고체에 가까운 핵물질이 신성에서 떨어져 나와 우주선의 보호막 안까지 파고 들어간 거였어. 거대한 핵으로 된 성분이었지. 우라늄 크기의 서너 배는 넘었어."

마우스가 물었다. "일리리온이 유성처럼 우주선을 친 거라고요?"

로크는 다시 케이튼을 바라보며 설명을 이어갔다. "이제 **두 번째** 신성 때 일어난 일에 대해 말할게. 나는 비밀리에 원정대를 조직했어. 알케인 연구소에서 일하는 고모의 도움으로 새로운 신성을 발견한 후, 우리가 거기 왜 가는지 아무한테도 알리지 않고 출발했지. 나는 댄의 우주선이 태양으로 빨려 들어갔을 때와 동일한 조건을 만들려고 애썼어. 가급적 가까이 접근하고 앞을 보지 못하는 상태에서 비행하려고 한 거야. 감각 조종실에 앉아 있는 승무원들에게 감각 입력기를 꺼두라고 명령했는데, 댄은 명령을 어기고 감각 입력기를 켜놓았어. 지난번에 못 본 걸 이번에는 꼭 봐야겠다고 생각한 거지." 로크는 일어서서 승무원들에게 등을 보이며 덧붙였다. "우리는 우주선에 물리적인 위험이 가해질 만한 구역까지 들어가지도 못했어. 우주선의 한쪽 날개가 별안간 마구 흔들리고 댄이 비명을 질러댄 바람에." 로크는 승무원들을 돌아보며 말했다. "우리는 결국 그곳을 빠져나와 드라코로 돌아갔고 거기서 조석 이동을 이용해 태양계로 들어가 트리톤 우주 공항에 착륙했어. 그리고 두 달 후부터 비밀을 퍼뜨렸어."

케이튼이 물었다. "비밀요?"

로크가 미소를 짓자 얼굴 근육이 뒤틀렸다.

"더는 비밀로 유지할 필요가 없었거든. 나는 플레이아데스에 있는 집이 아니라 드라코의 트리톤 우주 공항으로 갔고, 승무원들과 헤어지면서 가급적 많은 사람들에게 이번 원정에 대해 말해주라고 지시했어. 정신이 나가버린 댄도 공항 근처를 돌아다니면서 우리가 한 원정에 대해 떠들어댔지. 헬[3]가 집어삼키기 전까지. 나는 기다렸어. 내가 원하는 반응이 올 때까지 쭉 기다렸어. 그리고 공항 홀에서 자네들을 만나 내 승무원으로 삼았고 내가 하려는 일에 대해 얘기했지. 자네들은 누구한테 그 얘기를 퍼뜨렸어? 얼마나 많은 사람들이 내가 한 얘기를 알고 있지? 자네들도 머리를 긁적이면서 사람들한테 '재미있는 일 같아'라고 했을 거 아냐."

로크는 이렇게 말하며 돌 조각상의 튀어나온 부분을 손으로 붙잡았다.

"뭘 기다리신 겁니까?"

"프린스한테서 메시지가 오기를 기다렸어."

"그래서 받았습니까?"

"받았지."

"어떤 내용이었어요?"

"내용이 중요한가?" 로크는 웃음소리와 비슷한 소리를 냈다. 그 소리는 그의 배에서 나온 것 같았다. "굳이 틀어보지도 않았어."

마우스가 물었다. "어째서요? 프린스가 뭐라고 하는지 알고 싶지 않으세요?"

"내가 하려는 일만 잘 알고 있으면 충분하니까. 우리는 알케인으로 돌아가서 또 다른…… 신성을 찾아낼 거야. 우리를 태양 안으로 들여보내줄 현상에 관해 내 수학자들은 스무 가지가 넘는 이론을 만들었어. 그 이론들의 공통된 점은 신성의 밝기가 최고조에 다다른 처음 몇 시간이 지나고 나면 그 현상의 효과가 뒤집힐 수 있다는 거야."

세바스티안이 물었다. "신성의 빛이 꺼지기까지 얼마나 걸리죠?"

"수 주일, 어쩌면 2개월. 초신성의 경우 빛이 완전히 꺼질 때까지 2년이 소요되기도 해."

마우스가 말했다. "프린스가 보낸 메시지를 보고 싶지 않으세요?"

"보고 싶어?"

별안간 케이튼이 체스 판 위로 몸을 기울이며 대답했다. "예."

로크가 웃음을 터뜨렸다. "좋아." 휴게실을 성큼성큼 가로지른 그는 마우스의 의자에 붙은 제어판을 한 번 더 손으로 만졌다.

높은 벽에 설치된 제일 큰 틀, 2미터 길이의 타원형 금박 나뭇잎 안에서 빛의 환영이 희미하게 나타났다.

프린스가 영상 속에서 말했다. "그래. 네가 그동안 이런 일을 하고 있었구나!"

마우스는 프린스의 야윈 턱을 보며 벌리고 있던 입을 다물었다. 프린스의 높은 이마와 가느다란 머리카락을 쳐다보면서 자신의 이마에 힘을 주었다. 그리고 의자에 앉은 채 몸을 앞으로 기울이면서 시링크스로 형태를 만들 듯 손가락을 이리저리 꼬았다. 날카로운 콧대. 우물 같은 푸른 눈.

케이튼의 눈이 휘둥그레졌다. 케이튼은 자기도 모르게 샌들 신은 발로 카펫을 밀어 치웠다.

"네가 대체 뭘 하려는 건지 모르겠다. 뭐 신경도 안 써. 하지만……"

타이이가 나지막하게 물었다. "저 사람이 프린스예요?"

화면 속에서 프린스는 미소 띤 얼굴로 말했다. "……넌 실패할 거야. 내가 장담해."

타이이는 조그맣게 헉 소리를 냈다.

"네가 어디로 가려는지 모르겠지만 이거 하나는 알아둬. 거기가 어디든 내가 먼저 도착할 거야……" 프린스는 검은 장갑을 낀 손을 들어 올렸다. "두고 보자."

프린스는 몸을 앞으로 기울여 손바닥으로 화면을 가렸다. 그리고 손가락을 탁 튕겼다. 유리 깨지는 소리가 났다……

그 소리에 타이이가 조그맣게 비명을 질렀다.

프린스가 메시지 전달용 카메라 렌즈를 손가락으로 튕겨 깨놓은 것이다.

마우스는 타이이를 힐끗 쳐다보았다. 타이이는 놀라서 들고 있던 카드를 떨어뜨리고 말았다.

애완 새들이 줄에 묶인 채 퍼덕이자 바람이 일어 타이이의 카드들이 카펫 바닥에 흩어졌다.

"여기, 내가 잡았어요!"

케이튼은 이렇게 말하며 앉은 자리에서 바닥으로 비쩍 마른 팔을 뻗었다. 로크가 또다시 웃음을 터뜨렸다.

마우스의 발 옆 카펫 위에 카드 한 장이 뒤집힌 채 놓였다. 투명 코팅 처리를 한 금속판의 3차원 이미지 카드에는 검은 바다 위에 뜬 태양이 그려져 있었다. 방파제 너머로 보이는 하늘은 불에 활활 타고 있었다. 해변에는 벌거벗은 두 소년이 손을 잡고 서 있었는데, 검은 피부의 소년은 눈을 가늘게 뜬 채 놀란 얼굴로 태양을 바라보았고, 담황색 머리카락에 흰 피부를 가진 소년은 모래사장에 드리워진 그들의 그림자를 내려다보고 있었다.

로크는 다중 폭발 하듯 여러 차례 웃음을 터뜨렸고 그 소리가 휴게실에 울려 퍼졌다. 그는 돌 조각상을 손바닥으로 내리치며 말했다. "프린스가 도전을 받아들였군. 잘됐어! 아주 잘됐어! 자네들도 우리가 불타는 태양 아래서 만날 거라고 생각해?" 그는 주먹 쥔 손을 위로 뻗어 올렸다. "저주받은 그 손의 감촉이 아직도 느껴져. 좋아! 아주 좋아!"

마우스는 바닥에 떨어진 카드를 얼른 집어 들었다. 선장을 바라보던 그는 스크린으로 시선을 옮겼다. 프린스의 얼굴과 손이 있던 자리에는 멀티크롬의 이리저리 변하는 색깔들이 떠 있을 뿐이었다. (맞은편 벽에는 검은 이다스와 하얀 린케우스가 각자의 좀 더 조그마한 틀에 들어앉아 있었다.) 마우스는 카드 속, 폭발하는 태양 아래 서 있는 두 소년을 내려다보았다.

그 카드를 내려다보는 동안 마우스의 왼 발가락은 카펫을 내리찍었고 오른 발가락은 장화 밑바닥을 붙잡았다. 허벅지 뒤에서부터 다가온 두려움이 스멀스멀 등뼈를 타고 기어 올라왔다. 그는 시링크스가 담긴 배낭 안에 그 카드를 얼른 집어넣었다. 배낭 안에 집어넣은 손가락에서 땀이 배어 나왔다. 눈에 보이지 않으니 카드의 그림이 훨씬 더 무시무시하게 느껴졌다. 마우스는 배낭에서 손을 빼 엉덩이에 문질러 닦고는 누가 눈여겨보지 않는지 확인하려고 주변을 둘러보았다.

케이튼은 집어 든 카드들을 들여다보며 물었다. "지금까지 가지고 있던 게 이 카드였어요, 타이이? 타로 카드네요?" 케이튼은 마우스에게 물었다. "넌 집시라고 했잖아, 마우스. 그럼 이런 카드를 본 적 있겠네."

케이튼은 카드를 들어 마우스에게 보여주었다.

마우스는 쳐다보지도 않고 고개를 끄덕였다. 엉덩이에 가져다 댔던 손을 그만 떼야 했다. (무늬가 들어간 지저분한 치마를 입고 모닥불 뒤에 앉아 있는 몸집 큰 여자, 그리고 불안정하게 돌출된 바위 밑에 앉아 있는 코밑수염 남자들, 여자의 통통한 손가락이 카드들을 뒤집자 그 카드를 들여다보는 남자들의 모습이 마우스의 머릿속에 떠올랐다……)

타이이가 손을 내밀었다. "카드 이리 줘요."

케이튼이 다시 물었다. "카드를 전체적으로 좀 봐도 될까요?"

타이이는 회색 눈을 휘둥그렇게 뜨며 놀란 목소리로 말했다. "아뇨."

"미…… 미안합니다." 케이튼은 당황했다. "나쁜 뜻은 없어요."

타이이는 카드를 가져갔다.

케이튼은 표정이 굳지 않도록 애쓰며 물었다. "카드…… 읽을 줄 알아요?"

타이이가 고개를 끄덕였다.

돌 조각상에 걸터앉은 로크가 말했다. "플레이아데스 연방에서는 타로 카드 읽기가 흔한 취미야. 프린스의 메시지에 대해 카드로 해줄 말 없나?" 타이이를 돌아보는 로크의 눈은 벽옥처럼, 금처럼 번뜩였다. "프린스와 나에 관해 할 말은?"

선장이 플레이아데스 방언을 너무 편안하게 구사해서 마우스는 깜짝 놀라면서도 속으로 미소 지었다.

로크는 돌 조각상 앞을 떠나며 물었다. "오늘 밤 이 일에 대해 카드는 뭐라고 말할까?"

세바스티안은 숱 많은 금발 눈썹 아래로 선장을 바라보며 애완 새들을 가까이 끌어당겼다.

로크가 다시 요청했다. "그냥 어떤 패턴인지 궁금해서 그래. 프린스와 나에 관해 어떤 카드 점이 나오지?"

타이이가 카드 점을 봐준다면 카드를 좀 더 구경할 수 있을 것 같아 케이튼은 웃으며 부추겼다. "그래요, 타이이. 선장님의 원정에 대해 어떤 카드 점이 나왔는지 말해줘요. 타이이의 카드 점이 잘 맞는 편입니까, 세바스티안?"

"틀린 적이 없어요."

로크는 허리춤에 주먹을 갖다 대며 타이이에게 말했다. "자네는 프린스의 얼굴을 겨우 몇 초 봤을 뿐이지만, 그래도 사람의 운명은 얼굴에 나타난다고들 하잖아. 내 얼굴에 그어진 균열만 보더라도 내 운명이 어떤 식으로 풀릴지 예상할 수 있지 않아?"

"아뇨, 선장님……" 타이이는 시선을 손으로 내렸다. 그녀의 가느다란 손가락에 비해 카드가 너무 커 보였다. "저는 그냥 카드를 늘어놓고 읽을 뿐이에요."

"학창 시절 이후로 타로 점을 치는 사람은 처음 봐." 케이튼은 뒤에 앉은 마우스에게 말했다. "철학 세미나에서 카드를 읽을 줄 아는 플레이아데스 출신 남자를 만난 적이 있어. 나도 사실 아마추어이긴 하지만 『토트의 책』* 마니아이기도 해. 마니아는 20세기 초에 많이 쓰이던 용어야. 그리고……" 그는 타이이가 명확히 알아듣도록 뜸을 들이며 덧붙였다. "……『성배의 책』도 죽어라 팠지."

아무도 대답하지 않았다.

로크가 주먹을 옆구리로 내리며 재촉했다. "카드 점 좀 쳐봐, 타이이."

타이이의 손가락 끝이 금색 카드 뒷면에 머물렀다. 경사로 맨 아래에 앉은 그녀는 케이튼과 로크를 번갈아 쳐다보았다. 그녀의 회색 눈은 몽고주름 때문에 반쯤 감겨 있는 것처럼 보였다.

"알았어요."

케이튼이 말했다. "마우스, 이리 와서 좀 봐. 카드 점에 대해 의견 있으면 말해주고……"

마우스는 게임용 탁자의 불빛을 받으며 일어섰다. "이봐요!"

성난 목소리에 모두가 그를 돌아보았다.

마우스가 말했다. "카드 점을 믿기는 해요?"

케이튼이 한쪽 눈썹을 치켜세웠다.

---

* 고대 이집트 신화 속 지혜와 정의의 신인 토트의 이름을 딴, 이집트의 토트 타로에 대한 해설서. 1944년 알리스터 크롤리가 지었다.

"내가 강에 침을 뱉었더니 미신을 믿는다고 뭐라고 했잖아요. 그래놓고 카드로 미래를 알려달라니! 어이가 없네!"

마우스의 말에 혐오감이 담겨 있었다. 그의 금귀고리가 파르르 흔들리며 불빛을 받아 깜박거렸다.

케이튼이 인상을 썼다.

타이이의 손이 카드 위에 떠 있었다.

마우스는 카펫을 절반쯤 가로질러 걸어가 타이이에게 말했다.

"정말 카드로 미래를 점치려고요? 바보 같은 짓 말아요. 미신이라잖아요!"

케이튼이 말했다. "아니야, 마우스. 그건 그쪽 사람들에 대해 생각한 바를 말한 것뿐이야……"

마우스는 손을 휘저으며 쉰 목소리로 웃음을 터뜨렸다. "당신도 그렇고 케이튼도 그렇고 카드까지. 진짜 웃기고 있네!"

케이튼이 말했다. "마우스, 카드로 미래를 예측할 수 있다고는 생각 안 해. 학식 있는 사람이 현재 상황에 대해 해설을 해주는 것뿐이고……"

"카드 점을 치는데 학식은 무슨! 금속과 플라스틱으로 된 카드일 뿐인데. 쥐뿔도 모르죠……"

"마우스, 타로 카드 78장은 45세기에 걸친 인류 역사를 통틀어 되풀이해 발생하고 반향이 컸던 상징과 신화적 이미지를 나타내. 이런 상징에 대해 아는 사람은 주어진 상황에 맞춰 카드를 해석할 수 있어. 미신하고는 관계없어. 『변화의 책』이나 심지어 『칼데아

점성술』도 남용을 하게 되면, 즉 안내하고 제안하는 정도를 벗어
나 그 내용으로 지시까지 하려 들면 미신이 되는 거야."

마우스는 콧방귀를 뀌었다.

"진짜야, 마우스! 완벽하게 논리적이라니까. 넌 꼭 천 년 전 사람
처럼 말하는구나."

"선장님." 카펫의 나머지 절반을 가로질러 간 마우스는 로크의
팔꿈치를 힐끗 쳐다보고 타이이의 무릎에 놓인 카드 더미를 눈여
겨보며 말했다. "이런 거 믿으세요?" 그리고 마치 진정시키기라도
하려는 듯 케이튼의 팔뚝에 손을 얹었다.

녹슨 쇳빛의 눈썹 아래로 호랑이처럼 빛나는 로크의 눈에 고뇌
가 엿보였다. 로크는 그런 얼굴로 싱긋 웃으며 말했다. "타이이, 나
에 대해 카드 점을 쳐봐."

타이이는 타로 카드를 뒤집고 쭉 늘어놓았다. "선장님, 한 장 고
르세요."

로크는 웅크리고 앉아 카드를 내려다보았다. 그러다 갑자기 검
지로 한 장을 쿡 누르며 말했다. "이건 코스모스* 타로인 것 같군.
이 인종에게 우주는 그 자체가 상賞이지." 로크는 마우스와 케이튼
을 쳐다보며 물었다. "내가 코스모스 타로를 해도 되겠어?" 떡 벌
어진 어깨 때문에 '고뇌'하는 것처럼 보이던 인상이 미묘하게 바뀌
었다.

---

* Kosmos. '우주'라는 뜻.

마우스는 짙은 색깔의 입술을 비틀어 비웃는 것으로 대답을 대신했다.

케이튼이 말했다. "해보세요."

로크는 검지로 짚고 있던 카드를 뽑았다.

자작나무, 주목나무, 호랑가시나무 사이로 아침 안개가 흐르고, 공터에는 푸른 새벽하늘을 배경으로 벌거벗은 사람이 신나게 춤추고 있는 그림이었다.

케이튼이 말했다. "아, 춤추는 자웅동체 카드네요. 모든 남성과 여성 원칙의 결합을 상징하죠." 그는 손가락 두 개로 귀를 문지르며 말을 이었다. "1890년경부터 우주여행이 시작될 때까지, 그러니까 약 300년 동안 윌리엄 버틀러 예이츠*의 친구가 다분히 기독교적 관점에서 디자인한 타로 카드가 유행했어요. 타로 카드의 원래 이미지를 지워버릴 정도로 대유행이었죠."

로크가 카드를 집어 들고 기울이자 신비로운 작은 숲 안에서 동물들의 회절된 이미지가 나타났다가 사라졌다. 마우스는 케이튼의 팔을 잡은 손에 힘을 주며 턱을 들어 의문을 표시했다.

케이튼은 선장의 어깨 너머로 숲의 네 모퉁이를 가리키며 설명해나갔다. "세상의 종말을 나타내는 짐승들입니다. 황소, 사자, 독수리 그리고 저 뒤쪽에 있는 원숭이처럼 생긴 웃긴 동물은 난쟁이 신 베스예요. 베스는 이집트와 아나톨리아에 기원을 둔 신인데 산

---

* 1865~1939. 아일랜드 시인 겸 극작가.

통 중인 여성을 보호하는 신이기도 합니다. 구두쇠이면서 관대하고 끔찍한 면도 있는 골치 아픈 신이죠. 유명한 베스 조각상이 있는데 엄니를 드러내고 웅크린 자세로 암사자와 성교를 하며 웃고 있는 모습이에요."

마우스가 나지막하게 말했다. "맞아요. 나도 그 조각상 본 적 있어요."

"그래? 어디서?"

"박물관에서요." 마우스는 어깨를 으쓱했다. "이스탄불에서였을걸요. 어릴 때 관광객을 따라갔다가 봤어요."

"우와. 난 3차원 홀로그램으로 본 게 전부인데."

"그런데 난쟁이가 아니에요……" 마우스는 케이튼을 쳐다보며 거친 목소리로 덧붙였다. "조각상 키가 당신 두 배는 되던데요."

과거를 회상하는 마우스의 홍채에 가느다란 흰 줄무늬가 드러났다.

세바스티안이 물었다. "본 레이 선장님, 타로에 대해 잘 아십니까?"

"여섯 번쯤 타로 카드 점을 본 적 있어. 어머니는 내가 카드 점을 보는 걸 싫어하셨어. 카드 점을 봐주는 사람들은 거리의 바람막이 창 연결 지점 아래 작은 탁자를 놓고 앉아 있곤 했지. 내가 다섯 살 때인가 여섯 살 때인가 길을 잃은 적이 있어. 한 번도 가본 적 없는 아크의 어느 구역에서 헤매다가 그런 탁자 앞에서 걸음을 멈추고 카드 점을 봤지." 로크는 갑자기 웃음을 터뜨렸다. 그때까지 로크의 표정을 제대로 읽지 못한 마우스는 로크가 화가 난 줄 알았다. "집에 돌아와 어머니에게 그 얘기를 했더니 어머니는 화를 내면서 다시는 그런 짓 하지 말라고 하셨어."

마우스가 조용히 말했다. "카드 점이 바보 같은 짓인 걸 아신 거 겠죠!"

케이튼이 물었다. "카드 점 결과가 어떻게 나왔습니까?"

"내 가족의 죽음에 관한 내용이었어."

"누가 죽었나요?"

로크는 눈을 가늘게 뜨며 대답했다. "한 달 후에 고모부가 살해 당했어."

케이튼은 으음 하는 소리를 내며 생각에 잠겼다. 로크 본 레이 선장의 고모부라면?

세바스티안이 다시 질문을 던졌다.

"선장님은 타로 카드에 대해 잘 아십니까?"

"카드 이름 몇 가지를 아는 정도지. 태양 카드, 달 카드, 매달린 남자 카드. 그 의미에 대해서는 공부한 적 없어."

세바스티안은 고개를 끄덕였다. "아, 예. 제일 처음 뽑는 카드는 본인을 나타냅니다. 코스모스는 메이저 아르카나* 카드예요. 인간 에 관한 내용이 아니라서 뽑을 수 없습니다."

---

*   메이저 알카나, 혹은 메이저라고도 불린다. 일반적으로 타로라는 단어를 들었을 때 떠올리는 바보, 마법사, 여제, 황제, 교황 등 0~21번까지의 숫자가 붙은 총 22장의 카드로 이루어진다.

로크는 미간을 찌푸렸다. 당황해서 찌푸린 것인데 마치 격노한 것처럼 보였다. 그의 표정을 잘못 읽은 세바스티안은 얼른 입을 닫았다.

케이튼이 대신 설명을 이어갔다. "타로 카드는 마이너 아르카나(작은 비밀 카드)와 메이저 아르카나(큰 비밀 카드)로 구성됩니다. 마이너 아르카나는 카드 56장으로 구성돼 있죠. 시종, 기사, 여왕, 왕 같은 그림이 그려져 있고 52장의 카드로 구성된 게임용 카드와 비슷해요. 마이너 아르카나 카드는 사랑, 죽음, 세금 같은 평범한 인간사를 다룹니다. 그리고 메이저 아르카나는 바보 카드, 매달린 남자 카드를 포함한 22장의 카드로 구성돼 있는데 태고의 우주적 특성을 나타냅니다. 그러니 메이저 아르카나 카드를 뽑아 본인에 대한 내용을 읽어낼 수가 없는 겁니다."

로크는 몇 초 동안 카드를 바라보다가 말했다. "안 될 거 있나?" 그는 무표정하게 케이튼을 바라보며 덧붙였다. "난 이 카드가 마음에 들어. 타이이가 고르라고 했고 그래서 고른 카드가 이거야."

세바스티안이 손을 들어 만류했다. "하지만……"

타이이가 가느다란 손가락으로 세바스티안의 털이 수북한 손마디를 잡았다. "선장님이 고르신 거야." 금속 같은 그녀의 눈이 세바스티안으로부터 선장에게로, 카드로 옮겨 갔다. "카드를 내려놓으세요." 타이이는 로크에게 카드를 내려놓으라고 손짓했다. "선장님은 본인이 원하는 카드를 고르신 거예요."

로크는 카드를 카펫에 내려놓았다. 춤추고 있는 사람의 머리는 로크 쪽에, 발은 타이이 쪽에 가 있었다.

케이튼이 중얼거렸다. "코스모스가 역방향이네요."

타이이는 눈을 들어 케이튼을 힐끗 쳐다보면서 날카롭게 말했다. "당신 쪽에서는 역방향이지만 내 쪽에서는 정방향이에요."

케이튼이 말했다. "선장님, 지금 제일 먼저 고르신 카드는 미래에 대한 내용이 아닙니다. 사실, 이 첫 번째 카드가 모든 가능성을 걸어낼 수도 있어요."

로크가 물었다. "이 카드가 어떤 의미지?"

타이이가 대답했다. "남성과 여성이 결합돼 있어요. 칼과 성배, 하인, 요리가 있으니 완성과 성공을 의미해요. 우주적이고 신성한 자각 상태를 상징하고요. 승리를 뜻합니다."

"내 미래에서 그런 가능성들을 모두 걸어낼 수도 있다고?" 로크는 다시 고뇌하는 표정을 지었다. "됐어! 승리할지를 미리 알아버리면 무슨 재미야?"

케이튼이 덧붙였다. "그 카드가 역방향이라는 건 무언가에 대한 집착, 고집을 나타냅니다. 알려고 하지 않는 마음이기도 하고……"

타이이는 카드를 탁 접고 카드 더미를 케이튼에게 내밀었다. "당신이 다 읽고 다 할래요, 케이튼?"

"예? 아…… 그게 아니라, 미안해요. 그런 뜻은 아닙니다…… 난 그냥 내가 아는 카드의 의미를 말하려던 것뿐인데." 귀까지 빨개진 케이튼이 말했다. "조용히 하겠습니다."

새의 날개가 바닥을 쓸었다.

세바스티안이 일어서서 애완 새들을 저쪽으로 데리고 갔다. 한 마리가 세바스티안의 어깨에 훌쩍 올라앉았다. 그 새가 일으킨 바람이 마우스의 머리카락을 날렸다. 머리카락이 마우스의 이마에 붙어 간질거렸다.

춤추는 자웅동체 카드를 사이에 두고 웅크리고 앉은 로크와 타이이를 제외하고 모두가 일어섰다.

타이이는 한 번 더 카드를 섞고 엎어서 늘어놓았다. "고르세요."

두툼한 손톱이 붙은 굵은 손가락이 카드를 집어 당겼다.

교차볼트 구조의 석조 회랑 앞에 서 있는 일꾼, 손목의 소켓에 연삭기 플러그를 꽂은 석공이 그려진 카드였다. 석공의 기계가 가로대에 세 번째 오각별을 새기고 있었다. 햇살이 석공과 건물 정면을 비췄다. 문 안쪽은 깊은 어둠이었다.

"세 개의 오각별 카드를 뽑으셨네요."

마우스는 선장의 팔뚝을 바라보았다. 타원형의 소켓이 손목의 이중 힘줄 사이에 끼워져 있었는데 손목이 워낙 두툼해서 소켓이 눈에 잘 띄지도 않았다.

마우스는 자신의 팔에 설치된 소켓을 손으로 만지작거렸다. 플라스틱 소켓은 그의 손목 폭의 4분의 1 크기였다. 그의 손목에 끼워진 소켓과 선장의 손목에 끼워진 소켓은 같은 크기였다.

선장은 세 개의 오각별 카드를 아까 고른 카드 위쪽에 내려놓았다.

"한 장 더 고르세요."

이번에는 역방향 카드였다.

양단 조끼를 입고 무늬가 새겨진 가죽 장화를 신은 검은 머리 젊은이가 칼자루에 몸을 기대고 서 있는 그림이었다. 보석이 박히고 은으로 된 칼자루는 도마뱀 모양이었다. 험준한 바위 밑 그림자 속에 서 있는 그 젊은이가 남자인지 여자인지 마우스는 분간할 수가 없었다.

"칼을 든 시종 카드 역방향이네요."

로크는 그 카드를 세 개의 오각별 카드 옆에 십자형으로 내려놓았다.

"한 장 더 고르세요."

해변 위쪽, 새들이 나는 맑은 하늘에 손 하나가 뻗어 올라간 그림이었다. 손목 아래는 안개에 휩싸였고, 손은 오각별이 들어간 원을 들어 올리고 있었다.

"오각별 에이스 카드네요." 타이이는 십자형으로 놓인 카드들 아래를 손으로 가리켰다. "그 카드는 여기 놓으시고 한 장 더 고르세요." 로크는 그 자리에 카드를 내려놓고 다른 카드를 뽑았다.

정원의 작은 길에 몸집 큰 금발 남자가 서 있는 그림이었다. 남자는 손을 들어 올리고 고개를 들었다. 붉은 새가 남자의 손목에 내려앉으려는 모양새였다. 정원의 바위에 오각별 아홉 개가 조각되어 있었다.

"아홉 개의 오각별 카드네요. 이 카드는 그 뒤쪽에 놓으세요."

로크는 그 자리에 카드를 내려놓았다.

"고르세요."

또다시 역방향 카드가 나왔다.

보랏빛 하늘에 먹구름이 피어올랐다. 번개가 치면서 돌탑 꼭대기에 불이 붙었다. 탑 위쪽 발코니에서 두 남자가 뛰어내렸다. 한 남자는 값비싸 보이는 옷을 입었다. 남자의 손가락에 보석 반지가 끼워져 있고, 발에는 금술 달린 샌들을 신고 있었다. 또 다른 남자는 맨발에 수염이 났고 평범한 작업용 조끼를 입었다.

케이튼이 소곤거렸다. "탑 카드 역방향! 이런. 이 카드의 의미는……" 타이이와 세바스티안이 힐끗 쳐다보자 케이튼은 얼른 입을 다물었다. 마우스가 케이튼의 팔뚝을 꾹 잡았다.

타이이는 방향을 가리키며 말했다.

"탑 카드 역방향이네요. 이 위쪽에 카드를 놓으세요."

로크는 그 자리에 카드를 놓고 일곱 번째 카드를 뽑았다.

"두 개의 칼 카드, 역방향."

위아래가 뒤집힌 카드였다.

눈을 가린 여자가 긴 칼 두 개를 가슴께에 교차해서 들고 바다 앞 의자에 앉아 있는 그림이었다.

"이 카드를 그 앞에 내려놓으세요."

카드 세 개를 중앙에 놓고 네 개를 그 주변에 늘어놓자, 총 일곱 장의 카드가 십자 모양을 형성했다.

"하나 더 고르세요."

로크가 카드를 골랐다.

"칼을 든 왕 카드네요. 여기 놓으세요."

칼을 든 왕 카드는 십자로 배열된 카드들의 왼쪽에 놓였다.

"한 장 더요."

로크가 아홉 번째 카드를 골랐다.

"세 개의 지팡이 카드, 역방향."

그 카드는 칼을 든 왕 카드 밑으로 갔다.

"악마 카드……" 케이튼은 중얼거리다가 마우스의 손을 돌아보았다. 마우스의 작은 손톱이 케이튼의 팔을 꾹 눌렀다. "역방향이네."

그 말에 마우스는 손가락에 힘을 풀었다. 케이튼은 타이이를 바라보았다.

"그 카드는 여기 놓으세요."

역방향 악마 카드는 세 개의 지팡이 카드 밑으로 갔다.

"고르세요."

"칼을 든 여왕 카드네요. 마지막 카드예요. 여기 놓으세요."

십자 모양으로 배열된 일곱 장의 카드 옆에 수직 방향으로 네 장의 카드가 놓였다.

타이이는 나머지 카드들을 모아 정리했다.

그녀는 손가락으로 턱 밑을 쓰다듬으며 선명한 입체 모형 같은 카드들을 내려다보았다. 강철색 머리카락이 어깨로 흘러내렸다.

로크가 물었다.

"여기 프린스의 운명도 나와? 내 운명과 내가 쫓고 있는 태양도?"

"선장님과 프린스의 운명이 보여요. 프린스와 관계가 있는 여자, 검은 머리 여자도 보이고요……"

"검은 머리에 푸른 눈동자인가? 프린스의 눈은 푸른색인데."

타이이는 고개를 끄덕였다. "그런 여자가 보이네요."

"루비일 거야."

"칼과 오각별이 그려진 카드들이 대부분이에요. 많은 돈이 보이고요. 그 돈을 둘러싼 치열한 싸움도 보여요."

마우스가 중얼거렸다. "일리리온 7톤도 보이겠네요? 카드를 그런 식으로 읽으면 안 되는데……"

이번에는 케이튼이 말렸다. "쉬잇!"

"메이저 아르카나에서 유일하게 적극적인 의미를 가진 카드가 악마 카드예요. 폭력, 혁명, 투쟁의 의미가 담겨 있죠. 영적인 이해의 탄생이라는 의미도 있어요. 앞부분에서 뽑은 오각별 카드는 부유함을 의미해요. 그런데 그 부유함을 힘과 갈등의 카드인 칼 카드가 잡죠. 지팡이는 지성과 창의성의 상징이에요. 지팡이의 숫자가 세 개라서 적당하다고 봐요. 이만하면 괜찮아요. 그런데 감정과 사랑의 상징인 컵이 그려진 카드를 뽑지 않으셨어요. 그건 별로 좋지가 않아요. 지팡이에는 컵이 같이 따라와줘야 좋거든요." 타이이는 십자 형태에서 가운데에 있는 카드들을 집어 들었다. 코스모스 카드, 세 개의 오각별 카드, 칼을 든 시종 카드였다.

"음……" 타이이는 입을 다물고 생각에 잠겼다. 네 남자는 조용히 숨을 들이마시며 지켜보았다. "선장님은 본인을 세상의 중심이라 여기고 있어요. 이 카드는 선장님이 고귀한 집안, 귀족 출신임을 나타내죠. 선장님은 본인만의 기술을 갖고 있어요⋯⋯"

케이튼이 선장에게 말했다. "예전에 경주용 우주선 선장이었다고 하셨잖아요?"

타이이가 계속해서 말했다. "이 카드를 보면 물질이 증가한다고 나와요. 그런데 칼을 든 시종이 선장님을 배신하게 돼요."

"그게 프린스인가?"

타이이는 고개를 저었다. "더 젊은 사람이에요. 이미 선장님 가까이에 있는 사람. 선장님이 아는 사람이에요. 갈색 피부의 젊은 남자⋯⋯"

케이튼이 제일 먼저 마우스를 힐끗 쳐다보았다.

"⋯⋯선장님과 불타는 태양 사이에 그 남자가 들어올 거예요."

그러자 로크가 어깨 너머로 마우스를 쳐다보았다.

마우스는 인상을 찌푸렸다. "아니, 뭐, 이런⋯⋯ 그래서 어쩌시려고요? 바보 같은 카드 점 때문에 저를 첫 번째 기착지에서 해고하실 겁니까? 제가 선장님을 배신할 거라는 점괘가 나와서?"

타이이가 그를 힐끗 쳐다보며 말했다. "선장님이 당신을 해고해도 달라질 건 없어요."

로크는 마우스의 엉덩이를 손으로 탁 쳤다. "너무 신경 쓰지 마, 마우스."

"점괘를 믿지도 않으시면서 뭐 하러 시간 낭비하면서 듣고 계세요?" 타이이가 카드들을 다시 늘어놓자 마우스는 입을 닫았다.

타이이가 설명을 이어갔다. "선장님의 가까운 과거 자리에 오각별 에이스 카드가 있어요. 큰돈을 의미하는데 뚜렷한 목적에 소요되는 돈을 뜻해요."

케이튼이 말했다. "이번 원정에 돈이 많이 들어갔잖아요."

세바스티안이 애완 새 한 마리의 머리를 쓰다듬으며 말했다. "어마어마하게 들어가긴 했죠." 새의 머리를 지나는 세바스티안의 손마디가 마치 잔물결처럼 흔들거렸다.

"먼 과거 자리에는 아홉 개의 오각별 카드가 있어요. 이 카드도 부유함을 의미해요. 선장님은 성공에 익숙한 분이에요. 성공을 늘 만끽하며 살아오셨죠. 그런데 가까운 미래에는 거꾸로 된 탑이 있어요. 일반적으로 이 카드가 의미하는 건⋯⋯"

"⋯⋯곧장 감옥에 가게 된다는 뜻이잖아요. 그냥 어물쩍 넘어가지 말아요. 이건⋯⋯" 케이튼은 주절대다가 타이이가 눈을 가늘게 뜨며 노려보자 귀까지 빨개졌다. "감옥에 안 가려면 200파운드@sg는 내야 될 텐데." 케이튼은 겸연쩍게 헛기침을 했다.

"이 카드는 투옥을 의미하는데, 큰 집이 쓰러진다는 뜻이기도 해요."

"본 레이 가문을 뜻하는 건가?"

"어느 가문인지는 안 나와요."

그러자 로크가 웃었다.

"그 위에는 두 개의 칼 카드가 있어요. 부자연스러운 격정을 의미하는 카드이니 조심하세요, 선장님.”

“**정확히** 무슨 뜻이죠?” 마우스가 나지막하게 물었다.

하지만 타이이는 말없이 십자형으로 배열된 일곱 장의 카드에서 일렬로 배열된 네 장의 카드로 넘어갔다.

“칼을 든 왕 카드부터 시작이네요.”

“내 친구 프린스를 의미하는 카드인가?”

“예. 그 사람은 선장님의 인생에 영향을 미칠 수 있어요. 강한 남자로 보여요. 그는 선장님을 지혜의 길로, 이어서 죽음의 길로 이끌 수 있어요.” 타이이는 심란한 표정으로 고개를 들었다. “물론 우리 목숨은…… 그 사람은……”

타이이가 말을 이어가지 못하자 로크가 물었다.

“뭔데 그래, 타이이?”

타이이는 한층 깊고 단단해진 목소리로 말을 이어갔다.

“그 아래에는……”

“뭔데 그러냐니까, 타이이?”

“……그 아래에 놓인 카드는 세 개의 지팡이 카드예요. 도움을 받을 때 조심하라는 뜻이 담겨 있어요. 기대가 없으면 실망도 안 하겠죠. 그 아래에는 악마 카드가 있어요. 역방향 악마 카드죠. 제가 말씀드린 내용을 영적으로 이해하고 받아들이시면……”

마우스가 케이튼을 쳐다보며 물었다. “어이, 지금 이게 무슨 말이에요?”

“쉿!”

"……갈등이 나타나고 추락이 이어져요. 낯선 일들이 일어나고 낯선 사람이 보여요. 칼을 든 왕 카드는 현실의 벽을 의미해요. 그 뒤로 칼을 든 여왕 카드가 있어요."

"그건…… 루비를 뜻하는 건가? 말해봐, 타이이. 태양도 보여?"

"태양은 없어요. 여자뿐이에요. 남자 형제만큼이나 어둡고 강력한 여자인데, 여자의 그림자가 드리워지고 있어요……"

"별의 빛은 없어?"

"여자의 그림자가 두 사람에게 드리워지고 프린스가 추락해요……"

로크는 카드 위로 손을 휘저으며 재차 물었다.

"태양은?"

"선장님의 그림자가 밤에 드리워지고 있어요. 하늘에 별은 보이는데, 태양은 없어요……"

마우스가 말했다. "웃기네! 바보 같은 소리야! 말도 안 돼! 이런 건 아무것도 아닙니다, 선장님!" 마우스의 손톱이 더 깊게 파고들자 케이튼은 팔을 뒤로 뺐다. "이런 카드로는 아무것도 점칠 수 없어요!" 마우스는 갑자기 옆으로 걸어가더니 세바스티안의 애완 새들 사이를 장화 신은 발로 걸어찼다. 사슬에 묶인 새들이 퍼덕거리며 날아올랐다.

"어이, 마우스! 왜 그러는 거야……"

마우스는 장화를 신지 않은 맨발로 카드들을 쓸어버렸다.

"**이봐!**"

세바스티안이 퍼덕거리는 새들을 다시 잡아 내리며 달랬다. "자, 진정해!" 세바스티안은 애완 새들의 머리를 번갈아 쓰다듬고 검은 귀와 턱 뒤쪽을 엄지와 손가락 마디로 조용히 쓸어내렸다.

마우스는 석회 웅덩이를 가로지른 경사로를 밟고 저만치 올라가버렸다. 걸음에 맞춰 가죽 배낭이 그의 엉덩이에 툭툭 부딪혔다.

케이튼이 경사로를 달려 올라가며 말했다. "제가 따라가보겠습니다, 선장님."

세바스티안의 샌들 옆으로 새들이 내려앉자 로크가 일어섰다.

타이이는 무릎을 꿇은 채 흩어진 카드들을 주워 모았다.

"이제 두 사람이 날개판을 조종해. 린케우스와 이다스는 쉬어." 농담처럼 가볍게 한 말인데 로크의 일그러진 표정 때문에 상당히 고뇌하다가 내뱉은 말처럼 들렸다. 걱정스러운 얼굴이던 로크는 싱긋 웃으며 덧붙였다. "두 사람은 곧장 감각 조종실로 가."

로크는 타이이의 팔을 잡아 일으켜 세웠다. 세 가지 감정이 타이이의 얼굴을 차례로 스쳤다. 놀라움, 두려움, 그리고 로크의 감정을 알아챈 그녀의 얼굴에 세 번째 감정이 담겼다. 로크가 말했다.

"카드에 담긴 의미를 읽어줘서 고마워, 타이이."

세바스티안이 선장에게서 그녀의 손을 넘겨받았다.

"다시 한번 말할게. 고마워."

록호의 함교로 연결되는 통로의 검은 벽에 별 문양이 투사되고 있었다. 마우스는 푸른 별에 기대어 책상다리로 앉아 있었다. 무릎에는 가죽 배낭을 올렸고, 배낭 안에 넣은 손으로 어떤 모양을 만든 상태였다. 마우스는 빙글빙글 도는 별 모양 불빛들을 멍하니 바라보았다.

뒷짐을 지고 홀을 걸어 올라간 케이튼이 다정하게 물었다. "아까는 대체 왜 그랬어?"

그를 올려다본 마우스는 케이튼의 귀에서 나오는 것처럼 보이는 별로 시선을 옮겼다.

"상황을 복잡하게 만드는 걸 좋아하나 봐."

그 별은 아래로 흘러 내려가 바닥에서 사라졌다.

"배낭에 집어넣은 카드는 뭐야?"

그 말에 마우스는 다시 케이튼을 돌아보며 눈을 껌벅였다.

"난 그런 걸 원래 잘 포착하는 편이야." 케이튼은 별들이 떠다니는 벽에 등을 기댔다. 천장의 투사기는 우주선 바깥의 밤 풍경을 복사해서 케이튼의 짧고 넙데데한 얼굴, 길고 편편한 배에 빛으로 투사하고 있었다. "그래가지고는 선장님한테 잘 보일 수가 없지. 넌 좀 특이한 생각을 갖고 있는 것 같아, 마우스. 인정할게. 그런 게 매력이기도 하니까. 누가 나더러 32세기에 타로 카드에 대해 회의적인 사람이랑 한 우주선에서 일하고 있을 거라는 얘길 했으면 난 아마 못 믿었을 거야. 너 지구 출신인 거 맞아?"

"맞아요. 지구에서 왔어요."

케이튼은 손가락 마디를 이로 깨물었다.

"그런 케케묵은 의견을 가진 사람이 지구 출신이라니 믿어지지 않네. 위대한 성간 이주 시대 사람들도 타로 문화를 이해할 만큼의 교양 수준은 되거든. 몽골 사막 위쪽 마을에 사는 사람이 지구가 사실은 코끼리 등에 얹힌 접시 속에 떠다니고 있다, 그 코끼리는 영원의 바다에서 헤엄치는 거북의 등에 똬리를 튼 뱀 위에 올라서 있다, 라고 주장했으면 아마 별로 놀라지 않았을 거야. 몽골 사막 이 매력적인 곳이기는 하지만 내가 그런 곳에서 태어나지 않아 다 행이라는 생각은 했겠지. 그런 환경은 신경증 환자를 만들어내기 딱 좋거든. 하버드 대학에서 내가 아는 어떤 사람이⋯⋯" 그는 말 을 멈추고 마우스를 바라보았다. "넌 참 재미있는 녀석이야. 32세 기 기술의 산물인 성간 화물 우주선을 타고 항해 중이면서 머릿속 에는 천 년 전 사람 같은 케케묵은 생각이 가득하잖아. 네가 숨긴 카드 좀 보여줄래?"

마우스는 팔뚝까지 배낭 속에 집어넣어 카드를 꺼내고는 그 카 드를 앞뒤로 돌려 보았다. 케이튼이 손을 뻗어 그 카드를 받아 들 었다. 케이튼은 카드를 들여다보며 물었다.

"누가 너한테 타로 점을 믿지 말라고 했어?"

"그건⋯⋯" 마우스는 배낭 입구를 두 손으로 당겨 조였다. "어떤 여자가요. 내가 다섯 살 때인가 여섯 살 때인가, 어릴 적에 만난 사 람이에요."

"그 여자도 집시였어?"

"예, 날 돌봐줬어요. 그 여자도 타이이처럼 카드 점을 쳤어요. 3차 원 입체 카드는 아니고 낡고 오래된 카드였지만요. 우린 프랑스와 이탈리아를 돌아다니면서 살았는데 그 여자는 사람들한테 카드 점을 봐줬어요. 카드의 그림이 의미하는 내용을 전부 알고 있었거든요. 그런데 그 여자가 나한테 말했어요. 누가 뭐라고 하든 카드 점은 다 가짜라고. 전부 꾸며낸 소리고 아무 의미도 없다고. 타로 카드를 세상에 퍼뜨린 건 집시들이라고 했어요."

"그건 맞아. 11~12세기에 집시들이 동양에서 서양으로 타로 카드 문화를 가져왔고 그 후 500년 동안 유럽 전역에 퍼뜨리는 역할도 했어."

"그 여자도 그렇게 말했어요. 카드는 원래 집시들 거라고, 집시들은 카드 점이 가짜인 걸 잘 안다고. 그러니까 믿지 말라고."

케이튼은 미소 지었다.

"참 낭만적인 견해야. 마음에 들어. 5,000년에 걸친 신화의 역사 속에서 정제된 상징들이 아무 의미도 없고 사람들의 정신과 행동에 미치는 영향력도 없다고 주장하다니. 허무주의에 가까운 의견 같아. 안타깝게도 나는 타로의 상징들에 대해 너무 많이 알고 있어서 그 생각에 동의 못 하겠어. 네 얘기가 흥미롭기는 해. 어릴 때 너를 돌봐준 여자분이 타로 카드 점을 칠 줄 알았는데 그게 다 가짜라고 했다는 거잖아, 맞지?"

"예." 마우스는 쥐고 있던 배낭을 손에서 놓았다. "그냥……"

"그냥 뭐?" 케이튼은 마우스가 입을 다물자 얘기를 재촉했다.

"그냥, 어느 날 밤…… 모든 게 끝장나기 전에 이런 일이 있었어요. 그곳에는 집시들밖에 없었죠. 그날 밤 우린 동굴 안에서 기다리고 있었어요. 분명 무슨 일이 일어날 것 같아서 다들 두려워하고 있었어요. 그 일에 대해 수군대던 어른들은 아이들이 가까이 가면 입을 다물었어요. 그날 밤 그 여자는 카드 점을 쳤어요. 전혀 가짜로 생각하는 것 같지 않더라고요. 어두운 밤에 다들 모닥불을 피워놓고 둘러앉아서 그 여자가 들려주는 카드 점괘에 귀를 기울였어요. 다음 날 아침 일찍부터 누가 나를 깨웠어요. 산 사이에서 도시로 해가 아직 비춰 들지도 않은 시간이었는데, 다들 그곳을 떠나고 있더라고요. 나는 마마—카드 점을 치는 여자를 마마라고 불렀어요—를 따라가지 않았어요. 그 후 그들을 다시 본 적이 없어요. 다른 사람들을 따라갔는데 그 사람들하고도 얼마 안 가 헤어졌어요. 그리고 혼자 터키로 이동했죠." 마우스는 가죽 배낭 안에 집어넣은 손의 엄지로 어떤 형태를 만들며 말을 이었다. "그 여자가 모닥불 앞에서 카드 점괘를 풀어놓은 그날 밤은 정말 무서웠어요. 나뿐만 아니라 다들 두려워하고 있었어요. 대체 뭘 두려워했는지는 나 같은 어린애들한테는 말해주지 않았지만요. 가짜라고 우습게 여기던 카드 점**까지** 쳐보라고 요청할 만큼 겁나는 일이었던 것 같아요."

"상황이 심각해지면 사람들은 목숨을 지키기 위해 상식에 의지하고 미신을 포기하는 경향이 있잖아." 케이튼은 인상을 쓰며 물었다. "대체 뭘 두려워했던 거지?"

마우스는 어깨를 으쓱했다. "마을 사람들이 우리를 습격할까 봐 두려워했을 거예요. 집시들이 어떤지 알잖아요. 다들 집시가 물건을 훔친다고 생각하죠. 그게 사실이긴 해요. 마을 사람들은 그래서

우리를 습격하곤 했던 거고요. 지구에서 집시들을 좋아하는 사람
은 없어요. 우리가 일을 안 하고 사니까."

"넌 일을 열심히 하잖아, 마우스. 네가 아까 타이이가 하는 말에
그렇게 과격한 반응을 보인 것도 그래서인 것 같은데. 분위기 망치
기에는 딱이더라."

"일고여덟 살 때 이후로는 집시들이랑 꾸준히 같이 산 적이 없
어요. 게다가 난 몸에 소켓을 설치했잖아요. 멜버른에 있는 쿠퍼
우주비행학교에 다니면서부터 설치하긴 했지만요."

"그래? 그럼 열다섯이나 열여섯 살 때 설치했겠네. 많이 늦은 나
이긴 하지. 루나에서 우리는 보통 서너 살 때 몸에 소켓을 설치하
거든. 학교에서 학습용 컴퓨터에 접속하려면 필요하니까." 케이튼
은 돌연 그를 뚫어져라 쳐다보며 물었다. "지구에는 소켓을 설치하
지 않고 이 마을에서 저 마을로, 이 나라에서 저 나라로 돌아다니
는 어른, 아이들이 있다는 거지?"

"그렇죠. 맞아요."

"소켓을 설치 안 하면 할 수 있는 일이 별로 없을 텐데."

"그렇죠."

"마을 사람들한테 너희 집시들이 괴롭힘을 당한 것도 이상한 일
이 아니었겠네. 어른들이 플러그에 연결할 수도 없는 몸으로 이리
저리 돌아다니며 살았으니!" 케이튼은 고개를 절레절레 흔들었다.
"소켓은 왜 설치를 안 한 거야?"

"집시들이 원래 그래요. 절대 설치 안 해요. 그런 걸 원하지도 않

고요. 난 혼자 먹고살아야 되니까 소켓을 달았어요. 그렇게 사는 게 더 쉽기도 했고요." 마우스는 팔뚝을 무릎에 걸치고 말을 이었다. "우리가 어디든 자리를 잡으면 마을 사람들이 와서 우릴 쫓아냈어요. 한번은 집시 두 명을 잡다가 죽이기도 했죠. 반죽음이 될 때까지 두들겨 패고 양팔을 자른 뒤 나무에 거꾸로 매달았어요. 피를 흘리다 죽게 한 거죠……"

"맙소사……!" 케이튼의 얼굴이 일그러졌다.

"그때 난 어린애였지만 똑똑히 기억해요. 그런 일을 겪었으니 마마는 본인도 믿지 않는 카드 점괘에 의지해보려는 생각까지 했을 거예요. 결국 그 일로 우리는 뿔뿔이 흩어졌죠."

"드라코에서나, 아니 지구에서나 있을 법한 일이네."

마우스가 침울한 얼굴로 케이튼을 바라보며 물었다.

"왜일까요? 당신이 말해봐요. 그들이 왜 우리한테 그런 짓을 했는지."

하지만 질문처럼 느껴지지 않는 말이었다. 그저 거친 분노가 담겨 있었다.

"사람들은 어리석고 편협하고 자기와 다른 걸 두려워해." 케이튼은 눈을 지그시 감으며 말을 이었다. "난 그래서 위성들이 더 좋아. 큰 위성에서도 그런 일은 잘 일어나지 않으니까." 그는 눈을 뜨고 말을 이었다. "마우스, 내 말 명심해. 우주에서 제일 부유한 남자인 본 레이 선장도 몸에 소켓을 달았어. 광부와 거리 청소부, 바텐더, 문서 정리원도 몸에 소켓을 설치했고 너도 설치했지. 플레이아데스 연방이나 외곽 식민지에서 플러그와 소켓은 공통된 문화 현상이야. 애슈턴 클라크의 정신을 토대로 발명된 플러그와 소켓을 모든 사회 계층이 받아들였잖아. 그 장치를 인간 기능의 연장선이라고 봤기 때문이지. 지금 너와 이런 대화를 나누기 전까지 나는 지구에서도 다들 그렇게 살고 있는 줄 알았어. 그런데 네 얘기를 들어보니, 이제는 낯설어진 우리의 고향이자 조상별인 지구에 아직까지 플러그와 소켓을 달지 않고 살아가는 시대착오적인 사람들이 있다는 거잖아. 소켓을 달지 않고 빈곤하게 살아가는 집시들. 소켓 없이는 일을 할 수 없는 사회에서 먹고살아야 하니, 본인들도 더 이상 믿지 않는 카드 점을 봐주며 근근이 살아가는 거겠지. 집시의 조상이 1,500년 전에 세상에 퍼뜨린 타로 카드 문화가 지금은 온 우주에 퍼져 있는데 말이야. 소켓을 달지 않은 사람들이 마을에 들어오면, 평범하게 소켓을 달고 살아가는 노동자들은 불안감을 느낄 수밖에 없을 거야. 그런 사람들을 소켓 미설치자라고 불러야 하나? 대형 기계에 플러그로 연결돼서 일하는 사람들을 소켓 설치자라고 부르니까. 그 표현이 어디에 기원을 두고 있는지 아마 넌 들어도 믿기지 않을걸. 어째서 그런 현상이 일어났는지는 나도 모르겠어. 다만 약간 이해되는 부분은 있지." 케이튼은 고개를 흔들었다. "지구는 참 재미있는 곳이야. 대학을 다니느라 지구에서 4년 동안 살았는데도 지구에 대해 제대로 알지 못했다는 생각이 들어. 지구에서 태어나지 않은 나 같은 사람들은 절대로 이해할 수 없는 부분이 있는 것 같아. 드라코의 다른 지역 사람들은 지구 사람들보다 훨씬 단순하게 살거든." 케이튼은 손에 쥔 카드를 내려다보며 덧붙였다. "네가 슬쩍한 이 카드의 이름이 뭔지 알아?"

마우스는 고개를 끄덕였다. "태양 카드요."

"원래 이게 점을 칠 때 잘 안 나오는 카드야. 아까 선장님이 이 카드를 봤으면 신경이 더 곤두섰을걸."

"그러게요." 마우스는 배낭 끈을 손가락으로 문질렀다. "아까 카드 점에서 선장님과 태양 사이에 끼어 들어가는 나에 대한 얘기가 나왔잖아요. 내가 이 카드를 슬쩍했으니 그 카드 점이 맞은 셈이네요."

마우스는 이 말을 하며 고개를 절레절레 흔들었다.

케이튼이 들고 있던 카드를 내밀었다. "가서 돌려주지 그래? 돌려주면서 아까 소란을 일으켜서 미안하다고 사과해."

마우스는 잠시 고개를 숙이고 있다가 일어서서 카드를 손에 들고 통로를 걸어갔다.

케이튼은 모퉁이를 돌아가는 그의 뒷모습을 바라보다가 팔짱을 끼고 고개를 숙이며 생각에 잠겼다. 케이튼의 의식은 그가 기억하는 위성들의 부연 먼지를 향해 흘러갔다.

케이튼은 조용한 통로에서 이런저런 생각을 하다가 눈을 감았다. 그런데 무언가가 그의 엉덩이 쪽을 세게 잡아당겼다.

케이튼은 눈을 떴다. "뭡니까……"

어느새 뒤에서 다가온 린케우스(그리고 그의 그림자처럼 어깨에 바짝 붙어 서 있는 이다스)가 체인으로 연결해 주머니에 넣어 둔 녹음기를 끄집어내고 있었다. 린케우스는 보석 박힌 녹음기를 들어 올리며 물었다. "이게 뭐……"

"……예요?" 린케우스의 질문을 이다스가 끝맺음했다.

"돌려줘요." 케이튼은 쌍둥이 때문에 생각의 흐름을 방해받아 짜증이 났다. 함부로 남을 방해하는 건 건방진 행동이었다.

이다스는 형제의 하얀 손가락에서 녹음기를 빼앗아 들며 케이튼에게 말했다. "우주 공항에서 당신이 이걸 만지작거리고 있는 걸 봤어요."

"이봐요……"

이다스는 녹음기를 케이튼에게 돌려주었다.

"고마워요."

케이튼이 녹음기를 주머니에 도로 집어넣으려는데 이다스가 말했다.

"어떻게 작동하는 건지……"

그 뒤의 말을 린케우스가 이었다. "……어디에 쓰는 건지 알려 줄 수 있어요?"

케이튼은 잠시 생각하다가 손에 쥔 녹음기를 이리저리 돌리며 말했다.

"이건 매트릭스 녹음기예요. 메모를 녹음해서 나중에 파일로 정리할 수 있게 해주는 장치죠. 소설을 쓰려고 사용하고 있어요."

이다스가 말했다. "나도 소설이 뭔지 알아요……"

린케우스가 말을 이어받았다. "……나도 알아요. 그런데 왜……"

"……왜 소설을 쓰려는 건지……"

"……그냥 정신드라마를 쓰는 게 나을 텐데요……"

"……정신드라마를 쓰는 게 훨씬 쉬울 텐데. 혹시 되면……"

"……우리 얘기도 써줄 건가요?"

케이튼은 자기도 모르게 설명부터 하려다가 웃었다. "별것도 아닌데 대단하게 볼 필요 없어요. 그런 식으로는 생각 안 해봤어요!" 케이튼은 잠시 생각 끝에 덧붙였다. "왜 소설을 쓰고 싶은지 이유는 모르겠네요. 장비와 자본이 있고, 정신드라마 제작사와 연줄이 닿는다면 정신드라마를 쓰는 게 더 쉽겠죠. 하지만 그쪽은 내가 원하는 분야가 아니에요. 그리고 당신들 얘기를 쓸 수 있을지도 당장은 대답을 못 하겠네요. 그런 쪽으로 생각을 안 해봐서. 난 그냥 소설을 쓰기 위해 메모를 하고 있을 뿐이에요." (쌍둥이는 인상을 썼다.) "사실 구조적으로 심미적 성격이 강한 작업이에요. 보기에는 그냥 앉아서 쓰면 될 것 같지만요. 일단 생각을 해야 해요. 소설은 예술 형식이거든요. 실제로 글로 쓰기 전에 전체적으로 생각을 해 둬야 합니다. 내가 쓰고 싶은 소설은 그런 거예요."

"아." 린케우스가 말했다.

"너도 소설에 대해 잘 알잖아……"

"……물론 잘 알지. 〈전쟁과……"

"……평화〉라는 작품을 봤으니까. 그래. 그런데 그건 정신드라마였어……"

"……체 옹이 나타샤로 나왔지. 그런데 그거……"

"……소설에 기반을 둔 정신드라마였지? 맞아. 나도……"

"……기억나지?"

"으흠." 린케우스 뒤에서 검은 얼굴을 끄덕이던 이다스가 케이튼에게 말했다. "저기…… 본인이 무슨 글을 쓰고 싶은지 어떻게 모를 수가 있어요?"

케이튼은 어깨를 으쓱했다.

"뭐에 대해 쓰고 싶은지 모르겠으면 우리에 대해 써봐요……"

"……만약 사실이 아닌 이야기를 쓰면 우리가 고소해야 되잖아……"

케이튼이 그들의 말을 끊었다. "이봐요. 나는 소설이 될 만한 주제를 찾아야 돼요. 당신들 얘기를 소설에 쓸지 말지는 아직 말할 수가 없어요……"

이다스가 린케우스의 어깨 너머로 물었다. "……녹음기에는 어떤 내용이 담겨 있어요?"

"이거요? 아까도 말했듯이 그냥 메모예요. 나중에 책에 쓰려고."

"들려줘요."

"그건 좀 그런데……"

케이튼은 어깨를 으쓱했다. 생각해보니 굳이 안 될 일도 아니었다. 그는 녹음기 윗부분의 루비로 된 축을 돌리고 스위치를 켜 내용을 재생시켰다.

"5,307번째 메모. 아무리 사적이거나 심리적이거나 주관적인 내용이 담긴 소설이라도 그 시대의 역사적 투영임을 잊어서는 안 된다."

목소리가 너무 높고 말하는 속도가 빨랐지만 듣는 데는 무리가 없었다.

"내 책을 쓰려면 내가 사는 시대의 역사 개념을 잘 알아야 한다."

이다스는 린케우스의 어깨에 검은 견장 같은 손을 올렸다. 쌍둥이는 나무껍질 같은 눈과 산호 같은 눈을 나란히 찡그리며 귀를 기울였다.

"역사란 무엇일까? 3,600년 전 그리스인 헤로도토스와 투키디데스가 역사의 개념을 창시했다. 그들은 자기네가 사는 동안 일어난 일을 연구하는 것이 역사라고 정의를 내렸다. 그 후 천 년 동안 그 개념은 바뀌지 않았다. 그리고 1,600년 후 뛰어난 지성을 가진 콘스탄티노플의 안나 콤네나는 (헤로도토스처럼 그리스어로) 당시 사람들의 행동과 사건을 기록한 역사서를 집필했다. 이 대단히 매력적인 비잔티움 여성은 글로 기록되어야만 역사로서 존재하게 된다고 믿었다. 그러므로 기록되지 않은 일들은 비잔티움의 역사가 아니었다. 역사에 대한 개념 자체가 달라진 것이다. 그 후 천 년 동안 우리는 인류 최초로 세계적 갈등을 겪기 시작했고 이어서 각 세계 간의 갈등도 경험하게 됐다. 이때 역사는 한 문명이 다른 문명을 집어삼키는, 주기적인 흥망성쇠의 기록이라는 이론이 등장했다. 주기에 맞지 않는 사건들은 역사적으로 중요한 가치가 없는 것으로 평가됐다. 이를테면 슈펭글러*와 토인비**는 당대에는 완전히 정반대되는 역사관을 가진 것으로 평가됐지만, 오늘날 우리는 그 둘의 차이를 잘 인지할 수 없다. 우리에게 그들은 어느 주기가 언제 어디서 시작됐는지 따위의 사소한 문제를 놓고 옥신각신한 사람들로 보일 뿐이다. 그리고 천 년이 또 흘러 현재에 이르렀다. 우리는 드 아일링, 브로블린, 34-앨빈, 크레스버그 조사단 같은 역사가들과 함께하고 있다. 그들은 우리와 동시대를 살고 있으니 같은 역사적 관점을 갖고 있을 것이다. 나는 찰스강 부두 너머로 밝아오는 새벽하늘을 수차례 바라보며 산책을 하는 동안, 손더의 필수적 역사 대류 이론을 받아들여야 할지 아니면 브로블린의 이론에 동의해야 할지 고민했다. 아마 앞으로 천 년 후 사람들 눈에는 내가 고민했던 그들의 차이점이 무척 사소해 보일 것이다. 핀의 머리 위에서 춤추는 천사의 수가 12명이어야 하는지 아니면 24명이어야 하는지를 놓고 두 중세 신학자가 벌인 논쟁처럼 말이다.

5,308번째 메모. 주홍색을 배경으로 껍질이 벗겨진 플라타너스 무늬를 늘어놓지 말아야……"

케이튼은 녹음기 재생을 멈췄다.

린케우스가 말했다. "아, 특이하네요……"

이다스도 말했다. "……흥미롭기도 하고요. 그래서 찾아내셨나

---

* 1880~1936. 독일의 역사가 겸 문화철학자인 오스발트 슈펭글러. 문화도 유기체처럼 생성, 번영, 쇠퇴, 몰락의 과정을 밟는다고 주장했다.

** 1889~1975. 영국의 역사가 겸 문명비평가인 아널드 조지프 토인비. 결정론적 사관에 반대하여, 역사와 문화는 인간과 인간 사회의 자유의지와 행위에 의해 형성됨을 강조했다.

요……?"

"……그러니까 역사에 관해……"

"……우리 시대의 역사 개념을 찾아냈나요?"

"음, 찾아냈습니다. 상당히 흥미로운 이론이에요. 지금 시간 되면……"

이다스가 말했다. "상당히 복잡할 것 같네요. 그러니까 내 말은……"

"……지금을 살고 있는 사람들이 이해하기에는……"

케이튼이 말했다. "놀라울 정도로 별로 안 복잡합니다. 그냥 우리가 생각하는 방식을 이해하면 되는 거예요."

"……나중에 세상을 살게 될 사람들에게는……"

"……그다지 어렵지 않을 수도 있겠네요……"

케이튼이 말했다. "그렇죠. 사회적 매트릭스가 마치……"

린케우스는 은색 양털 같은 머리카락을 손톱으로 긁으며 케이튼의 말허리를 잘랐다. "우리가 역사에 대해서는 잘 몰라서요. 그래서……"

"……우리가 설명을 이해할 수 있을지 모르겠어요……"

케이튼이 말했다. "당연히 이해할 수 있을 겁니다! 내가 잘 설명하면……"

"……나중에요……"

"……다음에 하죠……"

"……그러는 편이 더 이해하기 쉽겠어요."

검은 얼굴과 흰 얼굴이 케이튼에게 갑자기 미소를 짓더니 휙 돌아서서 가버렸다.

케이튼이 뒤에서 중얼거렸다.

"저기요. 그러지 말고 내가 설명해줄 테니까…… 아……"

케이튼은 통로를 따라 천천히 걸어가는 쌍둥이를 바라보며 두 손을 허리춤에 얹고 미간을 찌푸렸다. 잠시 후 그는 녹음기를 들고 루비 축을 돌린 뒤 조용히 녹음을 시작했다.

"12,810번째 메모. 지성은 소외감과 불행을 만들어낸다……"

그는 녹음을 멈추고 눈을 껌벅이며 쌍둥이의 뒷모습을 바라보았다.

"선장님?"

계단 꼭대기에 서 있던 로크가 잡고 있던 문에서 손을 내리고 아래를 내려다보았다.

마우스는 바지 옆쪽의 찢어진 구멍으로 엄지를 넣어 허벅지를 긁으며 다시 입을 열었다. "저기요…… 선장님?" 그러고는 가죽 배낭에서 카드를 꺼내 내밀었다. "선장님의 태양이 여기 있습니다."

녹슨 쇳빛의 눈썹이 그림자 속에서 일그러졌다.

노란 눈이 마우스를 바라보았다.

"이건…… 원래 타이이 것인데, 돌려주려고요……"

"이리 올라와, 마우스."

"예, 선장님."

마우스는 나선형 계단을 올라갔다. 석회 웅덩이 가장자리에 잔물결이 일었다. 벽에는 필로덴드론 식물 뒤로 마우스의 이미지가 떠오르며 반짝거렸다. 한쪽은 맨발이고 다른 한쪽은 장화를 신은 그의 걸음걸이에서는 당김음이 느껴졌다.

로크는 문을 열었고 마우스와 함께 선장실로 들어갔다.

선장실을 들여다본 마우스는 이런 생각부터 들었다 : 내 방보다 크지도 않네.

그리고 이렇게 생각했다 : 물건은 훨씬 많구나.

컴퓨터가 여러 대 있었고 벽과 바닥 천장에는 프로젝션 스크린이 설치돼 있었다. 잡동사니 기계들 외에 개인적인 취향을 드러내는 장식은 하나도 없었다. 하다못해 낙서도 보이지 않았다.

"어디 그 카드 이리 줘봐."

로크는 고리처럼 칭칭 휘감아 소파에 올려둔 케이블 위에 올라앉아 마우스가 내민 3차원 입체 카드를 들여다보았다.

소파에 앉으라는 얘기를 들은 게 아니라서 마우스는 연장통을 옆으로 밀어 치우고 바닥에 책상다리로 앉았다.

갑자기 로크가 양 무릎을 옆으로 벌리더니 주먹 쥔 손을 앞으로 뻗으며 어깨를 덜덜 떨었다. 얼굴 근육이 일그러지기까지 했다. 경련이 멈추자 로크는 허리를 곧게 펴고 앉더니, 배에 닿아 있는 조끼 끈이 팽팽하게 당겨질 정도로 숨을 깊게 들이마셨다.

"여기 앉아."

로크는 소파 가장자리를 손으로 툭 쳤다. 하지만 마우스는 몸을 약간 돌려 로크의 무릎 옆 바닥에 앉아 있는 쪽을 택했다.

로크는 앞으로 몸을 기울이더니 그 카드를 바닥에 내려놓으며 말했다.

"자네가 훔친 게 이 카드라고?" 로크는 상처 난 얼굴을 찌푸렸다. (마우스는 카드만 내려다보고 있어서 그 표정을 보지 못했다.) "이번이 만약 그 별까지 가는 첫 번째 원정이었으면 어땠으려나……" 로크는 웃으며 덧붙였다. "첫 번째 원정 때는 관련된 훈련을 받고 기계 장치를 장착한 데다 최면을 통해 우주선 조종까지 공부한 승무원 여섯 명이 함께했었어. 다들 본인의 심장박동처럼 업무 진행 시간을 정확히 알고, 바이메탈 스트립 안에 들어찬 각층처럼 세밀하게 기능했지. 만약 그 승무원들이 모인 자리에서 카드를 훔쳤다면 어땠을까……?" 로크는 머리를 천천히 흔들며 또다시 웃음을 터뜨렸다. "난 그 승무원들에 대한 확신이 있었어. 그중에서도 제일 믿은 사람이 댄이었고." 로크는 마우스의 머리를 손으로 가만히 잡고 흔들며 말했다. "그래도 이번 승무원들이 더 마음에 들어." 로크는 카드를 손으로 가리키며 물었다. "이 카드에서 뭐가 보이지, 마우스?"

"음. 그러니까…… 태양 아래서 놀고 있는 두 소년이……"

"놀고 있다고? 소년들이 놀고 있는 거로 보여?"

마우스는 뒤로 기대앉아 배낭을 끌어안았다. "선장님은 뭐가 보이세요?"

"서로 맞붙어 싸우고 있는 두 소년이 보여. 한 명은 피부가 희고 다른 한 명은 피부가 검잖아? 사랑과 죽음, 빛과 어둠, 혼돈과 질서를 의미하겠지. 태양 아래…… 모든 요소들이 충돌하고 있어. 프린스와 내 모습인 것 같아."

"둘 중 누가 어느 쪽인데요?"

"그건 모르겠어."

"프린스 레드는 어떤 사람이에요, 선장님?"

로크는 왼 주먹을 오른 손바닥에 갖다 대며 말했다.

"아까 3차원 입체 컬러 영상으로 봤잖아. 좀 더 자세히 얘기하자면 그는 크로이소스*만큼 돈이 많고 제멋대로인 사이코패스야. 팔이 하나고 굉장히 아름다운 여동생이 있어……" 왼 주먹과 오른 손바닥이 떨어졌다. "자네는 지구 출신이잖아, 마우스. 프린스도 지구 출신이야. 난 지구를 수차례 방문하기는 했지만 살아본 적은 없어. 어마어마한 부를 가진 드라코에서 자라면서 온갖 이점을 누린 그 소년, 청년, 남자가 대체 왜……" 로크의 목소리가 잠겼다. 그는 왼 주먹을 오른 손바닥에 갖다 댔다. "신경 쓰지 마. 자네의 그 잘난 하프를 꺼내서 뭐든 연주해줘. 어서. 뭐든 보고 들으면서 즐기고 싶어."

마우스는 배낭 안에 손을 집어넣었다. 시링크스의 나무로 된 목 부분에 손을 얹었다가 곡선 아래쪽을 매끄럽게 쓰다듬었다. 손가락을 오므리고 입을 닫고 눈을 감았다. 집중하려다 보니 인상을 찌

---

* 기원전 6세기에 재위한 리디아 왕국 최후의 왕. 큰 부자로 유명했다.

푸리게 됐다. 그러다 눈에 힘을 풀며 말했다.

"그 사람은 팔이 하나라고 하셨죠?"

"검은 장갑 안에 기계로 된 손이 있어. 아까 카메라 박살 낸 거 봤잖아."

"손에 소켓을 장착하지 않았겠네요." 마우스는 거친 목소리로 나지막하게 말을 이었다. "부자인데 어떻게 그런지 모르겠어요. 지구에서는 소켓을 장착하지 않으면 제대로 살 수가 없잖아요. 저 같은 집시들은 소켓 없이 살아야 했지만요. 아까 케이튼하고도 그 얘기를 했어요. 소켓 없이 살았던 시절 때문에 제가 사람들 앞에서 좀 못나게 굴었나 봐요." 마우스는 배낭에서 시링크스를 꺼냈다. "뭘 연주할까요?" 그는 시험 삼아 음 몇 개를 연주하고 빛 몇 개를 띄웠다.

로크는 카드를 들여다보며 말했다.

"그냥 아무거나. 알케인 연구소로 들어가려면 조금 이따가 플러그를 꽂아야 돼. 어서. 서둘러. 연주해."

마우스의 손이 시링크스 위로 향했다.

"마우스?"

……그의 손은 연주를 하지 않고 시링크스 위에서 움직일 뿐이었다.

"이 카드를 왜 훔쳤지?"

마우스는 어깨를 으쓱했다.

"그냥 거기 있어서요. 제 옆에 떨어져서."

"다른 카드였어도, 그러니까 두 개의 컵 카드나 아홉 개의 지팡이 카드였어도 훔쳤을까?"

"그랬을…… 수도요."

"이 카드에 특별한 무언가가 없었던 게 확실해? 만약 다른 카드였으면 그냥 그 자리에 뒀거나…… 타이이한테 건네줬을까……?"

어째서인지 이유는 알 수 없었지만 마우스는 또 겁이 났다. 두려움에 맞서려 애쓰면서 몸을 돌려 로크의 무릎을 붙잡았다.

"선장님! 카드에 어떤 의미가 담겨 있든 신경 쓰지 마세요. 선장님이 그 별까지 가실 수 있도록 제가 **도울게요**. 선장님 곁에 있으면서 경쟁에서 이기게 해드릴게요. 미친 여자가 뭐라고 말하든 귀 기울이지 마세요!"

그동안 쭉 자기 생각에 몰두해 있던 로크는 진지한 눈으로 마우스를 바라보았다.

"이 방에서 나가면 그 미친 여자한테 카드 돌려줘. 곧 보피스에 도착해."

마우스는 진지한 태도를 오래 유지하지 못했다. 곧 거친 목소리로 웃음을 터뜨리며 말했다.

"연주나 해보겠습니다, 선장님."

소파 앞에서 등을 돌린 마우스는 로크의 샌들 위쪽을 맨발로 눌렀다. 주인 옆에 앉은 강아지처럼 편하게 자리를 잡고 연주를 시작했다.

방 안의 기계들 위로 구리색, 에메랄드색 불빛들이 반짝거렸다.

하프시코드를 떠올리게 하는 아르페지오 연주가 방 안에 울려 퍼졌다. 로크는 무릎 옆에 앉은 마우스를 바라보았다. 문득 떠오르는 감정이 있었다. 이유는 알 수 없지만, 오랜만에 로크는 그가 추구하는 별과 무관한 이유로 다른 사람을 바라보고 있었다. 눈앞에 나타난 환영이 무엇인지는 알 수 없었다. 그는 뒤로 등을 기대고 앉아 마우스가 만들어낸 환영을 멍하니 바라보았다.

　마우스는 무수한 불빛들이 커다란 구체를 에워싸도록 만들었다. 그 빛이 선장실을 채우다시피 했다. 엄숙한 불협화음의 푸가가 부서져 내리듯 울려 퍼졌다.

chapter 5

이것도 하나의 세상일까?

보피스.

갖출 건 다 갖추긴 했는데……

"환영합니다, 여행자 여러분……"

……회색 암석이며 흙먼지까지 모형처럼 축소된 크기로 모두 갖춘 위성이구나, 라고 케이튼은 생각했다. 그들은 새벽빛으로 물든 우주비행장 게이트를 나섰다.

"……보피스의 하루는 33시간이며, 중력이 약간 높아 6시간 동안 적응한 후에는 지구 평균치보다 맥박 수가 3 정도 증가하게 됩니다……"

그들은 높이가 100미터에 이르는 기둥 옆을 지나갔다. 기둥을 뒤덮은 뱀의 비늘은 여명의 빛을 받아 빛나고 고원을 뒤덮은 안개

는 핏빛으로 물들었다. 반짝이는 밤 같은 이 별의 상징은 바로 뱀
이었다. 기계 장치로 움직이는 뱀 모양 장식이 기둥에 붙어 꿈틀거
렸다. 로크 일행이 자동 길로 올라서자 회전타원체형의 태양이 밤
의 시커먼 기운을 본격적으로 밀어내기 시작했다.

"……네 개 도시에 500만 명이 넘는 주민이 거주하고 있습니다.
보피스는 드라코에서 사용하는 다이너플라스트의 15퍼센트를 생
산합니다. 적도의 라비드 지역에서는 36가지 이상의 광물들이 액
체 암석에서 채취되고 있으며, 이곳 열대 극지방에서는 고원의 협
곡을 따라 그물 기수들이 아로라트와 아쿠아라트를 사냥합니다.
은하계 전체에서 보피스는 알케인 연구소를 보유한 위성으로 잘
알려져 있습니다. 알케인 연구소는 북반구 중심 도시인 피닉스에
위치해 있으며……"

그들은 안내 방송 목소리가 들리는 한계선을 지나 정적 속으로
발을 내디뎠다. 그들은 계단에서부터 타고 온 자동 길 위에 서 있
었다. 승무원들 사이에서 로크는 조용히 광장을 바라보았다.

"선장님, 이제 어디로 가야 됩니까?" 세바스티안은 우주선에서
애완 새 한 마리만 데리고 나왔다. 그 애완 새는 그의 근육질 어깨
에 흔들거리며 올라앉아 있었다.

"안개 차를 타고 도시로 가서 알케인 연구소로 가야지. 따라오
고 싶은 사람만 따라와. 나머지는 박물관을 구경하든, 도시에서 몇
시간 휴식을 취하든 알아서 하고. 우주선에 남아 있고 싶은 사람
은……"

"……알케인 연구소를 구경할 기회를 놓치라고요……?"

"……입장료가 엄청 비싸지 않을까……?"

"……선장님 고모가 거기서 일하시잖아……."

"……그럼 무료로 들어갈 수도 있겠네." 이다스가 말을 맺었다.

로크는 승무원들과 함께 경사로를 터벅터벅 걸어 내려가 안개 차가 대기 중인 곳으로 향했다.

보피스의 극지방은 바위투성이 메사* 지형이었다. 그런 지형이 수 제곱킬로미터 뻗어 있었다. 지면에 곱게 깔린 짙은 안개는 그 위의 질소/산소 대기와 섞이지 않았다. 바닥에는 온통 산화알루미늄 가루와 기화된 탄화수소에 함유된 비소 황화물이 가득했다. 우주비행장이 있는 평평한 언덕 너머는 좀 더 남쪽 지역의 토착 재배식물들이 자라고 있었지만, 이쪽은 그저 온통 (고동색, 녹빛, 진홍색 천지인) 자연 공원이었다. 피닉스는 제일 큰 메사에 자리하고 있었다.

안개 차는 양성 이온화된 대기와 음성 이온화된 산화물 사이에서 축적된 정전하靜電荷를 사용하는 관성 동력 비행기였다. 안개 차들은 마치 보트처럼 안개 표면을 가르며 나아갔다.

중앙 홀의 투명 벽돌 아래에 안개 차의 출발 시간을 알리는 표지들이 둥둥 떠다녔다. 각 표지에는 손님들이 탑승할 안개 차의 위치를 보여주는 화살표가 붙어 있었다.

---

* 꼭대기는 평평하고 등성이는 벼랑으로 된 언덕.

안드로메다 공원—피닉스—몽클레어

멀티크롬 바닥을 밟고 지나가는 장화 신은 발과 맨발, 샌들 신은 발 뒤로 커다란 새 한 마리가 불덩어리처럼 환하게 그들 뒤를 따라갔다.

안개 차의 갑판에 선 케이튼은 난간에 기대어 플라스틱 벽 너머를 바라보았다. 타닥 소리와 함께 태양 위로 솟구친 하얀 안개 파도가 안개 차의 선체에 부딪혔다.

마우스가 얼음사탕을 빨며 다가오자 케이튼이 말했다.

"과거의 인간이 현재의 이 풍경을 이해하기가 얼마나 어려울지 생각해본 적 있어? 26세기에 죽은 사람이 어떤 이유로 인해 지금 여기서 눈을 뜬다고 가정해보자고. 이런 안개 차를 타고 돌아다니는 것만으로도 그 사람은 엄청 두렵고 혼란스럽겠지?"

"그럴까요?" 마우스는 입에서 사탕을 꺼내며 말했다. "사탕 먹을래요? 난 다 먹었는데."

"고마워. 청결 문제만 해도 그래……" 케이튼은 아마사에서 떼어낸 크리스털처럼 맑은 얼음사탕을 한 입 깨물며 말을 이었다. "1500년에서 2500년 사이의 천 년 동안, 사람들은 환경을 청결하게 만들기 위해 상당한 시간과 노력을 기울였어. 마지막으로 유행한 전염병이 완전히 치료된 후로는 굳이 위생에 신경 쓰지 않게 됐지. 25세기까지도 사람들은 거의 1년에 한 번꼴로 '감기'라고 하는 병을 앓았거든. 그런 병 때문에 청결에 집착했을 거야. 더러움과 병 사이에 연관성이 있는 것처럼 보였을 테니까. 그런데 전염병이 완전히 치료된 후로 병에 대한 관심이 점점 줄어들면서 위생에 대한 관심도 덩달아 줄어들었어. 500년 전 사람이 지금 네 모습을 본다면 어떨까. 넌 지금 한쪽 발에는 신발을 신고 한쪽은 맨발로 이 갑판을 돌아다니고 있잖아. 그리고 씻지도 않은 그 발로 앉아 음식을 먹지. 500년 전 사람이 너를 보면 경악하지 않을까?"

"진심이에요?"

케이튼은 고개를 끄덕였다.

바위로 된 통로 앞에서 안개가 반짝이며 쭉 갈라졌다.

"알케인 연구소 방문이 내게 영감을 줬어, 마우스. 역사에 대한 이론을 만드는 중이거든. 내가 쓰려는 소설하고도 관계가 있어. 내가 잠깐 설명을 해줄까? 문득 이런 생각이 들었거든……" 케이튼은 말을 하다가 갑자기 중단했다.

그사이에 마우스의 얼굴에 이런저런 감정이 스치고 지나갔다. 온통 회색인 바깥 풍경이 케이튼의 관심을 사로잡지 못하는 걸 알아챈 마우스가 물었다.

"뭔데요? 무슨 이론인데요?"

"……사이아나 본 레이 모건에 관한 거야!"

"뭐라고요?"

"**그 사람** 말이야, 마우스. 사이아나 본 레이 모건. 문득 그 생각이 들었어. 알케인에서 큐레이터로 일한다는 선장님의 고모가 누굴까. 타이이가 타로 점을 봐줄 때 선장님은 자기가 어렸을 때 살해 당한 고모부 얘기를 했잖아."

마우스는 미간을 찌푸렸다. "그랬죠……"

케이튼은 믿기지 않는다는 듯 고개를 절레절레 흔들었다.

"그 사람이 누군데요?"

"모건과 언더우드 사건 말이야!"

마우스는 고개를 숙이고 곁눈질로 주변을 둘러보았다. 사람들 은 다른 곳에서 자기네끼리 얘기 중이었다.

"아마 네가 태어나기 전에 일어난 일일 거야. 그래도 어딘가에 서 그 사건에 대해 들어는 봤을걸. 정신드라마로도 만들어져서 은 하계 전체에 퍼졌으니까. 당시 나는 세 살이었어……"

"모건이 언더우드를 암살한 사건이죠!"

"아니, 언더우드가 모건을 암살했어."

"플레이아데스의 아크에서 일어난 사건이잖아요."

"은하계의 수십억 명이 정신드라마를 통해 그 사건을 접했어. 그래, 그때 내 나이가 세 살 맞아. 루나에 있는 우리 집에서 부모님 과 함께 취임식 행사를 보고 있었어. 그런데 군중 속에서 파란 조 끼를 입고 손에 철사를 든 사람이 갑자기 나타나서 크로나이키 광 장을 가로질러 달려가는 거야."

"맞아요! 모건의 목을 졸라 죽였잖아요! 정신드라마에서 봤어 요! 작년에 마스 시티에서 삼각 비행을 했었는데 거기서 짧은 영 상으로 본 적 있어요. 무슨 다큐멘터리의 일부였을 거예요, 아마."

"언더우드는 모건의 목을 철사로 거의 자를 뻔했어. 재방송으로 볼 때마다 죽임을 당하는 부분이 삭제돼 있어서 정확히는 모르지만. 아무튼 당시 죽임을 당한 사람이 느낀 감정을 50억 명이 고스란히 느낀 거야. 플레이아데스의 장관으로 두 번째 취임을 한 날 미친놈한테 공격을 당해 죽고 말았으니 그 심정이 어땠겠어. 우리 모두 언더우드에게 직접 공격당한 것 같은 기분을 느꼈어. 사이아나 모건은 비명을 지르며 남편을 잡아당기려 했지. 당시 콜신 대의원은 세 번째 경호원을 고래고래 불러댔어. 그 후 진행된 사건 조사에서 혼란을 야기했던 게 바로 그 부분이야. 영상을 보고 있던 우리는 언더우드가 우리 목에 철사를 감은 것처럼 느꼈어. 그 철사가 우리 목을 파고드는 것 같았지. 우린 오른손을 마구 휘저었어. 타이 부인이 왼손을 잡아주는 게 느껴지더라고. 그리고 우린 다 같이 죽음을 경험했어." 케이튼은 고개를 절레절레 흔들었다. "멍청한 프로젝터 조작원 때문이었어. 그 조작원 이름은 나이븐이었는데, 나이븐이 음모에 연루돼 있다고 믿은 정신병자들이 나이븐의 뇌를 거의 태워버렸어. 나이븐이 사이아나에게 정신 장치를 통해 몹쓸 짓을 했을 거라고 본 거야. 결국 암살자가 아니라 나이븐의 정체에 대해, 나이븐이 어떤 처분을 받았는지에 대해 우선적으로 알려졌지. 어쨌든 그 후 30초 동안 우리는 피를 줄줄 흘리는 남편의 시체를 부여잡고 광장에 엎드려 발작적으로 악을 쓰는 여자가 됐어. 외교관들, 대의원들, 순찰 경관들이 어쩔 줄 몰라 하는 동안 언더우드는 군중 사이를 이리저리 빠져나가 사라졌어."

"마스 시티에서 그 부분은 안 보여줬어요. 모건 장관의 부인을 본 기억은 나요. 그 부인이 선장님의 고모라고요?"

"선장님 부친의 여동생일 거야."

"어떻게 알았어요?"

"일단 성이 본 레이 모건이잖아. 7~8년 전에 모건 부인이 알케인 연구소에서 어떤 일을 한다는 기사를 읽은 적이 있어. 무척 똑똑하고 세심한 여성인 것 같더라고. 남편이 암살당한 후 12년 동안 드라코는 물론이고 플레이아데스의 지식인들은 모건 부인을 주목했어. 모건 부인은 초베 월드의 플레임 해변에서 목격된 적이 있고, 어린 두 딸과 함께 어느 우주선 경주 대회에 모습을 드러낸 적도 있어. 사촌인 레일러 셸빈과 함께 많은 시간을 보냈다고 자료에는 나와 있어. 레일러 셸빈은 플레이아데스 연방 장관으로 한 임기를 채운 사람이야. 언론은 모건 부인을 두고 어떨 때는 끔찍한 스캔들의 관련자라고 하고, 어떨 때는 힘든 일을 겪은 피해자라고 제멋대로 말해. 요즘도 모건 부인이 예술 시설 개관식이나 사교 모임에 참석하면 기사가 떠. 그래도 지난 몇 년 동안은 언론도 그녀를 건드리지 않는 것 같더라. 지금 알케인에서 큐레이터로 일하는 사람이 그분이 맞는다면, 언론의 관심을 피해 거기서 일에 몰두하고 계신다고 봐야겠지."

"저도 그분 얘기를 들은 적 있어요." 마우스는 그제야 눈을 들고 고개를 끄덕였다.

"한때 은하계에서 제일 유명한 여자였으니까."

"알케인에 가면 그분을 만나게 될까요?"

케이튼은 난간을 잡고 몸을 뒤로 젖혔다. **"그러면** 엄청난 경험이 되긴 할 거야! 내가 모건 암살 사건에 관한 소설을 쓸 수도 있겠지. 현대 역사를 다루는 소설로."

"아, 예. 소설요."

"지금까지 적당한 주제를 찾지 못해서 소설을 시작하지 못했거 든. 내가 그분에 관한 소설을 쓰겠다고 하면 모건 부인이 어떤 반 응을 보일지 궁금하네. 아, 사건 이후 정신드라마에서 끝없이 다 룬 선정적인 내용 따위를 담지는 않을 생각이야. 질서정연하고 이 성적인 세상을 살아가고 있다고 믿은 한 세대에 엄청난 충격을 준 사건인 만큼, 좀 더 진중한 연구를 통해 예술 작품을 탄생시키고 싶어……"

"아까 누가 누구를 죽였다고 했죠?"

"언더우드가 모건 장관을 목 졸라 죽였어. 그런데 생각해보니까 언더우드가 그런 짓을 했을 때가 지금 나랑 같은 나이였네."

"모건 부인을 만났을 때 실수하고 싶지 않아서 그러는데, 범인 은 잡혔어요?"

"범인은 이틀 동안 자유롭게 돌아다니다가 두 번이나 자수했는 데, 사건 발생 후 48시간 내에 자기가 범인이라고 자백하며 찾아 온 다른 1,200명과 함께 두 번 다 방면됐어. 외곽 식민지의 광업소 에서 두 아내를 만날 계획을 세우고 우주비행장에 갔다가 이민국 관리들에게 체포됐지. 이 정도 얘기만 가지고도 소설 열두 권은 쓰

겠다! 역사적으로 중요한 사건을 다루는 소설을 쓰고 싶었거든. 그
게 안 되면 내 이론을 발표할 기회로라도 삼아야지. 지금부터 그
얘기를……"

"케이튼?"

"어…… 왜?" 구리색 구름을 멍하니 바라보던 케이튼이 마우스
를 돌아보았다.

"저거 뭐예요?"

"뭐?"

"저거요."

출렁이는 안개 사이로 번뜩이는 금속이 나타났다. 이어서 안개
바다에서 검은 그물이 솟구쳐 올랐다. 폭이 9미터에 달하는 그물
이 안개 바다를 뚫고 날아올랐다. 이윽고 그 한가운데서 조끼와 검
은 머리카락을 펄럭이는 남자가 나타났다. 마스크를 쓴 그 남자는
그물 차를 타고 안개의 골 사이를 지나가고 있었다.

"이 고원의 협곡에서 아로라트나 아쿠아라트를 사냥하는 그물
기수인 것 같은데."

"그래요? 여기 와본 적 있나 봐요……"

"아니. 대학에서 알케인의 전시품 수십 개를 경험한 적이 있어.
큰 학교에는 자료 입력 방이 있어서 감각기관을 통해 해당 자료를
경험할 수 있거든. 여기는 이번에 처음 와봐. 그물 기수에 대해서
는 아까 비행장에서 안내 방송을 들어서 안 거야."

"아, 예."

그물을 펼쳐 든 그물 기수가 두 명 더 나타났다. 안개가 찬란하게 반짝였다. 그들이 아래로 내려가자 네 번째, 다섯 번째 기수가 나타났고 이어서 여섯 번째 기수가 모습을 드러냈다.

"숫자가 꽤 많은 것 같네."

기수들은 전기 장치를 타고 안개를 가르며 저만치 앞으로 나아갔다.

"그물이라." 케이튼은 난간 너머로 몸을 기울이며 중얼거렸다. "별들 사이로, 시간을 가로질러 펼치는 거대한 그물……" 그가 천천히 나지막하게 말하는 동안 기수들은 사라졌다. "내 이론은 이거야. 사회에 대해 어떤 생각을 갖고 있으면……" 케이튼은 옆에서 바람 소리가 들리자 힐끗 눈을 돌렸다.

어느새 마우스가 시링크스를 꺼내 들었다. 떨리는 검은 손가락 아래서 회색빛이 빙글빙글 돌며 피어났다.

6음으로 된 멜로디가 퍼지는 가운데, 시링크스로 만들어낸 안개 사이로 황금색 그물이 반짝이며 떠올랐다. 상쾌한 공기에서 싸한 맛이 났다. 바람이 부는 느낌은 없는데 바람 냄새가 났다.

세 명, 다섯 명, 열두 명의 승객들이 구경하러 모여들었다. 난간 너머에서 그물 기수들이 또다시 나타났다. 마우스가 시링크스를 연주하는 걸 알아챈 누군가가 "아아아, 저거로 보여주는 거구나……"라고 말했다. 마우스는 연주를 멈췄다.

그렇게 끝이 났다.

"정말 아름다웠어요!"

그 목소리에 마우스는 시선을 들었다. 세바스티안 뒤에 몸을 반쯤 감춘 타이이가 서 있었다.

"고마워요." 마우스는 싱긋 웃으며 시링크스를 가죽 배낭에 도로 집어넣었다. "아." 배낭 안에서 무언가를 발견한 그는 다시 눈을 들고 말했다. "줄 게 있어요." 마우스는 배낭 안에 손을 넣으며 물었다. "록호 바닥에 있더라고요. 떨어뜨린 거…… 맞죠?"

마우스는 케이튼을 힐끗 쳐다보았다. 케이튼의 미간에서 주름이 펴지고 있었다. 타이이의 얼굴이 확 밝아지자 마우스도 미소 지었다.

"고마워요." 타이이는 카드를 받아 재킷의 파우치 포켓에 넣었다. "카드는 재미있었어요?"

"예?"

"카드마다 의미가 있으니, 보면서 깊게 생각해봤겠네요."

세바스티안이 마우스에게 물었다. "카드의 의미에 대해 생각해봤어?"

"아, 예. 한참 들여다봤어요. 나도 그렇고 선장님도요."

"잘됐네요." 타이이는 미소 지었다.

마우스는 조용히 배낭 끈만 만지작거렸다.

피닉스에 도착하자 케이튼이 물었다. "정말 같이 안 갈 거야?"

마우스는 배낭 끈을 만지며 대답했다. "안 갈래요."

케이튼은 어깨를 으쓱했다. "재미있을 텐데."

"박물관은 전에도 많이 봤어요. 오늘은 근처에서 산책이나 하려 고요."

"그래. 그럼 정류소에서 다시 보자." 케이튼은 돌아서서 선장과 다른 승무원들을 따라 돌계단을 달려 올라갔다. 그들은 험준한 바위 지대를 지나 빛나는 피닉스로 그들을 데려다줄 자동 경사로에 올라섰다.

마우스는 점판암 위로 출렁이는 안개를 내려다보았다. 그들이 방금 하차한 대형 안개 차가 왼쪽 부두에 정박하고 있었다. 좀 더 작은 크기의 안개 차들은 오른쪽에서 깐닥거리고 있었다. 메사 여기저기에 있는 바위 균열 지대를 가로지르는 아치교들이 보였다.

마우스는 새끼손가락 손톱으로 조심스럽게 귓속을 파낸 뒤 왼쪽으로 걸음을 옮겼다.

집시 청년 마우스는 평생 눈과 귀, 코, 발가락, 손가락을 이용해 세상을 감지하며 살아왔다. 그리고 거의 평생 성공적으로 살아왔다고 자부했다. 하지만 록호에서 타이이가 타로 점을 치는 걸 지켜보면서, 그리고 케이튼, 선장과 차례로 얘기를 나누면서 그는 과거의 사건이 현재의 행동에 영향을 미친다는 사실을 인정하지 않을 수 없었다. 그 후 그는 자기 성찰의 시간을 가졌다. 스스로를 돌아보면서 오래 묵은 두려움이 치받아오는 걸 느꼈다. 두 가지 종류의 두려움이었다. 첫 번째 두려움은 시링크스의 반응 판을 손으로 문지르면서 가라앉힐 수 있었다. 두 번째 두려움은 보다 길게 자기 인식의 시간을 가져야만 떨쳐낼 수 있었다.

열여덟 살, 열아홉 살?

사람들은 그 시기를 철이 들고 4년이 지난 나이라고들 한다. 나는 드라코에서 투표를 할 수 있다. 전에는 못 했지만 이제는 가능하다. 또 다른 정류소의 바위와 부두 옆을 지나가면서 마우스는 생각을 이어갔다. 넌 어디로 가는 거냐, 마우스? 과거에는 어디 있었지? 그곳에 도착하면 뭘 할 생각이지? 잠시 앉아서 연주나 할까. 그 이상의 의미는 있어야 하지 않을까. 그래. 선장님에게는 어떤 의미가 있겠지. 그런 마음을 저 하늘에 빛으로 표현할 수 있으면 좋겠다. 선장님 얘기를 들으면서 빛으로 표현할 수 있을 것 같기도 했어. 나 말고 이 시링크스로 누가 또 태양을 닮은 형체를 만들어 낼 수 있을까? 정말 크고 예쁜 빛일 거야. 눈먼 댄…… 그가 본 게 어떤 모습이었는지 궁금해. 하지만 멀쩡한 손과 눈으로 남은 평생을 살아야 되지 않을까? 어느 행성에 정착해 여자들을 만나고 아기도 낳을까? 아니. 케이튼은 그의 이론과 메모, 메모와 이론을 움켜쥐고 사니 행복할까? 만약 내가 케이튼이 책 쓸 준비를 하듯 거듭 생각하고 견주면서 시링크스를 연주하려 한다면 어떻게 될까? 일단 나는 나 자신에게 이런 나쁜 질문들을 퍼부을 시간이 없다. 이를테면, 선장님은 나를 어떻게 생각할까 같은 질문 말이다. 선장님은 뭐든 나한테 명확하게 말을 안 해주고 대충 웃어넘기려 하고 그냥 나를 달랑 들어서 주머니에 넣고 다니고 싶어 하는 것 같다. 아니, 어쩌면 좀 더 의미가 있을 수도 있다. 선장님은 신성에 미쳐 있다. 얼굴에는 괴상한 상처가 나 있다. 케이튼은 단어들을 복잡하게 엮어가며 말을 해대지만 아무도 귀 기울여 듣고 싶어 하지 않는다. 나는 어떻지, 마우스? 나는 라링크스(후두) 대신 시링크스로 소리를 내는 집시다. 나에게는 시링크스도 충분치 않다. 선장님, 나를 어디로 데려가려 하십니까? 어서 말해주세요. 물론 따라가기는 할 겁니다. 달리 갈 곳이 없으니까요. 그곳에 도착하면 내가 누구인지 알게 될까? 죽어가는 별은 내 눈에 보일 정도의 빛을 뿜어내려나……

마우스는 바지에 엄지를 찔러 넣고 바닥을 내려다보며 다음 다리까지 걸어갔다.

그때 사슬 끄는 소리가 들렸다.

그는 눈을 들었다.

3미터 크기의 윤활유 드럼 위로 사슬을 질질 끌고 가는 듯한 소리였다. 사슬은 안개 속에서 어떤 형체를 끌어 올리고 있었다. 창고 앞의 바위 위에서 남자와 여자들이 거대한 기계를 다루고 있었다. 조종석에 앉은 윈치 조작자는 마스크를 쓰고 있었다. 그물에 포획된 짐승이 날개 같은 지느러미를 퍼덕이며 안개 위로 올라왔다. 그물이 덩달아 덜그럭거렸다.

아로라트(아니면 아쿠아라트)의 몸길이는 20미터에 달했다. 아로라트보다 몸집이 작은 윈치가 고리를 아래로 내렸다. 아로라트의 옆구리에 들러붙은 그물 기수들이 고리를 붙잡았다.

마우스는 사람들 사이를 뚫고 다리 앞쪽에서 구경하러 내려갔다. 누군가 소리쳤다.

"알렉스가 다쳤어!"

도르래에 연결된 비계가 승무원 다섯 명을 내려놓았다.

짐승은 이제 움직이지 않고 있었다. 그 승무원들은 마치 사다리를 타듯 아무렇지 않게 그물을 타고 내려와 사슬로 연결된 부위를 풀었다. 알렉스라고 불린 기수가 그들 한가운데 축 늘어져 있었다.

한 명이 알렉스 쪽으로 내려갔다. 다친 기수는 짐승의 푸른색 옆구리에 몸을 부딪혔다.

"그쪽 잡아, 보!"

"알았어! 잡았어!"

"알렉스를 천천히 내려."

마우스는 안개 속을 조용히 내려다보았다. 첫 번째 기수가 바닥에 내려섰다. 3미터쯤 떨어진 바위에 사슬 고리가 떨어져 덜그럭거리는 소리가 들렸다. 그 기수는 그물을 끌어당겼다. 손목의 끈을 풀고 팔에 연결한 플러그를 뽑았다. 무릎을 굽히고 젖은 발목의 소켓에 끼운 플러그도 뽑았다. 너른 부두에 펼쳐진 그물을 쭉 당겨 어깨에 걸쳐 멨다. 그물 가장자리의 안개 찌는 대부분 공중에 떠 있는 그물 차에 얹혀 있었다. 지구보다 약간 높은 이 행성의 중력을 고려할 때 안개 찌가 없으면 저 기수는 수십 킬로그램은 되는 그물의 무게를 홀로 감당해야 했을 것이다.

기수 세 명이 그물을 당기며 이쪽 가장자리로 다가왔다. 그들의 젖은 머리카락이 마스크에 늘어지듯 붙어 있었다. 한 남자의 붉은 곱슬머리가 눈에 띄었다. 알렉스라는 승무원은 축 늘어진 채 동료

두 명의 부축을 받았다.

기수 네 명이 그 뒤를 따라왔다. 땅딸막한 금발 남자는 왼손에서 그물을 분리한 후 마우스를 쳐다보았다. 검은 마스크 안쪽에서 붉은색 눈 보호판이 너울거렸다. 그는 고개를 갸웃하며 목 뒷부분에서 내는 거친 목소리로 말했다.

"저기…… 엉덩이에 달고 있는 그거. 뭡니까?"

금발 남자는 흘러내린 머리카락을 뒤로 쓸어 넘겼다.

엉덩이 쪽을 내려다본 마우스는 남자를 쳐다보며 물었다.

"예?"

남자는 왼쪽 장화에 걸려 있는 그물을 걷어차 밀어냈다. 남자의 오른쪽 발은 맨발이었다.

"시링크스라는 감각 악기 맞죠?"

마우스는 싱긋 웃었다. "예."

남자는 고개를 끄덕였다. "전에 내가 아는 어떤 녀석이 그 악기를 기가 막히게 연주했는데……" 남자는 말을 멈추더니 고개를 바로 했다. 그는 마스크 아래쪽에 엄지를 쑤셔 넣고 입 보호대와 눈 보호판을 떼어냈다.

마우스는 목구멍 안쪽이 찌르르하면서 말문이 콱 막혀버렸다. 그는 턱에 힘을 주고 입을 벌렸다. 입에서 소리가 나오지 않자 다시 입을 다물고는 윗니와 아랫니를 벌렸다. 아무리 해도 목소리가 나오지 않았다. 조심스럽게 묻는 형식으로 소리를 내보았다. 감탄하는 듯한 거친 소리가 입에서 튀어나왔다.

"레오 아저씨!"

눈을 가늘게 뜨고 쳐다보던 금발 남자가 말했다. "너 맞구나, 마우스!"

"아저씨, 어떻게 여기서……? 만났네요……!"

레오는 다른 쪽 손목에 연결된 그물을 마저 풀고 발목에서 플러그를 뽑아냈다. 그는 사슬 고리 한 줌을 집어 들며 말했다. "같이 그물 창고로 가면서 얘기하자! 이게 5년 만인가…… 아니, 더 된 것 같은데……"

마우스는 그저 웃음만 났다. 레오와 함께 사슬 고리를 주워 들고 안개 찌의 도움을 받아 바위 위로 그물을 끌고 갔다.

"어이, 카로! 볼숨! 이쪽은 마우스야!"

남자 두 명이 고개를 돌려 이쪽을 바라보았다.

"내가 전에 얘기한 녀석 있잖아. 얘가 바로 걔야. 이야, 마우스, 너 키가 15센티는 자란 것 같다! 우리가 만난 게 7년, 8년 만이지? 아직도 시링크스를 갖고 다녀?" 레오는 마우스의 가죽 배낭을 바라보았다. "여전히 실력이 좋겠지. 예전에도 좋았잖아."

"아저씨도 시링크스 갖고 계세요? 우리가 같이 연주해보면……"

레오는 겸연쩍게 웃으며 고개를 저었다.

"이스탄불에서는 갖고 있었는데 그 후부터는 아니야. 이제 다 잊어버렸어."

"아, 예." 마우스는 왠지 상실감을 느꼈다.

"그거 이스탄불에서 훔친 시링크스 맞지?"

"그때부터 쭉 갖고 있었어요."

레오는 웃음을 터뜨리며 마우스의 앙상한 어깨를 한 팔로 안았다. 어부 레오는 연신 웃으며 말했다. (마우스가 레오에게 어떤 이익이 된 걸까?) "그럼 그동안 계속 시링크스를 연주했겠네? 나를 위해 한번 연주해줘. 그래! 냄새와 소리, 색깔의 향연을 보여줘." 레오는 마우스의 작업용 조끼 안쪽으로 두툼한 손가락을 넣어 검은 어깨를 문지르며 말했다. "이봐, 보, 카로, 여기 진짜 시링크스 연주자가 왔으니 봐봐."

보와 카로는 머뭇거렸다.

보가 말했다. "진짜 그 기기를 연주할 줄 안다고?"

"6개월 전인가 그 비슷한 걸로 연주를 한 남자가 있었는데……" 카로는 상처투성이 두 손으로 허공에 곡선 두 개를 그리더니 마우스를 팔꿈치로 툭 쳤다. "뭘 말하는지 알지?"

레오가 말했다. "마우스의 연주는 훨씬 뛰어나!"

"레오가 지구에서 알고 지낸 녀석에 대한 얘길 계속했어. 그 아이에게 연주하는 방법을 직접 가르쳤다고 했거든. 그래서 우리가 레오한테 시링크스를 줘봤는데……" 보는 웃으며 고개를 절레절레 흔들었다.

"얘가 바로 그 녀석이야!" 레오는 이렇게 외치며 마우스의 어깨를 탁 쳤다.

"그래?"

"아!"

"얘가 바로 그 마우스라고!"

그들은 2층으로 된 그물 창고의 문으로 들어갔다.

높은 받침대에 그물들이 마치 커튼처럼 걸려 있어 창고 내부는 미로를 보는 듯했다. 기수들은 천장의 갈고리를 도르래로 내린 뒤 가져온 그물을 걸었다. 그러고는 그물을 당겨 올려 펼친 다음, 부서진 고리를 수리하고 반응 연결 장치를 조정했다. 반응 연결 장치는 플러그를 통해 전달받은 신경 자극에 맞춰 그물을 움직이게 하고 형태를 잡게 해주는 장치였다.

기수 두 명이 이빨이 잔뜩 달린 것처럼 생긴 거대한 기계를 끌고 나왔다.

마우스가 물었다. "저건 뭐예요?"

"아로라트를 도살하는 기계야."

"아로라트요?"

"우리가 여기서 사냥하는 짐승이지. 블랙테이블 근처에 있는 짐승은 아쿠아라트고."

"아."

"그런데 마우스, 넌 여기서 뭐 하고 있어?" 그들은 덜거덕거리는 사슬 고리 사이로 걸어갔다. "여기서 당분간 머물 생각이야? 우리랑 같이 일해볼 생각 있어? 나도 마침 새 일꾼이 필요하던 참인데……"

"타고 온 우주선이 여기 들러서 잠깐 쉬는 중이에요. 본 레이 선장의 록호예요."

"본 레이? 플레이아데스의 우주선?"

"맞아요."

레오는 높은 기둥에서 갈고리를 끌어 내리고 그물을 걸어 펼치기 시작했다.

"그 우주선이 드라코에는 무슨 일로 온 건데?"

"선장님이 무슨 기술 정보가 필요하다면서 알케인 연구소에 들르셨어요."

레오가 도르래 사슬을 잡아당기자 갈고리가 3미터 정도 덜커덕거리며 올라갔다. 레오는 그물의 다음 층을 펼쳤다.

"본 레이라. 그럼 꽤 괜찮은 우주선이겠네. 내가 처음 드라코에 왔을 때……" 레오는 다음 갈고리에 그물을 걸고 검은 사슬 고리를 잡아당겼다. "플레이아데스에서 드라코로 건너온 우주선은 없었어. 기껏해야 한두 척이었지. 나도 혼자였어." 휘어졌던 사슬 고리가 바로잡아졌다. 레오는 사슬을 당겼다. 위쪽 창문에서 흘러 들어오는 빛이 그물 꼭대기에 닿았다. "요즘은 플레이아데스에서 온 사람들이 많더라고. 이쪽에도 열 명이나 일하고 있어. 플레이아데스와 드라코를 오가는 우주선들은 늘 있고." 레오는 씁쓸하게 고개를 흔들었다.

저쪽 작업 구역에서 누군가 소리쳤다. "이봐, 의사는 어디 있어?" 여자의 목소리가 그물 사이에서 울려 퍼졌다. "알렉스가 5분째 기다리고 있잖아."

레오는 그물을 당겨 안전하게 걸려 있는지 확인했다. 그들은 문

쪽을 돌아보았다. 레오가 소리쳤다. "걱정 마! 곧 올 거야." 레오는 마우스의 어깨를 잡으며 말했다. "나랑 같이 가자."

그들은 걸어놓은 그물 사이로 걸어갔다. 다른 기수들은 여전히 갈고리에 그물을 걸고 있었다.

"어이, 그거 연주할 거야?"

누군가의 목소리에 마우스와 레오는 눈을 들었다.

사슬 고리를 밟고 그물 중간쯤에 올라가 있던 기수가 바닥으로 훌쩍 뛰어내리며 말했다.

"구경하고 싶은데."

레오가 기뻐하며 말했다. "당연히 그렇겠지."

마우스는 망설였다. "저기요, 실은 제가……" 마우스는 레오를 만나 기뻤지만 이 반가운 마음을 둘이서 오붓하게 나누고 싶었다.

"좋아! 레오가 늘 대단한 연주라고 말했거든."

그들은 그물들 사이로 계속 걸었고 다른 기수들도 곧 합류했다.

알렉스는 전망대 발코니 앞의 계단 아래 칸에 앉아 있었다. 어깨를 손으로 부여잡고 그물 차 바큇살에 머리를 기댄 모습이었다. 한 번씩 숨을 훅 빨아들이는지 면도를 안 한 두 뺨이 홀쭉해지곤 했다.

마우스는 레오에게 말했다. "저기, 그냥 어디 가서 한잔해요. 얘기도 나누고요. 여길 떠나기 전에 연주는 하고 갈 테니까……"

"**지금** 해! 얘기는 나중에 하면 되잖아." 레오는 고집을 부렸다.

알렉스는 눈을 뜨고 미간을 찌푸리며 말했다. "이 친구가 그동안 계속 우리한테 얘기한…… 그 사람이야, 레오?"

"거봐, 마우스. 10년 가까이 세월이 흘렀지만 네 명성은 여전하다니까." 레오는 시멘트 바닥에 엎어놓은 윤활유 통 옆으로 가 서며 말했다. "여기 앉아."

마우스는 그리스어로 바꿔 말했다. "레오, 지금은 연주하고 싶지 않아요. 그리고 당신 친구가 다쳤잖아요. 이런 상황에서 무슨 연주를 하라는 건지……"

무릎이 다 해진 바지를 입은 알렉스는 피 섞인 침을 다리 사이로 뱉으며 말했다. "제기랄! 그냥 아무거나 연주해. 통증이라도 잊게. 염병할. 의사는 대체 언제 오는 거야?"

"알렉스를 위해 연주해줘."

"난 그냥……"

마우스는 부상당한 기수와 벽에 기대서 있는 다른 남자와 여자들을 둘러보았다.

싱긋 웃던 알렉스가 통증으로 얼굴을 찡그리며 말했다. "아무거나 연주해봐, 마우스."

마우스는 연주하고 싶지 않았지만 어쩔 수 없었다. "알았어요."

가죽 배낭에서 시링크스를 꺼내고 끈을 어깨에 걸었다. "연주하는 도중에 의사가 오겠네요."

알렉스가 투덜거렸다. "빨리 좀 오면 좋겠어. 아무래도 팔이 부러진 것 같아. 다리에도 감각이 안 느껴져. 몸 안쪽에도 출혈이 있는 것 같고……" 알렉스는 또다시 피를 뱉었다. "앞으로 두 시간 내에 다시 사냥을 나가야 돼. 의사가 빨리 와서 꿰매줘야 하는데. 오늘 오후에 사냥을 못 나가게 되면 의사 놈을 고소할 거야. 망할 건강보험까지 다 들어놨는데 왜 이렇게 안 와."

다른 기수가 장담하듯 말했다. "의사가 곧 올 거야. 앞으로도 보험료를 받으려면 와야지. 입 다물고 연주나 들어……" 마우스가 연주를 시작하자 그 기수는 입을 다물었다.

빛이 유리를 툭 치자 구리색으로 변했다. 알케인 연구소의 오목한 정면은 수천 장의 둥그런 유리들로 이루어져 있었다.

케이튼은 박물관 정원 사이로 구불구불 뻗어나간 강가의 산책로를 따라 걸어갔다. 보피스 극지방에 바다처럼 깔린 묵직한 안개는 이 강의 강둑에도 퍼져나가 있었다. 강물은 불타는 듯한 주황색을 띤 아치형 벽 아래로 흘러갔다.

선장이 저만치 앞서 있어, 반들반들한 돌바닥에 드리워진 선장과 케이튼의 그림자는 거의 같은 길이였다. 분수대 사이로 살짝 올라온 단이 보였다. 그 단은 한 번에 수백 명쯤 되는 방문객들을 실어 날랐다. 단에서 내린 방문객들은 석영이 섞인 바위 아래의 여러 갈래 길을 따라 이리저리 흩어졌다. 박물관 건물에서 90미터쯤 떨어진 곳에 있는 청동 원통 위에는 불그레한 아침 하늘을 배경으로 양팔이 없는 대리석 조각상이 서 있었다. 건물의 유리판에서 반사된 빛을 받은 조각상은 '밀로의 비너스'였다.

린케우스는 분홍색 눈을 가늘게 뜨며 조각상을 바라보다가 눈이 부신지 옆으로 얼굴을 돌렸다. 그 옆에 선 이다스는 연신 앞뒤로, 위아래로 시선을 돌리며 구경하고 있었다.

타이이는 세바스티안의 손을 잡고 그 뒤에서 걸어갔다. 세바스티안의 반짝이는 어깨에 올라앉은 애완 새가 날개를 퍼덕일 때마다 타이이의 머리카락이 덩달아 들썩였다.

일행과 함께 아치문을 지나 렌즈 모양 로비에 들어서면서 케이튼은 생각했다. 빛이 푸른색으로 바뀌었구나. 어떤 위성도 이렇게 극적으로 빛의 회절을 유발하는 대기를 갖고 있지는 않아. 그래도 달의 고독한 분위기가 그립구나. 플라스틱, 금속, 돌로 지어진 이 멋진 구조물도 한때는 인간이 만든 가장 대규모의 건물이었겠지. 27세기의 문명에서 우리는 얼마나 많이 발전한 걸까. 이제 은하계 곳곳에는 이 건물보다 더 큰 건물이 열두 개 정도 있지 않나? 스물네 개인가? 학계의 반항아가 머물기엔 어울리지 않는 곳이다. 전통과 구시대적 건축양식의 부조리가 끝없는 충돌을 일으키는 곳이니까. 사이아나 모건은 인간 역사의 무덤과도 같은 이곳에 둥지를 틀었다. 뼈에 올라앉아 생각에 잠긴 하얀 매처럼. 잘 어울리는 것 같기도 하네.

천장에 설치된 팔각형 스크린에서 안내 방송과 함께 음악이 흘러나왔다. 음악의 제목은 〈연속 빛 환상곡〉이었다.

안내 데스크에 앉아 있는 여자에게 본 레이 선장이 말했다.

"739-E-6번 방으로 연결해주세요."

"알겠습니다." 안내 직원은 손을 들어 손목에 연결된 소형 컴퓨터의 버튼을 눌렀다.

로크가 말했다. "안녕, 버니?"

안내 직원이 별안간 다른 사람의 목소리로 인사를 받았다. "로크 본 레이! 사이아나를 만나러 왔어?"

"맞아요, 버니. 고모가 바쁘지 않으면 올라가서 얘기 좀 나누려고요."

"방에 있는지 금방 확인해볼게."

버니라는 사람은 이 거대한 건물 어디에 있는 걸까. 버니가 제어를 풀자 안내 직원은 놀란 얼굴로 눈썹을 치켜세우며 자기 목소리로 물었다. "사이아나 모건 씨를 만나러 오셨나요?"

"맞습니다." 로크가 미소 지었다.

그때 버니가 다시 돌아와 안내 직원의 입을 통해 말했다. "확인했어, 로크. 사이아나가 사우스웨스트 12구역에서 너를 만나겠대. 그쪽은 덜 붐빌 거야."

로크는 승무원들을 돌아보며 말했다. "그동안 박물관을 구경하고 있든지. 난 한 시간 내에 볼일 보고 돌아올게."

안내 직원이 세바스티안을 보고 눈살을 찌푸렸다. "박물관에 저 동물을 데리고 다니실 생각인가요? 박물관에는 애완동물이 출입할 수 없는데요." 그 순간 버니가 대신 나섰다. "네 승무원이야, 로크? 길들여진 새 같은데." 안내 직원이 세바스티안을 돌아보며 물었다. "얌전하게 굴겠지?"

"물론 얌전히 있을 겁니다." 세바스티안은 자신의 어깨를 잡고 있는 새의 발톱을 쓰다듬으며 대답했다.

버니가 안내 직원의 입을 통해 말했다. "그럼 데리고 다녀도 좋아요. 사이아나가 널 만나려고 이미 방에서 나왔어."

로크는 케이튼을 돌아보며 말했다. "자네는 나랑 같이 가지."

케이튼은 놀란 기색을 애써 감췄다. "알겠습니다, 선장님."

안내 직원이 말했다. "사우스웨스트 12구역으로 가십시오. 저 승강기를 타고 한 층만 올라가시면 됩니다. 더 필요한 거 있으십니까?"

"없습니다." 로크는 승무원들을 돌아보며 말했다. "그럼 나중에 보도록 하지."

케이튼은 선장 뒤를 따라갔다.

나선형으로 뻗어 올라가는 승강기 옆에는 높이 3미터에 달하는 용머리 조각상이 대리석 받침대 위에 세워져 있었다. 케이튼은 돌 조각상 주둥이 안쪽의 입천장을 올려다보았다.

승강기에 올라타며 로크가 말했다.

"아버지가 박물관에 기증한 도마뱀 조각상이야."

"예?"

"뉴브라질리아에서 가져왔어." 그들은 중앙의 승강기를 타고 위로 올라갔다. "어렸을 때 나는 저렇게 생긴 조각상 안에 들어가서 놀곤 했어." 저 아래 모여 있는 방문객들이 순식간에 조그맣게 멀어졌다.

승강기 문 앞에 황금색 천장으로 된 복도가 나타났다.

그들은 승강기에서 내렸다. 복도는 화랑이었다. 화랑의 중앙 조명 아래 그림들이 다양한 간격을 두고 걸려 있었다. (알케인의 여러 학자들이 합의한 바에 따라) 멀티렌즈 램프는 인공조명, 자연광, 붉은 태양, 흰 태양, 노란 태양, 파란 태양 등 각 그림이 그려질 당시의 빛을 최대한 비슷하게 재현해 액자를 향해 뿌렸다.

십여 명의 사람들이 전시된 그림들 앞을 서성이고 있었다.

선장이 말했다.

"고모가 도착하려면 시간이 좀 걸릴 거야. 꽤 먼 곳에 있거든."

"아, 예."

케이튼은 전시된 그림의 제목을 읽어보았다.

〈내 사람들의 이미지〉.

로비에 있는 것보다 작은 안내 스크린이 그들 머리 위에 설치돼 있었다. 대략 이 그림과 사진들은 지난 300년 동안 살았던 예술가들의 작품이며, 여러 세상에서 살며 일하고 놀이를 즐겼던 남자와 여자의 모습을 보여준다는 안내 방송이 흘러나왔다. 분하게도, 이곳에 작품이 전시된 예술가 명단에 케이튼이 아는 이름은 두 명뿐이었다.

"이번 일에 대해 이해할 수 있는 사람과 동반하는 게 좋을 것 같아서 자네한테 같이 와달라고 했어."

선장의 말에 놀란 케이튼이 고개를 들었다.

"나의 태양, 나의 신성. 머릿속에서 나는 이미 그 빛에 익숙해졌어. 하지만 제대로 해내지를 못했지. 나는 평생 남들에게 내가 이루고 싶은 바를 이행하도록 명령하면서 살아왔어. 제대로 해내지 못하면……"

"강제로 하게 시키셨어요?"

로크는 노란 눈을 가늘게 뜨며 말을 이었다. "제대로 해내지 못하면, 그들이 **할 수 있는** 일을 찾아서 그 일을 맡겼어. 언제든 일을 맡아줄 사람은 나타났으니까. 다만 제대로 이 일을 이해할 수 있는 사람을 만나 얘기를 나누고 싶었어. 물론 대화만으로 다 알 수 있는 건 아니지만. 이 모든 게 어떤 의미를 갖는지 자네한테는 보여주고 싶더라고."

"저는…… 이 일의 의미에 대해서는 아는 바가 없습니다."

"이제 알게 될 거야."

〈어느 여자의 초상화〉(벨라트릭스 Ⅳ) : 20년 전 유행한 옷차림의 여자. 여자는 금빛 햇살 아래 미소 지으며 창가에 앉아 있었다. 태양 자체는 그림 속에 그려지지 않았다.

〈애슈턴 클라크와 함께 가다〉(장소 불명) : 늙은 남자. 200년 전 스타일로 보이는 작업복 차림의 노인이 거대한 기계와 자신을 연결한 플러그를 뽑고 있었다. 기계 자체는 무척 큰 것 같은데 전체적으로 그려져 있지 않아 어떤 기계인지는 알 수 없었다.

"궁금한 게 있어, 케이트. 우리 가족은…… 적어도 우리 아버지 쪽은 플레이아데스 출신이거든. 그런데 나는 어렸을 때부터 집에서 드라코 사람처럼 말하면서 자랐어. 아버지는 뼛속까지 플레이아데스 시민인데 말이야. 물론 플레이아데스 시민들도 지구와 드라코 조상들로부터 물려받은 무수한 개념들을 간직하고 있기는 하지. 이 초기 화가들이 그림을 그렸을 당시 지구는 50년 동안 죽은 별이나 마찬가지였어. 언젠가 내가 내 가족을 이루어 정착하게 되면 내 아이들도 나와 같은 언어를 쓰면서 자라게 될 거야. 알고 보면 나와 자네 사이가 나와 타이이, 세바스티안보다 더 가까운 사이일 수 있어. 이런 말은 좀 이상하게 들리겠지?"

"저는 루나 출신입니다. 지구에는 장기 방문만 해봤을 뿐이에요. 지구는 제 고향도 아니고요."

로크는 그 말에는 대꾸하지 않고 하던 얘기를 계속했다. "타이이, 세바스티안 그리고 나는 비슷한 점이 많아. 우리 셋은 기본적인 감성이 비슷한 편이야. 그런 면에서 나는 자네보다 그 둘에 더 가깝다고 할 수 있어."

로크의 상처 난 얼굴에 스치는 고뇌를 읽어낸 케이튼은 마음이 좋지 않았다.

"그래서인지 우리끼리는 자네를 대할 때보다 서로의 반응을 더 예측하기가 쉬워. 그냥 그 정도 익숙함인 거야. 자네는 지구 출신이 아니지만 마우스는 지구 출신이야. 프린스도 그렇고. 둘 다 지구 출신이지만 한 명은 부랑아고, 다른 한 명은…… 프린스 레드지. 세바스티안과 나도 그런 관계로 볼 수 있을까? 마우스라는 집시 청년은 내 눈길을 사로잡지만, 이해는 못 하겠어. 반면에 자네는 어느 정도 이해가 가. 프린스는 이해 못 하겠고."

〈그물 기수의 초상〉. 케이튼은 그림의 제작 시기를 확인했다. 흑인 특유의 이목구비를 가진 그물 기수는 깊은 생각에 잠긴 표정으로 280년 전의 안개 속에서 사냥을 하고 있었다.

〈젊은 남자의 초상〉. 현대 미술 작품이었다. 숲…… 아니, 나무들 앞에 서 있는 젊은 남자. 가만 보니 나무도 아닌 것 같았다.

케이튼은 선장을 돌아보며 말했다.

"20세기 중반, 그러니까 1950년대에…… 지구에는 '영국'이라는 작은 나라가 있었습니다. 연구에 따르면 영어에는 57가지 방언이 있었는데 서로 의사소통이 불가능할 정도로 달랐다고 해요. 당시 영국 인구의 4배, 땅 넓이는 6배인 미국이라는 큰 나라가 있었습니다. 미국에서 사람들은 다양한 말씨의 영어를 사용했는데, 미국 내에서 총인구 2만 명 미만인 두 소수민족은 표준 영어를 쓰는 이들과 의사소통이 불가능했다고 합니다. 이 두 나라 사람들이 기본적으로 같은 언어를 사용했다는 점을 주목해야 한다고 생각해요."

〈울고 있는 아이의 초상〉(서기 2852년 베가 Ⅳ).

〈울고 있는 아이의 초상〉(서기 3052년 뉴브라질리아 Ⅱ).

"요지가 뭐야, 케이튼?"

"미국은 사람들 사이에 의사소통이 무척 활발한 나라였어요. 사람과 정보의 이동도 많았고, 영화, 라디오, 텔레비전이 발달해서 표준화된 언어와 생각의 틀이 퍼져나갈 수 있었죠. 물론 생각 자체는 아닙니다. A라는 사람이 B라는 사람을 이해할 수 없으면 W, X, Y라는 사람도 B를 이해할 수 없는 정도를 말하는 거예요. 1950년대 미국에 비하면 오늘날 은하계에서는 사람, 정보, 생각이 엄청나게 빠른 속도로 퍼져나가죠. 이해의 잠재력도 상대적으로 크고요. 선장님과 저는 은하계 전체 길이의 3분의 1 정도 떨어진 곳에서 태어났어요. 주말에 종종 켄타우리의 드라코 대학교에 들른 적은 있지만, 본격적으로 태양계 밖에서 살아보는 건 이번이 처음입니다. 천 년 전 콘월 사람과 웨일스 사람보다 선장님과 저는 머릿속에 축적된 정보 구조 면에서 훨씬 비슷합니다. 그러니 마우스나⋯⋯ 프린스 레드에 대해 판단할 때 그런 점을 염두에 두세요. 플레이아데스 사람이나 외곽 식민지 사람이나 100개의 세상의 기둥에 똬리를 튼 위대한 뱀의 의미를 다 알고 있다는 뜻이죠. 베가 리퍼블릭풍의 가구를 소유한 사람들은 당시의 가치를 표현하고 싶어 해요. 애슈턴 클라크는 선장님뿐만 아니라 저한테도 중요한 의미가 있는 분입니다. 모건은 언더우드를 암살했고, 그 사건은 우리 삶의 경험의 일부를 구성했죠⋯⋯" 로크가 인상을 찌푸리자 케이튼은 말실수를 깨닫고 말을 멈췄다.

"언더우드가 모건을 암살했겠지."

"아, 맞습니다⋯⋯ 그렇죠⋯⋯" 당황한 케이튼의 뺨이 달아올랐다. "예⋯⋯ 제가 말이 헛나와서⋯⋯"

두 그림 사이에 하얀 옷을 입은 여자가 서 있었다. 위로 한껏 올린 그녀의 머리는 은색이었다.

깡마르고

늙은 모습이었다.

여자는 두 손을 뻗으며 말했다. "로크! 버니한테 네가 여기 왔다는 얘기 들었어. 내 사무실로 가서 얘기하자.”

당연히 이런 모습이겠지!, 라고 케이튼은 생각했다. 그가 본 사이아나의 사진들은 대부분 15년에서 20년 전의 것이었다.

“고마워요, 고모. 우리끼리 올라왔어요. 바쁘실 것 같아 방해하고 싶지 않아서요. 시간을 오래 뺏진 않을 거예요.”

“무슨 소리야. 둘 다 잘 왔어. 0.5톤짜리 베가성 빛 조각품에 입찰하려고 고민하던 참이야.”

“리퍼블릭 시대 물건인가요?” 케이튼이 물었다.

“아니에요. 일단 물건부터 확보해놓을 거예요. 100년밖에 안 된 물건이라 아직 가치가 높진 않아요. 따라들 와요.”

사이아나는 받침대로 받쳐놓은 캔버스들 사이로 앞장서서 걸어가면서 손목 소켓을 덮은 널찍한 금속 팔찌를 힐끗 내려다보았다. 팔찌의 마이크로다이얼 하나가 반짝거렸다.

사이아나는 케이튼을 돌아보며 말했다.

“미안하지만…… 녹음기를 소지하고 있나요?”

“아…… 예.”

“여기서는 녹음기를 사용할 수 없어요.”

“아. 사용 안 할 겁니다……”

“요즘은 그런 일이 별로 없지만 사생활 유지가 잘 안 돼서 문제가 됐던 적이 종종 있었어요.” 사이아나는 주름진 손을 케이튼의 팔에 얹으며 양해를 구했다. “이해하죠? 자동 삭제 구역에서 녹음기에 녹음된 내용을 전부 지워야 할 수도 있어요.”

"케이튼은 제 승무원이에요, 고모. 지난번 승무원들과는 많이 달라요. 보안에 신경 곤두세우지 않아도 괜찮아요."

"그래."

사이아나는 케이튼의 팔을 잡고 있던 손을 치웠다. 케이튼은 그녀가 흰 양단 옷으로 손을 내리는 모습을 바라보았다.

사이아나의 다음 말을 듣고 케이튼과 로크는 동시에 눈을 들었다.

"오늘 아침에 박물관에 도착해서 보니 프린스가 너한테 보내는 메시지가 들어와 있더라."

어느새 그들은 화랑의 끝에 다다랐다.

사이아나는 로크를 살짝 돌아보며 말했다.

"보안에 신경 쓰지 않아도 된다는 네 말 믿을게."

사이아나는 눈썹 때문에 얼굴에 환한 금속 빛깔이 도는 듯했다.

로크의 눈썹 색도 녹슨 쇠 같았다. 그도 얼굴 색깔이 금속 같았지만 상처 자국 때문에 흐트러진 느낌이었다. 이런 얼굴색은 이 집안의 유전적 특징인 모양이라고 케이튼은 생각했다.

"프린스가 보피스에 와 있어요?"

"그건 모르겠어." 문이 확장되듯 열리자 그들은 문 안으로 들어갔다. "네 위치를 알고 있더라. 그게 중요한 거 아니겠니?"

"한 시간 30분 전에 이곳 우주비행장에 도착했어요. 오늘 밤 떠날 거고요."

"메시지는 한 시간 25분 전에 도착했어. 통신 담당자들이 확인해봤지만 프린스가 메시지를 보낸 곳을 알아내지 못했어. 계속 확인하고 있기는 한데……"

"굳이 그럴 필요 없어요." 로크는 케이튼을 돌아보며 말했다. "그놈이 이번에는 무슨 말을 했을까?"

사이아나가 말했다. "확인해보면 알겠지. 네가 보안에 신경 쓸 필요 없다고 했지만 내 사무실에서 보는 게 좋을 것 같아."

화랑은 정돈되어 있지 않았다. 창고로 보낼 물건과 전시할 물건도 구분해놓지 않은 상태였다.

로크는 케이튼보다 앞서서 질문을 했다.

"고모, 이 잡동사니들은 다 뭐예요?"

사이아나는 금으로 전사 인쇄한 오래된 나무 상자의 연도를 확인하고 말했다.

"1923년, 에올리언사가 생산한 악기야. 20세기 악기 세트지. 저건 1942년 프랑스 작곡가 옹드 마르트노가 발명한 옹드마르트노고, 이쪽에 있는 건……" 사이아나는 허리를 굽혀 꼬리표를 읽고 말을 이었다. "1931년에 제작된 듀오 아트 플레이어 피아노. 그리고 이건 1916년에 만들어진…… 밀즈 비올라노 비르투소."

케이튼은 비올라노 앞을 가로막은 유리문을 들여다보았다.

그림자가 진 곳에 현과 해머, 스톱, 파브, 픽이 보였다.

"이런 걸로 뭘 했는데요?"

"술집이나 놀이공원 같은 곳에 세워뒀다고 해. 사람들이 이 가느다란 구멍에 동전을 넣으면 저기 있는 자동 바이올린과 자동 피아노가 구멍 뚫린 두루마리 종이에 프로그램되어 있는 대로 연주를 한 거야." 사이아나는 은색 손톱으로 곡 제목들을 훑으며 말했다. "〈다크타운 스트러터스 볼〉이라는 곡도 있네……" 그들은 테레민과 앙코르 반조, 휴대용 풍금 등이 쌓여 있는 곳을 지나갔다. "신진 학자들은 이 연구소가 20세기에 너무 집착하는 거 아니냐고 회의적인 시선으로 바라보기도 해. 우리 화랑에 있는 물건 네 개 중한 개가 20세기 관련 물건이거든." 사이아나는 두 손을 모아 양단 옷에 붙이며 말을 이었다. "이미 800년 동안 학자들이 20세기에 관심을 기울여왔으니 뻔하다고 생각하는 거겠지. 20세기는 정말 대단한 시기였어. 20세기 초에 인류는 한 세상에서 여러 사회를 구성하며 살고 있었거든. 그 세기가 끝나갈 무렵에는 기본적으로 오늘날 우리처럼 여러 세상에서 살게 됐지. 인류는 여러 세상에서, 유익한 방향으로 정보가 통합된 사회에서 다 같이 살게 된 거야. 그 후 세상의 숫자는 늘어났고, 정보 통합체는 여러 차례 변신을 거듭했어. 몇 차례 대격변을 겪기는 했지만 본질은 달라지지 않았어. 20세기를 기점으로 인류가 완전히 다른 삶을 살게 됐기 때문에 우리는 그 시대에 학문적인 관심을 쏟고 있는 거야."

로크가 말했다. "저는 과거에는 별로 공감이 안 돼요. 그럴 시간도 없고요."

케이튼이 의견을 내놓았다. "흥미롭네요. 그 주제로 책을 쓰고 싶습니다. 관련된 내용을 집어넣고 싶어요."

사이아나가 케이튼을 바라보았다. "그래요? 어떤 책을 쓸 생각이에요?"

"소설 쪽으로 생각하고 있습니다."

"소설요?" 그들은 화랑의 안내 스크린 아래로 지나갔다. 스크린은 회색이었다. "소설을 쓸 거라고요. 멋지네요. 몇 년 전인가, 내가 아는 골동품 전문가 친구가 소설을 써보겠다고 한 적이 있어요. 고작 한 장밖에 못 쓰긴 했지만 그는 그 정도 쓴 것만으로도 상당히 계몽적인 경험을 했다고 주장했어요. 소설을 쓰는 과정에서 깊은 통찰력을 갖게 됐다고 하더군요."

"저는 꽤 오랫동안 소설을 쓰기 위한 준비를 해왔습니다."

"대단하네요. 소설을 완성하면 우리 연구소에서 당신의 창조적인 경험을 최면 장비를 통해 정신 녹화할 수 있게 해줘요. 우리는 아직도 작동 가능한 22세기 인쇄기를 보유하고 있어요. 몇백만 부 인쇄해서 다큐멘터리 정신드라마 조사 자료와 함께 여러 도서관과 교육 기관에 배포해도 좋을 것 같아요. 위원회에 얘기하면 관심을 보일 것 같네요."

"인쇄까지는 생각을 안 해봤습니다……"

그들은 다음 화랑으로 들어섰다.

"알케인 연구소를 통하는 게 좋을 거예요. 잘 생각해봐요."

"알겠…… 습니다."

"이 잡동사니들은 언제 정리할 거예요, 고모?"

"우린 전시를 다 못 할 만큼 많은 물건을 보유하고 있어. 그 물건들도 어딘가에는 있어야지. 이 박물관에는 1,200개의 공공 화랑과

700개의 민간 화랑, 3,500개의 창고가 갖춰져 있어. 나는 이곳 물건들 대부분을 파악하고 있긴 하지만 전부는 아니야."

그들은 높다란 흉곽 밑으로 천천히 걸어갔다. 척추골 같은 뼈들이 아치 형태로 지붕을 향해 솟아 있었다. 차가운 느낌을 주는 천장 조명들이 놋쇠 받침대 위에 놓인 해골의 이빨과 눈구멍에 그림자를 드리웠다. 해골의 크기는 코끼리 골반뼈만 했다.

케이튼은 갈비뼈 사이사이를 바라보며 말했다. "파충류 골해부학과 관련된 비교 연구용 전시물인가 보네요. 지구와 또 어떤 행성을 비교한 것 같은데…… **정확히** 어디인지는 모르겠어요."

그곳에는 어깨뼈와 골반뼈, 쇄골 등이 늘어져 있었다……

"사무실까지 얼마나 멀어요, 고모?"

"730미터쯤 돼. 아로라트가 한 번에 훌쩍 날아갈 만한 길이지. 다음 승강기를 타자."

그들은 아치형 통로를 지나 승강기에 탑승했다.

그들은 나선형 승강기를 타고 수십 층을 올라갔다.

플러시 천과 놋쇠로 장식된 복도.

유리벽으로 된 복도……

케이튼은 감탄해 마지않았다. 저 아래로 중앙의 탑부터 안개 깔린 부두까지 피닉스시 전체가 내려다보였다. 이제 알케인은 은하계에서 제일 높은 건물은 아니지만 피닉스에서는 제일 높은 건물이었다.

건물의 심장부로 경사로가 곡선을 그리며 들어왔다. 대리석 벽

에는 드아이의 연작 〈시리우스(천랑성) 아래서〉라는 그림 17점이
걸려 있었다.

케이튼이 물었다. "이 그림들은……?"

"2800년대에 베가 별에서 나일스 폴빈의 그림을 분자 복제한 위
작이에요. 오랫동안 원작보다 더 큰 명성을 누렸죠. 원작은 아래층
사우스그린 방에 전시돼 있어요. 위작들과 관련된 역사가 많아서
버니는 여기에 이 그림들을 걸기로 결정했어요."

드디어 사무실 문이 보였다.

"다 왔네요."

문을 열자 내부는 어두컴컴했다.

"자……" 그들이 안으로 들어가자 저 위쪽 어딘가에서 세 개의
조명등이 검은 카펫 위에 선 그들에게 빛을 뿌렸다. "이제 왜 여기
왔는지 정확히 설명해줄래? 프린스하고는 뭐가 어떻게 된 거야?"
사이아나는 로크를 돌아보며 물었다.

"고모, 저는 신성을 하나 더 찾으러 왔어요."

"**뭘** 찾아?"

"첫 번째 원정을 어쩔 수 없이 중단해야 했잖아요. 다시 한번 시
도해보려고요. 특별한 우주선도 필요 없다는 걸 지난번에 알았어
요. 새로 팀을 꾸렸고 새로운 전술도 세웠어요."

조명등이 카펫을 따라 그들을 비췄다.

"하지만 로크……"

"전에는 세심하게 계획을 세우고 모든 게 딱딱 들어맞게끔 일을

진행시켰어요. 나름 정확하게 진행했다고 믿으면서 자신감에 차 있었죠. 이번에는 그냥 부둣가의 쥐 같은 부랑자들을 모아서 팀을 꾸렸어요. '마우스Mouse'라는 이름을 가진 승무원도 있으니 말 다했죠. 우리 팀을 이끄는 유일한 동력은 내 격한 분노예요. 그것만으로도 엄청난 동력이에요, 고모."

"로크, 이번에도 지난번처럼……"

"선장이 달라졌어요, 고모. 전에는 승리에만 정신이 팔린 반편이 같은 선장이 록호를 이끌었다면 이번에는 온전한 정신을 가진 선장이 이끌고 있어요. 나는 패배도 맛보고 제대로 인간이 됐어요."

"나한테 뭘 바라고 온 거야……"

"알케인 연구소가 지켜보고 있는 또 다른 신성의 위치를 알려주세요. 신성이 되기 직전인 별요. 그 별의 이름과 폭발 예상일을 알려주세요."

"정말 해보려는 거야? 프린스는 어쩌고? 네가 신성을 찾으려는 이유를 프린스도 알고 있어?"

"알든 모르든 상관없어요. 별 이름만 가르쳐줘요, 고모."

사이아나의 야윈 얼굴에 불안감이 스치고 지나갔다. 사이아나는 은팔찌에 손가락을 갖다 댔다.

새로운 빛이 나타났다.

그리고 바닥에서 장비들이 올라왔다. 사이아나는 그렇게 올라온 긴 의자에 걸터앉아 홀로그램 별들을 바라보았다.

"내가 잘하는 짓인지 모르겠다, 로크. 격한 분노? 이번 일이 내

인생에 미치는 영향이 크지만 않다면 나도 네가 해달라는 대로 쉽게 답을 줄 수 있을 거야. 내가 여기서 큐레이터 일을 하는 게 에런 덕분이잖아."

사이아나가 계기판에 손을 대자 그들 머리 위에⋯⋯

"지금까지 나는 에런 레드의 집에서 늘 환영받았어. 우리 오빠 집에서처럼. 그런데 이번에 이 기계로 널 도와주면 내 입장이 예전 같지 않을 거야. 상당히 곤란해지겠지. 나한테 큰 위안이 되어줬던 이곳에서의 시간을 그만 끝내야 될 때가 온 모양이구나."

⋯⋯별들이 나타났다.

그 순간 케이튼은 사무실의 크기가 어느 정도인지 알 수 있었다. 투사기를 통해 나온 홀로그램 별들은 은하계 모양 그대로 빙글빙글 돌면서 길이 15미터에 달하는 사무실을 가득 채웠다.

"지금 여러 연구팀을 내보낸 상태야. 네가 찾고 싶어 하는 신성은 저기 있어." 사이아나가 버튼에 손을 대자 수십억 개의 별 가운데 하나가 강렬한 빛을 내뿜었다. 그 빛이 너무 밝아서 케이튼은 눈을 가늘게 떠야 했다. 그 빛이 잦아들자 돔 천장 아래는 다시 흐릿한 별빛으로 채워졌다. "지금 우리도 원정을 준비 중이기는 해⋯⋯"

사이아나는 손을 뻗어 작은 서랍을 열었다.

"로크, 이번 일 때문에 내가 정말 입장이 곤란해지겠어⋯⋯"

"어서 알려줘요, 고모. 별의 이름을 알아야 돼요. 은하 좌표를 주세요. 내 태양을 찾아야 돼요."

"가능한 자료는 다 줄게. 하지만 그 전에 이 늙은 고모를 재미있게 해주렴." 사이아나가 서랍에서 꺼낸 건 카드 한 벌이었다. 놀란 케이튼은 입 안쪽에서 헉 소리를 냈다가 얼른 삼켰다. "타로 카드가 어떤 길을 안내해줄지 알고 싶어."

"이번 원정을 위해 이미 카드 점을 봤어요. 그러니까 은하 좌표만 있으면 충분해요. 지금 카드 점 볼 시간 없어요."

"네 엄마는 지구 출신이라 그런지 미신적인 걸 늘 불신했어. 물론 타로 카드가 지적인 재미를 준다는 점은 인정했지만. 타로 카드에 관해서는 네가 네 아버지와 같은 입장이면 좋겠구나."

"고모, 저는 이미 타로 점을 세세하게 봤어요. 또 봐도 더 이상 나올 얘기가 없어요."

사이아나는 카드를 엎어서 부채꼴로 펼쳐놓았다.

"이 카드가 **나한테** 들려줄 얘기는 있을 것 같은데. 타로 점을 처음부터 끝까지 완전하게 보겠다는 건 아니야. 그냥 한 장만 뽑아."

케이튼이 보는 앞에서 로크는 카드 한 장을 뽑았다. 케이튼은 사이아나가 25년 전에 이렇게 타로 점을 봤다면 정오의 크로나이키 광장에서 벌어진 끔찍한 사건에 대비할 수 있었을까 하는 생각을 했다.

그 카드는 타이이가 갖고 있는 것과 같은 흔한 3차원 입체 카드가 아니었다. 그림은 그려져 있지만 워낙 오래돼서 누리끼리했다. 대략 17세기쯤이나 그 전에 제작된 것으로 보였다.

로크가 고른 카드에는 발목에 밧줄이 묶인 채 나무에 거꾸로 매달린 벌거벗은 시신이 그려져 있었다.

"매달린 남자 역방향 카드네. 별로 놀랍지도 않구나."

"매달린 남자는 대단한 영적 지혜를 얻을 기회가 생긴다는 의미 아니에요?"

"이건 역방향이잖아. 큰 대가를 치르고 지혜를 얻게 된다는 뜻 이야." 사이아나는 그 카드와 다른 카드들을 모아 서랍에 도로 집 어넣었다. "네가 원하는 별의 은하 좌표를 줄게." 그리고 또 다른 버튼을 눌렀다.

길쭉한 종잇조각이 그녀의 손바닥으로 떨어졌다. 기계가 금속 이빨로 종이 끝을 잘랐다. 사이아나는 그 종이를 집어 들고 말했 다. "좌표는 여기 적혀 있어. 우린 그 별을 2년 전부터 관찰해왔어. 넌 운이 좋구나. 폭발 예상 날짜가 지금부터 열흘에서 보름 후거 든."

"잘됐네요." 로크는 종이를 받았다. "가자, 케이튼."

"프린스는 어쩌시려고요, 선장님?"

사이아나가 긴 의자에서 일어서며 물었다. "너 보라고 보낸 메 시지인데 안 볼 거니?"

로크는 잠시 침묵하다가 말했다. "알았어요. 재생시켜주세요."

케이튼은 로크의 표정에 활기가 도는 것을 알아챘다. 사이아나 모건이 메시지 목록을 확인하는 동안 로크는 콘솔 앞으로 걸어갔 다.

"여기 있네."

사이아나가 버튼을 눌렀다.

화면 속에서 프린스가 그들을 돌아보았다.

"제기랄……" 검은 장갑을 낀 프린스의 손이 탁자에 놓인 크리스털 비커와 양각 무늬 접시를 후려쳤다. "대체 무슨 짓을 하고 있는 거지, 로크?" 프린스의 손이 화면에 다시 떴다. 단검과, 조각이 새겨진 나무 막대기가 방 저쪽에서 바닥으로 떨어졌다. "사이아나, 당신도 로크를 도울 거죠? 배신자 맞네. **나** 화났어요. **엄청** 화났다고요! 내가 누구인 줄 알아? 나 프린스 레드야. 내가 바로 드라코라고! 불구로 태어난 뱀이지. 당신 목을 졸라 죽여버리겠어!" 검은 장갑을 낀 손가락이 다마스크직 테이블보를 확 꾸겼다. 그 아래 나무가 박살 나는 소리가 들렸다.

케이튼은 이번에도 충격을 받아 놀란 숨을 삼켰다.

프린스의 메시지는 3차원 입체 투사였다. 프린스의 뒤쪽 창문은 일부러 초점이 맞지 않게 부옇게 처리돼 있었다. 정확히 어느 별인지는 알 수 없지만 어느 태양이 쏘아대는 아침 햇살이 창문으로 흘러들어 박살이 난 아침 식탁을 비추고 있었다. 아마 지구의 태양이 아닐까.

"난 뭐든 할 수 있어. 내가 원하는 대로 다 할 거야. 어디 막아보든가."

프린스가 탁자 너머로 몸을 기울이며 카메라를 노려보았다.

케이튼은 로크와 사이아나 모건을 차례로 돌아보았다.

핏줄이 선연히 드러난 사이아나의 손이 양단 옷을 꼭 쥐었다.

로크의 울퉁불퉁한 손은 계기판에 놓였고 두 손가락으로 토글
키를 잡고 있었다.

"넌 나를 모욕했어, 로크. 난 충동적인 사람이고 얼마든지 잔인
해질 수 있어. 내가 네 버르장머리를 고쳐놓으려고 얼굴을 찢어놓
았던 파티 기억하지? 그날 네가 데려온 청년을 기억할까 모르겠
네. 초대도 안 했는데 멋대로 파티에 참석한 놈 말이야. 그놈 이름
은 브라이언 앤서니 샌더스였어. 흔해빠진 천박하고 멍청하고 무
례한 애송이였지. 제대로 인사를 나누기도 전에 그놈은 내 팔을 모
욕하는 말을 했어. 그때 나는 배운 대로 웃어넘겼어. 아무렇지 않
은 척 그놈의 상스러운 질문에 대답도 해주고 점잖게 대응했단 말
이지. 하지만 속으로는 절대 잊지 않았어. 파티가 끝나고 대학으로
돌아간 그놈은 장학금을 취소당했고, 이전 학기 기말시험 때 부정
행위를 했다는 비난을 받으면서 퇴학당했어. 그놈을 그렇게 손봐
줬지만 도저히 분이 안 풀려서 5년 후에도 한 번 더 조져줬지. 회
계사를 시켜서 그놈이 일하는 회사에 찾아가게 했어. 일주일 후
에 그놈은 고용주의 금고에서 겨우 몇천 파운드@sg를 횡령한 죄
로 쫓겨났지. 그 후 3년 동안 그놈은 죗값을 치르느라 감옥에서 중
노동을 했어. 그놈은 꾸준히 무죄를 주장했지만 다른 죄수들한테
웃음거리가 됐지. 5년 후에도 그놈은 별로 잘 살고 있질 못하더라
고. 그놈이 다부진 체격이었던 거 기억할 거야. 그러던 놈이 아주
뼈만 남을 정도로 앙상하게 말랐어. 내 사람들을 시켜 한 번 더 사
냥하게 했지. 그놈이 사는 독신자 전용 아파트의 방에 마약을 슬

쩍 집어넣는 건 일도 아니었어. 마약을 소지한 게 들통나면서 그놈은 거리로 쫓겨났어. 그리고 2년 후에 난 한 시간 더 투자해서 놈의 인생을 더 추락시키기로 했어. 알아보니까 놈은 집도 없이 떠돌이로 살고 있더라고. 술에 절어서 사는 꼬라지가 아주 말이 아니었어. 그런데 두 가지 역설적인 면이 있었어. 그놈은 우주비행장 뒤쪽 격납고로 이어지는 고속도로 아래 배수로에서 살고 있었단 말이야. 그놈이 들어가서 자고 있던 골판지 상자가 확인해보니까 예전에 레드시프트사에서 만든 내부 대기 터빈 연결 장치를 배송할 때 사용한 상자였더라고. 그리고 그동안 사고라도 당한 건지 왼손에 손가락 세 개가 없었어. 그건 내가 **한 짓** 아니야. 손가락을 되찾지도, 다른 손가락으로 대체하지도 못하고 그냥 그렇게 산 모양이더라고. 그런 놈의 관심을 마약 쪽으로 돌리는 건 너무 쉬운 일이었어. 애초에 그를 노숙자 신세로 만든 게 마약이었는데 말이지. 젊은 여자를 고용해서 그를 진짜 아파트로 데리고 들어가 한 달 동안 살게 했어. 그 아파트에서 마약을 매일 고용량으로 대주게 했지. 그리고 여자는 놈을 길바닥에 내팽개쳐놓고 사라졌어. 그놈은 매일 습관처럼 그 여자한테 마약을 받아 흡입하고 있었는데 말이야. 그리고 석 달 전인가 마지막으로 확인을 해봤어. 마약에 중독된 그놈은 마약을 구하려고 이런저런 범죄를 저지르다가 죽어버렸어. 브라이언 앤서니 샌더스가 그렇게 죽고 만 거야…… 너랑 내가 살고 있는 곳에서 수천 광년쯤 떨어진 어느 차가운 별, 인구가 몇백만 명밖에 안 되는 하찮은 도시의 어느 막다른 골목길에서

1년도 못 채우고 얼어 죽은 거지. 행복하게 살려고 했던 자기를 번번이 주저앉힌 신을 원망하면서 죽어갔겠지. 자기한테만 왜⋯⋯ 불행이 따라다니나 했을 거야. 집요하게 지속적으로 그의 인생을 망친 게 바로 나라는 걸 확인하고 나니까 기분이 무척 상쾌하더라. 사실 누구나 꿈꿔보는 일이잖아. 나한테 무례하고 생각 없는 말을 한 인간의 남은 평생을 묵사발로 만드는 거. 난 그렇게 할 수 있는 힘을 갖고 태어난 것뿐이지. 진짜 상상할 수 있는 최대한으로 짜릿한 기분이었어. 놈이 그렇게 죽기까지 총 10년이 걸리긴 했지만 내가 놈의 인생을 망치는 데 들인 시간은 다섯 시간도 채 안 돼. 나는 놈이 죽은 걸 확인하고 기분이 무척 좋았어. 결국⋯⋯ **내가** 놈을 죽인 거잖아! 난 그놈처럼 나를 화나게 한 인간 수십 명에게 비슷한 방식으로 복수했어. 별로 비용이 많이 들지도 않는데 만족감은 **엄청나**. 너도 똑똑히 알아둬, 로크 본 레이. 내게 넌 존재 자체가 모욕이야. 난 그 모욕에 대한 보상을 받기 위해 전력을 다할 생각이야. 너를 죽이기 위해 **더 많은** 시간을 들일 거고, 더 짧은 기간 내에 **널** 끝장내겠어!"

조카를 힐끗 돌아본 사이아나는 로크가 토글 키를 쥐고 있는 걸 보더니 곧바로 그의 손목을 붙잡았다.

"로크! 너 대체 뭐 하는 거야⋯⋯?"

로크는 사이아나의 손을 잡아 밀쳐냈다.

화면 속 탁자 너머에서 프린스가 계속해서 말했다.

"지난번 너한테 메시지를 보냈을 때보다 지금 너에 대해 더 많은 정보를 확보하고 있어.”

“로크, 스위치에서 손 떼! 로크……” 좌절한 사이아나의 목소리
가 갈라졌다.

“지난번에 난 널 막겠다고 말했어. 이제 널 막기 위해 죽여야겠
어. 반드시 죽일 거야. 다음에 또 너에게 메시지를 보낼 때는……”

프린스는 장갑 낀 손으로 화면을 가리켰다. 그의 검지가 파르르
떨리더니……

화면에서 사라졌다. 사이아나는 그제야 로크의 손을 쳐낼 수 있
었다. 토글이 옆으로 쓰러졌다.

“너 대체 **무슨** 짓을 한 거야?”

“선장님……?”

빙글빙글 도는 홀로그램 별들 아래서 로크는 웃음을 터뜨렸다.

사이아나는 화를 벌컥 냈다.

“너 방금 프린스의 메시지를 안내 방송으로 송출했잖아! 신성모
독적인 말을 하는 미친놈의 모습이 연구소 안내 방송 화면으로 다
나갔어!”

사이아나는 화를 내며 응답판을 손으로 내리쳤다.

홀로그램 별들의 불빛이 희미해졌다.

기기와 긴 의자가 바닥으로 내려갔다.

“고마워요, 고모. 여기 온 목적을 이뤘네요.”

박물관 경비원이 사무실로 달려 들어왔다. 문 너머로 들어오는
경비원에게 천장의 조명이 쏠렸다.

"실례합니다. 죄송하게 됐습니다. 문제가 생긴 것 같아서……
아, 잠시만요." 경비원은 손목의 컴퓨터 키트를 손으로 두드렸다.
"사이아나, 이게 무슨 미친 짓이에요?"

"아, 맙소사, 버니. 사고가 있었어!"

"사고라뇨! 프린스 레드였잖아요."

"그래, 맞아. 있잖아, 버니……"

로크는 케이튼의 어깨를 손으로 잡았다. "가자."

그들은 사이아나와 말다툼을 벌이는 경비원/버니를 뒤로하고
방을 나섰다.

"어째서……?"

케이튼은 선장의 어깨에 기대어 물어보았다.

로크는 걸음을 멈췄다.

그의 어깨 뒤에서 시리우스 제11번(폴빈의 위작)이 폭포처럼
쏟아지는 보라색 불빛 속에 환하게 빛나고 있었다.

"어쩔 생각인지 명확히 말 못 하겠다고 했었잖아. 여기서 본 걸
로 어느 정도 대답이 됐을 거야. 다른 승무원들을 데리러 가자."

"어떻게 찾으시게요? 박물관 여기저기 돌아다니고 있을 텐데."

"과연 그럴까?"

로크는 다시 걸어갔다.

아래층 화랑은 그야말로 혼란의 도가니였다.

"선장님……"

케이튼은 수천 명의 박물관 방문객이 안내 스크린을 통해 프린스가 격하게 쏟아낸 말을 듣는 모습을 상상해보았다. 록호에서 프린스의 첫 번째 메시지를 들으며 느꼈던 충격도 떠올랐다.

방문객들은 피츠제럴드 살롱의 오닉스 바닥에 모여 떠들고 있었다.

("새로운 예술 작품을 선보인 건가……")

("……사전 안내도 없이 그런 식으로 작품을 선보일 리 없잖아……")

("……**내가** 보기엔 진짜 같던데!")

20세기 천재가 그린 풍자화가 조명 아래 아치형 벽에서 빛을 발하고 있었다. 보는 각도에 따라 색이 다르게 보이는 그림이었다. 아이들은 제 부모에게 재잘거리고, 학생들은 저희끼리 쑥덕거렸다. 로크는 그 사람들 사이로 성큼성큼 걸어갔다. 케이튼은 그의 뒤를 바짝 붙어 따라갔다.

그들은 나선형 승강기를 지나 용머리 조각상이 있는 곳 위쪽의 로비로 나갔다.

방문객들 머리 위로 시커먼 무언가가 날개를 퍼덕이다가 줄에 끌려갔다. 케이튼이 세바스티안을 가리키며 말했다. "다른 승무원들도 저기 같이 있어요."

케이튼은 용머리 조각상 앞으로 걸어갔다. 로크가 푸른 타일을 저벅저벅 밟으며 케이튼을 앞질러 갔다.

"선장님, 저희도 방금 봤습니다……"

"……프린스 레드가 우리 우주선에서 그랬던 것처럼……"

"……안내 스크린에서 나왔어요……"

"……박물관 전체에서 영상이 나오더라고요. 그래서 우린 여기로……"

"……돌아왔어요. 선장님이 아래층으로 내려오면……"

"……바로 만나려고요. 선장님, 저희가……"

"그만 가자." 로크는 쌍둥이의 어깨에 손을 하나씩 올리며 그들의 말을 막았다. "세바스티안! 타이이! 마우스를 데리러 부두로 가자."

"그리고 이곳을 떠나 선장님의 신성으로 출발하자고요!"

"부두부터 가야 돼. 그다음에 어디로 갈지는 나중에 얘기하자고."

그들은 아치문을 향해 걸어갔다.

케이튼이 로크에게 말했다. "프린스가 여기 오기 전에 서둘러야 될 것 같습니다."

"굳이 왜?"

케이튼은 로크의 표정에서 속내를 읽어내려 했다.

하지만 도저히 표정을 읽을 수가 없었다.

"이제 얼마 안 있으면 세 번째 메시지가 올 거야. 기다려지네."

얼마 후 그들은 황금빛으로 물든 활기찬 정원으로 나갔다.

"고마워요, 박사님!"

알렉스가 외쳤다. 그는 다친 팔을 주무르다가 주먹을 쥐었다 폈다 해보고 팔을 이리저리 휘둘러도 보았다. 그리고 마우스를 돌아보며 말했다.

"어이, 꼬마야. 너 시링크스 연주 진짜 잘하더라. 연주 도중에 의료 로봇이 와서 아쉬웠어. 어쨌든 고맙다." 알렉스는 싱긋 웃으며 벽에 걸린 시계를 돌아보았다. "시간 맞춰 사냥을 나갈 수 있겠어. 잘됐다!" 알렉스는 덜그럭거리는 그물 사이로 성큼성큼 걸어갔다.

레오는 아쉬워하며 물었다. "이제 떠날 거냐?"

마우스는 가죽 배낭의 끈을 잡아당기며 어깨를 으쓱했다. "나중에 더 연주할 기회가 있을 거예요." 그는 끈을 만지작거리다가 손가락으로 배낭의 접힌 부분을 붙잡으며 물었다. "무슨 일 있어요, 레오?"

어부 레오는 허리띠의 변색된 고리 안쪽으로 왼손을 쓱 집어넣으며 말했다. "널 보니까 고향 생각이 많이 나네." 그리고 오른손도 고리 안쪽으로 집어넣었다. "시간이 많이 흐르긴 했나 봐. 너도 더는 어린 티가 나지 않는 걸 보면." 계단에 앉은 레오의 입가에 씁쓸한 미소가 번졌다. "여기서 사는 게 별로 행복하지가 않아. 다른 곳으로 옮겨 갈 때가 된 거겠지? 그래. 그런 것 같아."

"그렇게 생각해요?" 마우스는 짐 꾸러미에서 몸을 돌려 레오를 마주 보았다. "하필 왜 지금 그런 생각이 드는데요?"

레오는 입을 꾹 다물었다. 남들이 어깨를 으쓱하는 것과 같은 감정 상태를 나타내는 표정이었다. "늙어갈수록 새로운 게 필요하거든. 그만 여길 떠나야겠다는 생각을 한 지 오래됐어."

"어디로 가시게요?"

"플레이아데스로 돌아가려고."

"플레이아데스가 고향이잖아요, 레오. 고향 말고 새로운 곳을 보고 싶다고 했었잖아요."

"플레이아데스에는 100개가 넘는 세상이 있어. 그중에서 내가 어부 일을 했던 곳은 십여 곳이야. 새로운 곳이 필요하기는 한데, 25년이나 그러고 살았으니 고향으로 돌아가기는 해야겠지."

마우스는 레오의 진한 이목구비와 허옇게 센 머리카락을 바라보았다. 어쩐지 익숙한 모습이었다. 안개 마스크에 적응해버린 얼굴인 걸까. 이대로 마스크를 쓰면 딱 어울릴 것 같은 얼굴이었다. 레오는 그동안 많이 변했다. 마우스는 어린 시절에 대한 추억도 별로 없었지만 그 추억마저도 흐릿해진 기분이었다.

"저는 새로운 걸 원해요, 레오. 고향으로는 안 갈 거예요…… 저한테 고향이라는 게 있을지 모르겠지만요."

"언젠가는 내가 플레이아데스로 돌아가고 싶어 하는 것처럼 너도 지구나 드라코로 돌아가고 싶어질 날이 올 거야."

"예." 마우스는 어깨에 배낭을 걸쳐 멨다. "어쩌면 그럴 수도 있겠죠. 한 25년쯤 후에요."

그때 메아리처럼 그를 부르는 목소리가 들렸다.

"마우스……!"

그리고

"어이, 마우스?"

그리고 또다시

"마우스, 너 여기 있냐?"

마우스는 일어서서 두 손을 컵 모양으로 만들어 입가에 갖다 대고 소리쳤다. "있어요! 케이튼?" 목청을 높였더니 평소보다 더 듣기 싫은 목소리가 나왔다.

한참 후 케이튼이 그물 사이를 지나 모습을 드러냈다.

"이런, 이런. 널 못 찾을 줄 알았는데. 부두에서 사람들한테 널 봤는지 물어보고 다녔거든. 어떤 남자가 네가 여기서 연주를 하고 있다고 알려줬어."

"선장님은 알케인 연구소에서 볼일 다 보셨어요? 원하는 걸 얻었대요?"

"어느 정도는. 연구소에 갔더니 프린스가 선장님한테 메시지를 남겨놨더라고. 선장님이 그 메시지를 박물관 안내 방송으로 틀어버리셨어." 케이튼은 휘파람을 불며 덧붙였다. "진짜 악독한 놈이더라!"

"선장님은 신성 위치 정보를 얻으신 거예요?"

"어. 그런데 뭘 좀 기다려야 되나 봐. 그게 뭔지는 나도 모르겠어."

"우린 신성으로 출발하는 거예요?"

"아니. 선장님이 플레이아데스로 돌아갈 거라고 하셨어. 2주일 정도 시간이 남았거든. 선장님이 거기서 뭘 하실 생각인지는 나도 모르니까 묻지 마."

"플레이아데스요? 신성 위치가 거기예요?"

케이튼은 두 손바닥을 들어 보였다.

"그건 아닌 것 같아. 고향에서 시간을 좀 보내고 있는 편이 안전하다고 판단하신 것 같기도 해."

"잠깐만요!" 마우스는 고개를 돌려 레오에게 말했다. "레오, 선장님이 플레이아데스로 가신다니까 가는 길에 태워주실지도 몰라요."

"그래?" 놀란 레오가 턱에서 손을 뗐다.

"케이튼, 본 레이 선장님이라면 레오를 플레이아데스까지 태워주시겠죠?"

케이튼은 잘 모르겠다는 표정을 지어 보이려 애썼다. 하지만 그런 표정을 짓는 것은 상당히 복잡해서 결국 그는 무표정을 내보이고 말았다.

"레오는 내 오랜 친구예요. 지구에서부터 아는 사이였고요. 어렸을 때 레오한테 시링크스 연주 방법을 배웠어요."

"선장님은 지금 속이 복잡하실 텐데……"

"그러시겠죠. 하지만 태워주실 것 같은데요……"

레오가 말했다. "하지만 나보다는 이 녀석이 연주를 더 잘하니 굳이 나를 태워주실 이유가 없기는 해."

"부탁드리면 허락하실 거예요."

"네 선장님을 성가시게 하고 싶진 않아……"

"일단 부탁드려볼게요." 마우스는 어깨에 멘 배낭을 꽉 잡으며 말했다. "가요, 레오. 선장님은 **어디** 계세요, 케이튼?"

젊은이의 열정 때문에 정식 소개도 없이 얼떨결에 한 우주선을 타게 된 케이튼과 레오는 어색한 눈빛으로 인사를 주고받았다.

"자, 가요!"

레오는 일어서서 마우스와 케이튼을 따라 문을 나섰다.

700년 전, 보피스의 첫 개척자들은 피닉스의 메사 바위에 구름의 섬광을 새겼다. 소형 안개 차량용 계류장과 그물 기수들이 정박하는 부두 사이에는 하얀 안개 바다로 내려갈 수 있는 계단이 있었다. 오래된 계단이라 여기저기 깨지고 낡아 있었다.

피닉스는 한낮의 낮잠 시간이라 한산한 편이었다. 로크는 석영이 박힌 돌벽 사이를 걸어 그 계단을 찾아갔다. 안개가 계단 맨 아래 칸에 일렁이고 있었다. 지평선에 하얀 안개 파도가 쳤다. 왼쪽은 푸르게 그림자가 지고, 오른쪽은 햇빛을 받아 황금색으로 물들어 마치 신나게 달리는 양 떼를 보는 듯했다.

"저기요, 선장님!"

로크는 계단 위쪽을 돌아보았다.

"선장님, 잠깐 시간 있으세요?" 마우스가 게처럼 옆 걸음으로 계단을 내려왔다. 그가 발을 옮길 때마다 시링크스가 그의 엉덩이를 툭툭 쳤다. "케이튼한테 선장님이 일단 플레이아데스로 가기로 했다는 얘길 들었거든요. 여기서 예전에 지구에서 알고 지내던 아저

씨를 우연히 만났어요. 저한테 시링크스 연주 방법을 가르쳐주신 분이에요." 마우스는 시링크스가 들어 있는 배낭을 흔들어 보였다. "가는 길이 같으니까 그분을 같이 태우고 고향으로 데려다주실 수 있을까 해서요. 그분은 정말 좋은 친구이고……"

"그렇게 해."

마우스는 고개를 갸웃했다.

"예?"

"플레이아데스까지는 다섯 시간이면 가. 우리가 출발할 때 그 사람이 승선해 있고, 이동 중에 네 투사실에 머물기만 한다면 난 괜찮아."

마우스는 다시 고개를 바로 세우고 머리를 벅벅 긁더니 웃으며 말했다. "아. 예. 감사합니다, 선장님!" 마우스는 돌아서서 계단을 달려 올라갔다. "저기, 레오!" 마지막 두 칸은 한 번에 뛰어올랐다. "케이튼, 레오! 선장님이 허락하셨어요." 그리고 다시 한번 선장에게 말했다. "고맙습니다!"

로크는 계단을 몇 칸 더 내려갔다.

거친 벽에 어깨를 기대고 잠시 그 자리에 앉아 파도가 치는 횟수를 세었다.

그 수가 세 자리에 이르자 숫자 세기를 멈췄다.

지평선을 맴도는 극지방의 태양은 금색이 약해지고 푸른색이 강해졌다.

안개 속에서 여러 사람의 모습이 나타났다 사라졌다. 에런 레드,

어머니, 아버지. 그리고…… 다부진 체격에 잘난 척하길 좋아했던 청년 브라이언. 새 조끼를 입고 파티에 갈 준비를 하던 그의 모습이 눈에 선했다. 그리고 화려한 풍경과 권력에 대해 시큰둥한 반응을 보였던, 팔다리가 긴 오스트레일리아인 댄. 프린스는 브라이언을 죽였고 나는 댄을 죽게 만들었다. 우리 중 누가 더 괴물에 가까울까……?

그물이 보이자 그는 손을 허벅지에 문지르다가 무릎에 올렸다.

계단 아래쪽에서 덜그럭거리는 사슬 고리 소리가 들렸다. 이윽고 출렁이는 하얀 안개를 뚫고 기수가 허리까지 모습을 드러냈다. 안개 찌가 그물을 위로 들어 올렸다. 벽의 석영에 푸른 불꽃이 반사됐다.

로크는 줄곧 벽에 기대고 있던 머리를 들었다.

검은 머리카락의 기수가 계단을 올라왔다. 금속 그물이 뒤에서 출렁거렸다. 벽에 와 부딪힌 그물이 덜그럭덜그럭 소리를 냈다. 계단 여섯 칸을 사이에 두고 그녀가 안개 마스크를 벗으며 말했다. "로크?"

로크는 깍지 낀 손을 풀었다. "날 어떻게 찾았어, 루비? 찾을 줄은 알았지만. 대체 어떻게 찾은 거야?"

루비는 중력 때문에 몸이 무거운지 숨을 몰아쉬었다. 가슴께의 레이스가 늘어났다 줄었다를 반복했다.

"프린스는 네가 트리톤을 떠난 걸 알고 영상 테이프를 네가 갔을 만한 곳 60여 군데에 보냈어. 사이아나는 그중 하나였을 뿐이야. 그리고 나더러 그중 수신된 게 있으면 곧장 자기한테 보고하라고 했어. 난 초베 월드에 있다가 네가 알케인에서 영상을 재생한 걸 알고 곧바로 여기로 온 거야." 루비는 계단에서 그물을 접으며 말을 이었다. "네가 보피스의 피닉스시에 있다는 걸 알아내긴 했는데…… 여기까지 오기가 상당히 복잡했어. 다시는 하고 싶지 않아."

루비는 바위에 손을 짚었다. 접어놓은 그물이 버스럭거렸다.

"이번에는 운에 맡겨보려고. 지난번에는 움직임을 컴퓨터로 하나하나 추적했었어." 로크는 고개를 절레절레 흔들었다. "이번에는 손과 눈, 귀로 해볼 거야. 지금까지는 별 탈이 없네. 이동 속도는 더 빨라졌어. 난 늘 빠른 게 좋더라고. 우리가 처음 만났을 때의 나로 돌아간 기분이기도 하고."

"프린스도 나한테 비슷한 말을 한 적이 있어." 루비는 눈을 들었다. "네 얼굴." 가슴 아파하는 표정이었다. 루비는 가까이 다가와 그의 얼굴 상처에 손을 댔다. 그녀의 손은 이내 아래로 내려갔다. "왜 치료를 안 받고……" 그녀는 말을 맺지 못했다.

"이게 나름 쓸모가 있어. 이 용감한 새 세상의 반질반질한 얼굴들이 덕분에 내 말을 잘 따르거든."

"굳이 왜 그래야 해?"

"이 상처는 내가 여기에 온 목적을 잊지 않게 해줘."

"로크……" 그녀의 목소리에 담긴 분노가 커져갔다. "대체 뭘 하고 있는 거야? 너나 네 가족이 이 일로 뭘 얻을 수 있겠어?"

"너도 프린스도 아직 모르는 것 같네. 난 굳이 숨기려고도 하지 않았는데. 난 다소 구식으로 너에게 내 메시지를 전하고 싶어. 소문이 너와 나 사이의 공간을 건너가기까지 얼마나 걸릴 것 같아?" 로크는 뒤로 기대앉았다. "프린스가 무슨 짓을 하려는지는 일단 최소한 3,000명이 알게 됐어. 오늘 아침에 내가 프린스의 메시지를 방송으로 틀어버렸거든. 더 이상 비밀리에 이루어지는 일이 아니야, 루비. 세상에 숨을 곳은 많아. 내가 빛 속에 서 있을 수 있는 곳은 한 곳뿐이지만."

"네가 레드 가문을 무너뜨리려 한다는 건 우리도 알고 있어. 네가 엄청난 시간과 노력을 기울여가며 하려는 일이 결국 그거잖아."

그는 손가락을 모아 깍지를 꼈다. "네가 틀렸다고 말하고 싶어. 넌 아직 내가 하려는 일을 정확히 모르는 것 같네."

"별과 관련된 일이라는 건 알아."

그는 고개를 끄덕였다.

"로크, 너한테 고래고래 소리라도 지르고 싶어…… 넌 네가 누구라고 생각해?"

"난 프린스와 아름다운 루비 레드에게 저항하는 사람 아닐까? 넌 아름다워, 루비. 난 저주받은 목표를 별안간 짊어지고, 네 아름다움 앞에 홀로 서 있어. 너와 나. 루비, 우리가 살아온 세상은 사실 우리에게 별 의미가 없어. 내가 살아남으면 하나의 세상, 100개의 세상에서 삶이 이어질 거야. 만약 프린스가 살아남으면……" 그는 어깨를 으쓱했다. "그렇게 따지면 이건 일종의 게임이겠지. 사람들은 우리에게 의미 없는 사회에서 계속 살아가라고 말해. 우리 삶에 견고한 목표 따위는 없다고 말하지. 세상은 마구 흔들리고 있어. 난 그냥 게임을 하고 싶을 뿐이야. 난 지금까지 게임을 열심히, 최대한 열심히…… 그리고 폼 나게 할 준비를 해왔어."

"난 날 혼란스럽게 해, 로크. 프린스는 예측이 가능한데……" 루비는 눈썹을 치켜올렸다. "이 얘기가 널 과연 놀라게 할까 모르겠어. 프린스랑은 함께 자라서 잘 알겠는데, 넌 미지의 존재야. 수년 전 그날 파티에서 네가 날 원했잖아. 그것도 게임의 일부였어?"

"아니…… 어쩌면 그럴 수도 있겠다…… 그때 난 게임의 규칙을 몰랐던 것 같아."

"지금은?"

"나만의 규칙을 만들어야 된다는 건 알고 있어. 루비, 난 프린스가 가진 걸 원해. 아니, 프린스가 가진 걸 게임을 통해 이겨서 얻어 내고 싶어. 이겨서 손에 넣고 곧장 던져버리더라도 일단은 손에 넣고 싶어. 우린 싸울 거야. 물론 그로 인해 무수한 생명과 세상이 흔들리겠지. 그래, 나도 그 정도는 알아. 네가 전에 말한 적이 있지. 우린 권력을 쥔 특별한 사람들이라고. 하지만 그 생각을 머릿속에 담아두고 살면 난 아무것도 할 수가 없게 돼. 지금 나는 이 순간, 이 상황에, 나만이 할 수 있는 일을 앞에 두고 있어. 내가 알고 있는 건 게임을 하는 방법이야. 앞으로 내가 뭘 하든…… 나라는 인간이 어떻게 만들어졌든 간에…… 이기기 위해서 할 거야. 그걸 기억해줘. 넌 이렇게 찾아와 나한테 호의를 베풀었어. 그 보답으로 경고를 해준 거야. 이 말을 해주려고 여기서 기다린 거고."

"미리 거창하게 사과까지 하면서 하려는 일이 대체 뭔데?"

"나도 아직 모르겠어." 로크는 웃음을 터뜨렸다. "답답한 소리 같지만 아직은 그래. 그게 사실이야."

루비는 깊게 숨을 들이마셨다. 바람이 뒤에서 그녀의 머리카락을 어깨 너머로 쓸어 넘기자 루비는 이마를 찡그렸다. 그녀의 눈이 그림자에 묻혔다. "나도 너한테 경고해줄게." (로크는 고개를 끄덕였다.) "잘 생각해서 해." 루비는 벽을 마주 보고 섰다.

"알았어."

"그래."

다음 순간 루비는 한쪽 팔을 뒤로했다가 앞으로 쭉 뻗었다!

28제곱미터 넓이의 사슬 그물이 그녀의 머리 위를 지나 로크의 몸으로 내려왔다.

그물의 고리들이 로크의 들어 올린 손부터 포획해 상처를 입혔다. 그는 그물의 무게로 인해 휘청거렸다.

"루비……!"

루비는 다른 쪽 팔도 앞으로 뻗었다. 또 한 층의 그물이 로크의 머리 위로 떨어졌다.

루비는 뒤로 몸을 기울이며 그물을 쭉 당겼다. 그물 가장자리에 발목을 맞은 로크가 미끄러졌다.

"뭐야! 이게……"

사슬 고리 사이로 로크는 루비가 얼굴에 다시 마스크를 쓴 것을 보았다. 반짝이는 유리로 된 마스크 속에서 그녀의 눈과 입, 코가 보였다. 그릴이 있는 마스크였다. 그녀의 가녀린 어깨를 통해 로크는 그녀가 어떤 표정을 짓고 있는지 알 수 있었다. 잔근육이 뚜렷이 드러났다. 루비가 앞으로 몸을 숙이자 배에 주름이 잡혔다. 어댑터 회로로 팔의 근력을 500배 증강시켰다. 로크는 꼼짝없이 계단 아래쪽으로 끌려 내려갔다. 그는 벽을 붙잡으며 쓰러졌다. 바위와 금속에 팔과 무릎이 긁혔다.

사슬 고리는 강력한 힘을 발휘했지만 움직임의 정확도는 떨어지는 편이었다. 파도가 그물을 후려치면서 로크는 몸을 아래로 기울여 계단을 두 칸 다시 올라갈 수 있었다. 루비가 다시 힘을 주며 그를 네 칸 더 아래로 끌어 내렸다. 로크는 등으로 두 칸, 엉덩이로 한 칸을 버텼다. 루비가 그를 아래로 계속해서 끌어 내렸다. 그녀의 종아리까지 안개가 휘감았다. 루비는 숨 막히는 안개 속으로 계속해서 내려갔다. 검은 마스크가 안개 표면에 닿을 정도로 몸을 깊게 숙였다.

로크는 휘청하면서 다섯 칸을 끌려 내려갔다. 모로 누워 사슬 고리를 잡고 위로 들어 올렸다. 루비의 몸이 흔들리는 게 보였다. 바위 가장자리가 로크의 어깨를 날카롭게 스쳤다.

로크는 그물을 손에서 놓고 잠시 숨을 돌렸다. 그물 밑으로 어떻게든 빠져나가보려고 애썼다.

그 순간 루비가 헉 소리를 냈다.

그는 그물을 얼굴에서 밀어 올리며 눈을 떴다. 그물 밖에서 무언가가……

시커먼 무언가가 날개를 퍼덕이며 벽 사이로 날아왔다.

루비는 그것을 피하려 한쪽 팔을 들어 올렸다. 그물이 로크에게서 벗겨져 위로 올라갔다.

시커먼 그것은 사슬 고리를 피해 위로 날아올랐다.

23킬로그램에 달하는 금속 그물이 안개 속 어딘가에 떨어지고 루비는 휘청거리다가 모습을 감췄다.

로크는 계단 몇 칸을 끌려 내려간 후였다. 안개가 그의 허벅지까지 올라왔다. 톡 쏘는 비소가 함유된 독한 안개가 그의 머리를 휘감았다. 그는 기침을 하며 바위를 붙잡았다.

시커먼 그것은 지금 로크의 주변에서 퍼덕이며 날고 있었다. 그물의 무게가 덜어지자 로크는 배로 버티며 계단을 기어 올라갔다. 신선한 공기를 마시려 안간힘을 쓰는데 눈앞이 빙빙 돌았다. 그 와중에 뒤를 돌아보았다.

그물이 새와 드잡이를 하며 그의 머리 위에 떠 있었다. 로크가 계단을 한 칸 더 기어 올라가는 동안 새는 그물을 피해 날아올랐다. 사슬 고리가 로크의 다리를 묵직하게 치면서 계단 아래로 끌려 내려가더니 이윽고 사라졌다.

로크는 일어나 앉아 바위 사이로 날아가는 새를 바라보았다. 새는 벽을 벗어나 두 번 나선형을 그리며 날다가 세바스티안의 어깨로 돌아갔다.

땅딸막한 사이보그 승무원 세바스티안은 벽 위에서 그를 내려다보았다.

로크는 비틀거리며 일어나 눈을 질끈 감고 머리를 흔들었다. 그리고 구름의 섬광이 새겨진 계단을 휘청휘청 올라갔다.

로크가 계단 꼭대기까지 올라갔을 때 세바스티안은 새의 구부러진 발톱에 강철 띠를 매주고 있었다.

"이번에도 신세를 졌어······" 로크는 숨을 들이마시며 금색 매트를 붙여놓은 세바스티안의 어깨를 손으로 툭 쳤다. "······고마워."

그들은 바위에서 아래쪽을 내려다보았다. 안개를 뚫고 올라오는 기수의 모습은 보이지 않았다.

"많이 위험할 뻔하셨습니다."

"그러게."

타이이가 부두를 가로질러 달려와 세바스티안의 옆에 서며 물었다. "무슨 일이야?" 타이이는 금속 같은 눈을 번뜩이며 두 남자를 번갈아 쳐다보았다. "검은 새를 날리는 걸 봤어!"

로크가 대신 말했다.

"이제 괜찮아. 방금 전에 칼을 든 여왕을 만났는데, 너희의 애완동물이 내 목숨을 구해줬어."

세바스티안은 타이이의 손을 잡았다. 익숙한 손을 손가락으로 붙잡은 후에야 타이이는 진정하는 모습이었다.

세바스티안이 진지한 얼굴로 물었다. "이제 갈 시간입니까?"

타이이도 물었다. "선장님의 태양을 찾으러 가나요?"

"아니. 너희의 태양이야."

그 말에 세바스티안은 미간에 주름을 잡았다.

로크가 말했다. "어둑한 죽음의 자매 별로 출발하도록 하지."

저 앞에 그림자와 그림자, 빛과 그림자 같은 쌍둥이가 부두를 가로질러 오고 있었다. 린케우스의 얼굴은 당황한 표정인데 반해 이다스는 아니었다.

"하지만……" 세바스티안이 말을 하려는데 타이이가 그의 손을 잡았다. 세바스티안은 입을 닫았다.

로크는 세바스티안이 하려다 만 질문에 굳이 대답하지 않았다.

"다른 승무원들을 데리고 출발해야겠어. 기다렸던 답을 얻었으니까. 이제 떠날 시간이야."

케이튼은 앞으로 휘청하면서 사슬 고리를 움켜잡았다. 그물 창고 안에 왈그락달그락 소리가 울려 퍼졌다.

레오가 웃음을 터뜨렸다. "야, 마우스. 아까 그 술집에서 네 키 큰 친구가 술을 엄청 마시더라."

케이튼은 균형을 잡으려 애썼다. "저 안 취했습니다……" 케이튼은 고개를 들어 커튼처럼 드리워진 금속 그물을 올려다보았다. "원래 취하려면 두 배는 더 마셔줘야 하는데."

"재미있네요. 나도 그런데." 마우스는 배낭을 열었다. "레오, 연주를 좀 더 즐기고 싶다고 했잖아요. 뭘 보여드릴까요?"

"아무거나, 마우스. 너 하고 싶은 대로 연주해봐."

케이튼이 다시 그물을 잡고 흔들며 주절거렸다.

"이 별에서 저 별로, 인간의 발자취를 따라, 은하계에는 거대한 그물이 펼쳐져 있어, 마우스. 상상해봐. 오늘날 역사는 바로 그런 매트릭스에서 발생하는 거야. 안 보여? 그거야. 그게 바로 내 이론이야. 개인들은 그 그물의 연결 지점이야. 그리고 문화적, 경제적, 심리적 끈이 각 개인을 이어주고 있어. 역사적 사건은 그물을 흔드는 잔물결이고." 케이튼은 또다시 그물 고리를 붙잡고 흔들며 말을 이었다. "역사적 사건은 그물을 따라 퍼져나가면서 개인 간의 문화적 유대를 단단히 혹은 느슨하게 만들어. 대재앙에 가까운 사건일 경우 유대가 끊어지기도 해. 그물이 찢어지는 셈이지. 드 아일링과 34-앨빈은 물결이 시작되는 지점, 물결의 전파 속도를 놓고 논쟁을 벌이고 있는데 전체적으로 보는 관점은 동일해. 난 내…… 소설에 이런 그물이 영향을 미치는 범위에 대해 쓰고 싶어, 마우스. 그리고 내 소설을 그물 전체에 퍼뜨리고 싶어. 그러려면 중심 주제를 찾아야 된단 말이야. 역사를 뒤흔들고 그물의 고리가 이리저리 흔들리면서 번쩍일 정도의 대단한 사건. 달은 은퇴해서 살기에 참 아름다운 곳이야, 마우스. 완벽한 내 예술 작품이 그물을 타고 흐를 수 있게 해야 된단 말이지. 내가 바라는 건 바로 그거야, 마우스. 그런데 마땅한 주제를 찾을 수가 없어!"

바닥에 앉아 시링크스에서 떨어진 제어 손잡이를 찾으려고 배낭 안쪽을 들여다보던 마우스가 말했다. "본인에 대해 써보는 게 어때요?"

"아, 그거 좋은 아이디어네! 그런데 누가 그런 글을 읽을까? 너?"

마우스는 손잡이를 찾아 시링크스의 대에 도로 끼웠다. "난 소설처럼 긴 글은 읽을 수 있을 것 같지가 않아요."

"만약 소설 주제를, 프린스와 선장님의 가문처럼 대단한 두 가문의 격돌 같은 거로 잡아서 쓰면 너도 **읽고 싶은** 마음이 들까?"

"소설에 쓸 메모를 몇 개나 만들었어요?" 마우스가 시링크스로 시험 삼아 만들어낸 빛이 창고 안에 퍼져나갔다.

"필요하다고 생각한 분량의 10분의 1도 안 돼. 박물관의 유물처럼 아무짝에도 쓸모없어질 운명일지도 모르지만 그래도 보석처럼 빛나게……" 케이튼은 그물을 붙잡고 휘청거렸다. "잘 다듬으면……" 사슬 고리가 끼익끼익 소리를 냈다. 케이튼이 목청을 높였다. "꼼꼼하게 작업을 해야지. 완벽하게!"

"나는 태어나고, 죽고, 고통을 겪는다. 제발 나를 도와줘. 이런 느낌으로 내가 당신을 위해 당신의 책을 써봤어요."

케이튼은 길고 가느다란 손가락으로 그물을 붙잡고 마우스를 돌아보았다. 잠시 후 그가 말했다. "마우스, 넌 가끔 날 울고 싶게 만들더라."

아몬드 냄새.

쿠민 냄새.

카르다몸 냄새.

흘러내린 멜로디들이 딱딱 맞아떨어졌다.

물어뜯은 손톱, 굵어진 관절, 가을색으로 물든 케이튼의 손등. 시멘트 바닥에서 케이튼의 그림자가 그물 속에서 춤을 추었다.

레오가 웃으며 말했다. "그래, 좋아. 계속 연주해, 마우스! 연주해!"

춤추는 그림자들 사이로 목소리들이 흘러 들어왔다.

"어이, 그 안에⋯⋯"

"⋯⋯있는 거예요? 선장님이 우리한테⋯⋯"

"⋯⋯당신들을 찾아오라고 했어요. 이제⋯⋯"

"⋯⋯출발할 시간이에요. 어서⋯⋯"

"⋯⋯가요!"

3172년, 드라코/플레이아데스 연방, 록호에 탑승 중

chapter 6

"지팡이 시종 카드."

"**정의.**"

"**판결.** 내 트릭이야. 컵 여왕 카드."

"컵 에이스."

"별 카드. 내 트릭이야. 은둔자 카드."

레오가 웃으며 말했다. "이 여자가 으뜸패로 앞서가네! 죽음 카드."

"바보 카드. 내 트릭을 보여줄게. 자, 코인 기사 카드야."

"코인 트레이."

"코인 왕 카드. 내 트릭이야. 다섯 개의 칼 카드."

"듀스."

"마법사 카드. 내 트릭이야."

　케이튼은 세바스티안, 타이이, 레오가 한 시간 동안 추억 얘기를 하고 난 뒤 어둑한 체스 테이블 앞에 앉아 3인 타로 카드 게임을 하는 모습을 바라보았다.

　그는 게임을 잘 몰랐다. 그들은 그 사실을 모를 텐데도 케이튼에게는 같이 게임을 하자고 하지 않았다. 케이튼은 그 이유가 뭘지 곰곰이 생각을 해보았다. 케이튼은 15분 넘게 세바스티안의 어깨 너머로 게임 판을 들여다보았다. (시커먼 애완 새는 세바스티안의 발치에 웅크리고 앉아 있었다.) 세바스티안의 털북숭이 손이 카드를 섞고 부채꼴로 늘어놓았다. 카드 게임에 대해 아는 건 별로 없지만 케이튼은 게임에 참여하기 위해 뛰어난 기지를 발휘해볼 작정이었다.

　그런데 게임 속도가 너무 빨랐다……

　결국 케이튼은 포기했다.

　그는 마우스와 이다스가 앉아 있는 경사로 쪽으로 걸어갔다. 두 사람은 경사로 아래 석회 웅덩이에 발을 늘어뜨린 채 앉아 있었다. 케이튼의 입가에 미소가 번졌다. 그는 주머니에 넣어둔 녹음기 끄트머리의 루비 축을 엄지로 만지작거리며 녹음을 준비했다.

　이다스가 말했다. "마우스, 이 노브를 돌리면 어떻게 돼요……?"

　"조심해요!" 마우스는 이다스의 검은 손을 시링크스에서 밀쳐냈다. "잘못하면 방 안에 있는 사람들이 전부 앞을 못 보게 돼요!"

　이다스가 얼굴을 찌푸렸다. "예전에 나도 이런 걸 가지고 논 적이 있거든요. 그래서……" 그는 마치 지금 옆에 없는 형제가 다음 말을 이어가주길 기다리는 듯 말끝을 흐렸다.

　마우스의 손가락이 시링크스의 나무에서 강철, 플라스틱으로 옮겨 갔다. 현을 손으로 쓰다듬고 증폭되지 않은 채로 소리를 냈다. "이 기기는 잘못 다루면 남을 다치게 할 수 있어요. 이건 지시하는 대로 작동하는 기기거든요. 빛과 소리의 양 조절을 잘못하면 누군가의 망막을 떨어지게 만들거나 고막을 파열시킬 수도 있어요. 홀로그램 이미지의 불투명도를 조절하기 위해 레이저를 사용하거든요."

　이다스는 고개를 흔들었다. "작동 방식까지 알 정도로 오래 다뤄본 적은 없어요……"

　이다스는 안전한 현 쪽을 만져보려고 손을 뻗었다.

　"정말 멋지게 생겼네요……"

　"안녕." 케이튼이 인사를 건넸다.

　마우스는 투덜거리며 튜닝을 계속했다.

　케이튼은 마우스 맞은편에 앉아 몇 분 동안 가만히 그를 바라보다가 입을 열었다. "내가 생각을 해봤어. 내가 누군가한테 '안녕' 하고 인사하면 열에 아홉은 대꾸도 안 하고 다른 일을 하러 가버린단 말이지. 그럼 난 그 후 15분 정도 방금 전에 있었던 일을 머릿속으로 되풀이해 재생하면서 고민을 해. 내가 지나치게 익숙한 미소를 지었나, 내 냉철한 표정을 보고 상대방이 나를 차가운 인간이라고 판단한 건가, 같은 고민이야. 그리고 혼자 속으로 열두 번 정도 대화를 해. 내가 목소리 톤을 달리했으면 상대는 다른 반응을 나타내지 않았을까 생각하면서……"

　"저기요." 마우스는 시링크스에서 시선을 떼고 고개를 들었다. "그런 거 아니에요. 난 당신을 좋아해요. 그냥 좀 바빠서 그런 거예요."

　"아." 케이튼은 미소를 지었다. 그러다 미소를 걷고 인상을 찡그렸다.

　"있잖아, 마우스. 난 선장님이 부러워. 그분은 자기만의 사명을 갖고 있잖아. 그 사명에 강박적으로 사로잡혀 있어서, 남들이 자기를 어떻게 생각하는지 따위는 고민할 겨를도 없겠지."

　"저는 사명은 없지만 당신이 말한 것 같은 고민은 안 해요. 거의 안 한다고 봐야죠."

　이다스도 고개를 돌려 케이튼을 바라보았다. "난 고민해요. 혼자 있을 때면 이런저런 생각이 들어서……" 이다스는 검은 머리를 숙이고 손가락 마디를 이리저리 살펴보았다.

　케이튼이 말했다. "선장님이 지금 우릴 여기서 빈둥거리게 두는 것도 이유가 있어서겠지. 비행은 린케우스랑 둘이서만 하시잖아."

　이다스가 말했다. "그러게요. 내 생각에는……" 말끝을 흐리며 손바닥을 뒤집은 이다스는 검은 선을 눈으로 세밀하게 들여다보았다.

　마우스가 말했다. "선장님은 걱정이 많으실 거예요. 여행 초반부터 그런 걱정을 드러내고 싶지 않으신 것 같던데요. 곧 생각을 정리하시겠죠. 내가 보기엔 그래요."

"선장님이 악몽을 꾸시는 것 같아?"

"어쩌면요." 마우스는 시링크스를 튕겨 시나몬 향기를 피웠다. 그런데 그 향이 너무 강해서 코가 찌릿하고 입 안쪽까지 따가웠다.

케이튼은 눈물이 찔끔 났다.

마우스는 고개를 절레절레 흔들며, 조금 전 이다스가 만졌던 노브를 조정해 낮췄다. "죄송해요."

"칼을 든……" 방 저쪽에서 세바스티안이 게임 판에서 고개를 들더니 코를 찡그렸다. "……기사."

여기 앉은 이들 중 유일하게 다리가 긴 케이튼은 샌들의 발가락이 경사로 아래 물에 닿았다. 웅덩이 속 다채로운 자갈들이 그의 발가락에 닿아 흔들거렸다. 케이튼은 녹음기를 꺼내 루비 축을 돌렸다.

"소설은 기본적으로 관계에 관한 것이다." 케이튼은 잎사귀 뒤의 모자이크 벽에 비친 뒤틀린 이미지를 바라보며 말을 이었다. "소설이 인기가 있었던 이유는 읽는 이의 속에 담긴 외로움을 들춰내 보여주기 때문이었다. 독자 입장에서는 의식의 교묘한 책략에 홀리는 셈이다. 예를 들어 선장님과 프린스는 둘 다 자기만의 목표에 집착하고 있으며……"

마우스가 몸을 기울이더니 녹음기에 대고 말했다. "선장님과 프린스는 서로를 직접 대면한 지 10년이 넘었다!"

화가 난 케이튼은 녹음기를 껐다. 한마디 쏘아붙일까 하다가 그만두었다. 다시 녹음기를 켰다. "이런 일이 일어나게끔 허용하는 사회가 바로 소설이 사멸하도록 허용한 사회임을 기억해라. 두 사람이 서로에게 말할 때 얼굴 사이에서 일어나는 일이 바로 소설의 주제가 되어야 함을 명심해야 한다." 그는 녹음기를 껐다.

마우스가 물었다. "책을 **왜** 쓰려는 거예요? 책을 써서 뭘 하고 싶어요?"

"넌 시링크스를 왜 연주해? 본질적으로 같은 이유일 거야."

"준비하는 데 그렇게 오래 걸리면 나 같은 경우 아예 연주를 할 수도 없어요. 그게 힌트 아닐까요."

"무슨 말인지 이해돼, 마우스. 의도한 바는 아니지만, 내 성취 방식이 네 신경에 거슬린 모양이구나."

"케이튼, 난 당신이 하고 있는 일을 **이해해요**. 아름다운 걸 만들고 싶은 거잖아요. 하지만 지금 같은 방식으로는 하기 힘들어요. 이 장치로 이 정도 연주를 하기 위해 난 오랜 시간 연습을 해야 했어요. 당신이 소설로 이 정도 성취를 이루려면 주변 사람들이 당신 감정에 호응해서 기쁨을 느끼게 해야 한다고 생각해요. 그렇게 하기 위해 알케인의 지하실에 들어가 자료를 뒤져야 한다면 해야겠죠. 감정을 본인이 이해하지 못하는 상태라면 소설도 쓰기 힘들 거라고 생각해요."

"마우스, 넌 착하고 멋있고 아름다운 사람이야. 하지만 그 생각은 틀렸어. 네가 그 하프로 아름다운 형태들을 만들어낼 때 난 네 얼굴을 면밀하게 살펴봤어. 네 얼굴에서 공포가 보이더라."

마우스는 눈을 치켜떴다. 그의 이마에 주름이 잡혔다.

"네가 몇 시간씩 연주하는 모습을 지켜본 적도 있어. 그런데 기쁨은 찰나일 뿐이었어, 마우스. 인생은 의미 있는 무늬를 만들기 위한 수단일지도 몰라. 아름답고 영구적인 무늬 말이야. 그래. 어쩌면 나는 이 일에 적합한 능력을 못 갖추고 있을 수도 있어. 네 안에는 네 손가락을 통해 풍성하게 흐르고 분수처럼 뿜어 나오는 가락이 있겠지. 하지만 네가 만들어내는 그 음은 내면에서 질러대는 비명을 덮어 누르기 위한 것처럼 들릴 때가 있어."

케이튼은 인상을 쓰고 쳐다보는 마우스에게 고개를 끄덕이며 말을 맺었다.

마우스는 시링크스로 다시 음을 만들어냈다.

케이튼은 어깨를 으쓱했다.

이다스가 말했다. "난 당신 책을 읽어볼 생각이에요."

마우스와 케이튼이 그를 쳐다보았다.

"전에…… 책을 좀…… 읽어본 적 있거든요……" 이다스는 시선을 손으로 내렸다.

"그래요?"

이다스는 고개를 끄덕였다. "외곽 식민지 사람들은 책을 읽거든요. 소설도 가끔 읽어요. 물론 소설이 다…… 엄청 오래된 거긴 하지만……" 이다스는 벽에 설치된 틀을 올려다보았다. 린케우스가 세상에 태어나지 않은 영혼처럼 그곳에 가만히 누워 있었다. 선장은 다른 틀 안에 들어가 누운 모습이었다. 이다스는 상실감 가득한 표정으로 말했다. "외곽 식민지는 여기하고는 많이 달라요……" 이다스는 우주선 주변을 손으로 가리켰다. 그가 말한 여기는 드라코를 뜻하는 것이었다. "우리가 가고 있는 곳에 대해 잘 알아요?"

케이튼이 대답했다. "한 번도 가본 적 없어요."

마우스는 조용히 고개를 저었다.

"거기 가면 우리가 블리스를 얻을 수 있을지, 여러분 중에 답을 아는 사람이 있을지 궁금해서요……" 그는 다시 고개를 숙였다. "별 얘기 아니니까 신경 쓰지 말아요……"

케이튼은 방 저쪽에서 카드놀이를 하는 사람들을 가리키며 말했다. "저 사람들한테 가서 물어봐요. 저 사람들 고향이니까."

"아, 그렇겠네요……"

이다스는 경사로에서 그 아래 웅덩이로 내려갔다. 물이 철벅 튀었다. 이다스는 자갈을 밟고 뒤뚱뒤뚱 웅덩이를 건너 카펫에 물을 뚝뚝 떨어뜨리며 걸어갔다.

케이튼은 마우스를 쳐다보며 고개를 절레절레 흔들었다.

파란 카펫은 이다스의 발에서 흘러내린 물을 완벽하게 빨아들였다.

"여섯 개의 칼 카드."

"다섯 개의 칼 카드."

"실례합니다, 혹시 여러분 중에……"

"열 개의 칼 카드. 내 트릭이야. 컵을 든 시종 카드."

"……우리가 가고 있는 세상에 대해 아시는 분 있는지. 그러니까……"

"탑 카드."

(케이튼은 마우스에게 속삭였다. "선장님의 점괘로 나온 카드가 역방향이 아니었으면 좋았을 텐데. 역방향은 좋은 징조가 아니야.")

"네 개의 컵 카드."

"내 트릭이야. 아홉 개의 지팡이 카드."

"……우리가 그걸 얻을 수 있을까요……"

"일곱 개의 지팡이 카드."

"……블리스를요."

"운명의 수레바퀴 카드. 내 트릭이야." 세바스티안이 고개를 들고 이다스에게 물었다. "블리스?"

탐험가는 어둑한 죽음의 자매 별을 포함한 행성들 가운데 가장 바깥쪽에 있는 별 이름을 '엘리시움*'이라 지었다. 그런데 결과적으로 서툰 농담 같은 이름이 되고 말았다. 온갖 장치를 동원해 확인해봐도, 명왕성 밖 행성만큼이나 태양에서 멀리 떨어져 있는 그 별은 타원형으로 꺼져가는 얼음 덩어리에 지나지 않았다. 사람이 살기에 부적합한 척박한 별이었다.

예전에 누군가 미심쩍은 이론을 발표한 적이 있었다. 대재앙이 일어나 달리 도망칠 곳이 없게 되면 거대 행성의 그림자 속에 숨

* 그리스 로마 신화 속 선량한 사람들이 죽은 후 사는 이상적인 세계.

어 있는 그런 세 개의 위성들로라도 탈출할 수밖에 없을 거라고. 케이튼은 위성이 가엾다고 생각했다. 위성은 그저 하나의 세상으로 존재할 뿐인데. 그 위성을 통해 허세에 가까운 교훈을 얻으려 하다니.

계속해서 나아간 탐험가는 균형 감각을 되찾았다. 마침내 찾아낸 중간 세상을 보고 그의 얼굴에서 웃음기가 걷혔다. 그 세상을 그는 '디스[*]'라고 불렀다.

그는 너무 늦게야 양심의 가책을 느끼게 됐다. 신들은 고전적인 방식으로 그가 대가를 치르게 만들었다. 그의 우주선은 제일 안쪽에 있는 행성에 충돌하고 말았다. 그 행성은 아무 이름도 갖지 못했고 현재까지도 그저 '다른 세상'이라고만 불리고 있다. 대단한 풍경이나 환경, 눈에 띄는 점이라고는 없는 행성이다. 그 '다른 세상' 행성에 도착한 두 번째 탐험가가 비로소 비밀을 밝혀냈다. 멀리서 봤을 때는 굳은 화산암재처럼 보였던 너른 평원은 알고 보니 얼어붙은 물로 이루어진 바다였다. 위로 3미터에서 30미터까지는 돌무더기와 흙더미였지만 그 아래로 3킬로미터에서 40킬로미터까지가 물이었다. 어둑한 죽음의 자매 별이 신성이 된 시기는 19~20세기였고 그때 우주로 수증기가 상당 부분 빠져나갔다. 그리고 지구보다 더 두꺼운 건조한 땅이 생겨났다. 대기는 호흡에 부적당하고, 생물은 전혀 살고 있지 않았으며, 기온은 무척이나 낮았다. 하지만

＊ Dis. 로마 신화 속 저승의 신이자 저승 세계. 그리스 신화 속 하데스(플루토)와 명부冥府에 해당한다.

바다가 있으니 나머지 문제는 사소하게 취급되었고 쉽게 해결됐다. 그래서 플레이아데스 초기 시절에 인류는 그 척박하게 얼어붙은 땅으로 이주를 시작했다. 이 다른 세상에서 제일 오래된 도시의 이름은 '무서운 밤의 도시'였다. 사람들이 신중을 기해 지어 붙인 이름이었다. 지난 300년에 걸쳐 상업 및 경제의 중심이 이동하면서 인구 이동도 이루어져 이제 그곳은 그 별에서 제일 큰 도시는 아니었다.

　록호는 그 도시의 검은 물집 같은 언덕 옆에 착륙했다. '악마의 발톱'이라 불리는 협곡 가까이였다.

　"……18시간이 소요됩니다."

　안내 방송이 이렇게 끝나자 마우스가 레오에게 물었다. "고향에 돌아온 느낌이 좀 나요?"

　레오는 우주비행장을 둘러보더니 한숨을 쉬었다. "이 세상에는 와본 적이 없어." 우주비행장 너머는 부서진 얼음 바다가 수평선 끝까지 뻗어 있었다. "그래도 이 정도면 물갈퀴 여섯 개가 달린 거대한 나르들이 바다에서 무리지어 돌아다닐 것처럼 보이기는 하네. 어쨌든 여기도 플레이아데스니까 고향에 돌아온 셈이긴 하지."

　레오는 미소를 지었다. 하얗게 피어오른 입김이 그의 푸른 눈을 흐릿하게 만들었다.

　케이튼이 물었다.

　"여기가 고향이죠, 세바스티안? 집에 돌아오니 기분 좋겠어요."

　세바스티안은 눈앞을 가리는 새의 날개를 옆으로 밀어 치우며 대답했다. "내가 살던 별이 맞기는 하지만……" 그는 주변을 둘러보며 어깨를 으쓱했다. "나는 툴레시 출신이에요. 여기보다 훨씬 큰 도시죠. 이 별을 4분의 1쯤 돌아가야 나오는 도시인데 여기서 무척 멀고 분위기도 완전히 달라요." 세바스티안은 땅거미 진 하늘을 올려다보았다. 권총색 구름 뒤로 흐릿한 진주색을 띤 자매 별이 높이 떠 있었다. "다르고말고요." 세바스티안은 고개를 절레절레 흔들었다.

　타이이가 옆에서 말했다. "우리 세상은 맞지만, 우리 고향은 아니에요."

　그들보다 몇 걸음 앞서가던 선장이 승무원들의 이야기 소리에 뒤를 돌아보았다. "저쪽 좀 봐." 선장은 대문을 가리키며 말했다. 상처 아래로 표정이 굳어 있었다. "기둥에 용 조각 같은 게 없잖아. 그럼 고향이지. 자네와 자네, 자네 그리고 나에게 여기는 고향이야!"

　"그래요, 고향이겠죠." 레오는 조심스럽게 맞장구를 쳤다.

　그들은 선장의 뒤를 따라 뱀 조각이 없는 게이트를 나섰다.

　게이트 바깥은 온갖 색깔이 어우러져 휘황했다.

　구리 : 누리끼리하고 푸르스름한 얼룩덜룩한 덩어리로 녹슬어 버림.

　철 : 검은색과 붉은색 재.

　유황 : 줄줄 흐르는 형태의 보랏빛이 섞인 갈색 산화물.

　흙바람이 이는 지평선에서부터 올라온 그 찬란한 색깔들이 도시의 벽과 탑을 온통 물들였다. 린케우스는 은색 속눈썹 아래로 도시의 하늘을 바라보았다. 꺼져가는 태양을 향해 검은 잎사귀들이 미친 듯이 휘날리고 있었다. 시간은 정오인데 다른 행성의 저녁보다도 빛이 희미했다. 린케우스는 세바스티안의 어깨에 앉아 있는 새를 바라보았다. 새가 날개를 펼치자 줄이 덜그럭거렸다. 린케우스가 물었다. "이 새도 고향에 돌아온 것 같은 기분을 느낄까요?" 린케우스는 그 새에게 하얀 손을 슬쩍 뻗었다가 검은 발톱에 움찔하며 손을 거둬들였다. 쌍둥이는 서로를 쳐다보며 웃었다.

　그들은 무서운 밤의 도시로 내려갔다.

　반쯤 걸어 내려가던 마우스가 뒷걸음질을 치면서 도로 승강기에 올랐다.

　"여긴…… 지구랑은 많이 다르네요."

　"그래?" 뒤따라 내린 케이튼은 마우스를 슬쩍 쳐다보더니 마찬가지로 뒷걸음질을 쳤다.

　"주변을 둘러봐요, 케이튼. 여긴 태양계도 아니고, 드라코도 아니에요."

　"태양계를 처음으로 벗어나본 거야?"

　마우스는 고개를 끄덕였다.

　"많이 다르지는 않을 텐데."

　"좀 제대로 보라니까요, 케이튼."

"무서운 밤의 도시이기는 하지. 저 빛들 좀 봐. 어둠이 두렵기는 한가 보네."

그들은 그 자리에서 머뭇거리며 체스 판 같은 풍경을 바라보았다. 화려한 체스 판의 말들 같았다. 킹과 퀸, 룩이 나이트와 폰을 내려다보고 있는 듯한 모습이었다.

"얼른 가요."

마우스가 말했다. 20미터 길이의 금속판으로 된 거대한 계단이 그들을 내려놓았다.

"선장님 뒤에 따라붙어야 돼요."

우주비행장 인근 거리는 싸구려 셋방 건물들로 가득했다. 통로 위에 설치된 아치형 차양에는 댄스홀과 정신드라마 광고가 붙어 있었다. 마우스는 투명 벽 너머로 레크리에이션 클럽에서 수영하고 있는 사람들을 들여다보았다.

"저런 풍경은 트리톤과 별로 안 다르네요. 비용이 6펜스@sg쯤 하려나? 물가가 훨씬 싸요."

거리를 돌아다니는 사람들의 절반은 우주선 승무원이나 장교인 듯했다. 거리가 무척 붐비고 있었다. 마우스는 음악 소리를 들었다. 그중 일부는 문을 열어놓은 술집에서 흘러나오고 있었다.

마우스는 그중 한 차양을 가리키며 물었다. "타이이, 저런 곳에서도 일해봤어요?"

"툴레에서요."

간판에 적힌 '타로 전문가'라는 글자가 커졌다 작아졌다 하며 반짝거렸다.

"우린 이 도시에서……" 선장이 말하자 다들 선장을 돌아보았다. "……닷새 동안 머물 거다."

마우스가 물었다. "우주선에서 숙식합니까, 아니면 마을에 머물면서 재미있는 시간을 보낼 수 있는 건가요?"

선장의 얼굴 상처. 위쪽에 있는 세 줄의 상처에 이마의 주름이 더해졌다.

"우리가 위험한 상황인지 궁금한 거로군." 선장은 주변 건물들을 돌아보며 말했다. "그렇지는 않아. 우린 여기 머무는 것도 아니고 우주선에 있지도 않을 거야." 그는 통신 부스들이 설치된 곳으로 걸어갔다. 부스의 문을 굳이 닫지도 않고 선장은 자기유도 판에 손을 들이밀며 말했다. "로크 본 레이입니다. 요르고스 세추미 있어요?"

"자문 회의에 들어가셨는데 끝났는지 확인해보겠습니다."

"그의 안드로이드와 통화해도 됩니다. 소소한 부탁을 할 거라서요."

"그분은 언제나 로크 본 레이 씨와 직접 통화하는 걸 좋아하십니다. 잠시만 기다려주세요. 통화가 가능하실 것 같습니다."

잠시 후 통화 기둥에 한 사람이 나타나 말했다. "로크, 오랜만이야. 무슨 부탁인데?"

"앞으로 열흘 동안 골드의 타피테를 쓰는 사람 있어?"

"없어. 난 지금 툴레에 와 있는데 앞으로 한 달 정도 여기 머물 거야. 넌 지금 그 도시에서 머물 곳이 필요한가 보네."

케이튼은 선장이 여러 방언을 자연스럽게 사용하고 있음을 알아챘다.

선장의 목소리와 세추미라는 사람의 목소리가 미묘하게 비슷했다. 플레이아데스 상류층이 공통으로 사용하는 특유의 억양 때문에 그렇게 들릴 수도 있을 듯했다. 케이튼은 타이이와 세바스티안을 슬쩍 쳐다보았다. 그들도 비슷한 생각을 하고 있는지 궁금했다. 그들의 눈가 근육이 미세하게 반응하고 있었다. 케이튼은 다시 통화 기둥으로 시선을 돌렸다.

"그런데 내가 일행이 있어, 요기*."

"로크, 내 집이 곧 네 집이야. 일행과 함께 편하게 써."

"고마워, 요기."

로크는 통화 부스 밖으로 나왔다.

승무원들은 서로를 쳐다보며 선장의 말을 기다렸다.

"앞으로 닷새 동안 나는 이 다른 세상에서 마지막 시간을 보낼 거다." 그는 승무원들의 반응을 기다렸지만 다들 꾹 참고 아무런 반응을 내보이지 않았다. "우리 모두 그 시간을 즐겁게 보내도록 하지. 이쪽으로 따라와."

---

* 요르고스의 애칭.

모노레일은 그들을 태우고 천천히 달려 도시를 가로질렀다.

타이이가 세바스티안에게 물었다. "저기가 골드야?"

그들 옆에 선 마우스도 모노레일 유리에 얼굴을 바짝 붙이고 물었다. "어디요?"

"저기." 세바스티안이 광장 너머를 가리켰다. 여러 건물 사이로 녹아내린 용암 같은 강이 도시를 가르며 흐르고 있었다.

마우스가 말했다. "트리톤이랑 비슷하네요. 행성의 핵이 일리리온 때문에 녹은 걸까요?"

세바스티안은 고개를 저었다. "그렇게 보기엔 이 행성은 너무 커. 각 도시의 규모만 해도 어마어마해. 그 균열 지대의 이름이 바로 골드야."

마우스는 길게 갈라진 틈 옆에 불안정하게 서 있는 화성암을 바라보았다.

"마우스?"

"예? 왜요?"

마우스는 녹음기를 꺼내 드는 케이튼을 쳐다보았다.

"뭐든 해봐."

"뭘요?"

"실험 좀 해보려고. 그러니까 뭐든 해봐."

"뭘 하라는 건데요?"

"머릿속에 떠오르는 대로 아무거나. 어서."

"음……" 마우스는 인상을 썼다. "알았어요."

마우스는 아무렇게나 행동을 했다.

모노레일 저쪽 끝에 있던 쌍둥이가 고개를 돌려 쳐다보았다.

타이이와 세바스티안은 마우스를 쳐다보고 서로를 한 번 힐끗 본 후 다시 마우스를 바라보았다.

케이튼이 녹음기에 대고 말했다.

"등장인물은 행동을 통해 가장 또렷하게 구현된다. 마우스는 창문에서 물러나더니 팔을 휘휘 돌렸다. 표정을 보니 그는 격한 행동에 놀란 내 얼굴을 보고 재미있어하는 것 같았다. 내가 만족하는지 궁금해하는 것 같기도 한 표정이었다. 마우스는 창문에 다시 손을 대며 숨을 헐떡였다. 손가락 관절을 구부려서……"

"저기요, 난 그냥 팔을 돌린 것뿐이에요. 숨을 헐떡였다느니 손가락 관절을 구부렸다느니…… 그건 좀 안 맞잖아요……"

"마우스는 바지 허벅지에 난 구멍에 엄지를 찔러 넣고 말했다. '저기요, 난 그냥 팔을 돌린 것뿐이에요. 숨을 헐떡였다느니 손가락 관절을 구부렸다느니…… 그건 좀 안 맞잖아요……'"

"제기랄!"

"마우스는 구멍에서 엄지를 빼더니 신경질적으로 주먹을 쥐며 외쳤다. '제기랄!' 그리고 좌절한 표정으로 돌아섰다. 행동에는 세 가지 종류가 있다. 목적이 있는 행동, 습관적 행동, 불필요한 행동. 등장인물은 이런 세 가지 행동을 통해 즉각적이고 이해 가능하게 표현된다."

케이튼은 모노레일 앞쪽을 바라보았다.

선장은 모노레일 차량의 지붕에서부터 곡선을 그리며 내려온 유리창 너머를 내다보고 있었다. 그의 노란 눈은 거대한 재의 마지막 남은 불꽃처럼 번쩍이는 도시의 소모적인 빛을 바라보았다. 그 빛은 너무나 약해서 선장은 눈을 가늘게 뜰 필요도 없었다.

케이튼은 녹음기에 대고 말했다.

"어리둥절하다. 거울에 비친 내 모습을 보니 내가 수차례 불필요하다 여겼던 행동은 습관이었다. 그리고 내가 습관이라 생각했던 행동은 대단한 설계의 일부였다. 목적이 있는 행동이라 여겼던 것은 그저 불필요한 행동으로 드러났다. 거울이 다시 한 바퀴 돈다. 목적에 집착한다고 여긴 등장인물의 강박은 그저 습관이었다. 그의 습관은 아무런 의미도 없는 것이었다. 반면에 불필요한 것으로 보였던 행동들은 지금 보니 악마적 결말을 드러내고 있다."

노란 눈이 지친 별을 뒤로하고 멀어졌다. 로크의 얼굴에 난 상처가 기묘하게 갈라진 듯 보였다. 마우스와 케이튼은 지금까지 왜 그걸 보지 못했을까.

그것은 분노라고 케이튼은 생각했다. 그렇다, 분노였다. 그런데 선장은 웃고 있다. 저 얼굴에서 웃음과 분노를 어떻게 구별할 수 있을까?

하지만 다른 이들도 따라 웃고 있었다.

어떻게든, 어떤 식으로든 구별할 수 있겠지.

수증기가 피어오르는 자갈길의 격자 창살 부분을 빙 돌아가며 마우스가 물었다.

"이 연기는 뭐죠?"

레오가 대답했다. "배수로 덮개에서 올라오는 연기잖아." 어부 레오는 가로등 기둥을 휘감고 올라오는 안개 같은 연기를 바라보았다. 자기유도 형광 가로등이 환한 빛을 드리웠다. 바닥에 퍼진 수증기가 부풀었다 가라앉았다 하며 퍼져나갔다. 가로등 불빛 아래서 춤추며 흔들거리는 모습이었다.

로크가 말했다. "타피테는 이 길 끝에 있어."

그들은 영원히 어두울 것만 같은 저녁 거리를 따라 언덕을 걸어 올라가면서 배수로 덮개를 여섯 개쯤 지나갔다. 덮개마다 수증기를 피워내고 있었다.

"골드라는 곳은……"

"……저 제방 뒤쪽인가요?"

쌍둥이의 물음에 로크는 고개를 끄덕였다.

마우스가 물었다. "타피테는 어떤 곳이에요?"

"내가 편안하게 지낼 수 있는 곳이지." 선장의 얼굴에 고뇌하는 기색이 살짝 스치고 지나갔다. "자네한테 방해받지 않고 말이야." 로크가 한 대 치는 시늉을 하자 마우스는 바로 피했다. "다 왔어."

높이 4미터의 연철 대문에 두툼한 색유리가 끼워져 있었다. 로크가 출입 인식판에 손을 얹자 대문이 열렸다.

"나를 기억하는군."

"타피테는 선장님 집이 아닙니까?" 케이튼이 물었다.

"예전 학교 친구인 요르고스 세추미의 집이야. 그 친구는 플레이아데스 광산을 소유하고 있어. 12년쯤 전에는 이 집을 자주 썼는데. 그때 잠금장치에 내 손 모양을 입력했거든. 내 집 여러 곳도 요르고스가 쓰겠다고 하면 내줬어. 요즘은 서로 자주 만나지 못하지만 예전에는 가까운 사이였어."

그들은 타피테의 정원으로 들어갔다.

환한 대낮의 햇살을 본 적이 없는 꽃들 같았다. 꽃들은 저녁의 색깔인 자주색, 고동색, 보라색으로 만개해 있었다. 거미처럼 생긴 틸다의 운모 같은 얇은 비늘이 잎사귀 하나 없는 가지 위에서 반짝거렸다. 간간이 키 큰 식물들이 있기는 했지만 키 작은 관목들이 대부분이라 그림자는 많이 드리워져 있지 않았다.

타피테의 앞쪽 벽은 곡선형 유리로 되어 있었다. 그 너머는 길게 뻗어나간 구조물이었고 집과 정원이 구분되지 않는 형태였다. 오솔길을 따라 걸어가 계단을 밟고 올라가자 정문으로 보이는 곳 바로 아래의 바위에 다다랐다.

로크가 출입 인식판에 다시 손을 대자 온 집 안의 조명이 깜박이며 켜졌다. 저 위쪽 창문들과 복도 끝, 모퉁이는 물론이고 투명한 벽에도 보랏빛 옥처럼 가느다란 무늬의 불빛이 들어왔고, 검은 무늬가 들어간 호박색 판유리도 환하게 밝혀졌다. 바닥이 투명한 재질이라 그들은 몇 개 층 아래의 방에 켜진 불빛을 볼 수 있었다.

"들어와."

그들은 선장을 따라 베이지색 카펫이 깔려 있는 집 안으로 들어갔다. 케이튼은 선반에 놓인 작은 청동 조각품들을 들여다보며 선장에게 물었다.

"베닌 조각품인가요?"

"아마 그럴걸. 요르고스가 13세기 나이지리아 예술을 좋아하거든."

반대편 벽으로 시선을 돌린 케이튼의 눈이 휘둥그레졌다. "이게 설마 원작은 아니겠죠?" 케이튼은 눈을 가늘게 뜨며 물었다. "한 판 메이헤른*의 위작인가요?"

"아니. 그냥 평범한 모작이야."

케이튼이 쿡쿡 웃었다. "아직 제 머릿속에 드아이의 〈시리우스 아래서〉가 콱 박혀 있나 봅니다."

그들은 복도를 따라 걸어갔다.

로크가 그중 한 방으로 들어가며 말했다. "여기쯤에 바가 있었던 것 같은데."

맞은편의 12미터 유리벽 너머에는 조명등이 절반 정도만 켜져 있었다.

그 방 안에는 노란 램프들이 웅덩이를 내리비췄다. 바위벽에서 체로 걸러 내린 오팔색 모래로 채워진 웅덩이였다. 회전식 무대에는 이미 다과가 차려져 있었다. 허공에 떠 있는 유리 선반에는 허연 조각상들이 놓였다. 베닌 청동 조각품들은 복도에 전시되었고,

---

* 1889~1947. 네덜란드의 전설적인 명화 위조범.

방 안에는 이목구비가 없이 반투명한 초기 키클라데스 문명의 대리석 조각상이 놓여 있었다.

　방 바깥은 바로 골드 지대였다.

　염분 섞인 바위 틈새에서 용암이 낮처럼 환하게 불꽃을 뿜어냈다.

　그 옆으로 바위 강이 흘렀다. 용암에 녹아 흐르는 바위의 그림자가 방 천장 나무 대들보에 일렁거렸다.

　마우스는 앞으로 걸어가 소리 없이 감탄했다.

　타이이와 세바스티안도 눈을 가늘게 뜨며 감탄했다.

　"저 풍경은……"

　"……정말이지 엄청나네요!"

　모래 웅덩이를 빙 돌아 달려간 마우스는 유리벽에 딱 붙어서 얼굴 양옆에 손을 대고 바깥을 내다보았다. 그는 웃으며 뒤를 돌아보았다. "트리톤의 헬 지역 한가운데에 들어와 있는 기분이에요!"

　골드 지대에서 용암이 터지자 세바스티안의 어깨에 올라앉아 있던 새가 날개를 퍼덕이며 바닥으로 내려와 주인 뒤에서 몸을 움츠렸다. 용암의 불꽃이 그들의 얼굴에 빛을 뿌렸다.

　로크는 무대에 놓인 술병들을 둘러보며 쌍둥이에게 물었다.

　"다른 세상의 술들이 준비돼 있는데 어떤 걸 먼저 마셔볼래?"

　"저는 빨간 술병의 술을……"

　"……초록색 술병의 술이 좋아 보이는데요……"

　"……텀면에서 우리가 들이마신 것처럼 맛이 좋지는 않을……"

"······것 같은데요. 텁면에는 블리스라는 게 있어요······"

"······블리스가 뭔지 아세요, 선장님?"

로크는 술병을 한 손에 하나씩 들었다. "이건 블리스가 아니라 빨간 술과 초록색 술이야. 둘 다 맛이 괜찮아."

"그럼 조금만······"

"······저도 조금만 마셔보겠습니다. 이 집에는 아마도 블리스가······"

"······없을 테니까요. 그럼 저는······"

"······빨간 술병······"

"······초록 술병으로 하겠습니다."

"둘이 한 병씩 받아."

타이이는 세바스티안의 팔을 툭 쳤다.

세바스티안이 인상을 쓰며 물었다. "뭔데?"

타이이는 손으로 벽을 가리켰다. 그 벽의 길쭉한 그림 앞에 있던 선반 하나가 어딘가로 둥둥 떠가고 있었다.

세바스티안이 레오의 어깨를 잡으며 말했다. "툴레에서 댕크 협곡까지 훤히 내다보이네요! 저쪽이 우리 고향입니다!"

레오가 눈을 들었다.

"이 집 뒤쪽 창문 밖으로 제가 태어난 고향이 내다보여요."

마우스가 케이튼의 어깨를 툭 쳤다. "저기요."

조각상을 들여다보고 있던 케이튼은 마우스의 검은 얼굴을 바라보았다.

"왜?"

"저쪽에 있는 스툴 말이에요. 우주선에서 당신이 베가 리퍼블릭 풍 가구 얘기를 했었잖아요."

"그랬지."

"저 스툴도 베가 리퍼블릭이에요?"

케이튼은 미소를 지었다.

"아니. 이 집에 있는 가구들은 우주여행 이전 시대의 무늬로 되어 있어. 방 전체가 21세기나 22세기의 어느 우아한 미국식 저택을 충실히 복제한 거라고 할 수 있지."

마우스는 고개를 끄덕였다. "아."

"부자들은 늘 오래된 것에 매혹되거든."

"이런 집에는 처음 와봐요." 마우스는 방 안을 둘러보며 덧붙였다. "굉장한 집이죠?"

"그렇지."

로크가 무대에서 소리쳤다. "와서 다들 독약이나 마셔."

"마우스! 시링크스 연주 할 거야?" 레오는 컵 두 개를 가져와 하나는 마우스에게, 다른 하나는 케이튼에게 주었다. "어서 연주해. 좀 있다가 나는 얼음 부두에 내려가봐야겠어. 마우스, 나를 위해 연주해줘."

"춤출 수 있는 곡으로 연주해줘요……"

"……우리랑 같이 춤춰요, 타이이. 세바스티안……"

"……세바스티안, 당신도 우리랑 같이 춤출래요?"

마우스는 가죽 배낭에서 시링크스를 꺼내 들었다.

레오는 직접 자기 컵을 가지러 갔다가 돌아와 스툴에 걸터앉았다. 골드의 빛을 받은 마우스의 모습이 유리벽에 비쳤다. 날카롭고 꾸준한 4분음이 장식처럼 곁들여졌다. 파티 냄새가 났다.

바닥에 앉은 마우스는 각질로 뒤덮인 시커먼 발에 시링크스의 몸통을 기대놓고, 장화 신은 발의 발가락으로 바닥을 탁탁 치며 박자를 맞췄다. 그의 손가락이 날 듯이 빠르게 연주를 이어갔다. 골드의 균열 지대에서 올라오는 빛과 마우스의 시링크스에서 흘러나온 빛이 방 안을 밝혔다. 그 빛은 선장의 얼굴을 후려갈기는 듯했다. 20분쯤 흐른 뒤에 선장이 말했다.

"마우스, 잠깐 나랑 어디 좀 가지."

마우스는 연주를 멈췄다. "무슨 일이세요, 선장님?"

"잠깐 밖으로 따라 나와."

음악이 멈추자 춤추던 이들의 얼굴이 어두워졌다.

로크는 무대의 다이얼을 돌리며 말했다. "감각 녹화기를 켤게."

방 안에 다시 음악이 흘렀다. 마우스의 시링크스에서 흘러나오던 흐릿한 환영들이 감각 녹화기를 통해 다시 방 안에 펼쳐졌다. 타이이, 세바스티안, 춤추는 쌍둥이의 이미지와 함께 그들의 웃음소리도 퍼져나갔다……

"어디로 가시는 겁니까, 선장님?"

마우스는 시링크스를 배낭에 집어넣으며 물었다.

"생각해보니까 뭔가 필요할 것 같아서. 블리스를 좀 얻어 와야겠어."

"지금 말씀하신 그게……"

"……블리스가 있는 곳을 아신다고요?"

쌍둥이의 물음에 선장이 대답했다. "플레이아데스는 내 고향이야. 한 시간 정도 어디 좀 다녀오자고. 따라와, 마우스."

"어이, 마우스, 시링크스를 여기……"

"……우리한테 맡겨두고……"

"……갔다 와요. 우리가 잘 보고 있을게요……"

"……망가지지 않게 할게요."

마우스는 입을 꾹 다물고 쌍둥이와 시링크스를 번갈아 쳐다보았다.

"알았어요. 연주해도 되긴 하지만 조심해야 돼요. 알았죠?"

마우스는 당부를 하고는 로크가 기다리는 문간으로 향했다.

레오가 곧바로 뒤따라왔다. "나도 이만 가야겠어."

헤어짐이 불가피하다는 걸 알면서도 마우스는 놀라고 가슴이 아파 눈만 껌벅였다. 레오가 말했다.

"가시는 길에 저도 좀 태워주시면 고맙겠습니다, 선장님."

그들 셋은 복도를 지나 타피테의 정원으로 나갔다. 대문 밖으로 나간 그들은 수증기를 뿜어내는 배수로 덮개 앞에 섰다. 로크는 언덕을 가리키며 말했다.

"저쪽으로 가면 얼음 부두가 나옵니다. 길 끝에 있는 모노레일을 타고 가면 돼요."

레오는 고개를 끄덕였다. 레오의 푸른 눈이 마우스의 검은 눈을 마주 보았다. 마우스는 갑작스러운 이별에 얼떨떨한 표정이었다.

"마우스, 언젠가 다시 만날 날이 있겠지?"

"예. 언젠가는요."

레오는 돌아서서 수증기가 퍼져나간 거리를 걸어 내려갔다. 그의 발걸음을 따라 장화 발소리가 울려 퍼졌다.

잠시 후 마우스가 그를 불렀다.

"저기……"

레오가 뒤를 돌아보았다.

"애슈턴 클라크요."

레오는 싱긋 웃고는 뒤돌아 걸어갔다.

마우스는 로크에게 말했다.

"다시는 레오를 못 볼 것 같아요. 그만 가요, 선장님."

"여기가 우주비행장 근처예요?"

마우스가 물었다. 그들은 모노레일 역에서 사람들로 붐비는 계단을 걸어 내려왔다.

"걸어서 돌아갈 만한 거리야. 타피테에서 골드 지역을 따라 8킬로미터 정도 떨어진 곳이니까."

방금 전에 살수차가 지나간 모양이었다. 행인들의 모습이 젖은 보도에 비쳤다. 한 무리의 젊은이들이 웃으며 노인 옆을 스치고 달려갔다. 젊은 남자 두 명은 목에 종을 매달았다. 노인은 그들을 쫓아 몇 걸음 걸어가며 손을 벌렸다. 젊은이들이 가버리자 노인은 돌아서더니 마우스와 로크 쪽으로 다가왔다.

"이 노인을 좀 도와주시죠. 내일이면, 내일이면 플러그를 꽂고 일을 할 수 있는데, 오늘 밤 돈이 없어서……"

마우스는 걸인을 돌아보았다. 로크는 쳐다보지도 않고 가던 길을 계속 갔다.

"저긴 뭐 하는 곳이에요?"

마우스는 빛으로 가득한 높은 회랑을 가리키며 물었다. 빛나는 거리에 있는 어느 문 앞에 사람들이 모여 있었다.

"저기는 블리스 안 팔아."

그들은 모퉁이를 돌아갔다.

거리 저쪽 끄트머리에 있는 울타리 앞에서 커플들이 멈춰 서 있었다. 로크가 거리를 가로질러 갔다.

"저쪽은 골드 지역의 또 다른 끄트머리야."

울퉁불퉁한 비탈 아래, 환한 색깔의 바위 지대가 어두운 밤 풍경 속으로 구불구불 뻗어갔다. 손을 잡고 서 있던 한 커플이 매끈한 얼굴로 그들을 돌아보았다.

라메* 조끼를 입은 한 남자 행상이 이쪽 길로 걸어오고 있었다. 행상의 머리카락과 손, 어깨가 온통 반짝거렸다. 행상은 목에도 보석 목걸이를 줄줄이 걸었다. 커플이 행상을 멈춰 세웠다. 여자는

---

* 금실, 은실을 섞어 짠 천.

행상에게서 보석을 하나 사서는 그걸 남자 친구의 이마에 붙이며 웃었다. 보석에서 흘러나온 반짝이는 빛의 띠가 남자 친구의 긴 머리카락을 휘감으며 뒤로 휘날렸다. 커플은 웃으며 물에 젖은 길을 걸어갔다.

로크와 마우스는 울타리 끝에 다다랐다. 제복을 입은 플레이아데스 순찰대원들이 돌계단을 올라오고 있었다. 그들 뒤로 세 여자가 소리를 지르며 달려 올라왔다. 남자 다섯 명이 그 여자들을 쫓아왔고 비명은 곧 웃음으로 바뀌었다. 마우스는 그 사람들이 보석 행상 주변에 모여 선 모습을 보았다.

로크는 계단을 내려가기 시작했다.

"그 아래에 뭐가 있어요?"

마우스는 종종걸음으로 따라가며 물었다.

널찍한 계단의 한 옆에는 돌벽을 깎아 만든 카페가 있었다. 그 카페 앞 탁자에서 사람들이 음료를 마시고 있었다.

"어디로 가는지 알고 가시는 것 같은데요, 선장님." 로크의 팔꿈치까지 따라붙은 마우스가 물었다. "저 사람은 뭐예요?" 마우스는 어느 여자 행상의 뒷모습을 쳐다보며 물었다. 다들 가벼운 옷을 입었는데 그 여자 행상은 가장자리에 털이 붙은 두툼한 파카 차림이었다.

"얼음 어부야. 레오도 곧 저런 얼음 어부 복장을 하게 되겠지. 저 사람들은 따뜻한 도시 지역에서 멀리 떨어진 추운 곳에 주로 살아."

"지금 어디로 가세요?"

"이쪽 어디가 맞는 것 같은데."

그들은 어둑한 바위를 따라 걸어갔다. 바위 속에 만들어진 창문 몇 개가 보였다. 가로등 갓 아래서 푸른색 빛이 흘러나왔다.

"두 달에 한 번씩 주인이 바뀌는 곳이야. 이 도시에 5년 만에 와 보는 거라서. 내가 찾는 그 집을 못 찾더라도 다른 비슷한 가게로 찾아가면 돼."

"어떤 종류의 가게예요?"

별안간 여자의 비명 소리가 들렸다. 문이 벌컥 열리더니 여자가 비틀거리며 걸어 나왔다. 어둠 속에서 누군가 여자의 팔을 잡고 두 번 후려치더니 안으로 끌고 들어갔다. 문이 세차게 닫히고 또다시 비명 소리가 들렸다. 털옷을 입은 걸로 보아 얼음 어부인 듯한 한 노인은 젊은 남자를 부축해 걸어가며 말했다. "방으로 데려다줄게. 머리 좀 똑바로 들어. 그래, 옳지. 자네 방으로 데려다줄게."

마우스는 그들이 비틀거리며 지나가는 모습을 바라보았다. 돌계단 근처에 커플이 서 있었다. 여자가 고개를 살래살래 젓자 남자는 고개를 끄덕이더니 그곳에서 돌아 나갔다.

"내가 가려고 하는 그 가게는 사람들을 꼬드겨 외곽 식민지의 광산에서 일하게 만들고 소개비를 받는 일을 하면서 수익을 꽤 올렸어. 합법적인 일인 데다가 이 우주에는 멍청이들이 많아서 그 사업이 참 잘되더라고. 그런 광산에서 감독으로 일하면서 그런 꼴을 자주 봤어. 별로 좋아 보이지는 않더라." 로크는 어느 가게의 문간을 들여다보며 말했다. "이름은 바뀌었지만 그때 그 가게가 맞는 것 같은데."

로크는 계단을 걸어 내려갔다. 마우스는 뒤를 힐끗 한 번 돌아 본 후 로크의 뒤를 따랐다. 그들은 한쪽 벽에 널빤지를 박아 바를 만들어놓은 길쭉한 방으로 들어갔다. 멀티크롬 몇 조각이 희미한 색깔의 빛을 뿜어내고 있었다.

"예전에 본 그 사람들이 맞네."

마우스보다는 나이가 많고 로크보다는 어려 보이는 남자가 다가왔다. 머리카락도 너저분하고 손톱도 더러웠다. "뭘 도와드릴까?"

"우리 기분을 좋게 만들어줄 물건 갖고 있어요?"

남자는 한쪽 눈을 찡긋하며 말했다. "앉아요."

어둑한 형상들이 왔다 갔다 하다가 바 앞에 가 앉았다.

로크와 마우스는 부스로 들어갔다. 남자는 탁자 상석의 의자 하나를 빼서 거꾸로 놓고 그 위에 걸터앉았다.

"기분이 얼마나 좋아지고 싶은데요?"

로크는 손바닥을 위로 하고 탁자에 올려놓았다.

남자는 사람들이 드나드는 가게 뒤쪽 문을 힐끗 한 번 쳐다보더니 말했다. "아래층에 패소바스가 있습니다만……"

마우스가 물었다. "그게 뭔데요?"

로크가 설명해주었다. "크리스털 벽으로 된 곳인데 네 생각을 색깔로 표현해줘. 넌 문 옆에 옷을 벗어놓고 글리세린을 채운 빛의 기둥 안에 들어가 둥둥 떠 있는 거야. 그럼 저들이 글리세린을

네 체온에 맞게 데우고 네 모든 감각을 차단시켜. 감각기관을 통해 받아들이던 현실에 대한 감각이 사라지니까 넌 미쳐버릴 지경이 돼. 그때부터 네 정신병적 환상이 한바탕 쇼를 보여주는 거야." 로크는 남자를 돌아보며 요구했다. "우린 그 물건을 가지고 가려고 합니다만."

남자는 얇은 입술 안쪽의 날카로운 이빨을 잠시 드러냈다.

무대 위, 바의 한쪽 끄트머리에서 벌거벗은 여자 한 명이 산호색 조명 아래 서서 시를 낭송하기 시작했다. 바에 앉은 사람들은 박자에 맞춰 손뼉을 쳤다.

남자는 선장과 마우스를 번갈아 빠르게 쳐다보았다.

로크가 두 손을 모아 잡으며 말했다.

"블리스요."

이마를 뒤덮은 헝클어진 머리카락 아래서 남자가 눈을 치켜떴다.

"그럴 줄 알았지. 블리스."

남자도 두 손을 모아 잡았다.

마우스는 여자를 바라보았다. 여자의 피부는 부자연스럽게 반짝였다. 글리세린을 발랐을 것이다. 그래, 글리세린. 마우스는 돌벽에 등을 기댔다가 얼른 뗐다. 차가운 벽을 타고 물이 방울방울 흐르고 있었다. 마우스는 어깨의 물을 떨어낸 후 선장을 돌아보았다.

"기다리죠."

로크의 말에 남자는 고개를 끄덕였다. 잠시 후 남자는 마우스에게 물었다. "당신이랑 이 예쁘장한 남자는 무슨 일을 하시나?"

"화물 우주선…… 승무원으로 일합니다."

로크는 그렇다는 뜻으로 고개를 끄덕였다.

"실은, 외곽 식민지에 괜찮은 일자리가 있어요. 광산에서 일해볼 생각 있어요?"

로크가 대답했다. "광산에서 3년 동안 일했습니다."

"아." 남자는 더 이상 얘기하지 않았다.

잠시 후 로크가 물었다. "블리스를 가져오라고 사람을 보낼 겁니까?"

"이미 불렀어요." 남자가 느긋하게 피식 웃었다.

여자가 시 낭송을 마치자 바에서는 리듬에 맞춘 박수 소리가 박수갈채로 바뀌었다. 무대에서 훌쩍 뛰어내린 여자는 가게를 가로질러 이쪽으로 걸어왔다. 마우스는 여자가 바에 앉은 어떤 남자로부터 무언가를 재빨리 받아 챙기는 걸 보았다. 여자는 로크, 마우스와 한자리에 앉은 남자에게 다가와 그 남자를 포옹하면서 손을 포갰다. 그리고 여자는 곧장 그림자 진 곳으로 가버렸다. 남자는 여자에게 무언가를 받았는지 손마디가 아까보다 위로 올라간 상태로 손을 탁자에 내려놓았다. 로크는 남자의 손 위에 자신의 손을 올려놓았다. 남자의 손이 로크의 큼직한 손에 완전히 가려졌다.

남자가 말했다. "3파운드@sg요."

로크는 다른 쪽 손으로 탁자에 지폐 세 장을 올려놓았다.

남자는 손을 떼고 지폐를 집어 들었다.

"가자, 마우스. 물건 받았어."

로크는 일어서서 가게를 가로질러 갔다.

마우스는 그의 뒤를 따라가며 말했다. "선장님, 아까 그 남자는 플레이아데스 사람처럼 말하지 않던데요!"

"이런 장사 하는 사람들은 원래 그래. 너희 지구 사람들처럼 말하지. 이런 사업이 시작된 곳이 지구거든."

그들이 가게 문을 나서려는데 아까 그들을 상대했던 남자가 손을 흔들며 로크에게 고갯짓을 했다. "나중에 더 필요하면 언제든 다시 찾아와요. 그럼 잘 가요, 미남자."

"잘 있어요, 추남자."

로크는 문을 밀어 열었다. 시원한 밤공기를 맞으며 로크는 계단 꼭대기에서 걸음을 멈추더니 모아 쥔 두 손에 코를 갖다 대고 숨을 깊게 들이마셨다. 그는 손을 펼치며 말했다.

"자네도 해봐, 마우스. 한 모금 쭉 빨아."

"뭘 어떻게 하라고요?"

"깊게 숨을 들이마시고 참았다가 내뱉는 거야."

마우스가 고개를 숙이려는데 그의 것이 아닌 낯선 그림자가 다가왔다. 마우스는 놀라 펄쩍 뛰었다.

"거기 뭡니까?"

마우스는 고개를 들었다. 로크는 고개를 아래로 내려 순찰대원을 바라보았다.

로크가 눈을 가늘게 뜨며 두 손을 펼쳐 보였다.

순찰대원은 마우스를 쳐다보지도 않고 로크만 바라보면서 아랫입술을 윗니까지 끌어 올렸다. "아. 위험한 거 하시네. 불법이라는 건 알죠?"

로크는 고개를 끄덕였다. "그럴 수도 있다는 거 압니다."

"이런 곳에서는 조심해야 됩니다."

로크는 또다시 고개를 끄덕였다.

순찰대원이 슬쩍 말했다. "하지만 법을 조금은 어겨도 되지 않을까 싶은데?"

마우스는 선장이 속으로 살짝 웃는 것을 느꼈다. 로크는 순찰대원에게 두 손을 가까이 가져갔다. "한번 하세요."

순찰대원은 허리를 굽히고는 코로 쓱 빨아들이며 일어섰다. "고맙습니다." 그러고는 어둠 속으로 사라졌다.

마우스는 순찰대원의 뒷모습을 바라보다가 고개를 저으며 어깨를 으쓱했다. 그리고 냉소 띤 얼굴로 선장을 바라보며 인상을 찡그렸다.

마우스는 선장의 손을 잡고 허리를 굽힌 뒤 폐를 다 비우다시피 공기를 내뱉고 다시 쭉 빨아들였다. 거의 1분 동안 숨을 멈췄다가 폭발하듯 내뱉으며 말했다.

"이제 어떻게 되는 거예요?"

"걱정할 필요는 없어."

그들은 튀어나온 길을 따라 푸른 창문들을 지나서 왔던 길로 돌아갔다.

마우스는 불타는 바위들이 흐르는 강을 바라보며 입을 열었다. "있잖아요." 그는 한참 뜸을 들이더니 말을 이었다. "시링크스를 가지고 올 걸 그랬어요. 연주를 하고 싶어요." 그들은 가로등 아래 개방형 카페가 있는 계단에 이르렀다. 증폭되어 흘러나오는 음악 소리가 간지럽게 느껴졌다. 탁자에 앉은 누군가가 잔을 돌바닥에 떨어뜨려 박살이 났다. 그 소리는 곧 요란한 박수 소리에 묻혔다. 마우스는 자신의 손을 내려다보며 말했다. "블리스 때문에 손가락이 가려워요." 그들은 계단을 올라가기 시작했다. "어릴 때 지구에 있는 아테네라는 곳에서 살았어요. 여기랑 비슷한 거리가 있었는데, 플라카 지역을 쭉 관통하는 오도스 무네시클레우스라는 거리였어요. 플라카 지역에 있는 가게 두어 곳에서 일을 한 적도 있어요. 골든 프리즌이랑 오 카이 에이치라는 가게요. 하드리아누스 거리에서 계단을 밟고 올라가면 그 위쪽이 언덕배기에 있는 아크로폴리스 벽 너머, 에레크테이온 신전의 뒤였어요. 골목을 따라 탁자를 쭉 늘어놓았는데 손님들이 모여 앉아 접시를 깨며 웃고 즐겼죠. 아테네의 플라카 지역에 가본 적 있어요, 선장님?"

"오래전에 한 번. 지금 네 나이쯤이었을 거야. 저녁나절에만 잠깐 있었어."

"저녁나절에만 있었으면 그 위쪽에 있는 작은 마을에는 안 가보셨겠네요." 마우스의 나지막하고 거친 목소리에 힘이 들어갔다. "돌계단으로 거리를 따라 쭉 올라가면 나이트클럽들 대신 흙과 풀밭, 자갈이 있는 곳이 나와요. 계속 가면 벽 너머로 폐허가 나타나죠. 거기가 바로 아나피오티카인데 '작은 아나피'라는 뜻이에요. 아나피는 오래전에 지진으로 대부분 파괴된 섬 이름이에요. 산기슭에는 작은 돌집들이 있고, 폭이 50센티미터도 안 되는 좁은 거리에는 가파른 계단이 있는데 꼭 사다리를 밟고 올라가는 기분이 들어요. 그곳에 집이 있는 어떤 남자를 알게 됐어요. 일을 마치고 나면 여자도 만나고 와인도 마시고 했거든요. 나이는 어렸지만 여자들을 만났어요……" 마우스는 손가락을 튕겨 딱 소리를 내며 말을 이어갔다. "그 집 현관문 바깥에 있는 녹슨 나선형 계단을 밟고 지붕으로 올라가서 고양이들을 쫓아버리는 거죠. 우린 그 집 지붕에서 와인을 마시고 놀면서 산 아래에 반짝이는 카펫처럼 펼쳐진 도시를 구경했어요. 그리고 산꼭대기에 뼛조각처럼 하얗게 서 있는 작은 수도원에 올라가기도 했어요. 한번은 우리가 너무 시끄럽게 노니까 수도원의 늙은 수녀가 우리한테 물주전자로 물을 부은 적도 있어요. 우리는 깔깔 웃으면서 고래고래 소리를 질렀죠. 화가 난 수녀는 와인 생각이 나는지 벌떡 일어나서 내려오더라고요. 산과 수녀원 뒤로 이미 하늘이 회색으로 어두워지고 있었어요. 그 풍경이 참 좋았어요. 여기도 좋아요. 지금은 그때보다 연주를 더 잘할 수 있어요. 연습을 많이 했거든요. 내 주변에 보이는 것들을 표현하고 싶어요. 제 눈에는 보이지만 선장님 눈에는 안 보이는 것들이 주변에 많이 있거든요. 그런 것도 다 연주로 표현해야 해요. 손으로 만질 수는 없어도 냄새도 나고 눈으로 볼 수도 있고 소리로 들을 수도 있는 것들이 많아요. 저는 한 세상에서 또 다른 세상으로 옮겨 갔고 그곳에서 보는 모든 것들이 좋았어요. 어느 누구보다도 내게 중요한 의미가 있는 사람과 손을 잡았을 때 손이 그리는 곡선이 있는 거 아세요? 은하의 나선들은 서로 얽혀 있어요. 한쪽 손이 사라지더라도 다른 손의 곡선을 통해 그 감촉을 기억할 수가 있죠. 그런 곡선은 다른 데서는 찾을 수 없어요. 저는 그런 것들을 모두 표현하고 싶어요. 그런데 케이튼은 제가 겁을 먹은 것 같대요. 제가 제 주변의 모든 것들을 두려워한다는 거예요. 저는 뭐든 눈이 빠져라 열심히 쳐다보고, 손가락과 혀까지 넣어봐요. 저는 지금이 좋은데, 케이튼의 말대로라면 저는 겁먹은 채 살아야 된다는 거잖아요. 지금은 너무나 무서운 시기니까요. 하지만 저는 무언가를 두려워하게 될까 봐 걱정하지는 않아요. 제가 볼 때 케이튼은 과거와 완전히 뒤범벅된 상태예요. 물론 과거가 있어야 오늘이 있고 내일도 있겠죠. 선장님, 우리 옆으로 강이 요란하게 흘러간다고 쳐요. 우리는 강으로 내려가 물을 한 모금 마시고 그걸 '지금'이라고 부르는 거예요. 제 시링크스 연주는 모든 사람에게 강으로 내려와 물을 마시라고 초대하는 것과 같아요. 저는 연주를 하고 모두에게 박수를 받고 싶어요. 저는 마치 불타는 고리 위에서 균형을 잡는 곡예사처럼 머릿속에 떠오르는 대로 연주를 해요. 저는 불 속에서 춤을 추는 거죠. 제가 연주하게 되면 이 사람, 저 사람……" 마우스는 지나가는 사람들을 손으로 가리키며 말을 이었다. "……이 남자, 저 여자 모두 제 도움 없이는 춤을 추지 못해요. 선장님, 3년 전 열다섯 살 때 아테네의 그 집 지붕에서 아침을 맞이했던 날이 아직도 기억나요. 포도 시렁에 기대앉아 있었어요. 반짝이는 포도 잎사귀들이 제 뺨에 드리우고 새벽하늘 아래 도시의 빛이 꺼져가고 있었죠. 춤은 이미 그쳤고 여자 둘은 쇠 탁자 밑에 들어가 붉은 담요를 덮어쓰고 섹스를 하고 있었어요. 문득 나 자신에게 이런 질문을 던졌어요. '난 여기서 뭐 하고 있는 걸까?' 잠시 후 다시 물었어요. '내가 여기서 뭐 하고 있는 거지?' 그 생각은 마치 곡조처럼 머릿속에서 되풀이해 흘러 다녔어요. 겁이 났어요, 선장님. 흥분되고 행복하기도 한데 죽을 만큼 두렵더라고요. 저는 그래서 지금도 가능한 한 환하게 웃으려고 해요. 그래야 도망칠 수 있거든요. 저는 노래로 표현하거나 고함을 내지를 수 있는 목소리를 못 가졌어요. 하지만 시링크스를 연주할 수 있죠. 그래서 저는 연주를 하는 거예요. 여러 개의 세상을 건너와 또 다른 돌계단이 있는 거리를 걸어 올라가면서 또 다른 새벽과 밤을 맞이하죠. 행복하면서도 죽을 만큼 두려워요. 저는 여기서 뭐 하고 있는 거죠? 예! 제가 여기서 뭐 하고 있는……"

"쉬지도 않고 떠드는구나, 마우스." 로크는 손으로 잡고 있던 계단 꼭대기의 기둥을 놓으며 말했다. "타피테로 돌아가자."

"아, 예. 그래야죠, 선장님." 마우스는 선장의 망가진 얼굴을 바라보았다. 선장도 그를 내려다보았다. 망가진 선과 빛, 그 깊은 곳에 마우스는 유머 감각과 연민이 담겨 있음을 알 수 있었다. 마우스는 웃으며 말했다. "지금 제 손에 시링크스가 있으면 좋겠어요. 선장님이 제 연주에 놀라 눈이 튀어나오고 콧구멍 밖으로 코가 빠져나와서 지금보다 두 배는 더 못생겨지게 만들어드릴 수 있을 텐데요!" 마우스는 길 건너를 바라보았다. 물에 젖은 보도, 사람들, 불빛들, 무언가에 비친 이미지들이 눈물 속에서 만화경처럼 펼쳐졌다. "지금 제 손에 시링크스가 있으면 좋겠어요." 마우스는 다시 나지막하게 말했다. "지금…… 제 손에요."

그들은 모노레일 역으로 돌아갔다.

"먹기, 자기, 급료 받기. 23세기 사람한테 현재의 이 세 가지 개념에 대해 어떻게 설명할 수 있을까?"

케이튼은 파티가 한창인 방 안 한구석에 앉아 춤추는 이들을 바라보았다. 그도 골드 앞에서 웃다가 틈틈이 녹음기에 대고 생각나는 바를 녹음했다.

"700년 전 사람은 영양물질의 정맥 주입과 영양 농축물 섭취까지는 이해할 수 있을지 몰라도, 우리가 이 세 가지 과정을 다루는 방법까지는 절대 이해할 수 없을 것이다. 어마어마한 부자와 어마어마한 가난뱅이를 제외하고 이 사회의 구성원들이 매일 어떤 식으로 음식을 섭취하는지 알려면 정보 제공 장비를 쓸 줄 알아야 될 텐데 그게 불가능할 것이기 때문이다. 어떻게든 알게 됐다고 해도 그 과정의 절반은 받아들이지 못할 것이고, 나머지 절반에 대해서는 혐오스러워할 것이다. 이상하게도 마시는 행위만큼은 과거와 변함이 없다. 이런 변화가 일어난 시기는—애슈턴 클라크 만세—소설이 죽어버린 시기와 일치한다. 그 두 가지는 틀림없이 어떤 관련이 있지 않을까 싶다. 내가 소설이라는 구식 예술 형식을 선택했으니, 향후에 내 소설을 읽어줄 사람들, 즉 독자들을 고려해야 할까? 아니면 아예 싹 무시해야 할까? 과거나 미래 같은 요소를 아예 배제한다면 차라리 작업에 가속도가 붙을지도 모른다.”

감각 녹화기가 겹치기로 계속 녹화한 바람에 방 안은 춤을 추는 이들과 그들의 유령 같은 잔상으로 붐볐다. 이다스는 마우스의 시링크스로 소리와 이미지를 대위법으로 연주했다. 실제 대화와 녹화된 대화가 방 안을 채웠다.

“내 주변에서 이 많은 사람들이 춤을 추고 있지만, 나는 오직 신화적 청중을 위한 예술 작품을 만들 생각이다. 다른 상황이었으면 내가 의사소통을 기대할 수 있었을까?”

무수한 타이이들과 세바스티안들 사이에서 진짜 타이이가 걸어 나오며 말했다. “케이튼, 문 쪽에 조명이 켜졌어요.”

케이튼은 녹음기를 껐다. “마우스랑 선장님이 돌아왔나 보네요. 그냥 여기 있어요, 타이이. 내가 가서 데리고 올게요.”

방을 나선 케이튼은 서둘러 복도를 걸어갔다.

케이튼은 문을 열어젖히며 말했다.

“선장님, 아직 파티 중입니……”

케이튼은 손잡이를 쥔 손을 아래로 내렸다. 몸 안에서 심장이 두 번 철렁하더니 아예 멈춰버린 듯했다. 그는 문 안쪽으로 주춤 물러섰다.

“나와 내 여동생을 알아본 모양이네……? 그럼 굳이 우리 소개는 하지 않을게. 들어가도 되지?"

　케이튼의 입이 대답을 하려는데 방문자가 말했다.

　"그가 지금 여기 없다는 건 알고 있어. 기다릴 거야."

　두툼한 유리로 장식된 철문은 수증기가 퍼져 있는 거리를 향해 굳게 닫혀 있었다. 로크는 타피테의 호박색 유리 너머로 윤곽을 드러낸 식물들을 바라보았다.

　마우스가 말했다. "아직 파티를 즐기고 있다면 좋겠어요. 서둘러 왔는데 다들 방 한쪽 구석에서 웅크리고 자고 있으면 어떡해요!"

　"블리스를 가져왔다고 하면 다들 일어날걸." 바위로 올라간 로크는 주머니에서 손을 뺐다. 산들바람이 불어와 그의 조끼 아래쪽을 팔락였다. 손가락 사이의 공간이 시원해졌다. 출입 인식판에 손바닥을 얹자 문이 스르르 열렸다. 로크는 안으로 들어가며 말했다. "시끄러운 걸 보니 아직 곯아떨어진 것 같지는 않아."

　마우스는 웃으며 거실로 껑충껑충 달려갔다.

　파티는 수차례 녹화를 거듭하고 있었다. 다중 멜로디가 흘러나오는 가운데 타이이 열 명이 각각 다른 리듬에 맞춰 춤을 추었다. 쌍둥이는 12음 음계로 노래하고 있었다. 세바스티안, 세바스티안, 세바스티안은 빨간 술, 파란 술, 초록 술을 마시며 여러 단계로 취한 모습을 보여주는 중이었다.

　먼저 들어온 마우스 뒤로 로크가 다가왔다. "린케우스, 이다스! 우리가 그걸 가져왔어…… 누가 누구인지 모르겠네. 잠깐만!"

　로크는 감각 녹화기와 연결된 벽 스위치를 손으로 탁 쳤다.

　모래 웅덩이의 가장자리에서 쌍둥이가 고개를 들었다. 하얀 손 두 개를 벌리고 검은 손 두 개를 모았다.

　타이이는 무릎을 모아 잡고 세바스티안의 발치에 앉아 있었다. 깜박이는 눈꺼풀 아래 회색 눈동자가 번뜩였다.

　케이튼의 목젖이 긴 목에서 벌떡였다.

　골드를 내다보고 있던 프린스와 루비가 돌아섰다. 프린스가 입을 열었다.

　"우리가 모임에 찬물을 끼얹었나 보네. 루비는 그냥 두면 우리에 대해 잊을 거라고 했지만……" 프린스는 어깨를 으쓱하며 말을 이었다. "이렇게 여기서 만나니까 난 참 좋아. 요기가 처음엔 네 위치에 대해 말을 안 해주려고 했어. 그래도 네 좋은 친구 요기는 나를 적으로 둬서 좋을 게 없다는 건 알더라고." 프린스의 앙상하고 흰 가슴을 검은 비닐 조끼가 헐렁하게 덮었다. 조끼의 틈새로 갈비뼈가 또렷하게 도드라졌다. 검은 바지와 검은 장화. 검은 장갑 위쪽의 상박에 하얀 털이 붙어 있었다.

　장갑을 낀 손이 로크의 가슴팍을 한 번, 두 번 쳤다. 로크가 말했다. "넌 나를 지독하게 위협했어. 그 점이 흥미롭기도 해. 그 위협을 어떻게 실행에 옮길 생각이지?"

　두려워하는 로크를 보며 프린스는 기뻐하는 기색이었다.

　프린스가 앞으로 한 걸음 나서는데 세바스티안의 애완 새 날개가 그의 종아리를 스쳤다.

"뭐야……" 프린스는 애완 새를 내려다보았다. 그는 걸음을 멈추고 쌍둥이 사이에서 허리를 굽히더니 의수를 모래 속에 집어넣고 주먹을 쥐었다. "아아아……" 입까지 살짝 벌리고 쌔액 소리를 내가며 숨을 깊게 들이마셨다. 그리고 손가락을 펴며 일어섰다.

흐릿한 색깔의 유리 조각이 연기를 피워내며 바닥의 깔개로 떨어졌다. 이다스는 얼른 발을 뒤로 뺐다. 린케우스는 눈을 더욱 빠르게 깜박거렸다.

"그게 어떻게 내 질문에 대한 답이 되지?"

"힘과 아름다움에 대한 내 사랑을 표현한 거야. 알겠어?" 프린스는 뜨겁게 달궈진 유리 조각을 깔개 저쪽으로 걷어찼다. "무라노 유리에 비하면 불순물이 너무 많이 섞였어. 내가 여기 온 이유는……"

"나를 죽이러 왔다고?"

"판단하려고 왔어."

"그거 말고 또 뭘 하러 왔는데?"

"내 오른손으로 해결을 보러 왔지. 네가 지금 무기를 안 갖고 있는 거 알아. 난 내 손을 믿어. 되는대로 해보자고. 애슈턴 클라크가 정해놓은 규칙대로 하든가."

"프린스, 뭘 어쩔 생각인 거야?"

"난 현상 유지를 원해."

"정체는 곧 죽음이야."

"네 정신 나간 행동보다는 덜 파괴적일걸."

"난 해적이잖아. 기억하지?"

"천 년 만에 나타난 제일 지독한 범죄자가 되려고 작정을 했구나."

"내가 모르는 얘기를 해줄래?"

"그럴 마음도 없어. 여기 있는 우리, 우리 주변의 세상을 위해 현상 유지를 하자는 거야……" 프린스는 웃으며 말을 이었다. "논쟁을 논리적으로 확장해보자고, 로크. 이 싸움에 관한 한 내가 옳아. 그렇게 생각 안 해?"

로크는 눈을 가늘게 떴다.

프린스가 계속해서 말했다.

"네가 일리리온을 손에 넣으려는 거 알고 있어. 힘의 균형을 무너뜨리기 위해서겠지. 그런 게 아니라면 굳이 일리리온을 차지하려고 애쓸 필요도 없을 테니까. 그런데 그렇게 일을 벌이고 나면 결과가 어떻게 될지 알고는 있어?"

로크는 입을 열었다.

"그래, 설명할 테니까 잘 들어. 내가 일리리온을 확보하면 외곽 식민지의 경제가 무너질 거야. 그곳에서 일하던 사람들은 대거 다른 곳으로 옮겨 가겠지. 베가의 진압 사건 이래로 조용하던 제국은 전쟁을 방불케 하는 혼란스러운 상황에 직면할 수도 있어. 하지만 레드시프트 리미티드 같은 회사가 이런 문화 속에서 정체에 다다르면 인류는 파멸할 수밖에 없어. 드라코에서 일하는 수많은 노동자들뿐만 아니라 플레이아데스에 있는 우리 집안의 회사들도 끝장나게 돼. 이제 무슨 논리인지 이해돼?"

"로크, 너 진짜 구제불능이구나!"

"내가 충분히 생각하고 행동한다는 걸 알게 돼서 마음이 놓이지 않아?"

"간담이 서늘한데."

"한 가지 더 얘기해줄게, 프린스. 넌 드라코뿐만 아니라 외곽 식민지의 경제적 안정성을 위해 싸우고 있는 거야. 만약 내가 이기면 은하계의 3분의 1은 전진하게 될 것이고 3분의 2는 낙오될 거야. 반대로 네가 이기면 은하계의 3분의 2는 현 상태를 유지하고 3분의 1은 낙오되겠지."

프린스는 고개를 끄덕였다. "그래, 어디 네 논리로 나를 무너뜨려봐."

"난 살아남아야 돼."

가만히 듣고 있던 프린스는 인상을 찌푸렸다. 그리고 어이가 없다는 듯 웃음을 터뜨렸다. "할 말이 그게 다냐?"

"노동자들은 어려움을 겪겠지만 결국 다른 데서 일하게 될 거야. 내가 왜 이런 설명까지 해줘야 하지? 노동자들이 살 수 있는 충분한 세상과 음식이 있으면, 그들이 제대로 된 몫을 분배받으면 전쟁이 날 이유도 없지 않겠어, 프린스? 일리리온이 시장에 많이 나오면 광산 노동자들은 새로운 일자리로 옮겨 가겠지?"

프린스는 검은 눈썹을 치켜올렸다.

"일리리온을 그렇게 많이 확보할 거라고?"

로크는 고개를 끄덕였다. "그래, 많이 확보할 거야."

대형 전망창 옆에서 루비는 거칠게 덩어리진 유리 조각들을 집어 들었다. 루비는 그들의 대화에 관심 없는 척 유리 조각을 들여다보는 모습이었다. 하지만 프린스가 손을 내밀자 루비는 즉시 그 유리 조각들을 그의 손바닥에 올려놓았다. 그들이 하는 얘기를 면밀히 듣고 있었던 게 분명했다.

"이번에도 또……" 프린스는 유리 조각을 들여다보다가 손가락을 오므리며 말했다. "우리 사이의 불화를 세상에 까발릴 거냐?"

"바보구나, 프린스. 양쪽 집안은 오랫동안 반목해왔고, 우린 어렸을 때부터 주변에서 그런 얘깃거리를 캐내려는 사람들을 봐왔어. 왜 새삼스럽게 그런 거에 신경 쓰는 척을 해?"

프린스는 주먹 쥔 손을 바르르 떨다가 펼쳤다. 환한 크리스털 같은 유리 안쪽에 푸른빛이 들어가 있었다. "헵토다인 석영이네. 이런 석영, 눈에 익지? 불순물 섞인 유리에 가벼운 압력을 가하면 생겨나잖아. 여기서 말하는 '가벼운 압력'이라는 건 지질학적으로 상대적인 용어야."

"또 위협을 하는구나. 그만 가. 안 그러면 날 죽이고 싶을 테니까."

"내가 그만 가는 걸 바라지 않잖아. 여기서 싸워서 어느 쪽 세계를 어디서 무너뜨릴지를 결정해야지." 프린스는 유리 조각을 들어 올렸다. "이 유리 조각 하나를 네 해골에 정확히 박아줄 수도 있어." 프린스가 손을 옆으로 돌리자 박살 난 유리 가루가 바닥으로 우수수 떨어졌다. "난 바보가 아니야, 로크. 균형자지. 난 이 세상이 이대로 유지되길 원해."

프린스는 허리를 굽히며 뒤로 물러섰다. 그 와중에 그의 발이 또 애완 새를 스쳤다.

세바스티안의 애완 새가 사슬을 홱 당기며 날아올랐다. 돛 같은 날개를 퍼덕이면서 주인의 팔을 앞뒤로 당겼다⋯⋯

"내려와! 내려와, 어서⋯⋯"

세바스티안이 애완 새의 발을 묶어놓은 사슬을 손으로 잡아당겼다. 애완 새는 천장 바로 아래를 왔다 갔다 퍼덕이다가 루비에게 날아갔다.

루비는 머리를 보호하려 두 팔을 휘둘렀다. 새의 날개를 피해 고개를 숙이며 루비에게 달려간 프린스는 장갑 낀 손으로 새를 후려쳤다.

새는 비명을 지르며 뒤로 날개를 퍼덕거렸다. 프린스는 새의 검은 몸통을 향해 또다시 의수를 휘둘렀다. 허공에서 휘청대던 새가 바닥으로 떨어졌다.

타이이가 소리를 지르며 새에게 달려갔다. 새는 바닥에 등을 대고 힘없이 날개를 파닥였다. 타이이는 새를 안고 그 자리를 피했다. 스툴에 앉아 있던 세바스티안이 주먹을 불끈 쥐고 일어섰다. 그는 무릎을 꿇고 다친 새의 상태를 확인했다.

프린스는 검은 장갑을 낀 손을 이리저리 돌리며 들여다보았다. 축축한 보라색 피가 묻어 있었다. 프린스가 루비에게 물었다.

"구름의 섬광 조각이 있는 계단에서 널 공격했던 게 저 새 맞지?"

루비는 조용히 일어서서 어깨로 흘러내린 검은 머리카락을 뒤로 넘겼다. 그녀의 하얀 드레스는 아랫단에 테가 둘러 있고, 목깃이 달렸으며, 소매는 검은색이었다. 루비는 새의 피가 튄 새틴 보디스를 손으로 문질렀다.

프린스는 타이이와 세바스티안 사이에서 울어대는 새를 내려다보며 말했다.

"이거로 복수를 한 셈이야, 루비." 그는 새의 살점과 피로 얼룩진 손을 문지르고는 피 묻은 손가락을 보며 눈살을 찌푸렸다. "로크, 아까 나한테 물었지? 위협을 언제 실행에 옮길 거냐고 했나? 앞으로 6분 내에 실행에 옮길 거야. 그 전에 우리는 태양 문제를 해결해야 돼. 네가 루비한테 말한 소문이 우리 귀에 다 들어왔거든. 네 고모인 사이아나, 그러니까 북부의 위대한 백인 쌍년이 사무실에 강력한 보호막을 설치해뒀는데, 네가 사무실을 나가자마자 보호막이 해제됐어. 우린 다른 경로를 통해서도 다 듣고 있기는 해. 덕분에 우리도 신성이 되기 직전인 태양이 있다는 걸 알게 됐지. 한 개인지 여러 개인지 모르겠지만 네가 한동안 상당히 관심을 기울이고 있었다며." 피로 얼룩진 손바닥을 들여다보던 프린스의 푸른 눈이 로크를 쳐다보았다. "그런데 그게 일리리온과 무슨 관계가 있을까. 아직 모르겠지만, 에런 밑에 있는 직원들이 연구하고 있으니 곧 알아낼 거야."

로크는 엉덩이와 등허리 사이에 점점 큰 통증을 느끼며 말했다.

"뭘 준비하고 있는지 모르겠지만, 어디 해봐. 해보라고."

"방법을 생각 중이야. 맨손으로 처리해야 할까…… 아니야." 프린스는 눈썹을 치켜세우며 검은 장갑을 낀 주먹을 들어 올렸다. "이 주먹으로 해야겠어. 네 입장을 정당화하려는 설명은 잘 들었어. 그런데 저들한테는 네 입장을 어떻게 설명할래?" 프린스는 피 묻은 손가락으로 승무원들을 가리켰다.

"애슈턴 클라크가 너와 함께할 거야, 프린스. 네 입장을 정당화하든 말든 알아서 해. 난 내가 원하는 상황을 만들려고 여기 있는 게 아니야. 문제를 해결하려고 애쓰고 있을 뿐이지. 내가 너와 싸워야 하는 이유는 싸워서 이길 것 같아서야. 그게 다야. 넌 정체를 원하고, 난 변화를 원해. 그저 모든 것이 앞으로 나아가길 바랄 뿐이야. 어떤 윤리적인 이유도 없어." 로크는 쌍둥이를 바라보며 그들을 불렀다. "린케우스? 이다스?"

검은 얼굴이 고개를 들고, 하얀 얼굴은 고개를 숙였다.

"이 경쟁에서 자네들이 어떤 위험을 감수해야 하는지 알고 있나?"

한 명은 그를 쳐다보고 한 명은 시선을 외면한 채로 둘 다 고개를 끄덕였다.

"록호의 승무원 노릇을 그만두길 원해?"

"아뇨, 선장님, 저희는……"

"……그러니까 제 말은, 혹시 상황이……"

"……달라지면 외곽 식민지의……"

"……텁먼에서도 변화가 생겨서……"

"……토비아스도 거길 떠나……"

"……우리 곁에 오게 될 수도 있어서요……"

로크는 소리 내어 웃었다. "프린스가 자네들을 데려가줄 수도 있어. 자네들만 원한다면."

프린스가 이죽거렸다. "타르를 칠한 자와 깃털로 뒤덮인 자. 창백한 자와 검은 자. 아주 너만의 신화를 현실로 만들었구나. 엿이나 먹어라, 로크."

루비가 앞으로 나서더니 쌍둥이에게 말했다. "너희들!" 쌍둥이가 그녀를 쳐다보았다. "너희가 본 레이 선장을 도와 일이 성공하게 되면 무슨 일이 일어날지 알고는 있어?"

"선장님이 이길 수도 있고……" 린케우스는 은색 속눈썹을 파르르 떨며 시선을 돌렸다.

이다스가 형제를 보호하려 나서며 말을 맺었다. "……아닐 수도 있겠죠."

로크가 물었다. "우리의 문화적 연대에 대해 이 친구들은 어떻게 생각할까? 네가 생각한 거랑은 다를 거야, 프린스."

루비가 날카롭게 받아쳤다. "네 생각대로 된다는 보장 있어?" 루비는 대답을 기다리지 않고 골드를 돌아보며 말했다. "저기를 봐, 로크."

"보고 있어. 넌 뭐가 보이는데, 루비?"

"너랑 프린스…… 너희는 밤을 상대로 세상을 가르는 내부의 불길을 차지하려고 싸우고 있어. 프린스가 네 얼굴에 상처를 남긴 것처럼 불은 튀어 올라오면서 이 세상과 도시에 상처를 남겨."

"그런 상처를 치료하지도 않은 채 지니고 살다니 어쩌면 네가 나보다 더 대단한 놈인지도 모르겠다." 프린스가 느긋하게 빈정거렸다. (그 말에 분노한 로크는 턱에 힘이 들어가고 관자놀이와 이마의 근육도 단단해졌다.)

"너를 증오하는 마음을 잊지 않아야 하니까."

로크의 대답에 프린스는 미소 지었다.

로크가 곁눈으로 보니 마우스는 뒷걸음질을 쳐 등 뒤로 문손잡이를 붙잡고 있었다. 마우스는 하얀 이가 드러나도록 입을 벌렸고 두 눈이 휘둥그레진 모습이었다.

"미워하는 것도 습관이야. 우린 오랫동안 서로를 미워했어, 로크. 이제 끝낼 때가 된 것 같다." 프린스는 손가락을 구부렸다. "이 미움이 어떻게 시작됐는지는 기억하지?"

"상오리니섬에서? 내가 기억하기로 넌 그때도 버릇없고 포악했어……."

프린스는 또다시 눈썹을 치켜세웠다.

"포악했다고? 아, 넌 뻔뻔할 정도로 잔인했잖아. 난 널 절대 용서 못 해."

"네 손을 가지고 놀렸다고 해서—"

"네가? 이상하네. 난 기억이 안 나는데. 누가 내 손을 가지고 허튼소리를 하면 난 좀처럼 잊지 못하거든. 그런데 넌 그런 말을 하진 않았어. 난 네가 우리를 데려가 보여준 밀림 속 야만스러운 경기장 얘길 하는 거야. 거기서 본 짐승 같은 사람들 얘길 하는 거라고. 우린 구덩이 안에 뭐가 있었는지 제대로 보지도 못했어. 그냥 사람들이 구덩이 가장자리에 모여 서서 땀 흘리고 고함치고 술에 취해서…… 짐승이나 다름없이 구는 걸 봤지. 에런도 그중 한 명이었어. 그날 에런의 모습이 지금도 내 기억에 선명하게 박혀 있어. 에런의 이마는 땀으로 번들거렸고 머리카락은 헝클어졌었어. 소름 끼치게 고함을 치면서 얼굴을 찡그리고 주먹을 휘둘렀지." 프린스는 벨벳 장갑을 낀 손가락으로 주먹을 쥐었다. "그래, 에런의 주먹. 내 아버지가 그런 모습을 한 건 처음 봤어. 무서웠어. 물론 그 후로 우린 그런 에런의 모습을 숱하게 보게 됐지. 안 그래, 루비?" 프린스는 여동생을 힐끗 쳐다보고는 말을 이었다. "에런은 드 타르고 합병 때도 또 그렇게 주먹을 부르쥐면서 저녁때 회의실을 나왔어…… 7년 전 안티 플라미나 사건 때도 그랬고. 에런은 매력적이고 교양 있으면서도 대단히 포악한 사람이었어. 네 덕분에 난 에런의 그런 면을 맨눈으로 처음 보게 됐어. 그래서 난 네가 용서가 안 돼, 로크. 태양을 가지고 무슨 짓을 꾸미는지 모르겠지만 그래서 난 그걸 막을 생각이야. 본 레이의 광기를 막아야 하니까." 프린스는 앞으로 한 걸음 나서며 덧붙였다. "네가 무너지면 플레이아데스 연방도 무너질 테고, 드라코는 살겠지……"

그 순간 세바스티안이 프린스에게 달려들었다.

갑작스럽게 일어난 일이었다.

프린스는 얼른 바닥에 한쪽 무릎을 굽혔다. 손에 쥐고 있던 석영 덩어리를 짓눌러 박살 내 푸른 불꽃을 뿜게 만들었다. 세바스티안이 덤벼들자 프린스는 그 조각 하나를 허공에 던졌다. **툭.** 석영 조각은 세바스티안의 털이 북슬북슬한 팔에 날아와 박혔다. 세바스티안은 비명을 지르며 뒤로 휘청거렸다. 프린스의 손이 부서진 채 빛을 내뿜는 석영을 또다시 던졌다.

⋯⋯**툭, 툭, 툭.**

세바스티안은 배에 두 군데, 허벅지에 한 군데를 맞았고 그 자리에서 피가 흘러내렸다. 린케우스가 웅덩이 가장자리로 달려가며 소리쳤다. "이봐요, 그러지 말아요⋯⋯"

"⋯⋯그러고도 남을 사람이야!" 이다스가 린케우스를 말렸다. 린케우스의 하얀 손가락은 가슴을 막아서는 형제의 검은 손가락을 밀쳐내려 했지만 뜻대로 되지 않았다. 세바스티안이 그 자리에 쓰러졌다.

툭⋯⋯

타이이는 비명을 지르며 세바스티안 옆에 웅크렸다. 피가 흐르는 그의 얼굴을 부여잡고 어쩔 줄 몰라 했다.

⋯⋯**툭, 툭.**

세바스티안은 등을 구부린 채 숨을 몰아쉬었다. 허벅지와 뺨, 가슴팍 두 군데가 불이 붙은 듯 작열감이 몰려왔다.

프린스가 일어서며 말했다.

"자, 이제 **널** 죽여줄게!" 프린스는 세바스티안의 발을 콱 밟으며 다가왔다. 그는 세바스티안의 발뒤꿈치가 카펫 안쪽으로 파고 들어갈 정도로 세게 밟았다. "이만하면 네 질문에 대한 답이 됐냐?"

로크의 배 속 깊은 곳에서, 과거 속에 묻어뒀던 오래된 그것이 고개를 들었다. 블리스 덕분에 그는 그것의 형태와 윤곽을 정확하고 선명하게 인식할 수 있었다. 그의 속에서 무언가가 뒤흔들렸다. 그의 골반을 지나 배를 긁고 올라온 그것은 가슴을 뛰어넘어 그의 얼굴에서 사납게 뛰쳐나갔다. 로크는 고함을 내질렀다. 블리스는 그가 주변을 더욱 명확하게 인지하게 해주었다. 마우스의 시링크스가 무대 왼쪽에 놓여 있는 것을 포착하고 곧장 손을 뻗어 집어 들었다.

"안 돼요, 선장님!"

……프린스가 달려들었다. 로크는 시링크스를 가슴에 껴안고 몸을 숙였다. 그리고 곧장 강도 조절 노브를 잡아 돌렸다.

그 순간 프린스의 손은 (방금 전까지 마우스가 기댔던) 문손잡이를 박살 냈다. 부서진 파편이 1~2미터 높이까지 튀어 올랐다.

"선장님, 그건 제 건데요……!"

마우스가 다가오자 로크는 그를 손으로 쳐 밀어냈다. 마우스는 뒤로 휘청대며 모래 웅덩이에 빠졌다.

로크는 옆으로 몸을 피하면서 문 쪽으로 돌아섰다. 프린스는 여전히 미소 띤 얼굴로 물러섰다.

로크는 시링크스의 튜닝 손잡이를 쳤다.

강렬한 빛이 번쩍였다.

시링크스의 빛이 프린스의 조끼에 반사됐다. 빛이 너무나도 강해서 프린스는 눈을 가리려 손을 들어 올렸다. 동시에 눈을 껌벅이면서 고개를 좌우로 흔들었다.

로크는 시링크스의 손잡이를 한 번 더 쳤다.

프린스는 손으로 눈을 가리고 뒷걸음질을 치며 비명을 질렀다.

로크의 손가락이 시링크스의 소리 투사 현을 건드렸다. 빛은 한 방향으로 쏘아 보낼 수 있었지만 소리는 뜻대로 되지 않았다. 시링크스에서 흘러나온 소리는 메아리치며 방 안에 퍼져나가 프린스의 비명을 덮어 가렸다. 그 소리에 로크도 골이 지끈거렸다. 그래도 소리 판을 한 번 더, 다시 한 번 더 두드렸다. 그가 소리 판을 한 번 칠 때마다 프린스는 뒤로 점점 물러섰다. 프린스는 세바스티안의 발에 발부리가 걸렸지만 넘어지지는 않았다. 로크는 한 번 더 소리를 내보냈고 덩달아 골이 울리는 것을 느꼈다. 그의 마음은 이미 분노와는 거리를 둔 상태였다. 이 정도면 중이가 파열되지 않았을까…… 뇌 속으로 파고든 분노가 강렬하게 솟구쳤다. 그는 그 격한 감정을 자신에게서 분리해낼 수가 없었다.

한 번 더 공격을 가했다.

프린스가 두 팔을 머리 위로 들어 올렸다. 장갑을 끼지 않은 손이 근처에 떠다니는 선반 하나를 내리쳤다. 그 선반에 올려져 있던 작은 조각품이 바닥으로 떨어졌다.

로크는 분노하며 후각 판을 쳤다.

시링크스에서 흘러나온 매캐한 악취가 코를 찔렀다. 비강까지 파고 들어와 눈이 따가울 지경이었다.

프린스는 비틀거리며 악을 써댔다. 장갑을 낀 손으로 주먹을 쥐고 전망창의 유리를 두들겨댔다. 바닥에서 천장까지 유리로 된 벽에 금이 갔다.

로크는 눈앞이 흐려지고 불에 타는 듯 따가웠지만 그대로 계속 프린스를 밀어붙였다.

프린스는 두 주먹으로 전망창의 유리를 마구 두드려댔다. 급기야 유리가 폭발하듯 깨지고 말았다. 유리 파편이 바닥과 그 너머 바위로 우수수 떨어졌다.

"안 돼!" 루비가 두 손으로 얼굴을 가리며 소리쳤다.

프린스의 몸이 깨진 유리 너머 바깥으로 휘청했다.

바깥의 열기가 로크의 얼굴에까지 와 닿았다. 로크는 프린스에게 달려갔다.

프린스는 골드의 균열에서 흘러나오는 빛이 있는 곳으로 휘청대며 물러섰다. 로크도 게걸음으로 들쭉날쭉한 비탈을 따라 내려갔다.

그리고 시링크스를 한 번 더 쳤다.

빛이 프린스를 공격했다. 프린스는 그때쯤 시야를 약간 회복했는지 또다시 손으로 눈을 덮어 가렸다. 급기야 한쪽 무릎을 꿇었다.

로크도 몸이 휘청거렸다. 뜨거운 바위에 어깨를 스치기도 했다.

그의 몸은 이미 땀에 젖어 있었다. 땀은 그의 이마를 지나 눈썹에 고였고 얼굴의 상처를 따라 흘러내렸다. 로크는 그대로 여섯 걸음 더 나아갔다. 한 번 걸음을 뗄 때마다 정오보다 더 강렬한 빛을 쏟아냈고, 용암의 포효보다 더 요란한 소리를 냈으며, 유황 연기보다 더 독한 악취를 내뿜었다. 목이 아플 정도였다. 그의 분노는 너무나 생생했고 붉었으며 골드보다 더 밝은 빛을 냈다. "이 해충…… 악마…… 더러운 놈!"

로크가 앞에 다가간 순간 프린스는 바닥에 쓰러졌다. 프린스의 맨손이 뜨겁게 달궈진 바위를 짚었다. 프린스가 고개를 들었다. 그의 팔과 얼굴은 박살 난 유리 파편에 맞아 상처투성이였다. 물고기처럼 입을 뻐끔거리면서 보이지 않는 눈을 껌벅거렸다. 눈을 질끈 감았다가 다시 뜨기도 했다.

발을 뒤로 뻗은 로크는 숨을 몰아쉬는 프린스의 얼굴을 세게 걸어찼다……

온 힘을 다해서.

로크는 뜨거운 가스를 들이마신 데다 열기로 눈이 아렸다. 그는 팔을 옆으로 내리고 돌아섰다. 그 순간 바닥이 별안간 옆으로 기울었다. 검은 바위 표면이 갈라지면서 뒤에서 열기가 솟구쳤다. 울퉁불퉁한 바위 사이에서 걸음이 흔들렸다. 마치 베일로 가린 듯 시야가 부옇게 흐려지고 타피테의 빛들이 깜박였다. 로크는 고개를 흔들었다. 불타는 흉곽 생각이 머릿속을 맴돌았다. 기침이 났다. 멀리서 고함 소리 같은 것이 들렸다. 손에서 시링크스가 떨어졌다……

……들쭉날쭉하게 깨진 유리창 너머로 루비의 모습이 보였다.

시원한 공기가 얼굴을 스치고 폐로 들어왔다. 그제야 로크는 똑바로 설 수 있었다. 루비가 그를 바라보았다. 루비는 입술을 달싹이기는 했지만 아무 말도 하지 않았다. 로크는 그녀에게 다가갔다.

루비는 손을 들어 (로크는 그녀가 자신을 때릴 거라 생각했지만 개의치 않았다) 힘줄이 불거진 그의 목을 잡았다.

그녀의 목 안이 떨리고 있었다.

로크는 그녀의 얼굴과 은빛을 꽂은 머리카락을 바라보았다. 골드의 깜박이는 불꽃에 비친 그녀의 피부는 부드러운 견과 껍질 같은 색을 띠었다. 도드라진 광대뼈 위로 루비의 휘둥그레진 눈이 보였다. 그녀의 살짝 비딱한 턱 선은 그야말로 최고였다. 구리색 입술은 두려움에 차 있으면서도 미소 짓고 있었다. 형언할 수 없는 슬픔과 체념이 담겨 있기도 했다. 그녀의 손가락이 그의 목을 쓰다듬었다.

루비의 얼굴이 가까이 다가왔다. 그녀의 따뜻하고 촉촉한 입술이 그의 입술에 와 닿았다. 그의 팔 뒤쪽을 그녀의 손가락이 따뜻하게 감쌌다. 그녀의 손가락에 낀 반지의 차가운 감촉도 느껴졌다. 그녀의 손이 아래로 내려갔다.

그때 그들 뒤에서 프린스가 악을 써댔다.

그러자 루비는 소리치며 뒤로 물러섰다. 손톱으로 로크의 어깨를 할퀴더니 바위를 밟고 저 아래로 달려 내려갔다.

　　로크는 더 이상 그녀를 바라보지 않았다. 기진맥진했다. 유리 파편을 넘어 방 안으로 들어온 그는 승무원들을 둘러보며 말했다.

　　"가자, 젠장! 여기서 나가야 돼!"

　　밧줄처럼 팽팽해진 피부 아래 근육이 사슬 더미처럼 무거웠다. 그가 숨을 한 번 들이쉬고 내쉴 때마다 붉은 머리카락이 느슨해진 조끼 끈 뒤로 나부꼈다. 배는 땀에 젖어 번들거렸다.

　　"가자고!"

　　"선장님, 제 시링크스는 어떻게 됐어요……?"

　　마우스가 물었지만 로크는 이미 문 쪽으로 걸어가고 있었다.

　　마우스는 선장을 뒤로하고 불꽃을 뿜어내는 골드로 시선을 돌렸다. 방을 가로질러 부서진 유리창을 넘어갔다.

　　정원으로 나간 로크가 대문을 막 닫으려는 순간, 마우스는 한쪽 어깻죽지 밑에 시링크스를, 다른 쪽 어깻죽지 밑에는 가죽 배낭을 끼우고 쌍둥이 뒤로 서둘러 뛰어와 대문을 빠져나갔다.

　　로크가 말했다.

　　"록호로 복귀한다. 이쪽 세상을 떠나자!"

　　타이이는 다친 애완 새를 한쪽 어깨에 얹고 다른 쪽 어깨로는 세바스티안을 부축했다. 케이튼이 도와주려 했지만 케이튼에 비하면 세바스티안은 키가 너무 작고 기운 없이 축 늘어져 있어 부축할 수가 없었다. 결국 케이튼은 돕지도 못하고 머쓱하게 벨트 안쪽으로 손을 집어넣고 말았다.

　　그들이 서둘러 무서운 밤의 도시의 자갈길을 달려가는 동안 가로등 아래로 안개가 흘렀다.

"컵을 든 시종 카드."

"컵을 든 여왕 카드."

"전차 카드. 내 트릭이야. 아홉 개의 지팡이 카드."

"지팡이 기사 카드."

"지팡이 에이스 카드. 이 모자란 손이 트릭을 썼네요."

이륙은 순조롭게 이루어졌다. 로크와 이다스는 우주선을 조종하고 나머지 승무원들은 휴게실에 모여 앉았다.

경사로에서 케이튼은 타이이와 세바스티안이 2인 타로 게임을 하는 모습을 바라보며 녹음하고 있었다.

"파르시팔*, 그 가여운 바보는 마이너 아르카나를 버리고 메이저 아르카나의 남은 카드 21장을 사용해 힘겹게 나아가야 한다. 절벽 끝에 파르시팔의 모습이 보인다. 하얀 고양이가 그의 바지를 일부 찢어놓았다. 그가 어디서 또 떨어질지, 날아서 떠날지는 알 수 없다. 다만 이 시리즈의 나중 부분에서 '은둔자'라 불리는 카드가 나타난다. 지팡이와 랜턴을 가지고 다니는 노인인데, 파르시팔과 같은 절벽에 서 있다. 노인은 슬픈 표정으로 바위를 내려다본다……"

"지금 무슨 소리를 하는 거예요?" 마우스가 물었다. 마우스는 시

---

* 중세 유럽의 아서왕 전설에서 성배를 찾아 나선 기사.

링크스의 윤기 나는 자단에 생긴 흠집을 손가락으로 계속 문지르고 있었다. "망할 타로 카드에 관한 얘기라면 하지도 말아요……"

　"모험 여행에 관한 얘기를 한 것뿐이야, 마우스. 모험 이야기를 소설로 써볼 생각을 하고 있거든." 케이튼은 녹음기를 집어 들고 다시 녹음을 이어갔다. "성배의 전형에 대해 생각해보자. 성배 전설을 전체적으로 다루려 했던 작가는 하나같이 작품을 끝내지 못하고 세상을 떠났다. 맬러리, 테니슨, 바그너는 성배에 관한 대단히 유명한 작품을 완성한 것으로 알려져 있지만, 알고 보면 자료를 크게 왜곡해서 원래의 신화적 구조를 알아볼 수조차 없게 만들어 놓았다. 그들이 징크스를 피해 살아남을 수 있었던 이유도 그 때문이었는지 모르겠다. 제대로 된 성배 이야기, 그러니까 12세기 크레티앵 드트루아의 『성배 이야기_Conte del Graal_』, 13세기 로베르 드보롱의 성배 전설 전집, 16세기 볼프람 폰 에셴바흐의 『파르치팔_Parzival_』이나 스펜서의 『요정 여왕_Faerie Queene_』은 전부 작가의 죽음으로 미완성작이 되고 말았다. 19세기 말에 리처드 호비라는 미국 시인은 성배를 주제로 한 열한 권짜리 희곡을 기획하고 글을 쓰기 시작했지만 제5권을 마친 후 사망했다. 비슷한 예로 루이스 캐럴의 친구 조지 맥도널드는 『성배의 전설 기원_Origins of the Legend of the Holy Grail_』이라는 책을 미완성작으로 남겼고, 찰스 윌리엄스의 시집 『로그레스를 지나간 탈리에신_Taliessin through Logres_』도 완성되지 못했다. 한 세기 후에……"

　"입 좀 닥쳐요! 제발, 케이튼. 여기서 더 머릿속이 복잡해지면 미쳐버릴 거예요!"

케이튼은 한숨을 쉬며 녹음기를 껐다. "아, 마우스. 난 너처럼 머리를 조금만 쓰면 미쳐버릴걸."

마우스는 시링크스를 배낭에 집어넣고 두 팔로 안은 뒤 손등에 턱을 올렸다.

"아, 왜 그래, 마우스. 이거 봐. 나 녹음 멈췄잖아. 침울해하지 마. 무슨 일 때문에 그래?"

"내 시링크스가……"

"흠집은 좀 났지만 열두 번도 더 들여다봤잖아. 연주에 이상 없으니 괜찮다며."

마우스는 이마에 주름을 잡았다. "시링크스 때문은 아니고요. 선장님이 그걸로 한 일 때문에 그래요……" 마우스는 기억이 떠올라 고개를 절레절레 흔들었다.

"아."

"그게 다가 아니에요." 마우스는 허리를 펴고 앉았다.

"뭔데?"

마우스는 또다시 고개를 저었다. "시링크스를 가져오려고 부서진 유리창 너머로 달려 나갔는데……"

케이튼은 고개를 끄덕이며 귀를 기울였다.

"열기가 엄청나더라고요. 계단 세 칸을 더 내려가야 했는데 도저히 할 수 있을 것 같지가 않았어요. 그때 비탈 중간쯤에 떨어져 있는 시링크스가 보이더라고요. 선장님이 그 자리에 떨어뜨렸나

봐요. 눈을 가늘게 뜨고 내려갔죠. 발에 불이 붙을 것 같아서 중간
쯤부터는 깨금발로 뛰어야 했어요. 가서 시링크스를 집어 들었을
때⋯⋯ 그들을 봤어요."

"프린스와 루비?"

"루비는 프린스를 바위 위로 끌어 올리려 했는데 나를 보더니
멈추더라고요. 겁이 났어요." 마우스는 두 손을 내려다보다가 고개
를 들었다. 손가락을 꼭 쥐고 있어 손톱이 검은 손바닥을 파고들었
다. "그래서 시링크스로 루비에게 빛과 소리와 냄새를 한꺼번에 쏘
았어요. 강하게요! 선장님은 시링크스를 잘 다룰 줄 모르시지만 난
잘 다루잖아요. 루비는 곧바로 눈이 멀었어요, 케이튼. 고막도 터
졌을 거예요. 레이저의 빛 때문에 루비의 머리카락과 드레스에 불
이 붙더라고요⋯⋯"

"아, 마우스⋯⋯"

"무서웠어요, 케이튼! 선장님이랑 다른 승무원들이 같이 있었지
만. 그래도 너무 무서웠어요, 케이튼⋯⋯" 마우스의 목구멍에서 나
지막하지만 거친 소리가 흘러나왔다. "그렇게까지 무서워할 필요
도 없었는데⋯⋯"

"칼을 든 여왕 카드."

"칼을 든 왕 카드."

"연인 카드. 내 트릭이야. 칼 에이스 카드⋯⋯"

"타이이, 이쪽으로 와서 잠깐 이다스와 교대해줘."

스피커로 본 레이 선장의 목소리가 들렸다.

"알겠습니다, 선장님. 세 개의 칼 카드는 내가 내놓은 거야. 여제 카드도 나고. 내 트릭이야." 타이이는 카드들을 모아 탁자에 놓아두고 투사실로 향했다.

세바스티안이 고개를 들고 말했다.

"어이, 마우스?"

chapter 7

"뭐라고?"

세바스티안은 팔뚝을 주무르며 파란 카펫을 가로질러 걸어왔다. 우주선의 의료 로봇이 45초 만에 그의 부러진 팔을 치료했다. 눈에는 더 띄지만 작은 상처들을 치료하는 데는 더 적은 시간이 소요됐다. (폐가 망가지고 늑연골 세 군데가 부러진 시커먼 새를 들이대자 의료 로봇은 괴상한 색깔의 빛을 깜박거렸다. 타이이는 프로그램을 손봐서 의료 로봇이 효율적으로 새를 치료할 수 있게 했다.) 불길하게 생긴 그 새는 주인 뒤에서 행복한 모습으로 뒤뚱거리며 걸어 다녔다. 세바스티안은 팔을 이리저리 휘둘러보며 말했다.

"마우스, 의료 로봇한테 목 치료를 받아보지 그래? 치료를 꽤 잘하는데."

"치료가 안 돼요. 어렸을 때 두어 번 치료를 받아봤어요. 몸에 소켓을 달고 나서요." 마우스는 어깨를 으쓱했다.

세바스티안은 미간을 찌푸렸다. "지금도 목소리가 심하게 안 좋은 건 아니야."

"그러니까요. 특별히 신경 쓰이지도 않아요. 의료팀이 치료를 못하더라고요. 신경학적 어쩌고 했는데."

"그게 뭔데?"

마우스는 잘 모르겠다는 듯 손바닥을 펼쳐 보이며 멍한 표정을 지었다.

케이튼이 말했다. "신경학적 일치성 문제라고 했겠지. 네 성대는 신경학적 일치성 문제가 있는 선천적 장애일 거야."

"맞아요, 그렇게 말했어요."

"선천적 장애에는 두 가지 종류가 있어. 신체 내부나 외부의 일부가 기형 및 위축되거나 잘못 조립된 경우지."

"치료 후에 성대 모양은 멀쩡해졌어요."

"뇌의 기저에는 작은 신경 다발이 있어. 횡단면으로 보면 그게 꼭 인간의 설계도, 즉 형판처럼 생겼거든. 이 형판이 온전한 경우 뇌는 온전한 몸을 다루는 신경 장비를 갖고 있게 돼. 그런데 아주 드물게 형판이 몸과 마찬가지로 기형인 경우가 있어. 마우스도 이런 경우에 해당할 거야. 신체의 기형을 바로잡아도, 뇌 안에 신체적으로 수정된 부분을 조종할 신경 연결 지점이 없는 거지."

마우스가 말했다. "프린스의 팔도 그런 경우에 해당되겠네요. 사고로 팔이 잘린 경우에는 새로운 팔을 이식하고 혈관과 신경을 연결하면 새 팔처럼 잘 쓸 수 있잖아요."

세바스티안이 말했다. "아, 그러게."

그때 린케우스가 경사로를 걸어 내려왔다. 그는 하얀 손가락으로 손목 부위를 문지르며 말했다. "선장님이 우주선 운전을 끝내주게 하시네……"

이다스도 웅덩이 가장자리로 내려왔다. "선장님이 가고 있는 별은 위치가 어디야……?"

"……좌표상으로는 안쪽 팔 끄트머리라고 했는데……"

"……외곽 식민지 쪽인가……"

"……머나먼 우주보다 더 멀리 있는 곳이야……"

세바스티안이 말했다. "한참 날아가야 하는 거리인데, 선장님이 거의 혼자서 비행을 하고 계시잖아."

케이튼이 말했다. "생각할 게 많아서 그러시겠지."

마우스는 가죽 배낭의 끈을 어깨에 걸치며 말했다. "생각하고 싶지 않은 게 많아서일 수도 있어요. 저기요, 케이튼, 체스 한 판 둘래요?"

"그래, 룩을 내줄게. 그렇게 해야 공평하지."

그들은 체스 판 앞에 앉았다.

세 판째 체스를 두고 난 뒤, 선장의 목소리가 휴게실에 울려 퍼졌다.

"모두 투사실로 들어가도록. 까다로운 역류가 보인다."

　마우스와 함께 젤리 의자에서 일어선 케이튼은 나선형 계단 뒤쪽의 작은 문으로 뛰어갔다. 마우스도 서둘러 카펫을 가로지르고 계단을 세 칸씩 뛰어 올라갔다. 거울 패널이 벽으로 미끄러지듯 들어갔다. 마우스는 연장통과 케이블 다발, 버려진 프로즌코일 메모리 바 세 개를 뛰어넘어 가 소파에 앉았다. 프로즌코일 메모리 바가 녹으면서 웅덩이의 말라붙은 바닥 판이 소금기로 얼룩졌다. 마우스는 케이블을 흔들어 풀고 플러그를 소켓에 꽂았다.

　올가가 마우스의 위쪽, 주변, 아래에서 열심히 불을 깜박거렸다.

　빨간색과 은색으로 반짝이는 역류가 한 줌씩 날아왔다. 선장은 그 흐름을 거스르며 요리조리 빠져나갔다.

　"우주선 운전 실력이 대단하십니다, 선장님." 케이튼이 말했다. "어떤 종류의 경주 우주선을 운전해보셨어요? 예전에 제가 다니던 학교의 우주선 경주 동아리가 요트 우주선 세 대를 임대해서 갖고 있었어요. 저도 한 번 대회에 나가볼 생각을 했죠."

　"조용히 하고 날개판 각도 유지해."

　이곳은 은하계의 나선팔이라 별들의 숫자가 적었다. 중력장의 변화도 약한 편이었다. 은하계의 중심에서는 별과 가스가 밀집되어 있어서 십여 개의 상충하는 주파수들을 내보내며 비행을 해야 했다. 여기서 선장은 이온 굴절의 흔적에 유의하며 비행을 하는 중이었다.

　마우스가 물었다. "우리는 어디로 가는 거예요?"

로크는 정적 매트릭스의 좌표를 손으로 가리켰다. 마우스는 매트릭스에 나타나 있는 좌표를 읽어보았다.

선장이 찾는 별은 어디에 있을까?

'멀리 떨어진' '고립된' '희미한' 같은 표현이 어울리고, 정확히 수학적으로 위치가 맞아떨어지는 별일 것이다. 그런 별을 찾아보면 되는 건가.

그런데 찾아보기도 전에 별은 그들의 눈앞에 나타났다.

선장은 모두가 볼 수 있도록 부드럽게 각도를 기울여 날았다.

"내 별. 저기가 내 별이야. 800년 동안 빛을 내뿜은 나의 신성. 잘 봐, 마우스. 날개판 각도 약간 낮춰. 혹시라도 자네가 성급히 날개판을 잘못 조절해서 이 태양에서 나를 멀어지게 만들기라도 하면……"

"그럴 리가요, 선장님!"

"……그러면 타이이의 카드를 자네 목구멍에 쑤셔 박을 줄 알아. 날개판 각도 다시 올려."

마우스가 날개판 각도를 조절하자 머리 위로 새까만 밤이 몰려왔다.

역류가 사라지자 로크가 생각에 잠긴 목소리로 말했다.

"선장들은 대개 여기서부터 중심 허브의 굴절된 혼란 속으로 빠져 들어가 플레이아데스 같은 복잡한 성단의 흐름을 타지 못했어. 그들은 빔을 쏴대고 회전을 하고 정면 돌파를 하겠다며 온갖 미친 짓을 했지. 우주선 사고의 절반은 선장이 괴상한 짓을 벌인 탓이 커. 예전에 선장들이랑 얘기를 나눠봤는데, 이런 은하 가장자리 지역에서는 중력 스핀에 우주선을 망가뜨리는 실수를 저지르지 않게 조심해야 된다는 거야. '줄타기를 하다가 깜박 잠이 드는 거나 마찬가지'라고 하더라고."

케이튼이 말했다. "장시간 비행을 하셨잖아요. 이제 사방이 깨끗하니 잠시 쉬시죠."

"에테르 속에서 손가락을 움직이는 기분을 조금 더 느끼고 싶어. 케이튼과 마우스는 계속 자리 지키고, 나머지는 쉬어."

날개판을 내려 접자 그 자리에서 연필처럼 가느다란 빛 한 줄기만 흘러나왔다. 잠시 후 그 빛도 꺼졌다.

"아, 선장님, 전에……"

"……저희가 부탁드렸던……"

"……그거 있잖습니까. 그걸 어디다……"

"……두셨는지 알려주시면……"

"……좋겠습니다, 선장님……"

"……블리스를 해도 될까요?"

밤 풍경에 그들은 눈이 편안해졌다. 그들이 탄 우주선은 벨벳으로 덮어놓은 것 같은 어둠 속 아주 작은 구멍을 향해 꾸준히 나아갔다.

"텁면의 광산에서 일할 때 꽤 재미있었나 봐요." 마우스는 한참 후 말을 이어갔다. "생각을 해봤어요, 케이튼. 선장님이랑 같이 블리스를 사러 골드 지역에 갔는데, 우리를 광산 노동자로 보내려는 사람들이 있더라고요. 그 후 생각을 해봤죠. 플러그는 플러그고 소켓은 소켓이잖아요. 어차피 소켓에 플러그를 꽂아서 일하는 건 마찬가지니까 우주선 날개든, 아쿠아라트를 잡는 그물 장치든, 광석을 자르는 절단기든 어떤 기기와 연결해서 일해도 저는 별로 차이가 없어요. 그래서 언젠가는 거기 가서 일을 해봐야겠다는 생각이 들어요."

"애슈턴 클라크의 가호가 네 오른쪽 어깨에 깃들고, 왼쪽도 지켜주시기를."

"고마워요." 잠시 후 마우스가 물었다. "케이튼, 사람들은 왜 직업을 바꾸려고 할 때마다 '애슈턴 클라크' 얘기를 할까요? 쿠퍼에 다닐 때 사람들 얘기로는 플러그를 발명한 사람 이름이 소켓인가 그렇다고 했거든요."

"정확한 발음은 소쿠엣이야. 소쿠엣은 그 발명을 불행한 우연이라고 생각했을걸. 애슈턴 클라크는 23세기 철학자 **겸** 심리학자인데, 그의 생각을 바탕으로 블라디미르 소쿠엣이 신경 플러그를 개발했어. 네 질문에 대한 대답은 노동의 개념과 관련이 있을 것 같아. 클라크와 소쿠엣이 출현하기 전까지 인류의 노동은 지금하고는 무척 달랐어, 마우스. 일반적으로 사람은 사무실에 출근해서 컴퓨터를 조작해 엄청난 숫자들을 의미 있게 연결하는 일을 했거든. 이를테면 단추 같은 구식 상품을 예로 들어볼게. 그 사람은 어느 나라 특정 지역의 단추 판매 상황에 관한 보고서를 컴퓨터로 작성

하는 거야. 그 사람이 하는 일은 단추 산업 운영에 꼭 필요한 일이
었겠지. 그 사람이 제출하는 보고서의 정보가 있어야 다음 해에 단
추를 몇 개 생산할지 결정할 수 있을 테니까. 그 사람은 단추 업계
에서 꼭 필요로 하는 일을 하고 있어. 단추 업계에 고용되어 급료
를 받거나 해고를 당하기도 해. 하지만 매주 일을 하면서 단추를
눈으로 보는 건 아니란 말이야. 컴퓨터로 관련 숫자만 보고 있는
거지. 급료를 받아서 집에 가져다주면 같이 사는 파트너는 그 사람
과 가족을 위해 음식과 옷을 구매해. 하지만 그 사람이 일하는 장
소와 그 사람이 음식을 먹으며 하루의 나머지 시간을 보내는 방식
사이에는 **직접적인** 관련성이 존재하질 않아. 그 사람은 단추로 급
료를 지급받는 것도 아니었거든. 농사, 사냥, 어업 같은 일에 종사
하는 인구의 수는 점점 줄어들어서, 사람들 대다수는 노동 방식과
살아가는 방식—무엇을 먹고, 무엇을 입고, 어디서 자는지 같은 방
식—사이의 괴리가 점점 커져갔어. 애슈턴 클라크는 이런 괴리가
인류에게 심리적으로 상처를 준다고 지적했어. 신석기 시대 혁명
기간 동안 인류가 곡물을 재배하고, 가축을 기르고, 본인이 선택
한 곳에 자리 잡고 살아가는 방식을 익히면서 키워온 자제력과 자
기 책임 능력을 이 괴리가 심각하게 위협하게 된 거야. 애슈턴 클
라크 이전에 많은 사람들은 산업혁명 이래로 그런 위협이 꾸준히
커지고 있다고 지적했어. 애슈턴 클라크는 거기에서 한 단계 더 나
아간 거야. 기술 사회가 크게 발전하면 인류의 노동과 인류의 생활
방식은 돈 문제를 제외하면 직접적인 관계가 없게 돼. 인간은 일을

통해 무언가에 변화를 가하고, 물건을 만들고, 없던 것을 만들어내고, 이쪽에 있던 걸 저쪽으로 옮기면서 살고 싶어 하거든. 노동에 에너지를 쏟아 넣고 어떤 변화가 생기는지 자기 눈으로 확인하고 싶어 한단 말이야. 그렇게 되지 않으면 헛된 삶을 살고 있다는 생각에 빠지게 돼.

만약 애슈턴 클라크가 그 시기가 아니라 100년 전이나 100년 후에 살았으면 오늘날 사람들은 애슈턴 클라크라는 이름조차 들어보지 못했을 거야. 당시 기술은 마침 애슈턴 클라크가 말하는 노동을 실현시킬 수 있을 정도로 발전했거든. 소쿠엣은 플러그와 소켓, 신경 반응 회로, 나아가 인간이 직접적인 신경 연결을 통해 손과 발을 움직여 기계를 제어할 수 있는 기본적인 기술을 발명했어. 노동의 개념이 혁명적으로 바뀌게 된 거야. 주요 산업의 모든 노동은 인간이 '직접' 기계를 제어하는 일로 세분화됐어. 전에는 한 사람이 공장을 운영하는 게 가능했어. 아침에 일어나 스위치만 켜놓고 반나절을 더 자다가 점심에 글자판 몇 개를 확인하고 저녁에 스위치를 끄고 일을 마치면 되는 거였으니까. 이제는 사람이 직접 공장으로 가서 자기 몸의 소켓에 플러그를 연결해. 왼발을 써서 원재료를 공장에 투입하고, 수만 가지 정밀 부품을 한 손으로 만들어. 다른 손으로 조립을 해서 오른발로 완제품을 내보내고 본인 눈으로 직접 제품을 검수해. 이제 훨씬 만족스러운 노동자가 된 거야. 그런 노동의 속성 때문에 대부분의 노동은 플러그인 일자리로 전환됐고 전보다 훨씬 효율적으로 진행이 됐어. 생산성이 떨어지는 경우가 일부

있기는 했지만, 클라크는 사회 전체로 따지면 그것도 심리적 이점
이 된다고 봤어. 애슈턴 클라크는 인류를 노동하는 인간으로 바꾼
철학자라고들 하지. 이 시스템에서는 인간소외에 따른 정신병 발
발 비율이 현저하게 낮아. 노동 변화는 전쟁을 드물다 못해 아예 불
가능하게 만들었어. 초기에는 좀 혼란스러웠지만 그 후 800년 동안
세계 경제망은 안정됐지. 애슈턴 클라크는 노동자들의 선지자가
됐어. 그래서 요즘도 누가 직업을 바꾸겠다고 하면 애슈턴 클라크
의 가호가 깃들기를 바란다는 인사말을 하는 거야."

마우스는 별들을 바라보았다. "제 기억에 집시들은 욕할 때 애
슈턴 클라크의 이름을 사용하곤 했어요." 마우스는 잠시 생각 끝에
덧붙였다. "플러그가 없으면 지금 우리도 같은 욕을 하고 있겠죠."

"특히 지구에는 클라크의 생각에 반대하는 세력들도 있었어. 오
래 버티지는 못했지만."

"예, 겨우 800년 버틴 거죠. 하지만 집시들이 다 저 같은 배신자
는 아니에요." 마우스는 허공을 향해 허탈하게 웃었다.

"내가 볼 때 애슈턴 클라크 시스템 자체에는 한 가지 심각한 문
제가 있어. 오랜 세월을 거치면서 이제야 현실에서 나타나기 시작
했지."

"그래요? 무슨 문제인데요?"

"대학에서 교수들이 수년째 학생들한테 하는 얘기야. 어떤 지식
인 모임에 가더라도 한 번쯤은 들을 수 있는 얘기인데, 지금 우리
시대는 과거와는 달리 문화적 견고함이 결여됐다는 거야. 2800년

대에 베가 리퍼블릭 운동이 일어난 이유도 그래서였어. 요즘 사람들은 남자든 여자든 어디서나 본인 조건에 맞게 편리하고 만족스럽게 일할 수가 있거든. 그렇다 보니 수십 세대를 거치면서 사람들은 이쪽 세상에서 저쪽 세상으로 건너다녔고 전통적인 의미의 사회는 해체되고 말았어. 남은 건 진정한 전통 따위는 없는 천박하고 겉만 번지르르한 성간 사회뿐인 거야……" 케이튼은 잠시 뜸을 들이다 덧붙였다. "플러그에 연결돼서 일하기 전에 어떤 선장님이 블리스를 줘서 해본 적이 있어. 그때 얘기를 하면서 속으로 따져봤지. 하버드에서 공부하던 시기와 헬³에서 일하던 시기 사이에 만난 사람들 중에 그런 문제점에 대해 얘기한 사람이 몇 명이나 있었는지. 그런데 그거 알아? 그 사람들의 생각은 잘못됐어."

"그래요?"

"응. 다들 잘못된 관점에서 우리 사회의 전통을 바라보고 있거든. 수 세기에 걸쳐 발전해온 새로운 문화적 전통은 오늘날에 이르러 정점에 달했어. 그리고 그렇게 최고조에 달한 전통을 상징하는 사람이 누군지 알아?"

"선장님요?"

"바로 너야, 마우스."

"예?"

"넌 수십 개의 사회가 오랜 세월에 걸쳐 만들어놓은 장식적 요소들을 모아서 네 것으로 만들었어. 클라크 시대 문화 충돌의 산물인 너는 현대 문화의 패턴을 시링크스로 탁월하게 표현하고 있는 거야……"

"에이, 말도 안 돼요, 케이튼."

"책을 쓰기 위해 역사 자료를 읽고 인류를 관찰하면서 주제를 찾아다녔는데 네가 바로 내가 찾던 주제였어. 네 전기를 써서 책으로 남겨야겠어! 네 인생 이야기를 쓰고 싶어. 네가 어디서 살았고 무슨 일을 했고 무엇을 봤고 남들에게 무엇을 보여줬는지를 책으로 써야겠어. 그게 바로 내 사회적 의미이고 내 역사적 연구 범위인 거야. 그물을 비추는 고리 사이의 불꽃……"

"케이튼, 미쳤군요!"

"아니, 안 미쳤어. 드디어 원하는 걸 찾은……"

"어이, 거기! 날개판 평평하게 유지해!"

"죄송합니다, 선장님."

"예, 선장님."

"별을 보면서 잡소리 떠들지 마. 눈 감고 일하는 거나 마찬가지잖아."

두 사이보그 승무원은 어두운 밤을 향해 시선을 돌렸다. 마우스는 깊은 생각에 잠겼고 케이튼은 열정에 활활 타올랐다.

"환하고 뜨겁게 타오르는 별이 보일 거야. 지금 하늘에 유일하게 보이는 별이야. 잘 기억해둬. 그 별을 똑바로 응시하면서 우주선이 흔들리지 않게 유지해야 돼. 문화적 견고함에 대한 잡담은 쉬는 시간에 해."

지평선도 없이 별이 떠올랐다.

지구에서 태양까지의 거리(혹은 아크에서 그 태양까지의 거리)의 20배나 되다 보니, 중형 G형 별이 지구형 대기를 통해 받아들일 수 있는 햇빛의 양은 얼마 되지 않았다. 그 거리 때문에 밤에 가장 환하게 빛나는 별이 실은 환한 태양인데도 그저 일반적인 별처럼 보였다.

현재 그것과의 거리는 32억 킬로미터, 태양계 스무 개를 합쳐놓은 것보다도 멀었다.

그것이 제일 빛나는 별이었다.

"저 아름다운 별인가요?"

마우스의 물음에 로크가 말했다. "아니, 마우스. 아름다울 건 없고 그냥 별이야."

"저게 신성이 될 별인지……"

"……어떻게 알 수 있죠?"

쌍둥이가 묻자 로크가 설명했다. "표면에 무거운 물질이 축적돼 있어. 표면 온도가 약하게 식고 있어서 절대적인 색감을 기준으로 아주 희미하게 붉은 기를 띠지. 흑점 활동도 약간 더 빨라졌어."

"저 정도 색깔이면 소속 행성들의 표면이랑 차이가 안 날 것 같은데요?"

"맞아. 아주 희미하게 붉어서 육안으로는 관측할 수 없어. 다행히 우리 별은 소속 행성을 갖고 있지 않아. 위성 크기의 덩어리들이 그 주변을 돌고 있지만, 저 별에 지나치게 가까워서 사람이 이

주해서 살 수는 없어."

위성이라고?

케이튼이 반박했다. "위성이라고 하셨는데, 행성이 없는 위성은 있을 수 없습니다. 위성이 아니라 미행성이겠죠!"

로크가 웃었다. "위성이라고 한 적 없어. 위성 **크기**라고 했지."

"아, 예."

록호는 날개판을 적절히 조절해 반지름 32억 킬로미터의 궤도를 그리며 그 별 주변을 돌았다. 투사실에 누운 케이튼은 잠시라도 별에서 컴퓨터의 조명으로 시선을 돌리기가 아쉬울 정도였다.

"알케인이 설치한 연구 시설들은 어쩌고 있습니까?"

"그 시설들은 우리처럼 따로따로 떠다니고 있어. 때가 되면 그쪽에서 소식이 들릴 거야. 당분간 우리는 그들이 필요 없고, 그들도 우리를 필요로 하지 않아. 사이아나 고모가 그들에게 우리가 이쪽으로 오고 있다고 미리 경고했어. 그들이 접근하면 좌표 매트릭스를 통해 볼 수 있을 거야. 그럼 자네들이 그들의 위치를 눈으로 좇으면서 움직임을 파악하도록 해. 주로 유인 연구 시설이야. 우리보다 50배쯤 멀리 떨어진 곳에 있어."

"신성이 폭발하면 우린 위험 구역 안에 있게 됩니까?"

"신성이 폭발하면 하늘뿐 아니라 그 주변에 있는 모든 것을 잡아먹겠지."

"폭발이 언제 시작되는데요?"

"사이아나 고모는 며칠 후라고 예측했어. 하지만 어떤 예측이든

2주 정도 오차는 있게 마련이거든. 그러니까 당장 폭발하게 되면 우리는 몸을 피할 시간이 겨우 몇 분밖에 없단 얘기지. 지금 저 별과 우리의 거리는 2.5광시光時*니까.” 지금 그들은 빛이 아니라 에테르 교란을 통해 시야를 확보하고 있어서 실시간으로 태양을 지켜볼 수 있었다. “폭발이 시작될 때 바로 그 현상을 눈으로 볼 수 있어.”

세바스티안이 물었다. “일리리온은요? 어떤 식으로 확보합니까?”

“그건 내가 걱정할 문제야. 우린 때가 되면 일리리온을 얻을 수 있어. 그동안은 플러그 뽑고 쉬도록 해.”

하지만 아무도 서둘러 케이블을 풀지 않았다. 날개판이 있던 자리마다 곧 한 줄기 빛이 남았고, 잠시 후 깜빡깜빡 빛이 명멸했다.

케이튼과 마우스는 제일 늦게 플러그를 뽑았다.

몇 분 뒤 케이튼이 선장을 불렀다.

“선장님? 생각난 게 있어서요. 댄의…… 사고를 신고하셨을 때 순찰대가 별말 없었습니까?”

로크는 거의 1분쯤 뜸을 들이고 대답했다. “신고 안 했어.”

“아, 그러실 줄 알았습니다.”

마우스도 뭔가 말을 꺼내려고 했지만, “그래도”라는 말만 세 번 내뱉고 더는 아무 말도 하지 않았다.

---

* 빛이 완전한 진공 속을 한 시간 동안 나아가는 거리. 1광시는 약 10억 킬로미터이다.

"프린스는 드라코 순찰대를 통해 모든 공식 보고서를 볼 수 있어. 적어도 내가 생각하기로는 그래. 나는 플레이아데스를 통해 들어오는 모든 기록을 컴퓨터로 스캔해 볼 수 있고. 프린스는 나랑 조금이라도 관련 있는 내용 같으면 세세하게 들여다볼 거야. 만약 프린스가 댄이 살아온 흔적을 추적했으면 벌써 이 신성의 위치를 찾아냈겠지. 난 프린스가 그런 식으로 신성에 대해 알아내길 바라지 않아. 댄이 죽은 걸 아직 몰랐으면 좋겠어. 댄의 죽음에 대해 아는 사람은 내가 알기로 이 배에 탄 사람들뿐이고 앞으로도 이대로 유지할 거야."

"선장님!"

"왜, 마우스?"

"저쪽에서 뭔가 접근하고 있습니다."

케이튼도 물었다. "시설에 물자를 공급하는 우주선일까요?"

"그러기에는 너무 거리가 먼데. 우리 뒤를 밟는 것일 수도 있겠지."

로크는 낯선 우주선이 좌표 매트릭스 화면을 가로지르는 모습을 바라보다가 지시를 내렸다.

"다들 플러그 뽑고 휴게실 가서 쉬어. 나도 곧 갈게."

"하지만 선장님……" 마우스가 말했다.

"우리 우주선처럼 날개판이 일곱 개 달린 화물 우주선이네. 드라코 우주선 같은데."

"드라코 우주선이 여기서 뭘 하는 거죠?"

"휴게실에 가 있으라니까."

케이튼은 매트릭스 화면 하단에 뜬 우주선의 이름을 눈으로 읽었다. "블랙 코카투호? 어이, 마우스. 선장님이 가서 쉬라잖아."

플러그를 뽑은 케이튼과 마우스는 휴게실 웅덩이 가장자리에 모여 있는 다른 승무원들 곁으로 갔다.

나선형 계단 위쪽 문이 위로 올라갔다. 문밖으로 나온 로크가 그림자 진 계단을 밟고 서 있었다.

마우스는 선장이 계단을 내려오는 모습을 보며 생각했다. '피곤해 보이시네.'

케이튼은 본 레이 선장, 그리고 거울 모자이크에 반사된 선장의 모습을 바라보며 생각했다. '걸음걸이가 피곤해 보이긴 하지만, 운동선수가 다시 새로운 활력을 얻기 전 약간 지쳐 있는 정도인 것 같아.'

로크가 계단을 반쯤 내려왔을 때 저쪽 끝 벽에 설치된 도금 틀 안에서 빛과 함께 영상이 나타났다.

그들은 깜짝 놀랐다. 마우스는 헉 소리를 내기까지 했다.

루비였다.

"무승부네. 이 정도면 공정한 거지? 네가 여전히 우리보다 앞서 있어. 우린 네가 목표물을 어디서 찾을 생각인지 아직 모르거든. 이 경주는 어차피 가다 쉬다 하는 거니까." 루비의 푸른 눈이 승무원들을 둘러보다가 마우스에게 잠시 머문 뒤 로크에게 돌아갔다. "어제 타피테에서 생전 처음 지독한 고통을 느꼈어. 그동안 내가 너무 안락하게 살아왔나 봐. 이번 경주의 규칙이 뭐가 됐든……"
그녀는 경멸이 묻어나는 말투로 말을 이었다. "……이제 우리도 제
대로 해볼 작정이야, 잘생긴 선장."

"루비, 너한테 할 얘기가 있어." 로크의 목소리가 흔들렸다. "프
린스한테도. 내가 직접 만나서 해줘야 될 얘기야."

"프린스가 널 만날 생각이 있는지 모르겠네. 네가 골드 지역 가
장자리에 우리를 버려두고 간 후에 우리는 정말 힘들게 살아남아
서 의료 로봇에게 치료를 받았거든. 그건 나나 **우리**한테 결코 즐거
운 추억은 아니야."

"프린스한테 내가 왕복선을 타고 블랙 코카투호로 건너가겠다
고 전해. 공포담 같은 이런 일 그만두고 싶어, 루비. 너도 나한테
물어보고 싶은 게 있잖아. 나도 너한테 할 말 있어."

루비는 어깨로 흘러내린 머리카락을 신경질적으로 뒤로 넘겼
다. 그녀는 목깃이 높은 검은 망토 차림이었다. 잠시 후 루비는 "알
았어"라고 대답하고 화면에서 사라졌다.

로크는 승무원들을 내려다보았다. "다들 들었지. 모두 날개판 투
사실로 돌아가. 타이이, 자네가 아슬아슬한 상황에서 침착하게 대
처하는 걸 본 적 있어. 여기 있는 누구보다도 비행 경험이 많아서
겠지. 선장 소켓을 맡아. 뭔가 이상한 낌새가 보이면…… 내가 돌
아오든 안 돌아오든 록호를 몰고 여길 떠나. 신속하게."

마우스와 케이튼은 서로를 쳐다보다가 타이이에게로 시선을 옮
겼다.

카펫을 가로질러 간 로크는 경사로로 올라섰다. 아치형의 하얀 경사로 중간쯤에 선 그는 걸음을 멈추고 그 아래 웅덩이에 비친 자신의 모습을 내려다보았다. 그리고 침을 뱉었다.

수면에 생겨난 잔물결이 가장자리에 닿기도 전에 선장은 문 뒤로 사라졌다.

승무원들은 당황한 눈빛을 주고받으며 각자 자리로 흩어졌다.

투사실 의자에 앉은 케이튼은 플러그를 소켓에 연결하고 감각 입력기의 스위치를 켰다. 우주선 바깥 상황을 확인할 수 있었다.

블랙 코카투호가 왕복선을 받아들이기 위해 가까이 다가왔다.

"마우스?"

"예, 케이튼."

"걱정된다."

"선장님이요?"

"우리가."

블랙 코카투호는 어둠 속에서 천천히 날개를 움직이며 각도를 조정해 록호와 궤도를 일치시켰다.

"우리 모두 목표 없이 떠돌고 있었어, 마우스. 너도 나도, 쌍둥이도, 타이이와 세바스티안도. 다들 좋은 사람들이지만 목표는 없었어. 그러다 자기만의 목표에 사로잡힌 남자가 우리를 우주선에 태워 세상의 가장자리로 데려온 거야. 그는 목표라곤 없던 우리에게 질서를 부여했어. 덕분에 우린 전보다 의미 있는 혼란 속에 살

게 됐지. 걱정스럽게도 선장님한테 고마운 마음이 들어. 나만의 질
서가 있다고 주장하면서 저항해야 하는데, 저항할 마음도 안 드네.
나는 선장님이 이 지옥 같은 경주에서 이겼으면 좋겠어. 승리하면
좋겠다고. 선장이 이기든 지든 결판이 날 때까지는 나 자신을 위해
무언가를 할 마음도 안 나."

블랙 코카투호는 포탄 발사 장면을 거꾸로 재생한 것처럼 왕복
선을 훅 빨아들였다. 더 이상 궤도를 일치시킬 필요가 없어지자 블
랙 코카투호는 록호에서 거리를 띄웠다. 케이튼은 블랙 코카투호
가 그 자리에서 선회하는 모습을 바라보았다.

"좋은 아침이야."

"좋은 저녁이지."

"그리니치 표준시로는 지금 아침이거든, 루비."

"난 예의를 지키느라고 아크 표준시로 인사한 건데. 이쪽으로
와."

루비는 긴 옷을 여며 잡고 그를 시커먼 통로로 데려갔다.

"루비?"

"왜?"

그녀의 목소리가 그의 왼 어깨 바로 뒤쪽에서 들렸다.

"늘 궁금했어. 볼 때마다 넌 정말 훌륭한 사람 같았거든. 그런데
네 빛은 프린스가 드리운 그림자에 늘 가려져 있었어. 수년 전, 너
랑 센 강변의 파티에서 얘기할 때 문득, 네가 도전을 즐기는 사람

이 될 것 같다는 생각이 들었어."

"파리는 수많은 세상만큼 멀리 떨어진 곳이야, 로크."

"프린스가 널 잡고 조종하고 있잖아. 그래서 난 더더욱 프린스가 용서가 안 돼. 옹졸하다고 해도 어쩔 수 없어. 넌 프린스 앞에서 의지를 드러낸 적이 없어. 하지만 타피테에서, 다른 세상의 고단한 태양 아래서, 넌 프린스가 죽었다고 생각했고 그제야 네 의지를 드러내더라. 너도 기억할 거야. 그 뒤로 내 머릿속에는 그 생각이 떠나질 않았어. 그날 네가 나한테 키스를 했잖아. 하지만 뒤에서 프린스의 비명 소리가 들리자 넌 프린스에게 곧장 달려갔어. 루비, 프린스는 플레이아데스 연방을 파괴하려고 해. 플레이아데스 연방은 300개의 태양을 돌고 있는 세상들이 모여 있는 곳이야. 수십억 명이 모여 살고 있어. 그곳은 내 세상이야. 난 그들을 죽게 둘 수 없어."

"플레이아데스 연방 사람들을 살리려고 드라코의 기둥을 쓰러뜨려 뱀을 흙바닥에 기어 다니게 만들겠다는 거니? 넌 지구의 경제적 기반을 무너뜨려 밤하늘에 그 파편을 날려버리려 하잖아. 드라코의 세상들을 혼란과 사회적 갈등, 박탈의 시대로 몰아넣으려 하고 있어. 드라코의 세상은 프린스의 세상이야. 네가 네 세상을 사랑하듯이 프린스도 자기 세상을 사랑하지 않을까?"

"넌 뭘 사랑하는데, 루비?"

"너만 비밀을 간직하고 사는 거 아니야, 로크. 프린스랑 나도 마찬가지야. 불타는 바위를 뒤로하고 네가 올라왔을 때, 그래, 난 프린스가 죽었다고 생각했어. 내 이빨 하나는 그 안에 스트리크닌[*]이 들어 있어. 프린스가 죽었다고 생각하고 너에게 승리의 키스를 해주려고 했지. 마침 프린스가 비명을 지르지 않았으면 난 분명히 그렇게 해서 널 죽였을 거야."

"프린스가 드라코를 사랑한다고?"

로크는 돌아서서 루비의 팔 위쪽을 잡아 가까이 끌어당겼다.

그녀의 숨이 그의 가슴을 타고 올라왔다. 그들은 서로의 눈을 마주 보며 얼굴을 가까이 붙였다. 그녀의 얇은 입술을 그의 두툼한 입술이 뒤덮었다. 루비의 눈꺼풀이 내려오고 로크의 이와 혀가 그녀의 이에 부딪혔다.

루비의 손가락이 그의 거친 머리카락을 움켜잡았다. 그녀의 입에서 격한 소리가 흘러나왔다.

로크는 강렬한 감정에 놀라고 당황했으며 두렵기까지 했다. 이 감정을 이대로 끝내야 하나 싶었다. 하지만 끝나지 않았다. 루비가 그에게 바짝 다가와 몸을 비틀고 젖혔다.

그의 손길에 힘이 빠지자 루비는 눈을 크게 뜨고 물러섰다. 그녀의 눈꺼풀은 푸른빛을 가리고 눈동자에 분노가 들어찼다.

로크는 숨을 몰아쉬었다. "음……"

루비는 망토를 바짝 여미며 말했다. "무기 하나를 못 쓰게 되면……" 루비의 목소리는 마우스의 목소리만큼이나 거칠었다. "난

---

[*] 근육의 수축 및 경련을 일으킬 수 있는 유독성 물질.

그걸 버려. 안 그랬으면 너는……" 그녀의 가시가 무디어진 걸까?
"우리는…… 아니 됐어. 난 이제 다른 무기를 갖고 있으니까."

　코카투호의 휴게실은 작고 삭막했다. 사이보그 승무원 두 명이
긴 의자에 앉았고, 다른 한 명은 투사실 문 옆의 계단에 서 있었다.
　하얀 제복을 입은 날카로운 이목구비의 남자들을 본 로크는 한
때 같이 일했던 승무원들이 떠올랐다. 그들의 어깨에는 레드시프
트 리미티드사의 진홍색 상징이 붙어 있었다. 그들은 휴게실로 들
어오는 로크와 루비를 힐끗 쳐다보았다. 문 옆에 있던 승무원이 방
안으로 물러서자 천장 높은 방의 편편한 문짝에서 떵 소리가 났다.
다른 두 승무원도 일어서서 자리를 피했다.
　"프린스가 내려온대?"
　루비는 쇠로 된 계단을 턱으로 가리키며 대답했다. "선장실에서
너를 만날 거야."
　로크는 계단을 올라갔다. 작은 구멍이 뚫린 계단을 샌들로 밟자
달각달각 소리가 났다. 루비가 그의 뒤를 따라왔다.
　로크는 장식용 징이 박혀 있는 문을 두드렸다.
　문이 안쪽으로 열리자 로크와 루비는 차례로 방 안에 들어갔다.
이어, 금속과 플라스틱으로 된 장갑이 의수의 팔에 붙은 채 천장에
서 내려와 로크의 얼굴을 두 번 때렸다.
　로크는 휘청하며 문에 부딪혔다. 문 안쪽은 가죽으로 덮여 있고
중간중간에 놋쇠 징이 붙어 있었다.

시체가 말했다. "내 여동생을 거칠게 다룬 벌이야."

로크는 뺨을 손으로 문지르며 루비를 쳐다보았다. 루비는 옥색 벽 앞에 서 있었다. 벽에 드리워진 커튼은 루비의 망토와 같은 진한 와인색이었다.

시체가 주절거렸다. "이 우주선에서 일어나는 일을 내가 안 보는 줄 알았어? 에런이 늘 말했듯이, 너 같은 플레이아데스 야만인들은 무례하기 짝이 없어."

벌거벗은 시체가 들어 있는 물탱크에서 거품이 보글보글 올라왔다. 거품은 시체의 맨발을 어루만지고 쪼글쪼글한 사타구니에 모였다가 가슴으로 올라갔다. 시커멓게 타 조각난 피부 사이로 갈비뼈가 훤히 들여다보였다. 거품은 완전히 불에 타 대머리가 된 머리 주변에 퍼져나갔다. 입술 없는 입이 부서진 치아를 드러냈다. 코는 없었다. 썩어버린 소켓에 튜브와 전선이 뱀처럼 연결돼 있었다. 튜브는 시체의 배와 엉덩이, 어깨에 연결됐다. 물탱크 안에서 액체가 빙빙 돌았다. 시체의 하나뿐인 팔이 앞뒤로 흔들거렸다. 새까맣게 타고 사후 경직 상태가 된 손가락은 움츠린 채였다.

"빤히 쳐다보는 게 무례한 행동이라는 거 못 배웠어? 넌 지금 날 빤히 쳐다보고 있잖아."

유리벽의 확성기에서 시체의 목소리가 흘러나오고 있었다.

"다른 세상에서 루비보다 내가 부상을 좀 더 많이 당했지 뭐야."

로크가 앞으로 다가가자 물탱크 위쪽에 설치된 이동식 카메라 두 대가 로크의 움직임을 따라 방향을 틀었다.

"레드시프트 리미티드사를 소유한 사람치고는 궤도 일치 기술이 영 별로던데……"

로크는 아무렇지 않게 말했지만 놀란 속내를 완전히 감추지는 못했다.

우주선 조종을 위한 케이블들이 물탱크의 유리 표면에 설치된 소켓에 플러그로 연결돼 있었다. 그 유리 자체가 벽의 일부였다. 케이블은 검은색과 황금색 타일을 지나 컴퓨터 화면을 뒤덮은 구리색 그릴 뒤로 사라졌다.

벽과 바닥, 천장에는 화려한 틀 안에 에테르 교란 스크린이 설치돼 있었다. 스크린 화면들은 동일한 밤의 풍경을 보여주었다.

각 화면의 가장자리에는 록호의 회색 선체가 떠 있었고,

중간에는 바로 그 별이 있었다.

시체가 말했다. "내가 너 같은 스포츠맨 정신은 없지만, 그래도 할 말이 있다니까 들어줄게. 하고 싶은 말이 뭐야?"

로크는 루비를 다시 바라보았다. "할 얘기는 루비에게 거의 다 했어, 프린스. 너도 들었잖아."

"겨우 그런 얘기나 하자고 우리를 폭발 직전인 별 바로 앞까지 오게 만들지는 않았을 것 같은데. 일리리온 얘기를 해봐, 로크 본 레이. 너나 나나 여기까지 온 주된 목적이 그거라는 걸 잊지 않았잖아. 다 털어놓기 전에는 이 우주선에서 못 나가……"

그 순간, 별이 폭발했다.

불가피한 일은 예상치 못한 순간에 일어나는 법이다.

우주선 주변을 개선된 화질로 보여주는 화면 속에서 작은 점이던 그 별은 투광조명등 같은 빛을 뿜어냈다. 그 빛은 점점 더 강해졌다.

루비는 벽에 붙어 서서 팔로 눈을 가렸다.

시체가 악을 썼다.

"예상 시간보다 빠르잖아! 며칠이나 빨라……!"

로크는 세 걸음 만에 방을 가로질러 가 물탱크에 연결돼 있는 플러그 두 개를 뽑아 자신의 손목에 끼웠다. 세 번째 플러그는 자신의 척추 소켓에 연결했다. 우주선의 움직임이 온몸으로 느껴졌다. 감각 입력기도 연결됐다. 그의 시야에는 방 안 풍경에 바깥의 풍경이 겹쳐진 상태였다. 밤하늘에 불이 붙었다.

사이보그 승무원들에게서 우주선 조종간을 빼앗아 온 로크는 코카투호가 빛의 근원을 향하도록 방향을 잡았다. 우주선은 곧장 그 별을 향해 날아갔다.

카메라 두 대가 목을 돌려 로크를 촬영했다.

루비가 소리쳤다. "로크, 무슨 짓을 **하는** 거야?"

시체가 악을 썼다. "놈을 막아. 우리를 태양 속으로 끌고 가려고 하잖아!"

루비가 로크에게 달려와 그를 붙잡았다. 그들은 함께 몸이 옆으로 돌아가며 휘청거렸다. 방 안 풍경과 우주선 밖의 태양이 이중으로 그의 시야를 덮고 있었다. 루비가 케이블을 집어 들더니 로크의 목에 감고 잡아당기며 숨통을 조였다. 케이블 덮개가 로크의 목으로 파고들었다. 로크는 한쪽 팔로 그녀의 뒤를 받치고 다른 손으로 그녀의 얼굴을 밀어붙였다. 루비가 신음을 흘리며 고개를 젖혔다. (로크의 손은 빛 한가운데를 밀고 있었다.) 루비의 머리카락이 뒤로 훌렁 벗겨졌다. 가발이 바닥에 떨어지고 화상 입은 두피가 드러났다. 루비는 의료 장비로 건강만 겨우 회복한 수준이었다. 망가진 피부를 뒤덮은 플라스틱 피부가 그의 손가락 사이에서 찢어지고 고무 필름이 벗겨지면서 루비의 얼룩지고 움푹 팬 뺨이 보였다. 로크는 곧바로 손을 뗐다. 망가진 얼굴을 한 루비가 불 속에서 그에게 비명을 질렀다. 로크는 자신의 목을 잡은 그녀의 손을 떼어내고 그녀를 뒤로 밀쳐버렸다. 뒷걸음질을 치던 루비는 망토 끝자락을 밟고 뒤로 넘어졌다. 그 순간 천장에서 의수가 다시 로크를 향해 날아왔다.

때마침 그쪽으로 고개를 돌린 로크는 의수를 붙잡았다.

몸에서 분리된 의수의 힘은 평범한 사람보다도 약했다.

덕분에 로크는 어느 정도 거리를 두고 작열하는 빛 사이로 어렵지 않게 의수를 붙잡을 수 있었다.

"젠장!" 로크는 악을 쓰며 우주선 전체의 감각 입력기를 껐다.

화면이 회색으로 변하며 먹통이 됐다.

이 우주선에 탑승한 사이보그 승무원 여섯 명은 이미 감각 입력기를 벗은 후였다.

로크의 눈 안에 불덩어리가 들어왔다.

프린스가 소리쳤다. "무슨 짓을 **하려는 거지**, 로크?"

"지옥으로 곧장 들어가 맨손으로 일리리온을 퍼낼 거야!"

"미쳤어! 루비, 이놈은 미쳤어! 우릴 다 죽일 작정이야! 이놈이 하려는 게 그거야…… 우릴 다 죽이는 거!"

"그래! 널 죽여야지!" 로크는 의수를 획 던졌다. 의수는 플러그를 뽑으려고 로크의 손목에 연결된 케이블을 붙잡았다. 로크는 의수를 다시 집어 들었다. 우주선이 덜컥거렸다.

시체가 악을 썼다. "제기랄, 우릴 내보내줘, 로크! 우릴 여기서 내보내줘!"

우주선이 다시 흔들거렸다. 인공 중력 체계가 일시적으로 고장나면서 물탱크의 물이 넘쳤고, 인공 중력이 다시 작동하면서 물탱크 전면 유리에 물방울이 송골송골 맺혔다.

로크가 나지막하게 말했다. "이미 늦었어. 우린 이미 중력 스핀에 빨려 들어갔어!"

"왜 이런 짓을 하는데?"

"널 **죽여야 되니까**, 프린스." 분노에 찬 로크의 얼굴이 웃음을 쏟아냈다. "그게 다야, 프린스! 내가 지금 하고 싶은 건 그게 전부야."

시체가 비명을 질렀다. "다시 죽고 싶지 않아! 곤충처럼 한 방에 불타서 죽기 싫어!"

"한 방에 불탄다고?" 로크의 상처 난 얼굴이 일그러졌다. "그렇지는 않아! 전보다 천천히 탈 거야. 10분이나 20분쯤. 벌써 따뜻해졌지? 앞으로 5분 정도는 그래도 참을 만할걸." 활활 타는 빛 아래서 로크의 얼굴이 어두워졌다. 말을 할 때마다 그의 입술에서 침이 튀었다. "넌 그 물통 안에서 물고기 탕이 될 거야……" 로크는 조끼 안쪽으로 손을 넣어 배를 문질렀다. 그리고 방을 둘러보며 말했다. "여기 잘 탈 만한 물건이 뭐가 있지? 저 커튼? 네 책상 진짜 나무지? 저 종이들도 잘 타겠는데?"

의수가 로크의 손에서 벗어났다. 그 손은 방을 가로질러 가 루비의 손을 잡았다.

"루비! 저놈을 막아! 저놈이 우릴 못 죽이게 해!"

"넌 액체 속에 있어, 프린스. 그러니 죽기 전에 남들이 불에 타는 걸 먼저 보게 될 거야. 루비, 화상을 입은 부위에는 땀이 나질 않으니까 네가 제일 먼저 죽겠구나. 프린스는 네가 죽는 걸 보고 나서 몇 분 뒤에 죽게 될 거야. 물통의 물이 바글바글 끓으면서 고무가 녹고 플라스틱도 녹아내릴 테니까……"

"안 돼!" 루비의 손에서 벗어난 의수가 방을 가로질러 날아가 물탱크의 전면을 주먹으로 쳤다. "이 범죄자! 도둑! 해적! 살인자! 안 돼……!"

하지만 의수는 타피테에서보다 확연히 힘이 약해져 있었다.

물탱크의 유리도 약해지기는 마찬가지였다.

결국 유리가 박살이 났다.

영양수액이 쏟아져 내리고 로크는 젖은 샌들을 신은 채 뒤로 물러서며 춤을 추었다. 튜브와 전선으로 촘촘히 연결된 시체는 빈 물탱크 안에서 쓰러졌다.

카메라들이 초점을 잃고 마구 흔들거렸다.

의수가 젖은 타일 위에서 덜그럭거렸다.

의수의 손가락이 멈추자 루비는 몇 번이고 비명을 질렀다. 그녀는 들쭉날쭉하게 깨진 유리를 밟고 바닥을 가로질러 가 시체를 품에 안았다. 시체에 입을 맞추고 소리를 지르다가 다시 입을 맞추며 몸을 앞뒤로 흔들었다. 그녀의 망토가 영양수액에 시커멓게 젖어 들어갔다.

마침내 그녀는 비명을 멈췄다. 시체를 내려놓고 물탱크 벽에 등을 붙이더니 손으로 자기 목을 움켜쥐었다. 화상 상처와 망가진 화장 아래로 그녀의 얼굴이 벌겋게 달아올랐다. 천천히 벽을 타고 미끄러지듯 주저앉은 루비는 마침내 눈을 감았다.

"루비……?"

깨진 유리를 밟고 가다가 어딘가를 베였는지는 중요하지 않았다. 시체와의 키스만으로도 충분했을 것이다. 심각한 화상을 입은 후라 아무리 의료 장비로 치료를 받았다고 해도 루비는 알레르기가 극도로 심해진 상태였다. 그런 상태에서 프린스의 영양수액에 들어 있던 이질적인 단백질이 입술을 통해 루비의 몸 안에 들어갔으니 엄청난 알레르기를 일으켰을 것이다. 루비는 몇 초 만에 아나필락시스 쇼크 상태에 빠졌다.

로크는 소리 내어 웃었다.

가슴속에 바윗덩어리들이 자리를 옮기는 듯 요란한 웃음이 그의 입에서 터져 나왔다. 그의 웃음은 온통 물바다가 된 방의 높은 벽을 타고 울려 퍼졌다. 승리를 거뒀으니 웃음이 날 만했다. 끔찍

했지만 이 싸움은 그의 승리였다.

로크는 깊게 숨을 들이마셨다. 그는 손가락 끝으로 우주선을 조종했다. 앞이 보이지 않는 상태로 그는 블랙 코카투호를 끌고 폭발하는 태양 속으로 들어갔다.

우주선 어딘가에서 사이보그 승무원이 울부짖고 있었다……

"별이! 별이 폭발해 신성이 됐어요!"

마우스가 소리쳤다.

타이이의 목소리가 마스터 회로를 통해 퍼져나갔다. "여기서 빠져나가야 돼! 당장!"

케이튼이 소리쳤다. "선장님이 저기 있는데! 블랙 코카투호를 봐요!"

"코카투호가, 맙소사……"

"……이럴 수가, 곧장……"

"……태양 속으로……"

"……떨어지고 있어!"

"자, 모두들, 날개판 펴요. 케이튼, 당장 날개판 펴라고요!"

"이럴 수가……" 케이튼은 숨을 몰아쉬었다. "아, 안 돼……"

타이이가 결단을 내렸다. "빛이 너무 밝아. 모두 감각 입력기 해제하세요!"

록호는 신성으로부터 멀어지기 시작했다.

케이튼이 소리쳤다. "아, 맙소사! 저 우주선이…… 정말로 태양으로 떨어지고 있잖아! 너무 밝아! 저들은 다 죽을 거야! 저대로 떨어지면…… 모두 불에 타 죽어! 아, 어떻게 하지. 저들을 멈춰야 해! 누가 어떻게 좀 해봐요! 선장님이 저 우주선에 계시잖아. 뭐라도 좀 해봐요!"

마우스가 악을 썼다. "케이튼! 감각 입력기 *끄*라고요! 미쳤어요?"

"저들이 떨어지고 있어! 안 돼! 만물의 한가운데에 빛나는 구멍이 뚫린 것 같아! 저들은 그 구멍으로 떨어지고 있어. 아, 속도가 너무 빨라. 저렇게 떨어지면……"

"케이튼! 케이튼! 쳐다보지 말아요!"

"빛이 커지고 있어. 너무 밝아…… 밝아…… 점점 더 밝아져! 이제 거의 보이지도 않아!"

"케이튼!" 갑자기 댄 생각이 난 마우스가 소리쳤다. "댄이 어떻게 됐는지 기억해요! 얼른 감각 입력기 꺼요!"

"안 돼! 그건 안 돼! 난 저걸 봐야 돼! 괴성을 지르고 있어. 온 밤을 흔들어대고 있어! 불타는 냄새가 나. 저 불이 어둠을 태우고 있어. 그런데 더 이상 보이지가 않아. 아니야, 저기 있잖아!"

"케이튼, 그만해요!" 마우스는 올가 밑에서 몸을 비틀었다. "타이이, 케이튼의 감각 입력기를 차단해요!"

"못 해요. 난 이 우주선을 중력 반대 방향으로 끌고 나가야 된다고요! 케이튼! 감각 입력기 꺼요. 명령입니다!"

"아래로…… 아래로…… 떨어지는구나. 다시 안 보이네! 더 이상 보이질 않아. 빛은 온통 붉게 타고 있는데…… 내 눈에는 안 보여……"

케이튼이 담당한 날개판이 별안간 펄럭이자 우주선이 기울었다.

케이튼이 소리쳤다. "안 보여!" 비명은 흐느낌으로 변했다. "**아무것도** 보이지가 않아!"

마우스는 두 손으로 눈을 가린 채 의자에 앉아 몸을 웅크렸다. 몸이 덜덜 떨렸다.

타이이가 소리쳤다. "마우스! 제기랄. 케이튼 때문에 우린 날개 하나를 잃었어요. 정신 차리고 날개 방향 아래로 해요!"

마우스는 무작정 날개의 방향을 아래로 했다. 겁에 질린 마우스의 눈 아래로 눈물이 흘러내렸다. 케이튼은 계속해서 흐느꼈다.

록호는 빛에서 멀어졌고 블랙 코카투호는 빛으로 떨어졌다.

신성의 빛이었다.

해적 가문에서 태어났으니 불 속에서 눈이 멀어도 나는 해적이며 살인자이고 도둑이다.

감내할 것이다.

이제 곧 상을 챙기고 드라코를 미래의 가장자리로 밀어낸 남자가 되어야지. 플레이아데스를 구하기 위해서였다고 해도 범죄인 것만은 부정할 수 없다. 가장 큰 힘을 가진 자는 가장 큰 죄를 저지르게 되어 있다. 이 블랙 코카투호를 타고 나는 영원으로부터 멀어지는 불꽃이 되었다. 우리는 의미 없는 존재라고 언젠가 그녀에게 말한 적이 있다. 의미 있는 죽음을 맞이하지도 못할 거라고도 말했다. (그들의 죽음에는 혼란을 지키기 위함이라는 명분이 붙었고, 그렇게 그들은 죽어갔다⋯⋯) 그런 목숨과 죽음은 애초에 중대한 의미를 가질 수가 없다. 살인자가 죄책감을 느낄 수 없고, 인정 많은 사회적 영웅이 오만하고 득의양양한 기분을 느낄 수 없는 것처럼 자연스러운 일이다. 다른 범죄자들은 자신이 저지른 죄를 어떻게 정당화할까? 공허한 세상은 공허한 아이들을 만들어낸다. 그 아이들은 그저 놀거나 싸움질밖에 모른다. 이기기만 하면 충분한 건가? 나는 우주의 3분의 1을 일으켜 세우기 위해 3분의 1을 거꾸러뜨리고 나머지 3분의 1을 휘청거리게 만들었다. 그렇지만 나는 죄를 지었다고 생각하지 않는다. 내가 자유롭고 사악한 존재라서 일까. 나는 웃음으로 그녀를 애도한다. 나는 자유롭다. 마우스, 케이튼, 둘 중 누가 더 심하게 눈이 멀어, 이 태양 아래 내가 승리를 거두는 모습도 보지 못하게 됐을까? 내 안에서 불이 휘몰아친다. 죽은 댄, 당신처럼, 나 역시 여명과 저녁을 향해 손을 뻗고 있다. 하지만 난 정오의 태양을 얻고 말 것이다.

어둠.

침묵.

무無.

그러더니 생각이 요동쳤다.

나는 생각한다⋯⋯ 그러므로 나는⋯⋯ 나는 케이튼 크로퍼드다? 그는 그 생각을 떨쳐버리려 애썼으나, 그 생각은 바로 그였다. 그가 바로 그 생각이었다. 여기서는 닻을 내릴 곳이 없었다.

깜박이는 불빛.

쟁그랑 소리.

캐러웨이 향.

감각이 깨어나고 있었다.

안도! 그는 다시 어둠 속으로 움츠러들었다. 마음의 귀가 누군가의 비명 소리를 떠올렸다. '댄이 어떻게 됐는지 기억해요……' 마음의 눈이 비틀거리는 부랑자를 보여주었다.

그의 눈꺼풀 너머에 또 다른 소리와 향, 불빛이 있었다.

그는 공포 속에서 무의식으로 빠져 들어가려고 안간힘을 썼다. 하지만 공포는 그의 심장을 빠르게 뛰게 했고 높아진 맥박은 그의 의식을 위로, 마냥 위로 띄웠다. 장대하게 죽어가는 별이 그를 기다리고 있었다.

그의 안에서 잠은 죽음을 맞이했다.

그는 숨을 멈추고 눈을 떴다……

눈앞에 파스텔 색깔의 진주들이 떠다녔다. 하이코드 음이 부드럽게 이어졌다. 그리고 캐러웨이, 민트, 참깨, 아니스 향이 코에 와 닿았다……

그 색깔들 뒤에 누군가가 있었다.

"마우스?"

케이튼은 나지막하게 그를 불렀다. 그 소리가 또렷하게 들려 깜짝 놀랐다.

마우스는 시링크스에서 손을 뗐다.

눈앞을 떠다니던 색과 향, 음악이 멈췄다.

"깼어요?"

마우스는 창턱에 걸터앉아 있었다. 마우스의 어깨와 얼굴 왼쪽이 구리색으로 빛나고, 그의 등 뒤로 보랏빛 하늘이 보였다.

케이튼은 눈을 감고 베개에 머리를 대고 도로 누워 미소 지었다. 그 미소는 점점 커져 이까지 드러냈다. 별안간 눈물이 나올 것같았다.

"어." 케이튼은 긴장을 풀고 다시 눈을 떴다. "깼어." 그는 일어나 앉아 물었다. "여긴 어디야? 알케인의 유인 연구 시설이야?"

하지만 창밖에는 지상의 풍경이 펼쳐져 있었다.

마우스는 창턱에서 내려왔다.

"어떤 행성의 위성이에요. 뉴브라질리아요."

케이튼은 해먹에서 일어나 창가로 걸어갔다. 공기 막 너머, 야트막한 건물들이 몇 채 보였다. 검은색과 회색 바위들이 저 멀리 달을 품은 지평선까지 펼쳐져 있었다. 케이튼은 오존 냄새가 나는 시원한 공기를 들이마시며 마우스를 돌아보았다.

"어떻게 된 거야, 마우스? 아, 마우스. 난 눈이 먼 채로 깨어날 줄 알았어……"

"댄은 눈을 뜬 채 신성으로 빨려 들어가고 있었고 당신은 신성에서 멀어지는 중이었으니까요. 우리가 우주선을 신성에서 멀리 떨어진 곳으로 끌고 가고 있었거든요. 모든 주파수가 레드시프트로 쏠렸어요. 댄은 동시 발생 이온 스펙트럼의 끄트머리에 있었기 때문에 그런 상태가 된 거였어요. 다행히 타이이가 마스터 제어장치로 당신의 감각 입력기를 껐어요. 한동안은 당신도 정말 시력을 잃은 상태였어요. 안전을 확보하자마자 우리가 의료 로봇으로 당신 눈을 치료한 거죠."

케이튼은 미간을 찌푸렸다.

"그런데 우리가 여기서 뭐 하는 거야? 그 후 뭐가 어떻게 된 건데?"

"우리는 유인 연구 시설 근처에 머물면서 멀리서 신성이 폭발하는 광경을 지켜봤어요. 세 시간쯤 지나니까 빛이 정점에 도달하더라고요. 우리는 알케인 연구 시설의 승무원들이랑 얘기를 나누다가 블랙 코카투호에서 선장님이 보낸 신호를 포착했어요. 서둘러 날아가 선장님을 구하고 코카투호의 다른 사이보그 승무원들도 풀어줬어요."

"선장님을 구했구나! 그분이 **정말** 신성을 통과하신 거야?"

"예. 선장님은 지금 다른 방에 계세요. 당신이랑 얘기를 하고 싶어 하세요."

"우주선으로 신성을 통과해 반대편으로 나올 수 있다고 말하신 게 허튼소리가 아니었네."

그들은 함께 문 쪽으로 걸어갔다.

문밖으로 나간 그들은 유리벽으로 된 복도를 지나갔다. 유리벽 너머로 깨진 달이 보였다. 바위 지대를 넋 놓고 보고 있는 케이튼에게 마우스가 말했다.

"이 방이에요."

그들은 방문을 열었다.

열린 문 틈으로 흘러든 빛이 로크의 얼굴에 닿았다.

"누구야?"

케이튼이 말했다. "선장님?"

"뭐지?"

"본 레이 선장님?"

"……케이튼?"

로크의 손가락이 의자 팔걸이를 잡았다. 그의 노란 눈은 앞을 바라보다가 위로 들썩이고, 들썩이다가 또 앞을 바라보았다.

"선장님, 이게 어떻게 된 일인지……"

케이튼의 얼굴이 굳어졌다. 그는 당황한 티를 내지 않으려 애쓰며 표정을 풀었다.

"자네가 깨어나면 내 방으로 데려오라고 마우스한테 말해뒀어. 자네는…… 무사했군. 잘됐어." 찢어진 피부의 얼굴에 괴로워하는 기색이 스치고 지나갔다. 고뇌는 로크의 얼굴에 한동안 머물렀다.

케이튼은 숨조차 쉴 수 없었다.

"자네는 신성을 보려고 했지. 기뻐. 자네라면 이해해줄 줄 알았어."

"선장님은…… 태양 속으로 떨어지셨죠?"

로크는 고개를 끄덕였다.

"어떻게 나오신 겁니까?"

로크는 의자 등받이에 머리를 기댔다. 로크의 검은 피부, 노란색이 섞인 붉은 머리, 초점 없는 눈이 그 방에서 볼 수 있는 유일한 색깔이었다.

"뭐? 이제 나한테 말할 때는 좀 더 크게 말해. 안 그럴 거면⋯⋯ 그냥 나가. 알았어?" 로크는 날카롭게 웃음을 터뜨렸다. "이제는 공공연한 비밀이지 뭐. 내가 어떻게 빠져나왔냐고?" 엉망이 된 로크의 턱에서 근육이 파르르 떨렸다. "태양은⋯⋯" 로크는 한 손을 들어 올리고 손가락을 구부려 구체를 표현했다. "⋯⋯마치 세상처럼, 위성처럼 자전을 하거든. 여느 별처럼 질량을 가지고 있기 때문에 자전을 하면서 적도 부근에 큰 구심력이 작용하게 돼. 무거운 물질이 표면에 축적돼 있어서 폭발을 하면 중심으로 빨려 들어가는 현상이 발생하지." 로크는 손가락을 덜덜 떨었다. "자전 때문에 극지의 물질은 적도의 물질보다 빠르게 추락해." 그는 의자 팔걸이를 다시 손으로 잡으며 말을 이었다. "폭발 현상이 발생하고 수 초 이내이면 신성은 구체가 아니라⋯⋯"

"원환체가 되겠죠!"

로크의 얼굴에 주름이 잡혔다. 로크는 강렬한 빛을 피하려는 듯 고개를 옆으로 돌렸다. 잠시 후 그는 상처투성이 얼굴을 그들 쪽으로 돌리며 말했다.

"원환체라고 했나? 원환체? 맞아. 신성은 도넛 모양이 되는 거야. 안쪽에 목성 두 개가 나란히 통과할 정도로 거대한 구멍이 생기지."

"알케인은 거의 한 세기 동안 신성을 가까이서 연구했는데, 어째서 몰랐을까요?"

"물질 이동이 신성의 중심 방향으로 이루어지니까. 에너지 이동은 바깥 방향으로 이루어지고. 중력에 변화가 일어나면서 주변의 모든 물질이 구멍으로 빨려 들어가게 돼. 에너지 이동이 구멍 안쪽의 온도를 적색거성의 표면 온도 정도로 유지해줘서 500도 이하가 되는 거야."

방 안이 시원한데도 케이튼은 로크의 이마 주름 사이에 땀이 맺히는 걸 보았다.

"그 정도 차원의 원환체 위상 확장이면 거의 구체에 가깝게 보여. 알케인의 연구 시설들이 볼 수 있는 건 광환이 고작이었을 거야. 에너지 구에 비해 구멍이 크긴 하지만, 우연히 빨려 들어간 덕분에 거기 구멍이 있다는 걸 알지 못하면 포착하기 힘들어." 의자 팔걸이를 잡은 로크의 손가락이 별안간 쫙 펴지며 파르르 떨렸다. "일리리온은……"

"일리리온을…… 채취하셨습니까, 선장님?"

로크는 또다시 손을 들어 얼굴로 가져갔다. 이번에는 주먹을 쥔 채였다. 그는 주먹에 눈의 초점을 맞추려 애썼다. 다른 손을 뻗어 그 주먹을 잡으려 했으나 반쯤 빗나갔다. 다시 잡으려 했지만 이번에는 완전히 놓쳤다. 그는 다른 손의 손가락을 구부려 주먹을 쥐었다. 그는 중풍에 걸린 사람처럼 양손의 주먹을 부들부들 떨었다.

"7톤! 그런 구멍의 한가운데에 머물 수 있을 만큼 밀도가 높은 유일한 물질은 300개 원소들뿐이야. 오랜 세월 양자수학이 예측해 온 슈바르츠실트 물질을 말하는 게 아니야. 일리리온은! 신성 안에서 자유로이 떠 있어. 누구든 안에 들어가서 퍼내 오면 돼. 우주선을 타고 들어가서 어디에 있는지 둘러본 다음 프로젝터 날개로 쓸어 담으면 되는 거야. 그럼 프로젝터 날개의 교점에 쌓이거든. 불순물이 거의 없는 순수한 일리리온이야." 로크는 두 손을 펼쳤다. "그냥…… 감각 입력기를 작동시키고 둘러보면 어디 있는지 보여." 로크는 고개를 숙이며 말을 이었다. "일리리온은 그곳에 있어…… 지옥 한가운데 무시무시한 폐허 속에 있는 거라고. 나는 눈부시게 밝은 빛 속에서 일곱 개의 팔을 휘저어 주변을 떠다니는 지옥의 일부를 주워 담았어……" 그는 다시 고개를 들었다. "뉴브라질리아에 일리리온 광산이 있거든……" 창밖 하늘에 얼룩덜룩하고 거대한 행성이 떠 있었다. "일리리온 하역을 위한 장비도 여기 다 있지. 우리가 일리리온 7톤을 가져온 걸 보고 그들이 어떤 표정을 지었는지 자네도 봤어야 하는데. 어이, 마우스." 로크는 다시 크게 웃으며 말했다. "맞지, 마우스? 자네가 그들 표정이 어땠는지 나한테 말해줬잖아. 그렇지…… 마우스?"

"맞습니다, 선장님."

로크는 깊게 숨을 들이마시며 고개를 끄덕였다.

"케이튼, 마우스. 자네들의 일은 끝났어. 이제 해고야. 여기서는 정기적으로 우주선이 출발하니까 어렵지 않게 다른 우주선에 올라탈 수 있을 거야."

케이튼이 조심스럽게 물었다. "선장님은 어떻게 하실 생각입니까?"

"어렸을 때 즐거운 시간을 보냈던 집이 뉴브라질리아에 있어. 거기로 돌아가서…… 기다려야지."

"선장님이 하실 만한 일이 있지 않을까요? 제가 한번 찾아보겠……"

"뭐라고? 크게 말해."

"제가 한번 찾아보겠다고 했습니다……!" 케이튼의 목소리가 갈라졌다.

"자네는 멀리 떨어진 곳을 봤고, 나는 한가운데를 들여다봤어. 덕분에 뇌까지 신경이 왜곡됐어. 신경학적 일치성 문제가 생긴 거야." 로크는 고개를 절레절레 흔들었다. "마우스, 케이튼, 애슈턴 클라크의 가호가 자네들의 앞날에 함께하길."

"하지만 선장님……"

"그만 가봐."

케이튼은 마우스와 선장을 차례로 바라보았다. 마우스는 가죽 배낭의 끈을 만지작거리며 눈을 들어 케이튼을 보았다. 잠시 후 그들은 돌아서서 빛 한 점 없는 방을 나섰다.

밖으로 나간 그들은 다시 한번 위성의 표면을 바라보았다.

케이튼이 생각에 잠긴 목소리로 말했다.

"결국 본 레이 선장님은 그걸 손에 넣었고 프린스와 루비는 못 가진 거네."

"그들은 죽었어요. 선장님이 그들을 죽였다고 말씀하셨어요."

"아." 케이튼은 위성 표면으로 시선을 돌렸다. 잠시 후 그가 입을 열었다. "일리리온 7톤이면 세상의 균형이 흔들리고도 남지. 드라코는 저물고 플레이아데스는 뜨겠네. 외곽 식민지는 큰 변화를 겪겠고. 애슈턴 클라크 덕분에 요즘은 노동력 재배치가 어려운 일도 아니잖아. 물론 몇 가지 문제는 생길 수 있겠지만. 그나저나 린케우스와 이다스는 어디 있어?"

"떠났어요. 형제한테 성간 전보를 받더니 어차피 외곽 식민지에 온 김에 그 형제를 만나러 가야겠다고 하더라고요."

"토비아스?"

"맞아요."

"불쌍한 쌍둥이. 아니 세쌍둥이지. 늘어난 일리리온 덕분에 변화가 시작되면……" 케이튼은 손가락을 딱 소리 나게 튕겼다. "더 이상 블리스는 못 할 거야." 그는 별이 거의 없는 하늘을 올려다보았다. "우린 역사의 순간을 함께하고 있어, 마우스."

마우스는 새끼손가락으로 귀지를 파냈다. 그의 귀고리가 빛을 받아 반짝거렸다.

"예. 나도 같은 생각을 했어요."

"이제 뭘 할 생각이야?"

마우스는 어깨를 으쓱했다. "잘 모르겠어서 타이이한테 타로 점을 봐달라고 부탁했어요."

케이튼이 눈썹을 치켜올렸다.

"타이이랑 세바스티안은 지금 아래층에 있어요. 애완 새가 끈에서 풀려나 술집 안을 막 날아다녔거든요. 사람들이 겁을 먹고 술집 밖으로 뛰쳐나갔어요." 마우스는 목쉰 소리로 웃었다. "당신도 그 광경을 봤어야 하는데. 술집 주인을 진정시키고 나면 올라와서 내 카드 점을 봐줄 거예요. 다른 일자리를 구해봐야죠. 광산 일을 해볼 생각이었는데 이제 그건 생각할 필요도 없게 됐고요." 마우스는 팔 밑에 끼운 가죽 배낭을 손가락으로 잡으며 말을 이었다. "세상에는 여전히 볼 게 많고 나는 연주할 게 많아요. 우리가 당분간 같은 우주선을 타고 다녀도 괜찮을 것 같아요. 당신은 한 번씩 엄청 재미있잖아요. 내가 다른 사람들을 싫어하는 것에 비하면 당신을 싫어하는 건 절반도 안 돼요. 당신은 뭘 할 계획이에요?"

"아직 생각해볼 시간도 없었어."

케이튼은 허리띠 안쪽으로 손을 넣고 고개를 숙였다.

"뭐 해요?"

"생각."

"무슨 생각요?"

"내가 완벽하게 멀쩡한 위성에 와 있다는 생각. 난 일을 하나 잘 끝마쳤고 당분간은 걱정거리도 없어. 그러니 그냥 앉아서 소설이나 진지하게 써볼까 하고." 그는 고개를 들었다. "그런데 있잖아,

마우스. 내가 책을 정말 **쓰고 싶은** 마음이 있는지 잘 모르겠어."

"예?"

"신성을 보고 있는 동안…… 아니, 보고 난 후지. 정신을 차리기 전에 이런 생각을 했어. 남은 평생 눈도 귀도 코도 온전치 않은 상태로 거의 미쳐서 살게 되겠구나, 하는 생각. 그동안 내가 제대로 보고 듣고 냄새 맡고 맛보면서 살지 못했다는 것도 깨달았어. 넌 손가락 끝으로 인생의 기본적인 요소들을 자유자재로 표현하는데, 난 잘 알지도 못하고 살았던 거야. 그리고 선장님은……"

"이런." 마우스는 맨발로 장화에 묻은 흙을 털어냈다. "지금까지 줄곧 준비를 해놓고 안 쓰겠다고요?"

"쓰고는 싶어. 그런데 여전히 주제를 못 찾겠어. 전에는 돌아다니면서 찾아볼 준비는 됐었거든. 그런데 지금은 그냥 할 말은 많은데, 하고 싶은 얘기를 못 찾는 똑똑한 남자에 불과한 것 같아."

"배신감 느껴지네요. 선장님이랑 록호에 대한 얘기요? 나에 대한 얘기를 써보고 싶다고 했잖아요. 좋아요, 당신 자신에 대한 얘기를 써봐요. 쌍둥이에 대한 얘기도 쓰고요. 쌍둥이가 정말 당신을 고소할 것 같아요? 둘 다 재미있어할걸요. 그러니까 꼭 써요, 케이튼. 내가 읽지는 못하겠지만, 당신이 읽어주면 꼭 들을게요."

"그럴래?"

"그럼요. 여기까지 왔는데 지금 멈추면 당신도 행복하지 않을 거예요."

"마우스, 너 때문에 또 구미가 당기는구나. 수년 동안 아무것도 하고 싶지 않았는데." 케이튼은 웃으며 말을 이었다. "아니야, 마우스. 난 여전히 생각이 너무 많아. 록호의 마지막 항해? 이런 얘기는 전형적인 패턴이 빤히 보여. 우화 형식으로, 성배 모험 이야기를 써보면 어떨까. 신비주의 상징들을 잘 숨겨 넣고 쓰면 될 것 같기도 한데. 그런데 성배에 관한 글을 다 끝내지 못하고 죽은 작가들이 수두룩하다는 거 기억하지?"

"아, 케이튼. 그건 말도 안 되는 소리예요. 그냥 **써요!**"

"타로 점만큼 말 안 되는 소리라고? 아니야, 마우스. 글을 쓰다가 죽을까 봐 무서워." 케이튼은 다시 주변 풍경을 바라보았다. 너무도 잘 아는 위성을 보고 있으니 그 너머 미지의 것을 생각하면서도 마음이 편안해졌다. "쓰고 싶어. 정말이야. 하지만 그러려면 십여 개의 징크스를 극복해야 돼. 가능할 수도 있겠지. 아닐 수도 있고. 징크스로부터 나 자신을 구하려면 마지막 장을 쓰기 전에 포기해야

—1966년 3월, 아테네

1967년 5월, 뉴욕

옮긴이의 말

1968년에 출간된 새뮤얼 R. 딜레이니의 『노바』는 그 존재만으로도 대단한 의미가 있는 작품이다. 1969년 휴고상 소설 부문 최종 후보에 올랐고, 스코틀랜드의 SF 전문 편집자 데이비드 프링글은 1949년 이후 출간된 최고의 SF 소설 100선에 꼽기도 했다.

딜레이니가 스물다섯의 나이에 완성한 이 작품은 성배를 찾아 떠나는 모험담, 황금 양털을 찾아 나서는 아르고호의 이야기, 헤밍웨이의 소설 『노인과 바다』를 떠올리게 한다. 인물들의 대화가 뚝뚝 끊기는 듯하고 로크에서 마우스, 케이튼으로 시점이 계속 달라져 처음 읽을 때는 혼란스러울 수도 있을 것이다. 하지만 몇 번 읽다 보면 광기의 선장 로크, 집시 음악가 마우스, 위성에 집착하고 소설이라는 오래된 예술 양식에 관심 많은 학자 케이튼이라는 인물에 빠져들게 된다. 그리고 보석처럼 곳곳에 박힌 크고 작은 의미들을 발견하게 된다. 본문에 나오는 플러그와 소켓 개념의 창시자 애슈턴 클라크의 이름도 그중 하나다. 딜레이니는 1930~1940년 대에 활동한 미국의 SF 작가 클라크 애슈턴 스미스(1893~1961)의 이름을 따서 이 인물의 이름을 명명한 것으로 알려져 있다.

『노바』는 딜레이니의 초기 작품이지만 언어와 인물을 다루는 솜씨가 탁월하고 능숙해서 그의 최고 작품 중 하나로 꼽힌다. 과학 기술의 발전이 극에 달한 미래에 인간이 노동에서 소외되지 않도 록 소켓을 통해 기계와 연결되어 노동을 계속한다는 설정도 무척 특이하다. 로크 선장이 광적으로 집착하는 '노바'의 궁극적인 의미 도 각자의 삶에 비추어 다양한 각도로 생각해볼 수 있다. 이 소설 을 읽다 보면 딜레이니가 왜 로저 젤라즈니에 필적하는 작가인지 를 알 수 있게 될 것이다.

『노바』는 아메리칸 뉴웨이브에 독특한 족적을 남긴 딜레이니의 초기 대표작이다. 이 소설은 과학을 후광처럼 두르고 문학적 컨텍스트를 뜨개질하며 SF를 서구 문학의 후예로 자리매김한다. 아르고호를 탄 이아손의 원정, 보물섬의 늙은 뱃사람이 풀어놓는 해적 이야기, 에이허브 선장과 모비 딕의 사투, 콜리지의 알바트로스— 제목이 되는 신성nova은 우주 항해에 필수적인 자원을 품은 곳인 동시에, 태양처럼 타오르는 프로메테우스의 불이자 세상을 변혁할 성배다. 딜레이니는 32세기를 묘사하면서 사이보그가 보통의 사람이라는 아직도 신선한 미래를 그리면서, 인종차별과 빈부격차 같은 유구한 사회적 현실도 놓치지 않는다. 한편 중세 문학의 인터레이스 구조를 연상시키는 서술 방식은 소설 여기저기에 해석이 침투할이격을 만든다. 장면의 끝은 자꾸 비거나 열려 있고, 세 주인공은 각자의 방식으로 독백을 남긴다. 언뜻 장황하게 이어지는 목소리는 혼란스럽고 복합적인 방식으로 서사를 두텁게 만든다. 하지만 가장 자극적인 부분은 현란한 색채, 소리, 냄새의 묘사다. 곳곳에 들어간 에메랄드와 자주색, 강철과 진주와 황금과 루비, 구리와 철과 유황의 빛깔은 독자에게 '아르고스의 금가루'를 마시는 경험을 맛보여준다.
심완선(SF 평론가)

나는 SF 팬들을 위한 다른 도서 목록을 만들려 한다. 거기에는 『바벨-17』과 『노바』 그리고 『아인슈타인 교점』이 포함될 것이다.
닐 게이먼

『노바』는 빠른 속도로 광범위하게 펼쳐지는 성간 모험 소설이고, 전형적인 신비주의적, 신화적 풍자 소설이며, SF 형식으로 펼쳐진 현대적 신화 소설이다.
《판타지 앤드 사이언스 픽션 잡지》

지금 이 소설 『노바』만 놓고 보자면 새뮤얼 R. 딜레이니는 세계 최고의 SF 작가이다. SF 작가가 어떻게 심장의 작용 방식을 설명하면서 동시에 심장(마음)을 울리기까지 하는지 나로서는 알 수 없다. 어떤 작가도 할 수 없는 일이다.
A. J. 버드리스(SF 작가·비평가), 《갤럭시 매거진》

성간 사회를 가장 완벽하고 생생하게 표현한 소설.
노먼 스핀래드(SF 작가·비평가)

딜레이니는 광범위한 상상력, 지칠 줄 모르는 상상력, 규율 없는 상상력을 지니고 있다. 마치 젊은 신성(노바)처럼.
《커커스 리뷰》

딜레이니는 영어로 글을 쓰는 현대 SF 작가들 가운데 제일 흥미로운 작가이다.
《뉴욕 타임스 북 리뷰》

딜레이니의 재능은 시간 여행이나 마법에 가깝다.
《로커스》

딜레이니는 미국 SF 문화에서 출현한 가장 뛰어난 산문 스타일리스트이다.
윌리엄 깁슨

나는 딜레이니가 현세대의 가장 중요한 SF 작가일 뿐 아니라, 문학계에서 새로운 스타일을 고안해낸 매력적인 작가라고 생각한다.
움베르토 에코

딜레이니에게는 다른 작가들이 속물적으로 치부하는 장르를 선택하여 쓰려는 습관이 있었다. (……) 딜레이니의 스페이스오페라 회복은 그의 사이버펑크 선구자로서의 역할만큼이나 영향력이 있었다. 딜레이니 없이는 로이스 맥마스터 부졸드, 이언 뱅크스, 댄 시먼스를 비롯한 셀 수 없는 작가들의 작품을 상상하기 어렵다.
지트 히어(문학비평가·저널리스트)

옮긴이 공보경

고려대 영어영문학과를 졸업하고, 현재 소설 및 인문서 전문 번역가로 활동하고
있다. 옮긴 책으로 제임스 대시너의 〈메이즈 러너 시리즈〉, 나오미 노빅의 〈테메
레르 시리즈〉, 더글러스 애덤스의 〈더크 젠틀리 시리즈〉, J. G. 밸러드의 『하이-
라이즈』『물에 잠긴 세계』를 비롯해 『목요일 살인 클럽』『웨스트 사이드 스토리』
『크리스마스 피그』『양들의 침묵』『패션 오브 크라이스트』등이 있다.

미래의 문학

노바

초판 1쇄 펴낸날 2022년 5월 30일
초판 2쇄 펴낸날 2022년 7월 11일

지은이 새뮤얼 딜레이니
옮긴이 공보경
펴낸이 김영정

펴낸곳 폴라북스
등록번호 제22-3044호
주소 06532 서울시 서초구 신반포로 321(잠원동, 미래엔)
전화 02-2017-0280
팩스 02-516-5433
홈페이지 www.hdmh.co.kr

ISBN 979-11-88547-21-0 04840
      978-89-93094-65-7 (세트)

* 폴라북스는 (주)현대문학의 종합출판 브랜드입니다.
* 책값은 뒤표지에 있습니다.
* 파본은 구입처에서 교환해드립니다.